RADIO NUIT

DU MÊME AUTEUR
CHEZ LE MÊME ÉDITEUR

Mon Europe, avec Andrzej Stasiuk (2004)

Moscoviada (2007)

Douze cercles (2009)

Perversion (2015)

Lexique de mes villes intimes (2021)

Yuri Andrukhovych

RADIO NUIT

Traduit de l'ukrainien
par Iryna Dmytrychyn

LES ÉDITIONS NOIR SUR BLANC

Titre original : *Радіо Ніч*

L'édition originale ukrainienne a été publiée en 2021
sous le titre *Радіо Ніч* par Meridian Czernowitz,
Chernivtsi (Ukraine).

ISBN : 978-2-88983-102-9

Je n'étais plus moi-même, j'étais un autre,
mais pour cette raison même
je n'en étais que davantage moi-même.

Robert Walser, *La Promenade*

Et il y aura le bruit des montagnes,
et les courants impétueux
dans les mers qui se déchaînent,
et le rugissement du feu, et le vent en colère.

Le Livre des morts tibétain

Si Dieu est notre père, alors le diable est un ami fidèle.

Vous écoutez Radio Nuit, avec Joseph Rothsky, dit aussi Jos. Minuit vient de sonner, et je serai là jusqu'au petit matin. Aujourd'hui, le 13 décembre, vendredi, comme vous pouvez le constater, tout est parfait : la pire date du pire mois, le pire jour de la semaine. Nous avons une bonne occasion de rester ensemble.

Je ne suis pas seul entre ces murs. Grâce aux lumières vertes sur la carte du monde interactive, je vois où on m'écoute, et si je n'étais pas le dernier des salauds, j'aurais proclamé, en proie aux émotions, que je suis heureux de vous voir si nombreux. Et votre nombre ne cesse de croître.

Et voilà que (presque heureux, je le reconnais) j'observe cette variation positive, comment les deux hémisphères se couvrent progressivement d'une myriade de points verts, here, there and everywhere, dont certains se sont même transformés en petites enclaves vertes. Des débuts ambitieux pour une radio somme toute assez banale, que l'on peut qualifier de « maison ».

Mon horloge affiche zéro heure trois minutes. Je dis bien « mon » horloge, compte tenu de sa situation. Le lieu où je me trouve derrière quatre murs… Oui, je me cache de nouveau, qui l'eût cru !… Bon, d'accord, disons-le autrement : l'endroit où je me trouve entre ces quatre murs est très bien pour celui qui a l'intention d'annoncer l'heure. Je suis à peu près là où le décompte commence. Vous vous souvenez de vos premiers cours de géophysique ? Non, je ne suis pas à Greenwich, ni en Algérie, au Mali ou au Burkina Faso. Je ne suis pas non plus dans l'ouest de la France ni dans l'est de l'Espagne. Devinez où je suis.

Prenez le vent comme premier indice. Vous ne pouvez pas l'entendre en ligne, mais il est bien là. Il est en ligne de toute manière. Croyez-moi, il se déchaîne hors de ces murs. Moi non plus je ne peux pas l'entendre, mais j'en suis certain. Il est forcément là et il emmène plus loin vers le nord, jusqu'au Svalbard et au cercle polaire, tout ce qu'il peut attraper : des débris d'orgues de bateau, des ailes d'avion, des âmes de pilotes, des morceaux de tôle, des bouts d'écorce, des effluves secrets de lichen, des sifflets en bois et leurs sons, des plumes d'oiseaux. Les anges septentrionaux flottent dans ses flux, impuissants, comme des baleines.

Le deuxième indice se cache justement dans les baleines. Elles sont quelque part par là, tout près, elles avancent tels des somnambules le long de leurs voies à travers les grandes profondeurs muettes, enveloppées de couches de graisse chaude et de la masse épaisse de l'eau. Je suis à côté. Dans l'océan, et nul ne saura dire dans lequel des deux. C'est encore l'océan Atlantique ou déjà l'océan Arctique ? Où sont leurs limites ? La mer de Norvège ou du Groenland ? Du reste, à cette époque, au beau milieu de l'hiver et de la nuit de décembre, elles sont toutes de glace. Mille milliards de mille sabords, comme aurait dit un vieux loup de mer.

Vous n'y êtes toujours pas ? Deux indices ne vous suffisent pas ? Il n'y en aura pas de troisième.

Je suis sur une île qui n'a pas de nom. C'est le méridien zéro. Ici, il est zéro heure six minutes de Greenwich et le nouveau jour du 13 décembre vient de commencer. Tout ce qui est à l'est a déjà franchi la limite. Pour ceux de l'ouest, c'est encore à venir. Vous ne faites que vous approcher de votre 13 décembre. Je le dis spécialement à l'intention des auditeurs de l'île de Baffin, car quelques points verts sur la carte témoignent de leur présence. En outre, je suis écouté aujourd'hui à Berlin, État du Massachusetts, et, suivant un étrange concours de circonstances, à Berlin, État du Connecticut, mais aussi à Athènes, État du Kentucky, et à Athènes, État de l'Illinois, à Versailles et en Russie (tous deux dans l'État de l'Ohio), en Italie et à Odessa (les deux dans le Texas), à Palerme en Sicile et à Palerme dans le Dakota du Nord, dans les trois Pétersbourg et à Pittsburgh, à Jéricho en Tasmanie et en Californie, à Bethléem de Pennsylvanie, de Virginie, de Caroline et de Nouvelle-Zélande, dans les quatre Jérusalem d'Amérique et la cinquième, la vraie, dans d'innombrables autres villes et cités, telles que Alleluia, État du Nebraska.

J'ai quelque chose à vous raconter cette nuit. Précisément cette nuit, avec son obscurité presque infinie, étendue au-dessus de nos pauvres têtes, comme un drap désespérément noir. Encore une semaine, et nous connaîtrons la plus longue nuit. Mais je ne veux rien repousser à plus tard. La lumière du jour était déjà à peine visible hier. Quatre heures de masse blanchâtre et pâteuse, les vagues de plomb, les falaises de plomb, du plomb à l'horizon et au-delà, une poignée ou deux de neige de passage, le vent et une tempête modérée, force sept, mais qui dure depuis six jours. La journée s'achève sans vraiment commencer : à deux heures de l'après-midi, le crépuscule s'abat et toute la colonie d'oiseaux marins a crié son dernier adieu, pendant que je faisais des allers-retours sur la terrasse intérieure.

Vous savez, j'aimerais vous prévenir. Vous qui m'écoutez et dont le nombre ne cesse de croître. Donc : je ne vous sauverai pas et il est peu probable que je puisse vous aider. Quoi qu'il en soit, je remplirai votre nuit d'insomnie. Cette radio est pour ceux qui

ont atteint la limite
se sont réfugiés dans un coin
ne voient aucun avenir
ne dorment pas la nuit
ne veulent pas dormir la nuit
ne dorment jamais
ne dorment pas et réfléchissent
restent allongés, immobiles, les yeux ouverts.

Pour ceux qui vous ressemblent, j'ai un peu de bonne musique.

J'ai commencé ce jour par une blague : « Si Dieu est notre père, alors le diable est notre plus proche ami. » (J'ai d'abord dit « fidèle », mais ça va aussi comme ça. Le plus proche, le meilleur.) Mon récit est un peu sur ce sujet. Si je n'étais pas moi, j'aurais dit ensuite, l'air sentencieux : « C'est une histoire sur les relations complexes du narrateur avec son père et son plus proche ami. Sur le choix insupportable entre le respect dû au premier et l'attraction (pour ne pas dire l'amour) à l'égard du second. »

Mais mon horloge affiche zéro heure onze minutes, et il est temps d'écouter de la musique.

Lubomyr Melnyk, « Ripples in a Water Scene ». (« Frémissements à la surface de l'eau »).

1

Le Comité Biographique Interactif International (CBII), une institution à ce point influente et respectable que je me bats depuis deux décennies pour avoir le droit de devenir son membre-correspondant, m'a commandé une biographie élargie et commentée d'un certain Joseph Rothsky. J'ai accepté cette mission non seulement avec une profonde reconnaissance bien dissimulée, mais aussi en mesurant la responsabilité de son extrême difficulté. Car je n'ai jamais rien fait de pareil. La somme de connaissances sur une personnalité dont je devais documenter intégralement le parcours, sans rien inventer ni laisser de côté, semblait à peine plus grande que zéro et se limitait à des noms seuls.

Du reste, même ces informations minimales ne semblaient pas trop sûres. En particulier le prénom. S'appelait-il vraiment Joseph ? Ou peut-être était-ce Josef, un peu plus archaïque ? Ou bien même Youssef ? Sans parler de Josep ou José ? Et que dire alors de Joasaph ou de Josaphat ?

Joseph Rothsky. Un hybride prétentieux de Brodsky et de Roth. Ce dernier est, d'ailleurs, aussi « brodsky » de par son lieu d'origine : plus précisément, il était de Brody. Mais nous nous égarons.

Après une série de méditations et de recherches méticuleuses sur toutes les ressources de la Toile possibles et imaginables, je peux tirer les premières conclusions. Avant toute chose, que Joseph Rothsky a véritablement existé, et peut-être même qu'il existe toujours. Autrement dit, il n'est aucunement le fruit de l'imagination d'un quelconque fonctionnaire du Comité. Personne en son sein n'avait l'intention de lancer une énième fiction biographique : j'aurais pu le confirmer même sous la torture. Autre chose est de savoir pourquoi le Comité avait tellement besoin de ce Joseph Rothsky. Je soupçonnais que la réponse allait s'imposer au fur et à mesure de l'avancement de mon enquête.

Au début, il n'y avait que des bribes. J'ai réussi à savoir que Joseph Rothsky avait reçu une éducation musicale partielle et que, semblait-il, il connaissait quelques instruments à clavier. Au début des années 1990, il jouait dans un groupe et a même pris part à des tournées (il disait qu'il « tournait ») en Serbie. Cependant, cela pouvait être aussi en Macédoine. Il n'a pas appris le serbe, mais il lui arrivait d'imiter quelques tournures à la façon serbe. Ainsi, en se retournant sur des formes particulièrement appétissantes, lignes ou proéminences, il pouvait s'exclamer avec admiration « Kakova malitsa ! », ce qui voulait dire selon lui, dans la langue qu'il s'était appropriée, « Quelle fille ! » Parfois il allait trop loin et ajoutait : « Kakova zadnitsa ! » Cependant, il n'y avait rien de vulgaire à ses yeux : zadnitsa signifiait pour lui la personne qu'il venait de croiser et qui était derrière lui. Celle qui défilait devant pouvait tout à fait être gratifiée de prednitsa[1].

---

1. Jeu de mots sur la préposition « derrière » (*za* en ukrainien) et « le derrière » (*zadnytsia* en ukrainien). *Prednitsa* désignerait par opposition ce qui est devant, le devant. *(Toutes les notes sont de la traductrice.)*

Il aimait de manière générale utiliser les mots de son invention. Certains revenaient souvent, d'autres ne servaient qu'une fois.

Dans sa vie précédente, à la charnière du XVe et du XVIe siècle, il était aussi musicien, mais je crois qu'il était alors bien plus habile que l'actuel.

J'ai appris en outre que Joseph Rothsky portait assez souvent des chemises monochromes plutôt claires. Alors que le noir lui allait plutôt bien. Cela pouvait s'expliquer par l'hétérochromie de l'iris, un phénomène assez rare où chaque œil a une couleur différente. On sait avec certitude qu'un œil de Rothsky était verdâtre. Je n'ai pas réussi à établir s'il s'agissait du gauche ou du droit. Ni la couleur de l'autre œil.

Joseph Rothsky a quitté son pays de manière forcée. Tout porte à croire que c'était lié avant tout à l'échec de la révolution, où il a joué un rôle qui est loin d'être secondaire, aussi bien dans la révolution que dans son échec. D'où sa participation très probable à une certaine tentative d'assassinat politique. Réussie, cette fois.

Voilà ce que je savais à peu près au moment où je me suis lancé dans le voyage afin de poursuivre mes recherches. Sans m'arrêter sur certains points particuliers de mon périple relativement confus, dont certains tronçons semblaient franchement absurdes et ne menaient nulle part ailleurs que vers un cul-de-sac irrémédiablement sans issue, je mentionnerai uniquement comment je me suis heurté à un obstacle insurmontable sous la forme de la mauvaise réputation d'une prison suisse que j'ai dû contourner sans réussir à y pénétrer. Cet échec m'a obligé à serrer les dents, devenant dans un certain sens un point de non-retour.

En décembre de l'année dernière, je me suis retrouvé à Rhinocéros, pas une bourgade mais une véritable ville dans les environs de l'une des sept dizaines de centres géographiques de l'Europe, dans sa version quelque peu orientale. Les Carpates prennent ici une forme volcanique assez exotique, alors que leurs pentes couvertes de noyers et de châtaigniers créent des cascades de versants plus abrupts et plus doux, auxquels colle idéalement la ville susmentionnée depuis près de neuf siècles. Pour être franc, la ville ne portait pas le nom de Rhinocéros depuis sa création, mais seulement depuis le règne du vingt-sixième baron Florian-Auguste. C'est-à-dire depuis la fin du XVe siècle.

Je n'ai pas réussi à louer immédiatement le logement où Joseph Rothsky aurait vécu quelques années plus tôt. Bien que l'intermédiaire louche m'eût assuré que « pour ce fric » et en tenant compte de la molle inflation actuelle, il fallait que je considère ça comme un privilège non mérité.

C'est ainsi que je suis devenu l'occupant d'un lieu qui ne semblait pas de prime abord très célèbre. L'immeuble, où je me suis retrouvé temporairement propriétaire de la moitié du rez-de-chaussée, représentait un spécimen d'incertitude architecturale de plusieurs étages, qui essayait de toutes ses forces de s'enfoncer dans le soubassement rocheux et sablonneux (qu'on appelle aussi sauvage) du mont du Château, comme s'il aspirait à disparaître à jamais, à se cacher dans ses profondeurs. La langue que l'on appelait autrefois le russe aurait utilisé le verbe « s'introduire ». L'unique particularité de la maison aurait pu être sa cave, pas en tant que telle, mais pour le club qu'elle abritait. Celui-ci restait cependant la plupart du temps fermé. Dans le cas contraire, les visiteurs ne s'y pressaient pas. Je n'y suis passé qu'une fois, le soir de mon installation. C'était un bouge typique, à l'ancienne, où par le passé on a tellement fumé que plus aucun courant d'air ne saurait en chasser l'odeur. Un signe supplémentaire du has been était la présence de cure-dents, et pas seulement sur les tables, entre le sel et le poivre, mais aussi, on ne sait pour quelle raison, sur le bar. Il ne manquait que la moutarde. Aucun membre du personnel ne se pressait pour satisfaire ma curiosité volontairement dissimulée. Il est vrai que le barman, qui feignait l'apathie, m'a laissé lui extirper l'aveu qu'il n'y avait pas longtemps le lieu abritait un autre établissement dont il ne connaissait pas la fréquentation. Ou plus précisément, son idée était extrêmement réduite : « Des émigrés. » La frankovka locale s'est avérée être une version moyenne de ce vin plus que moyen, et il ne se passait rien de particulièrement agréable à l'intérieur. Ainsi, mon regard ne tombait même pas sur l'ombre de quelque chose qui aurait pu mériter l'expression « Kakova malitsa ! » Après avoir vidé péniblement le deuxième verre, j'ai payé et je suis monté chez moi.

Plus près du milieu du mois, lorsque les jours deviennent excessivement courts et honteusement sombres, surtout dans un appartement de rez-de-chaussée sous le mont du Château, j'ai connu l'unique épisode mystique de ma vie d'alors. En finissant de travailler sur la quatrième pile de documents, dont aucune ne m'avait apporté quoi que ce soit d'intéressant, et en observant derrière la vitre les tentatives plus que modestes de la neige de dépasser enfin sa timidité et de se déverser de toutes ses forces, je me suis mis involontairement à bâiller et j'ai décidé après une courte réflexion de faire un petit somme sur une couchette qui me tentait juste à côté. Déjà à moitié endormi, m'enfonçant dans un sommeil absolu, j'ai eu le temps d'enregistrer quelque chose de nouveau : d'en bas, c'est-à-dire de la cave, parvenaient des sons de différentes tonalités et forces, qui témoignaient du déplacement résolu de meubles et de l'accordage d'instruments. Peut-être pas tous. Quoi qu'il en soit, l'ingénieur du son du club se défoulait sur les percussions.

La deuxième chose que j'ai eu le temps de saisir, c'était que nous étions vendredi, le jour des concerts.

La troisième chose n'a pas tardé à suivre la deuxième. Tout était exactement comme autrefois. Je n'étais plus moi, mais Joseph Rothsky. J'étais allongé sur la même couchette que lui, à son époque. C'est lui qui entendait tous ces sons venus d'en bas. Il ne me restait qu'à me fondre dans ce qui allait suivre. Autrement dit dans une autre époque et un autre jour, mais toujours vers la fin de l'année et dans le même appartement.

En bas, on installait une grosse caisse : c'était long, ennuyeux, mesuré et méthodique. Il n'y avait rien d'extraordinaire. Vivre au-dessus d'un club suppose certains désagréments, en particulier les vendredis et les samedis. Le club s'appelait *Khata Morgana* (ou bien *Хата Моргана*, les deux versions étaient utilisées de manière indifférenciée). Joseph Rothsky n'y avait jamais mis les pieds. Mais il s'était déjà habitué à tous ces bruits du vendredi après-midi précédant les concerts. Il s'était aussi habitué aux concerts, il faut dire ce qui est. Tout n'était pas si désespéré, aurait dit Joseph Rothsky si on lui avait posé la question. Mais il n'y avait personne pour le faire.

D'accord, il ne se passait rien d'incongru dans la cave.

C'est la sonnerie à la porte qui a semblé complètement incongrue. Joseph Rothsky n'a pas ouvert. Personne, aucune âme qui vive ne pouvait le déranger aujourd'hui. Aucun rendez-vous, nulle séance de sexe ou autre service intime n'était prévu ce vendredi. Et pourtant la sonnerie s'est transformée en une série de sonneries courtes et longues qui se sont muées en pluie de coups contre la porte. L'inconnu faisait preuve d'une insistance résolue et d'une certaine impatience.

Pour la première fois Rothsky a regretté l'absence d'un judas : il aurait fallu l'installer depuis belle lurette. Il a hésité un peu, figé devant la porte. Son imagination bien entraînée a eu le temps de déployer quelques bulletins d'information où figurerait une ou deux heures plus tard la nouvelle de la liquidation d'une nouvelle personne de la liste. Par exemple, *eux*, car pourquoi pas, a conjecturé Rothsky. Enfin, après un geste de lassitude et en se répétant le sempiternel « On ne meurt qu'une fois », il a ouvert la porte.

Le bonhomme de l'autre côté de la porte était avant tout une odeur, un mélange épais et intense de parfums, d'où sont sorties ses premières paroles. Et ces paroles étaient : « Bonjour, je suis la proie. » Dans la langue maternelle de Rothsky. Cette langue dont il avait oublié l'usage ces dernières années.

– Bonjour, je suis la proie.

– La quoi ?

Rothsky était à la peine.

– La proie. Mais dans le bon sens, celle qui vient au-devant du chasseur. Vous êtes le chasseur, je suis la proie.

Rothsky fixait sa calvitie idéale, le caillou brillant de son crâne. Son regard venait légèrement d'en bas, car Rothsky n'était pas en mesure de se targuer d'une haute taille.

– Myroslav-Yaromyr Servus, s'est présenté le chauve. Vous pouvez m'appeler Myromyr ou Slavoyar. Myrko. Ou bien Iarko. Nous sommes voisins. Je suis au-dessous. Le propriétaire du *Khata Morgana*. On ne vous dérange pas trop ?

– C'est gentil à vous, a murmuré Rothsky entre les dents.

– Oui, je sais. Vous m'invitez à entrer ?

Le nuage de parfum s'est glissé dans l'entrée. Rothsky a eu l'impression de reconnaître *Gravity Master*, de Klaus-Johann Béranger (safran, cannelle, jasmin du soir, cendre et, par-dessus tout, rat musqué).

– Vos narines ne vous trahissent pas. Je le fais exprès, pour recouvrir l'odeur du soufre, a commenté le chauve en riant de sa propre blague et en avançant d'un pas résolu vers le salon.

Le qualificatif « idéal » ne concernait pas uniquement sa calvitie. Le rasage idéal n'avait laissé sur le visage ni sourcil ni cil. Le tombé idéal du costume cintré ne laissait aucune chance aux plis. Sans parler de tous ces bijoux dans le nez, les oreilles, sur le cou, les revers de la veste et les doigts ! Et chacun appelait un examen minutieux et une interprétation des symboles.

– Je ne suis pas venu juste faire votre connaissance. (Le visiteur s'est retourné sur le propriétaire quelque peu décontenancé après avoir atteint le bout du couloir.) J'ai une proposi…

Il n'a pas eu le temps de terminer à cause d'Edgar. Après avoir apprécié la situation, ce dernier est sorti de sa cachette sur l'armoire dans un claquement brusque des ailes. On aurait dit qu'il s'apprêtait à attaquer cette calvitie idéale avec son bec et ses griffes.

– N'ayez crainte, il est savant et poète. Il ne va pas vous attaquer, quand bien même vos reflets l'exciteraient, s'est empressé de le rassurer Rothsky, l'air nerveux, le laissant pénétrer dans le salon en même temps que le corbeau.

Edgar s'est posé doucement sur l'épaule de Rothsky (gauche, comme à l'accoutumée) et a entrepris de surveiller avidement le vis-à-vis chauve qui venait de s'affaler dans le fauteuil d'en face.

– Magnifique nevermore, l'a complimenté Servus. Cela fait longtemps que vous l'avez ?

– Deux mille ans, a répondu Rothsky, ce à quoi Servus a acquiescé l'air entendu.

– Monsieur Joseph, a-t-il commencé, montrant de tout son être qu'il prenait sur-le-champ le taureau par les cornes.

– Vous pouvez m'appeler Jos, l'a interrompu Rothsky.

– Parfait, Jos, a accepté l'invité. Dans ce cas, je suis Meph. Je vous préviens tout de suite : pas Méphisto. N'y comptez pas.

– Dommage. Pourquoi Meph alors ?

– Seul le diable le sait. Mephodiy[1] ? C'est le nom qu'on m'a donné dans un groupe de patients anonymes. Tout le monde s'est inventé un nom de fonction. Nous avions

1. Le prénom grec Μεθόδιος est transcrit avec un *t* en français, Méthode, mais avec un *f* en ukrainien.

Madame Ampha, quelques Crack, un vieux Dja, une jeune Barbie et un couple inoubliable, Tram et Dolly. On m'a baptisé Méthode.

– Mephodiy, Meph. D'accord.

– Je pense que c'est à cause de la méphédrone, j'en consommais à l'époque. J'y ai pris goût, vous savez, dans des bains chauds, et puis je suis devenu accro. J'en ai sniffé, bouffé… C'est triste, terrifiant, et quand on se souvient… Votre appartement a une baignoire, n'est-ce pas ?

Rothsky s'est demandé quelle réponse à cette question ne passerait pas pour ridicule, alors qu'Edgar, n'ayant aperçu dans l'étranger aucun signe susceptible de requérir un troisième degré d'inquiétude, s'est envolé, cette fois sans bruit, de son épaule préférée pour s'installer sur un vieux coffre à l'autre bout de la pièce, d'où, cependant, il a continué sa surveillance prudente.

Et c'est alors qu'a commencé une conversation qui, selon de nombreuses versions, n'aurait pas pu durer moins d'une heure.

Toutefois, on ne peut pas vraiment appeler conversation ce flux de monologue. C'est surtout Meph qui parlait, alors que Jos, tout en sachant qu'il répondrait immanquablement non à toute proposition, écoutait la plupart du temps. Il ne se distinguait pas par une politesse excessive, ni par sa grande taille, mais le « non » (qu'il prononçait *no*) faisait partie de son top cinq des mots préférés pendant la moitié de son existence. Nonobstant, ô miracle, il écoutait patiemment, s'étonnant intérieurement de sa propre tolérance.

Jos, disait Meph, je vous admire depuis bien longtemps, pas dans le sens d'un vieil admirateur, mais depuis toujours, bien que vous puissiez douter qu'il en existe quelque part dans le monde. Pourtant, je suis l'un d'entre eux, peut-être même l'unique. J'ai été déchiré d'apprendre que vous alliez vivre ici, au-dessus de moi, c'est une bénédiction pour mon établissement. Par la grâce de Dieu. Vous êtes notre dieu, Jos. Je vous ai en vrai et en replay, même lorsque le dernier hiver vous avez mis un masque. J'ai une collection de vos autographes, Jos. Je suis venu chercher votre âme.

(*N'êtes-vous pas en train de me confondre avec quelqu'un d'autre ?* lui a répondu Rothsky. *I'm not so important, man. Ni mon âme en particulier.*)

Que Dieu m'en garde, lui a rétorqué Meph. Que le diable l'emporte, voici les preuves.

Il s'est mis à faire défiler le kaléidoscope de son smartphone : photos, vidéos, audios. Rothsky, Rothsky, Rothsky, regardez vous-même, je suis votre proie. Cela fait trente ans que je suis votre proie, Jos. J'ai grandi avec vous. J'ai porté les mêmes coiffures, exactement comme vous maintenant. Jusqu'à ce que je perde mes cheveux à cause de certains problèmes. Jeune, tout comme vous, je penchais la tête de côté, je tendais le menton vers l'avant. Je marchais avec le col relevé, les mains dans les poches. Je vivais selon votre style et à votre façon. Je vivais avec votre nom, Jos. Savez-vous combien de fric j'ai dépensé pour la révolution uniquement en votre nom ? Et des dizaines, des centaines de gens comme moi ? Nous y apportions tout : des produits alimentaires, des médicaments, des vêtements, du bois de chauffe, des cigarettes, des armes, des nerfs, des poumons, de la coke. À la première demande de la Direction, Jos. Je n'ai jamais cru les autres comme je vous crois, vous. Je ne les croyais pas du tout, vous – si. Tant que vous étiez là, nous savions pourquoi. Regardez, regardez : celui-ci et celui-ci seront embarqués le lendemain, celui-ci sera écrasé, celui-ci va vendre tout le monde, ces deux-là, l'une après l'autre, disparaîtront cette même nuit sans laisser de traces, à jamais. Celui-ci sera condamné pour des années, celle-ci fera une fausse couche, alors que vous et moi, on est devenus des émigrés. Une photo et combien d'histoires, regardez, Jos.

(En feuilletant lentement les fichiers du smartphone : *Et alors, qu'est-ce qu'on fait maintenant ? On forme un cercle des bagnards exilés ?*)

Quelque chose de ce genre, a répondu Meph. Vous avez presque deviné.

(*Mais c'est ennuyeux*, a dit Rothsky. *Je manque de mots pour expliquer à quel point c'est ennuyeux.*)

L'émigration est un pays où on dort mal, a rétorqué Meph. Et quand on s'endort, on voit des rêves tels qu'on n'a pas envie de se réveiller, de peur de s'étrangler avec ses propres sanglots comme avec du vomi. Je pense que ce sont des remords, des cas de conscience, des CdC. Des pierres et autres poids qui pèsent sur l'âme, des PsA. Et ainsi de suite. Et tu te poses des questions, tu t'interroges sans cesse. Pourquoi lui a été touché, littéralement, le poumon transpercé avec un poignard, et pas moi ? Pourquoi le sniper a touché celui-ci et pas moi ? J'étais à un mètre et sans bouclier. Pourquoi ce n'est pas moi qui ai fait une fausse couche ? Pourquoi ce n'est pas moi qui suis resté enfermé sept cent cinquante ans, dix mois et trois semaines ? Parce que je suis ici et eux, là-bas ? Mais pourquoi suis-je ici ? Pourquoi celui-ci est atteint de tuberculose et moi, j'ouvre un nouveau club ?

(*Ne croyez surtout pas qu'il s'agisse d'une mission, Meph. C'est juste un hasard.*)

Mais comment ne pas croire, Jos ? Tout hasard est une mission. Ainsi, j'ai par hasard rêvé d'un nom. Par hasard, j'ai construit un club qui va avec. Pour cela il fallait trouver une cave par hasard. Je l'ai trouvée. Plus exactement, j'ai trouvé la clef. La clef était la bonne et tout s'est débloqué. Puis les premiers visiteurs de passage. Ils sont venus par hasard. Il leur fallait se réchauffer quelque part. Ce sont les migrants de la première vague, qui avaient encore en eux la chaleur de la maison. Mais la chaleur s'en est allée et ils cherchaient à retrouver leurs semblables. Ne voyez-vous pas ce qui se passe ? Comment notre pays s'enfuit de lui-même, tout entier, à qui mieux

mieux ? Partout, pourvu que ce soit loin. Celui qui reste est mort. Le Régime le prend tout entier. Même dans ce trou volcanique des Carpates, nous sommes déjà plus de deux millions. Dans un an, on sera cinq, car tout ce qui peut s'en va. Écoutez, même ici, à la périphérie, nous sommes vingt pour cent ! Que dire des capitales et des villes centrales ? Et bien évidemment, ce sont les jeunes, surtout les jeunes. N'importe quel trou hors des frontières est pour eux plus désirable que la maison ! Mais ils s'accrochent encore aux filets de la mémoire. Ils ne sont pas juste une assemblée, presque déjà une communauté. Vous nous manquez, Jos. Pour qu'une foule devienne une communauté, elle a besoin de vous. Une sorte de guide, de vecteur, de tuteur, de tronc, de piston.

(*Vous parlez de strip-tease ?*)

Ha ! Nous avons un strip-tease tous les dimanches, pour votre gouverne. Mais nous avons besoin de vous le jeudi.

(*Pourquoi le jeudi ?*)

Parce que le lundi est le jour de repos, nous sommes fermés. Le mardi est dédié à des conférences, des discussions, des réunions, des masterclass pour les amateurs de café, une centurie du cigare, une bourse végane. Le mercredi, il y a toutes sortes d'événements qui commencent par la lettre F : footballthèque, films, freak show, free jazz, flamenco, French disco, fafa-lala et, une fois par mois, une soirée pour les couples du même sexe. Le vendredi est la nuit des jeunes équipes « Bonne année », des groupes débutants. Le samedi, soirées privées pour des sponsors et des donateurs. Le dimanche – strip-tease. Mais vous le savez déjà. Et le jeudi vous est réservé.

Edgar, qui depuis un certain temps déjà s'apprêtait à se manifester depuis son armoire, a reposé la question de manière très claire, bien qu'avec un croassement propre à son espèce : « Pourquoi le jeudi ? »

Sans cligner des yeux, Servus a écarté les bras et expliqué, non pas au corbeau, mais à Rothsky : « Parce que tous les autres jours sont déjà pris. C'est un cycle hebdomadaire. »

Dès lors, plus concentré et mesuré, comme s'il tirait un trait (l'ingénieur du son du club venait juste d'abandonner les percussions pour s'en prendre aux basses), il a dit :

– Jos, revenez. Pourquoi avez-vous disparu ? Votre charme n'a pas le droit de faire cela. Une personne telle que vous a un poids trop important. Tout à fait entre nous, ici les jeunes perdent rapidement les liens avec la patrie.

– Je n'aime pas ce mot, dit Rothsky en grimaçant légèrement. Dites plutôt en serbe : *domovina*[1].

– J'aimerais croire qu'il n'est pas encore temps de le dire en serbe. Alors qu'il est temps pour moi de partir.

Il s'est levé du fauteuil et s'est retourné à tout hasard vers Edgar. Celui-ci n'a manifesté aucune réaction, mais ne l'a pas quitté des yeux.

– Qu'est-ce que je devrais faire pour vous ?

La question a de nouveau échappé à Rothsky.

– De la musique.

– Cela fait un siècle que je ne joue plus.

– C'est bien ce que je dis : revenez. Je paye bien.

– Je vous remercie. J'ai un financement total et illimité.

– Je peux payer autrement qu'en argent.

Énervé par le fait qu'il aurait pu mettre fin à tout cela depuis bien longtemps et sans poser la moindre question, Rothsky s'est tout de même intéressé :

– Mais encore ?

Ils se tenaient dans l'entrée. Meph a tendu la main vers la poignée de la porte, et s'est arrêté pour regarder de manière appuyée non pas Rothsky mais Edgar, qui s'était de nouveau installé sur l'épaule gauche de son maître.

– Vous avez vraiment les yeux de couleurs différentes. Un signe d'élu, je suppose ?

1. Le mot ukrainien *domovyna* signifie « cercueil » .

Et il a continué :

– Le prix peut être élevé. Une soirée équivaut à un été de plus dans votre vie. Soit dit en passant, je viens de tomber sur un authentique Schellenberg, datant du début des années 1930. Son étrange, mais il suffit de l'accorder. Vous voulez jouer sur un Schellenberg ?

– Je ne sais déjà pas quoi faire des années qui m'ont été accordées… et vous, vous me promettez d'en ajouter. (Rothsky a esquissé un sourire dédaigneux, mais étroit, pour ne pas découvrir les coins de sa bouche, qui étaient vides depuis bien longtemps.) Mais je vous remercie de votre proposition.

Cette fois, la main de Meph, avec tous ses bijoux, est allée jusqu'à la poignée, et la porte s'est ouverte.

– J'ai dit ce que j'avais à dire et je vous quitte. J'espère au moins dans le clair-obscur. Sinon, dans l'obscurité.

Il aurait été plus juste de dire « dans le parfum ». Mais l'obscurité se densifiait en effet.

La porte a claqué et Rothsky, non sans soulagement ni une certaine bravade, lorgnant de son œil vert du côté de son épaule gauche, a demandé :

– Qu'en dirais-tu, vieux ?

Le dernier mot n'était pas que de la familiarité. Suivant les calculs de Rothsky, Edgar avait dépassé la deuxième centaine d'années.

2

Edgar, noir non seulement d'aile, mais de tout son être, était apparu dans la vie de Joseph Rothsky quelques mois seulement avant cette visite inopinée. Alors qu'il déambulait comme à l'accoutumée en serpentant sur le mont du Château, il avait remarqué une dispute brutale et bruyante entre un corbeau solitaire et une bande de freux sur le bas-côté couvert d'herbe. On ignore de quoi il retournait : les règlements de comptes interespèces ne sont pas forcément à la portée de nos interprétations. Dans sa tête, Rothsky a conclu à un conflit type entre les citadins et les habitants de la forêt. Les premiers n'osaient pas encore attaquer, mais ne laissaient pas les autres échapper à leur emprise. Ce faisant, il était évident qu'ils appelaient leurs congénères. S'ils deviennent plus nombreux, ils vont attaquer, a supposé Rothsky. Cependant, partisan de la politique de non-intervention dans les phénomènes de la nature, il est demeuré quelque temps spectateur.

Il a vite vérifié sa supposition : les freux affluaient assez vite, et leur comportement devenait de plus en plus agressif. Le corbeau attestait de toute sa posture qu'il n'allait pas se rendre et, répondant aux premières attaques plus au moins franches, s'est engagé dans une danse de combat préventive. « Si tu te mêles aux freux, croasse comme eux » – Rothsky a cité sa chanson préférée de l'époque, puis s'est dirigé d'un pas exagérément décidé vers le bas-côté. La manœuvre a quelque peu détourné les assaillants, certains ont commencé à hésiter, et c'est alors qu'il s'est mis à vociférer sauvagement : « Allez, putain de votre mère, laissez-le tranquille ! » Les corbeaux se sont affolés, ce qui a permis au solitaire noir de charbon de déployer ses ailes et de s'envoler librement au-dessus du théâtre de la guerre qui n'avait pas commencé.

Fier de son effet, Rothsky a suivi du regard ses déplacements : d'un châtaignier à l'autre, puis sur un érable embrasé par l'automne, puis sur une falaise, puis plus haut, en dessinant des cercles irréguliers au-dessus du périmètre des murs. Après cela, il l'a aperçu dans la meurtrière du château, où il semblait s'être installé pour un bon moment. Cela avait l'air si gothique que Rothsky l'a baptisé sur-le-champ Edgar.

Une demi-heure plus tard, ayant atteint dans ses déambulations le coin le plus reculé du Vieux Château, où ce jour-là une centurie africaine fraîchement débarquée établissait bruyamment ses tentes bien usées et délavées mais encore chamarrées, Rothsky a senti quelque chose qui apparaissait régulièrement dans son dos. Où qu'il aille, où qu'il tourne dans les labyrinthes de l'immense château, le corbeau le suivait. Et dès que Rothsky s'arrêtait, le corbeau s'arrêtait à son tour. Bien plus, il scrutait et penchait la tête un peu à droite, tout comme Rothsky. D'ailleurs, ses plumes se dressaient autour de sa tête, exactement comme le col toujours relevé de Rothsky. S'il avait porté un pantalon, il n'aurait jamais retiré les bouts de ses ailes de ses poches. Les deux font la paire, s'est dit Rothsky.

Une demi-heure plus tard, ayant perdu temporairement son nouveau compagnon, Rothsky a décidé de profiter un peu du soleil d'octobre sur la terrasse, où il a commandé à un Syrien de sa connaissance une assiette du meilleur banoche au monde. Le fait qu'entre un Syrien et un banoche il existe une certaine incompatibilité de traditions culinaires n'étonnait plus Rothsky depuis bien longtemps. Qu'on s'en étonne ou pas, le banoche du Syrien (pas le couscous ni le riz pilaf, mais bien le banoche !) était incomparable, un point c'est tout. S'étant installé avec son assiette à la première table venue, Rothsky, qui n'avait rien mangé depuis le matin, s'est livré, concentré, à toutes ses saveurs. Et voilà que quelque chose de grand et d'ailé s'est posé doucement sur son épaule gauche. Surpris, Rothsky est resté quelque temps sans bouger. Recevoir un gros coup de bec dans l'oreille et se faire percer le tympan pour rien ne lui agréait pas du tout. Même sans cela, ses oreilles sonnaient souvent. Cependant, Edgar ne manifestait aucune hostilité, et Rothsky lui a tendu l'assiette de banoche, à peine refroidi. L'oiseau n'a pas refusé. Ce jour-là, ils ont partagé le mets.

Lorsque Rothsky est redescendu pour rentrer chez lui, Edgar l'a accompagné sans se cacher, se déplaçant rapidement d'un endroit à l'autre, en le dépassant puis l'attendant : un réverbère, une vieille cabine téléphonique, le toit d'une pharmacie, la grille du jardin du palais, la statue abandonnée du vingt-sixième baron de Rhinocéros recouverte généreusement des slogans « bloody scum », « white trash » et « go fuck yourself you fucking rapist », puis la palissade de l'orangerie et le perron du poste de police dans la villa historique des Stakhelmayer. Une fois il s'est égaré dans le passage Boniface, mais, ayant compris que Rothsky tournait à droite, il a réparé immédiatement son erreur. Quand Rothsky a tapé le code de son immeuble, Edgar le reluquait de la hauteur de la colonne Jean-Paul-II : « Je te vois, pas toi. »

C'est ainsi qu'il a appris où vivait Jos, et l'a mémorisé.

Dès lors a commencé une observation mutuelle attentive, un processus prudent qui a pris deux ou trois semaines. Rothsky croisait le corbeau presque tous les jours non loin de son appartement. Celui-ci, par moments, feignait l'indifférence, faisant croire qu'il se trouvait là par hasard. Parfois, il s'installait franchement sur le rebord de la fenêtre de Rothsky, comme un fait exprès, suffisamment large pour lui, en jetant des regards curieux à l'intérieur. En sortant pour une promenade, Rothsky n'oubliait pas de prendre un sachet contenant de la chair de poulet ou des crackers. Edgar a commencé à réagir à son nom. Pour l'embrouiller un peu, Jos l'appelait de temps à autre « Vranats » dans son serbe approximatif. Savait-il qu'en réalité, cela signifiait non pas un corbeau mais un cheval à robe noire ? Nous l'ignorons. Une seule chose est certaine : Rothsky a vidé plus d'une bouteille du vin du même nom de Monténégro. Ou peut-être de Macédoine ?

À l'approche de l'hiver (ce jour-là, Rothsky aérait son logement après une certaine invitée nocturne qui, entre d'innombrables tours sexuels, avait réussi à fumer un paquet et demi de Chester), le corbeau a décidé de ne plus se limiter au rebord de la fenêtre et, regardant avec intérêt de tous côtés, est entré dans la chambre.

– Je vois que tu n'es pas opposé à l'idée de passer les grands froids chez moi, a déclaré Rothsky, se montrant compréhensif.

Edgar s'est envolé doucement du bureau et, un instant plus tard, s'est choisi un emplacement sur la vieille armoire trapue (un historien des meubles aurait supposé qu'elle avait été fabriquée par des imitateurs maladroits du baroque tardif). L'espace entre le haut et le plafond était plus que suffisant même pour un si Grand Oiseau.

C'est ainsi qu'ils ont commencé à vivre ensemble, pas en osmose parfaite, mais en bonne entente. Chacun vaquait à ses occupations, sans empiéter sur l'autre ni l'obliger. Dieu merci, dans l'arrière-cour traînait une boîte en carton de bonne facture, portant l'inscription « Norddeutsche Kaffeewerke ». Rothsky l'a bien tapissée des journaux de l'époque du *pouvoir populaire vainqueur* qui traînaient en nombre dans le logement : on pouvait y trouver des compilations annuelles ou trimestrielles des années 1960 et 1970, avec tous leurs acquis, hésitations et complots antiparti. Étrangement, Edgar n'était pas opposé à pareil nid.

– Je me demande ce qu'il m'a trouvé, dirait un peu plus tard Rothsky à certaines de ses visiteuses vespérales. Peut-être est-ce une question d'hétérochromie ?

Blague à part, veiller sur ce colocataire l'avait poussé à quelques études ornithologiques, en particulier sur le corvus. Du temps libre, il en avait plus qu'il n'en faut, il avait même pensé se risquer à une visite à la bibliothèque municipale qui devait conserver, à n'en pas douter, une pléthore de travaux fondamentaux sur les corvidés, peut-être même en latin. Toutefois, il n'est pas allé aussi loin (la bibliothèque occupait un étage et demi de l'ancien petit palais de campagne des barons de Rhinocéros) : dans un premier temps, l'Internet suffisait.

C'est là que Rothsky a appris plein de bêtises sur les corbeaux. Par exemple, que ce sont des oiseaux extrêmement peu soigneux. « Si c'est vrai et qu'il ne s'agit pas de balivernes, alors Edgar est un corbeau absolument atypique, extraordinaire », confiera par la suite Rothsky, en guise d'observations, à certaines de ses partenaires enchantées-rêveuses.

Le changement du contenu imprimé de la boîte en carton « Norddeutsche Kaffeewerke » ne demandait pas d'efforts trop fréquents. Edgar était soigneux.

Le deuxième trait admirable chez Edgar était son côté omnivore. Si ce n'avait pas été le cas, Rothsky aurait été vraiment gêné : il avait déjà la flemme de cuisiner pour lui-même, que dire alors des finauderies d'un oiseau. Mais ces dernières ne se sont jamais manifestées et Edgar (excepté les cas où il s'envolait pour prendre un peu l'air, épisodes dont on ignore tout) engloutissait tout ce qu'on lui présentait. Par exemple, les crevettes. Rothsky avait remarqué qu'Edgar appréciait particulièrement le fait de mettre en pièces leurs carcasses avec son bec.

– À l'arrivée de l'été, j'essayerai de lui faire goûter des écrevisses, promettait Rothsky sous le coup de l'inspiration à plus d'une amie de ses nuits.

Nonobstant le fait que l'Internet estimait la longévité moyenne des corbeaux entre dix-sept et quarante ans, plus ou moins, Jos le savait : son hôte avait plus de deux cents ans. D'où lui viendrait sinon cette expérience métaphysique, cette intelligence brillante ?

Lorsque Edgar s'installait sur son épaule, Rothsky jetait un regard oblique de son œil vert, et lui demandait : « Tu es Hugin ou Munin ? L'Esprit ou la Mémoire ? »

« Une Mémoire sans Esprit, un Esprit sans Mémoire », déclama bientôt Rothsky en une ligne poétique de provenance incertaine, à sa dernière maîtresse.

C'était une adaptation et une appropriation mutuelles. Obligé enfin de veiller sur quelqu'un d'autre que lui, Rothsky, imperceptiblement, surmontait la solitude dans laquelle il avait été enfermé par les circonstances. Et bien qu'il se sentît parfaitement à l'aise au sein de la solitude ces derniers mois, veiller sur un autre, et surtout un autre si particulier, convenait parfaitement à Rothsky. D'ailleurs, c'était un sage compromis : il gardait toute sa liberté (bon, presque toute), avec un bonus – un locataire et un interlocuteur, une âme noire vivante.

Solitaire non pas par choix mais par la force des choses, Rothsky avait retrouvé un peu d'espoir quant à la possibilité de tromper et de rompre tout ce déterminisme.

Quelque temps plus tôt, enfermé dans une prison suisse, il réfléchissait (en langue locale cela se disait « mit dem Gedanken spielte ») sur le fait qu'*ils* ne le laisseraient jamais tranquille pour ce qu'il avait fait. Lui, Joseph Rothsky, s'est révélé trop radical. Son intervention, ou son lancer, s'est avérée si incroyable, inattendue, impossible, qui plus est en violation éhontée de toutes les subordinations, qu'on ne saurait la lui pardonner et que la punition devrait être on ne peut plus exemplaire et, pour employer un euphémisme, disproportionnée. D'autant plus qu'après la mort violente de *l'avant-dernier dictateur d'Europe*, le Régime avait eu le temps de se ressaisir, de se regrouper, de colmater les fissures internes entre les groupements, les familles financières et industrielles et autres clans, pour en fin de compte désigner un successeur en la personne d'un des nombreux fils illégitimes du défunt dictateur, en l'arrachant à grand-peine à une carrière bien lancée de comique à la télévision et en le plaçant avec une certaine violence dans le fauteuil du chef de l'État.

Par conséquent, la prison, d'autant plus la prison suisse, ne pouvait pas ne pas paraître à Rothsky un des lieux les plus sécurisés. Lorsqu'il en est sorti, il a failli vaciller sous le coup de vent frontal de l'incertitude. Le monde en dehors des murs de la maison de correction était infini et porteur de possibilités infinies de régler ses comptes. Heureusement, Rothsky possédait un plan détaillé, pas à pas, comment disparaître, s'évanouir, cesser d'exister. Heureusement, ce plan a semblé réussir, et Rothsky s'est tapi au fin fond d'une bourgade périphérique des Carpates, dans un petit pays anormalement calme et oublié de tous. Par chance, un coussin de sécurité plus que bourré d'argent permettait de mener une existence élémentaire et invisible.

Pour quoi faire ? Rothsky ne le savait pas encore.

Un jour, alors qu'il tuait le temps sur Internet, il est tombé sur une liste de quarante-quatre noms fraîchement publiée (*ils* disaient *fuitée*). La liste était de celles que l'on qualifie de liste des condamnés et elle avait été établie par une organisation inconnue jusque-là : la Ligue d'assainissement de l'unité nationale. Dans un bref préambule, ses représentants anonymes promettaient une *exécution méritée* aux personnes énumérées *dont l'activité destructrice à l'encontre de l'État doit être stoppée immédiatement par les forces saines et engagées de la nation.* Le fait qu'on souligne à plusieurs reprises que la *LAUN est une structure d'activistes et n'a aucun lien avec les services spéciaux de notre pays et ne peut en avoir aucun,* devait en l'occurrence être compris comme l'exact contraire.

Les personnes figurant sur la liste étaient surtout des prétendus activistes de la culture, bien qu'on n'ait pas pu éviter les catégories douteuses tels que éco-terroristes, défenseurs des animaux, enquêteurs sur les réseaux de corruption, modérateurs de la société civile et, tout simplement, les autorités morales avec un domaine d'activité flou et nébuleux. Les femmes constituaient près de la moitié de la liste, ce qui pouvait témoigner du tribut payé à l'égalité des genres en particulier et aux standards occidentaux progressistes en général. Ayant lu son nom à une place relativement honorable dans la partie supérieure de la liste, Joseph Rothsky a ressenti un soulagement : on ne l'avait pas oublié.

Cependant, ce bref instant de vanité a cédé la place à l'auto-ironie, qui correspondait davantage à sa nature. Il ne manquerait, se répétait-il, il ne manquerait plus que de tomber dans le pathos et de se délecter de sa propre grandeur à cause des blagues débiles de cinq ou sept élèves de troisième ! Et même si ce n'étaient pas eux, pas les ados virtuels repus de gadgets et de burgers qui ont inventé ce jeu tout sauf drôle, mais, supposons, un fou frustré solitaire, un maniaque informatique ou un consommateur de séries sur les tueurs en série, qu'est-ce que cela signifie ? Rien, absolument rien, se persuadait Joseph Rothsky.

Toutefois, par moments, en revenant à la liste et en la relisant, il rendait hommage à l'ingéniosité de ses auteurs, particulière et non perceptible de prime abord. La combinaison des noms et, par conséquent, des personnes, mais aussi leur succession avec les passerelles sémantiques placées ici et là de manière désordonnée lui paraissaient parfois si curieusement éclectiques et insensées que les proverbiaux torchons et serviettes pouvaient se rhabiller. Une liste des condamnés aussi parfaite dans son absurdité ne pouvait avoir été composée qu'après une bonne fumette, conjecturait Rothsky non sans respect. Est-ce à dire que je ne devrais plus sortir, puisque leur herbe est si bonne ? s'insurgeait-il.

Et cependant, il ne se révoltait pas, c'est tout juste s'il maugréait. Il ne réussissait pas à se mettre en colère, car cela était contraire à sa nature.

Rothsky a rapidement découvert que ne pas se montrer était plutôt une bonne idée, quand il a pris conscience que la liste des quarante-quatre – comment le dire autrement ? – était régulièrement mise à jour. C'est-à-dire que certains de ses figurants périssaient vraiment, et la Ligue d'assainissement de l'unité nationale le rapportait scrupuleusement avec un triomphalisme impudent. À proprement parler, en ce moment, elle avait toutes les raisons d'être qualifiée de liste des quarante et un : trois malheureux de la première version avaient été abattus dans des circonstances quasi similaires en un laps de temps très court. Il restait encore quelques noms avant Rothsky, mais parfois il se surprenait à choisir sa chemise avec une précaution excessive avant de sortir. Heureusement, dans sa garde-robe dominaient les nuances de bleu et de gris : les taches de sang seraient plus nettes que sur du noir ou du marron. En même temps, ce serait moins pathétique que sur les blanches.

Rothsky possédait dans sa garde-robe peu sophistiquée quelques chemises de lin, ses préférées, confectionnées au Bangladesh et au Pakistan. Chacune serait du meilleur effet.

En réalité (même s'il ne pouvait pas le savoir à l'époque), non seulement Rothsky ne surestimait pas le danger, mais il le minimisait. La menace était double et avançait sur lui de deux côtés. À cette différence près que les uns préféraient le voir mort et les autres, vivant. Là résidait sa chance.

Mais chaque chose en son temps.

La vie la plus discrète possible qu'il s'efforçait de mener n'avait jusque-là presque pas connu de changement. Simplement, en sortant pour ses promenades sans but, le plus souvent jusqu'au château et retour, Rothsky enfilait désormais des lunettes plus foncées. Dissimuler la couleur naturelle de ses yeux, les deux couleurs, pour être précis, avait vraiment un sens dans son cas.

Le reste traînait dans la routine habituelle : déambulation en ville, préparation d'un plat basique, une ou deux bouteilles de vin par soir, des livres (essentiellement Robert Walser, dont la prose autistique avait envoûté Jos dans la prison suisse), la musique de toutes les époques et d'innombrables compilations, qu'il composait pour on ne sait qui sinon pour lui-même, en s'inspirant de Radio Paradise, sur laquelle il était tombé incidemment. Et aussi de rares sorties pour des rendez-vous que Rothsky qualifiait, quelque peu vulgairement, d'éro-trips.

Cette existence n'était pas si mauvaise, surtout si on considère qu'elle aurait pu s'arrêter il y a déjà un bon moment. Ne pas se montrer, attendre et se tapir au fond, tel un crocodile dans la vase ? On s'y habitue et cela procure même une illusion de confort. Mais pour combien de temps ? Est-ce bien jusqu'à la fin des jours ? Alors pourquoi les faire durer le plus longtemps possible ?

L'arrivée d'un admirateur au crâne d'obus et son invitation au *Khata Morgana* sont devenues pour Rothsky un événement d'une grande importance, on dirait même d'une importance incomparable. Au lieu d'ignorer cet événement, et de l'oublier pas plus tard que le lendemain matin, de s'en débarrasser comme d'un mauvais rêve, pas vraiment un cauchemar, mais tout simplement un rêve, honteusement insensé ; de plus en plus souvent, Rothsky se surprenait à réfléchir à ce rêve et, plus exactement, aux démons de sa vie antérieure que celui-ci avait convoqués. Dans ma vie, se vanterait un peu plus tard Rothsky à une de ses malitsa, il m'arrivait vraiment d'être une star. Et il précisait sur-le-champ : non, je l'ai vraiment été. Dans ma vie, j'ai été une star une fois.

(Toutefois, dans cette vie antérieure, il devait porter non seulement des lunettes aux verres foncés, mais aussi un masque. On ne devait pas connaître son visage. Il était une star incognito, avec un excès de conspiration. *Mehr schein, als sein.*)

Noël et l'implacable réveillon de Nouvel An l'ont submergé d'horreur poisseuse. Dans toute son étendue, et, pour tout dire, de trois fois son étendue, le fait s'est révélé à Rothsky (le fucking fact !) qu'il ne faisait rien d'autre qu'attendre la fin de sa vie. Que les jours passent, et passent les nuits. Que le soleil se lève et se couche. Qu'un jour les étrangers trouveraient son cadavre rongé par la vieillesse après avoir défoncé la porte de son logement. Dès lors, la solution avec les taches de sang sur la chemise bleu ciel du Bangladesh n'était pas tellement pire ; elle était même, sans doute, plus esthétique. Et si la Toile s'emparait de la vidéo de son assassinat, capté par hasard par les caméras de surveillance dans la rue, on pourrait conclure qu'il avait somme toute réussi sa vie. Et ma mort ? se demandait Rothsky. Elle sera réussie d'une manière ou d'une autre, car elle sera soudaine, se rassurait-il. On ne meurt qu'une fois.

Il a remarqué en janvier que les jours avaient accéléré leur cours, comme en décembre. Alors qu'ils auraient dû s'allonger. L'écoulement des jours est devenu une idée obsessionnelle, jusqu'à provoquer une douleur lancinante dans les os et les articulations. De plus, Arabella, une Colombienne de vingt-trois ans, dotée, comme en témoignait sa vidéo de promotion, de bonnets de grande taille, qu'il avait invitée dans un éro-trip le premier week-end de février, a fait faux bond à la dernière minute et annulé le voyage à Barcelone, lui faisant perdre aussi un billet d'avion.

Il semblerait qu'il ait craqué en février, mais déjà dans la seconde moitié. Des hipsters locaux, en suivant les tendances pas complètement vieillies de la street culture des grandes villes, ont sorti sur le trottoir devant leur café un piano, vieux et peinturluré (pouvait-il en être autrement ?). Rothsky est passé devant des dizaines de fois, sans même ralentir. Mais cette fois – est-ce Edgar, assis sur son épaule, qui lui avait soufflé quelque chose ? –, il s'est arrêté.

Il a touché le clavier (comme c'était loin !). Il a eu beaucoup de peine à jouer. Ses doigts ne lui obéissaient pas. La musique lui échappait. Du reste, il faisait moins dix et il était deux heures du matin. On a bon espoir que personne n'ait entendu ce désastre.

Une semaine plus tard, Rothsky a composé le numéro de Myromyr-Slavoyar Servus (alias Meph) et lui a demandé si les jeudis étaient toujours libres.

– Orphée s'est décidé à descendre dans l'enfer ?

Le propriétaire du *Khata Morgana* ne semblait pas ravi.

L'enthousiaste de décembre, celui qui étouffait d'amour et de fanatisme, s'était volatilisé. Il avait été remplacé par un employeur pragmatique et froid :

– Quels sont vos souhaits pour le cachet ?

(C'est-à-dire que peut-être se réjouissait-il, mais il ne le montrait pas, allez savoir pourquoi.)

– Commençons par une assiette de soupe, a répondu Rothsky.

Meph ne disait rien, alors Rothsky a été obligé d'ajouter :

– Comme dans ma vie précédente, j'accepte toujours le paiement en nature.

– Vous aurez de la nature, lui a promis Meph.

C'était Lubomyr Melnyk, « Frémissements à la surface de l'eau ».

Et moi, Joseph Rothsky, je ne pourrai jamais jouer comme Lubomyr Melnyk. En revanche, j'ai une radio, que vous écoutez cette nuit. Ma radio, c'est cette nuit, et mon horloge indique zéro heure dix-sept minutes.

Nous n'en sommes qu'au début, nous avons encore beaucoup de temps devant nous, et j'ai sélectionné de la musique... Non, pas du piano au sens académique, mais avec des touches bien distinctes. Mais pas que. Autrement dit, toutes sortes de musiques.

En son temps, j'ai un peu joué du clavier. Je n'ai pas fait le conservatoire, même si j'y ai passé plusieurs nuits. D'ailleurs, c'était à l'époque où ma popularité était au sommet. Après cette phrase vous pouvez imaginer que je suis vaniteux. L'époque ! Ma ! Popularité ! Au sommet ! Essayez de ne pas y prêter attention : il m'arrive de m'emporter. Je vais me corriger au fur et à mesure de ma maturité. J'ai plusieurs vies devant moi.

Donc. Je suis rocker. Aujourd'hui, c'est un genre presque oublié. J'exagère un peu, bien évidemment. Et pourtant je pose parfois la question : ne devrait-on pas accepter que le meilleur de la musique rock soit derrière nous ? que plus jamais elle n'ébranlera les fondements de ce monde, comme elle avait réussi à le faire en son temps ? Pas vraiment mon temps, mais celui qui a précédé. Ni avant ni après il n'y aura de bouleversement total par la musique, d'une pareille dépendance, d'une pareille concentration de plusieurs générations en elle et sur elle.

Vous avez raison, c'est trop personnel. C'est mon ancien moi qui parle. Pour quelqu'un comme moi, tout dans le monde est soit complètement oublié, soit à moitié. C'est la raison pour laquelle j'ai tellement envie de nous rappeler et de me rappeler à votre souvenir. À la fin du XVᵉ siècle, dans ma vie précédente, j'avais un orgue portatif, plus précisément, un harmonium. De bonnes gens m'ont cousu un étui en peau de chèvre. Mon instrument pouvait voyager sur des roulettes, mais le plus souvent, je le portais sur mon dos à travers les neiges et les mauvaises routes. Nous voyagions tout le temps, d'une demeure à l'autre, d'un château à un monastère, de village en ville, d'une foire à une fête. Notre partie du monde était à l'époque théâtre de guerres, nombreuses et cruelles, où on massacrait et brûlait tout ; je ne parle même pas de peste et de lèpre, des hivers terribles et du brigandage sur les routes. Quoi qu'il en soit, déjà à l'époque, nous jouions du prog rock. Et on n'a pas toujours été chassés des podiums. Si on nous chassait, ce n'était pas toujours avec sifflements et ululements. Et si c'était avec sifflements et ululements, pas toujours à coups de bâton.

Vous savez quoi ? Il n'y a rien de mieux que la musique des années 1970. Vous pensez que c'est ma vieillesse qui parle ? Que nenni. Ce n'est pas une question d'âge, mais de goût. C'est ce que je peux prouver objectivement, comme musicien. Avec mes doigts, les notes et les enregistrements. Jamais plus, avant comme après les années 1970, les musiciens ne se fixaient des objectifs aussi absolument purs et inatteignables. J'ai le droit de le dire, car je ne jouais pas encore à cette époque. Dans les années 1970, moi et mes idées sur la bonne musique, nous ne faisions que commencer. Et Dieu merci, je ne jouais encore rien. Autrement dit, mon appréciation n'a rien de personnel. Excepté, bien évidemment, ma jouissance adolescente.

Ce qui est absolument oublié de nos jours, c'est notre band. Et ce dernier a une putain de longue histoire et, par moments, des fulgurances ! Nous avons commencé à l'époque où tout le monde imitait encore Lennon. Et nous avons fini, c'est-à-dire cessé d'exister, plongé dans le néant, disparu corps et âme, lorsqu'une nouvelle génération s'imposait déjà en faisant de la merde avec le mélange des chansons de loubards et du rap.

Nous sommes même allés une fois en tournée en Serbie. Ou était-ce en Macédoine ?

Nous avons eu le temps de survivre à différents styles et noms.

Le premier était « Docteur Tahabat », que j'ai emprunté au livre d'un auteur qui s'est suicidé un dimanche, le 13 mai 1933[1].

Nous fouillions beaucoup dans les livres, en cherchant des noms pour nos projets. Les dictionnaires de philosophie s'y prêtaient le mieux : on prenait une page, on posait le doigt au hasard et on obtenait « Absolut », « Eidos », « Catharsis » ou « Chiliasme ». Et après on s'étonne que tout s'emboîte. Si on appelle le groupe « Abstraction de l'Infini actuel », il fera de la musique en conséquence. Lorsqu'au tout début de « Docteur Tahabat » on cherchait un bassiste et un chanteur quelconque en front man, le premier nous a rejoints de « Vedanta », et le deuxième de BB, c'est-à-dire « Big Bang ».

Quant à nous, nous avons commencé et terminé avec « Tahabat », mais au début, comme vous le savez, c'était « Docteur Tahabat », et à la fin, juste « Tahabat ». Une ou deux fans nous imploraient, en larmes, de revenir à notre nom d'origine ; nous y sommes revenus, mais pas tout à fait comme elles l'avaient demandé, prosternées à genoux devant nos braguettes. Pourquoi pas tout à fait ? Pour ne pas leur paraître trop conciliants. (Pour

1. Il s'agit de Mykola Khvyliovy (1893-1933), écrivain et pamphlétiste, un des fondateurs de la prose ukrainienne post-révolutionnaire, chef de file des écrivains de la Renaissance rouge des années 1920-1930, devenue la Renaissance fusillée. Son suicide a été un manifeste contre la politique de Staline en Ukraine. Docteur Tahabat est un personnage romantique, un mauvais génie sadique, fidèle inflexible de la révolution.

être sincère, « Docteur Tahabat » était déjà déposé. C'est-à-dire bloqué sur le plan juridique, depuis que notre premier manager, Ianko Prymotchko, avait secrètement réenregistré à son nom.)

Entre le premier et le dernier nom, il y en a eu treize. Je ne me les rappelle pas tous, tout comme je suis incapable de me souvenir, spontanément, sans me préparer, de chacun de nos musiciens ou presque. Car ils étaient nombreux à passer chez nous ! D'innombrables virevoltants, dont personne n'a fait la liste. Certes, si j'avais vingt-quatre heures devant moi, du papier, un crayon et un peu de quiétude intérieure, je me les rappellerais tous. Mais où trouver ces quatre conditions préalables, surtout la dernière ?

Je me souviens de certaines de nos appellations uniquement parce que je les aime toujours. Par exemple, nous avions notre période de Lemkos, lorsque nous nous sommes adonnés à un folk très spécifique. Conséquemment, nous nous appelions « Pentatonica Garden ». Ou bien les sous-versions : « Pentatonica Pub », « Pentatonica House » et « Pentatonica Blues ». Même si certains critiques (oui, il y avait des critiques musicaux à l'époque) raccourcissaient ces noms. Si en fouillant dans les fanzines de l'époque vous tombez sur le groupe « Penta », alors c'est nous.

Puis nous avons joué la nouvelle vague et nous nous sommes appelés « Streamko ». En passant au hindi, nous avons changé une lettre, pour devenir « Screamko ».

Je me souviens aussi qu'on a joué une sorte de punk tsigane sous la dénomination de « Papa Rom ».

Après cela, nous avons inventé un style zen-post-ambient et choisi pour nom « Hamaliya Himalaya ».

Puis, en passant par le death metal et l'industrial (groupe « À travers le père jusqu'en enfer ! »), nous avons débarqué dans le noise, avec le titre de « Kata-Clysmen ». Notre unique album de l'époque n'était pas juste un album, mais un AlBomba.

Malheureusement, tout a commencé à se casser la gueule quand nous avons changé le nom pour « Jours critiques ». Une intruse est arrivée à l'époque, une vocaliste criarde, au petit cul mais aux ambitions démesurées. Elle nous a plongés dans l'impasse. Ses mémoires au parfum de scandale viennent de sortir. Mon jardin est rempli de ses cailloux. Du reste, il n'y a plus de jardin, il n'y a que des pierres.

Que puis-je ajouter ?

Mon pays a décidé un jour que la radio devait être forcément gaie. Que la première Merde-FM avait pour objectif de faire rire les auditeurs avec l'humour moisi des animateurs. Aussi bien leurs voix que leurs blagues plates, diffusées sur les ondes avec ces mêmes voix, et même les bulletins météo et les indicateurs boursiers, tout devait condenser la petite atmosphère positive, enrichir la même petite musique horriblement joyeuse diffusée en boucle. Vous n'aurez pas ça de moi.

Car vous écoutez Radio Nuit.

Jusqu'au matin, Joseph Rothsky sera à vos côtés et nous allons parler d'amour, de sexe et de porno. Et pas seulement. Minuit et demi est sur le point de sonner. Cela se produira au moment de la diffusion d'une musique, à peu près au milieu de la chanson. Je vais mettre quelque chose qui vous surprendra de ma part. Et quand bien même.

Elton John, « I've Seen That Movie, Too ». (« Moi aussi, j'ai vu ce film »).

3

En avançant presque à tâtons dans la biographie de Joseph Rothsky, je butais immanquablement sur le besoin d'étudier, dans la mesure du possible, la chronique du lieu où j'allais devoir vivre. Les recherches dans plusieurs archives et à la bibliothèque municipale, cela va de soi, n'étaient pas faciles, alors que les nuages de poussière soulevés par mes efforts exploratoires n'ont donné pendant un long moment aucun résultat autre que des accès d'allergie et des éternuements épuisants qui duraient des heures. En outre, déjà lors des étapes initiales, j'ai ressenti une résistance involontaire mais assez tenace de la part du personnel. Je n'irai pas jusqu'à l'expliquer par une méfiance à l'égard des étrangers propre aux provinciaux.

Soit, je sais être patient et obstiné, sinon je n'aurais pas rêvé d'une carrière au CBII. Mon assiduité méthodique comme mon dévouement à l'idée ont porté progressivement leurs fruits. Je n'ai pas coupé à un ou deux présents symboliques à certains fonctionnaires, ou plutôt à certaines fonctionnaires. Quoi qu'il en soit, je suis maintenant armé de connaissances plus au moins exactes, bien que non exhaustives, sur l'histoire de la cave que Joseph Rothsky a connue comme le club *Khata Morgana.*

Depuis les temps anciens, cette cave avait mauvaise réputation. Durant les guerres hussites (XVe siècle, excusez du peu) et jusqu'aux guerres napoléoniennes, elle abritait un lieu de tortures avec une panoplie d'outils toujours plus inventifs et modernes. On a donc près de quatre cents ans de souffrances absolues, de cris, de lamentations, de sang et d'écrasement de la dignité humaine et des organes sexuels. C'est le commandant de la garnison napoléonienne, admirateur fidèle de Rousseau et de Voltaire, qui a transformé cet espace en dépôt de poudre. Les besoins militaires dictaient de nouvelles exigences, et la poudre semblait plus importante que les os brisés et les muscles déchirés des suspects.

Cependant, toute guerre finit un jour, y compris les guerres napoléoniennes. Les barils de vin ont remplacé les barils de poudre, et c'est ainsi qu'un premier débit de boissons est né à Rhinocéros, appelé en souvenir de l'époque précédente et non sans malice, « Sous les tortures ». Cela témoignait du fait que même dans ce trou perdu et négligé des Carpates, éloigné du centre, l'humanité se sépare de son passé avec autant de crânerie et d'humour que partout ailleurs. Les noms alternatifs de l'établissement étaient « Sous la coupe » et « Sur les boules ».

Nonobstant l'ingéniosité des noms, l'attrait commercial du lieu était au-delà de toute critique. Les merveilleux chefs-d'œuvre des vins blancs, rouges et rosés, importés non seulement d'Italie et d'Espagne, mais même de Californie, ne connaissaient pas l'ombre d'un succès auprès des connaisseurs locaux dont les goûts en alcool étaient passablement satisfaits par la piquette locale, connue déjà à l'époque comme frankovka. Les plus attentifs d'entre vous se souviendront que je me suis montré sceptique à l'égard de ce – pardonnez-moi – breuvage, après une dégustation imposée, au cours de laquelle j'ai été obligé d'en ingurgiter deux verres.

Le premier établissement de vin n'a donc pas tardé à rendre l'âme, alors que la cave accueillait un temple secret d'occultistes à tendance spirite-nécromantique. Ses organisateurs ne documentaient pas en règle générale leurs séances ; je n'ai, de ce fait, pas appris grand-chose sur cette période. En raison de la passion de plus en plus dévorante pour le tarot, le temple s'est transformé sans trop de difficulté en salon de jeux de hasard, et ce dernier, à la suite d'une série de combines financières, en une bourse des philatélistes, où plus d'un collégien a laissé dix kreuzers et plus, alloués par les tuteurs bienveillants aux élèves pour leur collation du soir, appelée à l'époque « iaouza ».

Ensuite, j'ai réussi à suivre l'apparition dans la cave de cours de réhabilitation par l'hypnose pour les anciens combattants mentalement atteints lors de la Grande Guerre. Nous ignorons tout du nombre de réhabilités, mais il nous est permis de supposer une nouvelle vague de cris et de lamentations – maintenant, il est vrai, venant du subconscient. Tout cela se transforme en un bordel clandestin avec un personnel exclusivement mineur des deux sexes, et là, on s'étonne de la relative longévité du projet (presque dix ans). En effet, par quel miracle a-t-on réussi, dans cette petite bourgade et, surtout, sans exagération aucune, à l'époque conservatrice bon teint, à garder secret ce business, pour employer un euphémisme, atypique, cela reste un mystère ; il est difficile de ne pas soupçonner des côtés obscurs mais très puissants, voire démoniaques, du lieu, lequel apparaissait de prime abord terne et habité par la crainte de Dieu.

La Seconde Guerre mondiale semble avoir refermé le cercle, et la cave s'est de nouveau transformée en un lieu de tortures, et pour longtemps – une dizaine d'années, sinon douze. C'est d'abord la Gestapo qui y torturait, puis les partisans rouges et, dès lors, les organes spéciaux de répression du nouveau Régime qui se prenait pour le *pouvoir populaire vainqueur.*

Par la suite, c'est-à-dire à partir du milieu des années 1950, commence une période sans le moindre intérêt, avec un atelier de réparation de parapluies et de fers à repasser, le rechargement de siphons et le dépôt de papier à recycler. Enfin, à peu près immédiatement après la proclamation de la libéralisation de l'économie et de la réforme monétaire par le nouveau gouvernement post-totalitaire tout droit sorti de Harvard, la cave a commencé à se remplir de SDF dont le nombre – impossible de cacher la vérité – ne faisait que croître durant les premières années de la réforme.

Lorsque Myromyr-Slavoyar Servus, en fuyant son pays après l'écrasement définitif de la révolution, s'est retrouvé à Rhinocéros (temporairement, pensait-il, car Vienne, Amsterdam et Londres l'attendaient), et s'est mis à songer à la manière de remplir le temps honteusement libre de l'émigré, il a commencé à regarder autour de lui, à la recherche d'un local pour son établissement dont il avait déjà trouvé le nom, puisque, selon son premier témoignage, il lui était venu en rêve. Nous savons déjà qu'il a dit : « J'ai rêvé d'un nom, par hasard. C'est par hasard aussi que j'ai construit un club pour aller avec. Pour cela, il fallait dénicher cette cave par hasard. Je l'ai fait. Plus précisément, j'ai trouvé la clef. La clef était la bonne et tout s'est débloqué. »

Qu'est-ce qui est vrai dans ces paroles et qu'est-ce qui ne l'est pas vraiment ? Premièrement, il n'est pas tout à fait exact qu'il ait rêvé tout de suite du nom « Khata Morgana » : en réalité, c'était d'abord « Khata Moralna », et « Khata Morgana » lui est venu au réveil. En outre, il convient de prêter une grande attention au mot « clef ». On dirait que Servus entendait par là certaines de ses relations avec deux ou trois personnes de l'hôtel de ville. Ce sont elles qui l'ont accueilli à bras ouverts et l'ont stimulé par toute une série de propositions alléchantes ; prenant très à cœur les problèmes de la nouvelle communauté d'émigrés dans leur ville ouverte à tous et en suivant un certain schéma, ils ont concédé à Servus la cave puante, et pas uniquement par manque d'entretien.

Où sont passés les SDF, nul ne le sait. Peut-être qu'on les a placés dans un foyer, ou peut-être les a-t-on envoyés dans un alpage où il y avait un grand besoin de bergers. Quoi qu'il en soit, les dirigeants de la ville de Rhinocéros veillaient jalousement sur leur profil postlibéral et trouvaient toujours le moyen le moins douloureux et le plus doux pour régler les problèmes sociaux. Ce n'est pas un hasard si le slogan de leur unité territoriale était « Ouverture et chaleur ».

Pendant ce temps, *Khata Morgana* était rénovée à la vitesse grand V, changeait de physionomie, pour se transformer un mois plus tard en une sorte de communauté avec un bar, une cuisine, une petite salle de concert et de danse avec quelques alcôves discrètes où se réunissaient les activistes de tout poil de la dernière vague d'émigration. C'étaient essentiellement des jeunes, bruyants, venus de tous les coins de la patrie fraîchement abandonnée, à qui le pays voisin avait octroyé non seulement un asile politique, mais aussi la possibilité d'acquérir une éducation dans ses universités. Ils étaient de plus en plus nombreux au fil des semaines : il fallait saisir sa chance tant que les mâchoires du Régime ne s'étaient pas refermées et qu'il autorisait les départs. Ils se sont donc engouffrés en flots infinis vers l'ouest, en premier lieu celui-ci, le plus proche. Parmi eux, des ennemis du Régime, véritables et déclarés, et ses faux adversaires, et aussi des non-ennemis, et même des partisans cachés qui avaient néanmoins décidé de profiter de l'aubaine, de *déguerpir* et de s'immerger avec bonheur dans la vie plus chaleureuse, plus organisée et plus éclairée *de l'autre côté de la colline.* J'ajouterai qu'ils s'établissaient à Rhinocéros, alors que dans leurs fantasmes se profilent toujours, sinon

Lisbonne, du moins Barcelone, toujours ces deux centres d'attraction, allez savoir pourquoi. Lisbonne, Barcelone.

Voilà l'histoire de ce lieu où Joseph Rothsky est arrivé un certain jour à la fin de l'hiver, en descendant les marches.

– Jos, je vous aime. Vous êtes déjà là. (Servus l'a salué presque sur le seuil.) Quand préparons-nous votre première assiette de soupe ?

– Maintenant, si vous voulez, a rétorqué Rothsky, en ajoutant à tout hasard : Je ne suis cependant pas venu bouffer. Montrez-moi votre établissement.

Servus l'ennuyé et l'apathique avait disparu sans laisser de traces. Il était de nouveau parfait, costume bien taillé, rasé de près. Enveloppé dans un nuage impénétrable de plusieurs mètres de *Gravity Master*, il a imité Rothsky en plongeant ses mains dans les poches de son pantalon et s'est dirigé vers le bar.

– Et où est le gardien noir ? a-t-il lancé par-dessus son épaule, en se retournant à moitié.

– Il se promène dans le parc près de l'orangerie. Nous ne sommes pas toujours ensemble, c'est un être indépendant, a expliqué Jos.

– Passez-lui mon bonjour. (Servus a retiré sa main de sa poche en direction des bouteilles.) Tequila, bourbon, alcool pur ? On a de la tchatcha maison fournie par Zaza.

– Oui, une larme, a lâché Rothsky, et le barman empoté, qui ressemblait davantage à un videur, a rempli sur-le-champ la moitié de son verre d'une substance dont la première gorgée a brûlé ses entrailles d'un feu de raisin blanc. Rothsky s'est empressé d'approuver, selon le grand classique des barmans : « Bravo, bon choix. »

À ce moment-là, le club n'avait presque pas de visiteurs. Jos a surpris quelques regards obliques des serveurs, surtout des serveuses : qui es-tu et qu'est-ce que tu fais là ? Mais une minute ou deux plus tard, lorsque la tchatcha de Zaza a joué sa chaude musique intérieure, Jos a eu l'impression que ces regards, en réalité, étaient remplis de curiosité, certes, mais aussi de chaleur humide, et il n'a plus jamais regretté d'être entré dans ce lieu.

Il a pensé qu'il allait, peut-être, y passer ses jours et ses nuits.

Servus l'a conduit à travers la cave, avec un léger balancement, comme le capitaine d'un bateau sur la vague de la tchatcha, en fendant l'espace et en marquant des arrêts devant les alcôves et les cabines : les lieux de réunion du conseil de surveillance, plus loin le conseil exécutif du PLP (Parti de Libération de la Patrie) avec le service de la sécurité intérieure – « Pour des raisons évidentes : les services du Régime ne dorment pas, ils chassent même à l'étranger, je vous le dis, Jos. » Puis encore quelques pièces, « pour les joueurs d'échecs », un billard, un salon-fumoir de poker, un autre de cérémonie du thé, une pièce de repos pour les strip-teaseuses, un salon de massage, un bureau d'analyse politique, un studio informatique, une rédaction, un salon de maquillage, un garde-manger, une salle des machines (aujourd'hui un abri anti-bombes), des toilettes de réserve, et puis, comme l'a promis le guide, « un autre escalier qui descend ».

L'endroit où il menait était vraiment impressionnant : il y avait un mur rugueux, en pierre meulière, et une grille en fer forgé. Le malin Servus, en opérant toujours avec une autre clef, qui appartenait à un autre âge, a ouvert la grille dans un long grincement préhistorique. Derrière la grille, suivant les explications de Servus, commençait « PSL, le Potentiel Souterrain du Lieu », un immense système de couloirs, de cellules et de salles abandonné, érigé par les Turcs prisonniers de guerre des années 1770. Servus a crié quelque chose d'inintelligible dans le vide noir qui montait, provoquant un écho. Il a ajouté que, selon ses renseignements, ces couloirs s'étendaient sous le mont du Château jusqu'aux casemates d'où l'on pouvait remonter sinon jusqu'à la chambre du baron, du moins jusqu'à la garde : « C'est tout à fait certain, Jos. »

– Plus d'un malheureux prisonnier a été traîné sur le ventre par ici ! Droit dans mon club !

Servus a ri, ou peut-être s'est-il raclé la gorge.

– Parce que ça ne se faisait pas de torturer au château ? a demandé Rothsky.

– Evelina la Muette, l'épouse de Florian-Auguste, le vingt-sixième baron de Rhinocéros, était une dame au cœur tendre et dévot, et possédait une ouïe très fine. Les cris nocturnes des suppliciés la contrariaient dans ses sentiments. D'autant plus que son mari était toujours parti à la chasse, a expliqué Servus.

Puis il a crié quelque chose d'obscène dans le noir, comme s'il prenait congé d'un monstre tapi dans les ténèbres et, après avoir écouté l'écho, a fermé la grille.

– Alors, qu'en pensez-vous ? a demandé Servus, lorsqu'ils sont revenus au bar.

– Vivre n'est pas mourir, a jugé Rothsky.

Son verre à facettes avec le reste de la tchatcha avait passé tout ce temps à l'attendre. Mais lorsque le barman lui a proposé de renouveler le contenu humide, Rothsky a recouvert le verre de sa main en signe de négation.

– Un cocktail ?

Le barman a levé les sourcils, mais Rothsky a refusé de nouveau.

– De tous les cocktails, celui qu'il réussit le mieux est le cocktail Molotov, a lâché Servus en direction du barman. Vous vous souvenez de notre vingtaine rue Kourierska ? Notre glorieuse vingtaine ? La vingtième barricade ? Il la commandait.

Rothsky ne voulait pas se perdre dans un sujet douloureux, c'est pourquoi il n'a rien dit. Il a juste compris pourquoi il lui avait semblé, pendant un bref instant, qu'il manquait une cagoule sur la tête du barman. Puis la neige s'est mise à tomber du ciel blanc, à gros flocons, terriblement gros. C'était la plus importante chute de neige de cet hiver, l'événement central de la saison ; elle était incroyablement collante et encore plus à cause du sang. Aidé de quelqu'un, Rothsky tirait le corps d'un troisième qui perdait ses entrailles, et pendant qu'ils le traînaient sur une dizaine de mètres, pour s'abriter derrière la barricade, la surface blanche et duveteuse sous le corps s'est imprégnée d'une large bande rouge qui, à peine apparue, se mettait à blanchir et à disparaître, masquée par la neige qui ne cessait de tomber.

Le plus drôle est que l'homme éventré a survécu, à ce qu'on dit.

Rothsky a eu l'impression d'avoir prononcé cette phrase à haute voix.

Servus a détourné son regard. Mais Rothsky ne lui aurait de toute manière pas demandé quelle barricade il avait sous son commandement. En revanche, il a dit :

– N'achetez pas un Schellenberg. Ou bien achetez-en un, si vous y tenez. Mais je ne jouerai pas dessus.

– Vous refusez, Jos ? (Servus s'est inquiété.) Je vous en prie…

Rothsky l'a coupé :

– Pas la peine. J'ai déjà trouvé.

Et voilà ce qu'il avait trouvé.

À sa demande, Servus devait veiller à une petite – disons – décoration. Dans un des coins, assez haute pour être visible, une cabine de verre transparente devait être montée, afin d'y aménager une sorte de studio de radio. Non, ce ne devait pas être une vraie radio, pas du tout. Les programmes de Rothsky n'étaient pas destinés aux ondes, uniquement aux invités de l'établissement, aux visiteurs réguliers ou aux spectateurs de passage. C'était une radio interne, ou plutôt un théâtre improvisé de monologues avec des éléments de show radiophonique. C'est du moins comme ça que Rothsky avait défini l'idée, et comme il s'y attendait, Servus en était enchanté.

Ayant reçu de la vie le cadeau d'un temps libre à l'infini, Joseph Rothsky en remplissait la majeure partie en écoutant et en réécoutant de la musique : ancienne, nouvelle, connue et inconnue. La rechercher était devenu beaucoup plus simple ces dernières années : on aurait pu croire qu'elle avait été entièrement numérisée, stockée sur les réseaux et offerte, non, jetée en vrac à l'usage du public. Moyennant une ou deux manipulations, on pouvait tout obtenir, d'une chanson maniérée de variété, qui grinçait sur le gramophone d'un arrière-grand-père frivole à l'instant où l'arrière-grand-mère donnait naissance dans la souffrance au septième rejeton, à la première d'un opéra au Metropolitan, désespérément mal jouée, pas plus tard que la veille au soir. Tout était devenu accessible et tout de suite, à la première demande, même les enregistrements qui étaient considérés comme perdus, détruits, effacés, disparus sans laisser de traces dans les milliers de poubelles de cette lointaine existence adolescente révolue à jamais, lorsque la musique formait tout le reste (les fondements du regard sur le monde, les priorités gustatives, les traits de caractère, les glandes sexuelles et les bases morales). Les moteurs de recherche ont appris instantanément à extraire tout ce qui existe. Apprends juste à la nommer, et toute la musique est à toi.

Profitant de son infini temps libre, Joseph Rothsky a établi des dizaines d'anthologies musicales. Les compiler est devenu pour lui un jeu situé entre le souvenir et la devinette. Il combinait et collait, lançait les thèmes et télescopait les voix. La principale intrigue résidait dans les passages et les liens. Leur sémantique ne pouvait être qu'extrêmement personnelle, mais elle avait toutes les chances de remplacer les sens par les signes et, évoluant jusqu'à la sémiotique, de prétendre à une certaine universalité. Le sommet de la joie était la première écoute complète d'une nouvelle collection, de tout ce qui se passait à l'intérieur des morceaux de musique, mais aussi dans les pauses entre les extraits.

Cette occupation durait déjà depuis plusieurs années, et même la prison suisse n'avait pas vraiment ralenti le cheminement vers une Anthologie Unique. Car si le recours à la mémoire informatique était réglementé pour les détenus selon les heures et les jours de la semaine, leur propre mémoire pouvait fonctionner sans interruption, vingt-quatre heures sur vingt-quatre, sept jours sur sept, et, en comparaison avec ceux qui ne fichaient rien en liberté, encore plus profondément et intensément.

Le temps était venu de partager ces morceaux. Rothsky les apportait sur une clef USB et les présentait depuis sa cabine de verre. Le public dispersé ici et là dans le club pouvait les écouter ou non. La seconde option n'allait pas de soi : le design sonore du show radiophonique submergeait et aspirait littéralement, et pour ceux qui n'avaient pas l'intention de céder, il était préférable de sortir. Le premier jeudi, ces derniers étaient nombreux : ils partaient seuls ou en groupe. Le plus dur a été le deuxième quart, lorsque la débandade a semblé massive, puis le tableau s'est progressivement stabilisé, l'exode s'est ralenti, s'est raréfié, et à la fin du programme d'une heure, le club comptabilisait encore quelque chose comme huit filles un peu tarées. Cependant, cette bonne pâte de Servus s'est montrée satisfaite, même par ce démarrage.

Rothsky est tombé amoureux de la radio dans ses années d'adolescence, quand il s'est mis à aimer tout court. La jeunesse actuelle, née et formée dans d'autres ambiances technologiques, n'a jamais senti comment peut tuer, par son grésillement froid et ses bafouillages, le poste radio, ce cher ami, quand les services secrets brouillaient la station radio étrangère *subversive*. Non, évidemment, elle ne pouvait pas être une proie facile, cette jeunesse-là. En règle générale, elle attendait la *musique live* ou une bonne *discothèque*, et la plupart de ses représentants ne comprenaient pas tout à fait ce que voulait ce vieux schnock et pourquoi il se tortillait. Mais ils ne pouvaient plus tellement s'ennuyer : d'un jeudi à l'autre, Rothsky entrait dans son personnage, prenait le taureau par les cornes, enfonçait les portes, les pénétrait de son bulldozer sonore et perçait leur résistance, les retournait et les transformait, les touchait et les embrassait, les frappait de tout son élan, les déchiquetait, les flagellait et les caressait, leur comprimait le cerveau et le faisait sortir, effleurait le bas-ventre, écrasait les couilles, léchait les clitoris, le tout en oubliant leur présence, en oubliant tout, plongé la tête la première dans son monde, dans la musique et l'histoire de sa mémoire. Pendant une ou deux heures (ses programmes n'avaient pas de durée prédéterminée), il renversait les montagnes, jonglait avec les styles, les rythmes et les noms, en brodant ses magnifiques suites d'orchestre, de solistes, de guitare, d'improvisations de jazz, de rock sympho, de progressif, de rock prog et de post-rock, de standards, de voix africaines et créoles, de chansons japonaises de la côte ouest du Canada, de polyphonies de Corse et de Géorgie, de concerts de chambre, de l'électro des années 1950, de la musique électronique des années 1960, de l'électro-pop des années 1970, de l'électro-punk des années 1980, de l'indie électronique des années 1990, de l'électro-rave des années 2000 et du cyber-drive des années 2010-2020, de sonates pathétiques, de ukulélé hawaïen, de trombonistes jamaïcains, de trompettistes éthiopiens, de troubadours provençaux, de pirates somaliens échoués sur la plage, de contrebandiers des Carpates fusillés dans leurs véhicules criblés de balles, et, bien évidemment, d'organistes, de clavecinistes, de cembalistes et de cymbalistes, mais aussi de pianistes et de claviéristes de toutes les formations possibles.

Un jour, une fille lui a apporté un verre de vin directement dans sa cabine, en plein programme. À cet instant, Rothsky avait déjà bu un verre et il n'avait plus de vin. Depuis, c'était devenu un rituel : plus Rothsky vidait de verres au cours de la soirée, plus l'atmosphère devenait cool pour l'entourage. Rothsky ne s'enivrait pas, il enivrait les autres.

Il a gagné de nouveaux admirateurs, et de plus en plus de monde se réunissait au *Khata Morgana* pour écouter le *mec à l'oiseau.* Edgar l'accompagnait toujours dans la cabine et, après avoir quitté son épaule, s'installait à sa place, entre l'écran de l'ordinateur et le microphone. Rothsky n'a jamais perdu l'espoir de le voir se mettre à parler un jour.

Le quatrième jeudi, le club n'avait plus une seule place libre. À la fin de l'émission, la salle a longuement applaudi debout. Puis il y a eu une séance photo avec des bras posés sur les tailles et, incidemment, sur les fesses, mais aussi, allez savoir pourquoi, une séance d'autographes.

– À quinze ans, je n'écoutais que de la musique interdite, racontait Rothsky au micro tendu par une jeunette du portail local des émigrés intitulé « Notre communauté ». Vous, les jeunes, vous êtes nés à une époque bien plus favorable, et l'expression « musique interdite » peut vous paraître absurde. Peut-on interdire l'amour ? Aujourd'hui, dans notre pays, oui.

L'interview a paru le lendemain matin, sous le titre plus ou moins accrocheur : « À quinze ans, je m'adonnais à l'amour interdit ».

En l'admirant sur l'écran, Myromyr-Slavoyar Servus a affiché un large et heureux sourire.

Il serait naïf de considérer, comme Joseph Rothsky, que ce miracle, cette explosion soudaine de succès, n'était dû qu'à son talent et à sa passion. Certes, Rothsky était merveilleux. Mais il a fallu aussi recourir à une stimulation secrète et bien calculée. Cette dernière a été ourdie par le propriétaire du club, pas tout à fait satisfait par les retombées financières des jeudis précédents. Le côté pécuniaire n'était pas la première préoccupation de Servus dans cette aventure. Mais qui a dit qu'il ne fallait pas veiller aux objectifs secondaires ?

C'est lui, Meph, mais aussi ses subordonnés, qui a lancé sur toutes les plateformes et groupes spécialisés une série de hashtags du genre #HérosParmiNous et #ActionHéroïqueRothsky. Le style général des posts tendait vers des allusions et des non-dits que les personnes plus au moins initiées auraient qualifiés de parfaitement transparents. Joseph Rothsky, pouvait-on déduire des messages, était directement impliqué dans la liquidation mystérieuse de l'avant-dernier Dictateur en Europe. On pouvait s'en convaincre jusqu'à il y a peu en visionnant une vidéo de quatre secondes à partir du moment de l'*attentat.* Mais d'ailleurs, s'agissait-il vraiment de cet attentat-ci ? Du reste, il était pratiquement impossible de trouver la vidéo : toute demande contenant les termes « dictateur » et « attentat » aboutissait à la même réponse, à savoir, 404.

Il est à remarquer que Joseph Rothsky, évitant depuis longtemps les réseaux sociaux, ne soupçonnait même pas qu'il avait réussi en quelques jours à passer du statut de DJ radio chimérique et marginal à celui de héros intrépide de la résistance. Le quatrième jeudi, tous, les dirigeants comme les activistes, l'espoir de la nation, la fleur de l'émigration, *notre communauté,* les hommes d'affaires indépendants, le plancton intellectuel, les travailleurs anonymes, les arrivistes, les réfugiés et les personnes déplacées, mais avant tout les étudiants en informatique, en médecine, en économie et en culturologie, toute cette masse vivante et excitée s'est précipitée au *Khata Morgana* pour voir en chair et en os, et toucher, pas n'importe qui, mais son grand vengeur. Certains écrivaient le mot « vengeur », d'ailleurs, avec une majuscule, comme le mot Messie : Vengeur.

Rothsky n'a pas vu venir ce changement, malgré sa prudence jusque-là parfaite. Il a attribué cette soudaine arrivée du succès, quelque peu aveuglé, à l'originalité de son show radiophonique et au choix réussi de la musique. Il n'était nullement étonné de la franchise avec laquelle les filles du club, l'une après l'autre, s'accrochaient à son cou. Il est revenu facilement à son mode de vie polygame : les relations, pour la plupart de courte durée et volcaniques, ont virevolté en kaléidoscope. Il ne serait pas superflu de noter les circonstances liées au lieu : le logement de Rothsky, je le rappelle, se situait juste au-dessus du club, et plus d'une malitsa prenait cet argument comme une commodité évidente.

Toutes (Rothsky l'a remarqué un peu plus tard) avaient un prénom en A : Ariadna, Adriana, Arianda et Ariana, Arina, Aliona, Aksana (il y en a eu deux, au début et à la fin), Aksinia, Alina, Alissa, Antonina et Antonia, Aneta et Annetta, qui se ressemblaient un peu. Il y a eu aussi Adèle et Adélaïde. Mais aussi Annamaria et Anna-Maria, et encore Alfa-Omega. Il y en avait pas mal.

Edgar le comptable en a perdu le nombre. Mais il ne jugeait pas son copain pour autant, du moins il ne le montrait pas.

Peut-être parce que de la hauteur de son sage bicentenaire, et eu égard à l'âge de Rothsky, il comprenait parfaitement : il n'en avait pas pour longtemps. Qu'il s'égare un peu corps et âme ! Le tout était de savoir où cela le mènerait.

Cela le menait, comme nous le savons, surtout dans son appartement.

L'idée d'Edgar quant à l'âge de son compagnon était on ne peut plus pertinente. Joseph Rothsky atteignait justement la limite bénie où il pouvait jouir d'une liberté sexuelle totale. Pas la dépendance post-pubère subite et naïve, rauque et frissonnante d'un débutant de vingt ans ; pas la détresse spasmodique d'un ado-don Juan de quarante ans en crise, prêt à n'importe quelle folie bruyante, pourvu que la différence d'âge dépasse deux dizaines, non : il était guidé par la sélectivité mesurée toute en retenue d'un gourmet expérimenté et un brin repu, capable d'apprécier, de choisir et de comparer avant tout des paramètres purement érogènes. C'était une sorte de tournoiement circonspect d'un ami du corbeau, d'un vieux faucon, au-dessus de la vallée de la Proie-Illimitée, lorsque la vie se montre pour la dernière fois magnanime et accorde quelque chose, et que l'offre dépasse enfin la demande. Autrement dit, lorsque la capacité d'aimer et de tomber amoureux s'est épuisée de manière naturelle pour disparaître on ne sait où, alors que l'amour, au contraire, ne cesse de croître, qu'il y en a trop pour une personne, incommensurablement beaucoup, il y en aura pour toutes et pour chacune, pour tout ce qui existe, et pas pour celle, unique, qui ne viendra plus, puisqu'on l'a déjà connue.

Les soirées avec Rothsky au *Khata Morgana* sont donc devenues culte et se démultipliaient. De quelle discrétion peut-on parler quand la gloire, bien que passagère et locale, étouffe dans les étreintes ? Et puis quelle gloire n'est pas passagère et locale, je vous le demande ?

Le sixième ou le septième jeudi, le club a vu apparaître les Étrangers. Ce n'est pas que les habitués se connaissaient parfaitement entre eux, ni que les Étrangers se fassent immédiatement remarquer, non. En réalité, le cercle s'élargissait et l'apparition de nouveaux visages était parfaitement prévisible et souhaitable.

Mais les Étrangers étaient des étrangers, et c'est ce qui les distinguait. On sentait à trois mètres qu'ils étaient d'ailleurs. Qui plus est, ils ne savaient pas parler la langue locale et ne le cherchaient pas. Du reste, ils ne parlaient pas du tout.

Où est le problème, demanderez-vous ? La ville ouverte de Rhinocéros, la perle de la pittoresque Europe centrale et orientale, recevait des réfugiés en son sein libéral et ouvert : venez à moi, trouvez votre nouvelle demeure. Les Africains et les Afghans, les Libyens et les Libanais, les Syriens et les Assyriens, les Roms, les Ouroums, les Criméens, tout le monde : you are very welcome.

Qui pouvait donc être surpris par les étrangers dans le club ? Ils viennent, étudient le terrain. Ils observent le paysage à la recherche de leur propre niche.

C'est bien ça, les niches. Car les Étrangers ne ressemblaient absolument pas à ceux-là. Quelles niches, lorsqu'il s'agit des seigneurs de la vie !

Oui, c'était Mob. Ses hommes à lui. Pas ceux du Régime, ceux-là traînassaient encore. Alors que Mob était déjà là.

4

Aucun Mob au monde n'aurait suivi aucun Rothsky s'il n'y avait pas eu ces douze mois passés dans une prison de la ville de Z. C'est le temps qu'a duré l'enquête sur son – pour employer un euphémisme – geste controversé.

Joseph Rothsky s'est retrouvé dans l'établissement pénitentiaire (Justizvollzugsanstalt) à Z. trois jours après son arrestation au grand hôtel des Alpes le *Waldheim*, suite à la décision judiciaire immédiate de le placer sous les verrous. L'interpellation s'est déroulée pratiquement sur le lieu du crime et à chaud. Les procès-verbaux ont indiqué que le suspect ne cherchait pas à fuir et n'a opposé aucune résistance au service de protection de l'hôtel ni à la police cantonale appelée en renfort.

La situation inhabituelle et, surtout, le tapage trop bruyant, à l'intérieur du pays comme sur la scène internationale, n'ont pas permis au tribunal de réfléchir trop longtemps et d'hésiter. Par chance pour Rothsky, le tribunal a décliné tout aussi instantanément la demande d'extradition envoyée par le pays dont le suspect était ressortissant. L'avocat commis d'office a attiré l'attention sur le statut de Rothsky, qui attendait toujours une réponse à sa demande d'asile ; ainsi, les poursuites à son égard, en cas de retour dans son pays d'origine, auraient été inévitables et particulièrement cruelles. Rothsky aurait pu non sans raison espérer une décision positive. Cependant, l'incident à l'hôtel *Waldheim* obérait sérieusement ses chances et compliquait sensiblement sa situation en général.

Le tribunal a retenu les quatre motifs de base pour enfermer Rothsky le temps de l'enquête dans un centre de détention, comme cela s'appelle dans sa langue. Autrement dit, on a appliqué à son égard, dans la langue de ce pays, une Untersuchungshaft. Pour ce faire, un seul motif aurait suffi, et là, on en avait quatre. S'il était resté en liberté, le suspect aurait pu : fuir et se cacher (Fluchtgefahr), obscurcir dans le sens de brouiller le cours de l'enquête (Verdunkelungsgefahr), reproduire son méfait (Wiederholungsgefahr) ou même commettre une autre action criminelle (Ausführungsgefahr). On pouvait s'attendre à tout de la part d'un type pareil.

Joseph Rothsky ne pouvait donc pas ne pas se retrouver derrière les barreaux. Et ce n'est pas le fait de se retrouver là-bas qui l'a étonné, mais une autre chose – disons, certains détails. Par exemple, au moment de *l'admission* (ou comment diable traduire ce Eintrittsabteilung ? Comment ne pas se sentir candidat à un concours d'entrée ?), on lui a pris sa montre, pas fameuse, pour lui donner en échange une montre de prison. Rothsky a même plaisanté à l'attention du réceptionniste en chef : « Moi aussi j'ai une montre suisse maintenant. » Celui-ci n'a pas vraiment goûté l'humour du nouveau venu et a continué à noter comme si de rien n'était la biométrie de Rothsky (la taille, le poids, les empreintes digitales) et a même réfléchi avant de renseigner la rubrique « couleur des yeux ». Finalement, son intuition professionnelle lui a suggéré quelque chose de médian, du genre « grau-grün » ou « blau-grau ». Là-dessus, la procédure d'admission était terminée, et Rothsky, tel un étudiant de première année, a été enregistré.

L'établissement pénitentiaire de Z. est un mélange assez remarquable d'époques et de styles. À ses débuts, c'était l'économat d'un important monastère cistercien qui, confronté à un irrémédiable déclin à l'époque de l'avancée de plus en plus agressive de la sécularisation, est finalement passé sous la tutelle du pouvoir laïque. Ce dernier, sans trop se poser de questions quant à son affectation, un beau jour du siècle dernier, lui a envoyé les premiers tueurs, violeurs et bandits au nombre de cinquante-trois. Depuis, beaucoup de choses ont changé dans le système pénitentiaire du canton, essentiellement en matière d'assouplissement, mais pas uniquement. Alors que la propriété elle-même s'est agrandie de plusieurs hectares et de nouvelles dépendances, plutôt insignifiantes d'un point de vue architectural, en particulier lorsqu'on les compare avec le cœur historique du monastère, figurant sur tous les registres possibles de préservation du patrimoine. C'est dans une de ces dépendances qu'on a placé Joseph Rothsky, et c'est là, dans une cellule de deux mètres sur trois, qu'il a été détenu la majeure partie du temps passé derrière les barreaux. La mineure partie a été passée en attente d'expulsion (Ausschaffungshaft) : peu de temps après le rejet définitif de sa demande d'asile, il a été transféré dans un autre bâtiment, avec des cellules bien plus spacieuses, capables de contenir près de dix mille malheureux, chacun étant destiné à être renvoyé hors des frontières de la Suisse, si désirée, mais peu désireuse de garder tous ses visiteurs.

Les gens qui connaissent les lieux de privation ou de restriction de liberté suisses appellent la maison d'arrêt de Z. « kein guter Ort »[1]. Comme s'il existait dans le monde ne serait-ce qu'une prison dont on pourrait dire le contraire ! Mais ce lien si étroit et presque inviolable entre l'expression précitée et Z. suggère au moins qu'en Suisse il y aurait peut-être de meilleurs établissements. Comment se présente ce genre de lieux dans son pays, Rothsky le savait

1. En allemand, « pas un bon endroit ».

uniquement à travers les récits, certains films et quelques livres (qu'il n'avait pas lus avec suffisamment d'attention), mais aussi grâce à la profondeur inépuisable du folklore criminel, en premier lieu, musical, dont il lui est arrivé de jouer certains morceaux durant la courte période où il risquait de passer pour un musicastre : un ou deux mariages plus une fête d'adieux pour le départ à l'armée, pas plus.

La première chose qu'il avait apprise au directeur de la prison de Z., lorsque celui-ci avait décidé de prendre des cours de piano, était « Mourka », la chanson de la pègre. Le directeur venait justement de commencer les préparatifs pour les célébrations de Noël avec un sapin d'intégration, commun pour le personnel et les détenus : il voulait surprendre agréablement avec quelques pièces musicales de son interprétation. « Mourka » convenait on ne peut mieux.

La somme des images sur les lieux de détention et les prisons de son propre pays a permis à Rothsky dès la première leçon de déclarer au directeur avec une familiarité dont il n'était pas coutumier : « Pour un homme dans votre situation, vous êtes même raffiné. » Cela concernait en premier lieu ses doigts, mais le directeur, maigre et, tout comme Rothsky, léger et à l'allure jeune (et grâce aux sempiternelles lunettes, même un peu intello), a répondu de manière ostensiblement sèche, comme s'il voulait définitivement mettre les points sur les *i* : « Je suis enseignant de formation, professeur de langue et de littérature. » Rothsky s'est un peu recroquevillé et s'est empressé d'expliquer que dans son pays, ce genre de poste est occupé plutôt par des militaires, autrement dit des officiers, « avec des poings comme des masses, des cous de taureau, sans parler des tronches, car les mots risquent de manquer même dans ma propre langue. – Ce sont des stéréotypes, lui a rétorqué le directeur suisse. En réalité, dans n'importe quel pays, la prison n'est pas un bon endroit (*kein guter Ort* – c'est exactement ce qu'il a dit). Et nous, ses gardiens, sommes aussi malheureux que nos prisonniers. – Ce serait bien d'échanger nos places pour nous en rendre compte », a failli cracher Rothsky, mais il n'a pas cherché à provoquer. Leur ressemblance physique leur inspirait une sympathie pas tout à fait consciente. Par moments, ils faisaient penser à des frères, bien que personne n'eût osé désigner le frère cadet. On aurait pu croire que les deux étaient des benjamins.

Rothsky a dispensé ses cours en octobre et en novembre, trois fois par semaine. Cependant, en raison de ses obligations professionnelles, le directeur a séché près d'un quart des cours prévus, et Rothsky en profitait pour jouer pour lui. Plus tard, la dernière de ses maîtresses lui demanderait ce qu'il avait fait tout ce temps en prison, ce à quoi Rothsky lui répondrait : « Je tapais sur le clavier », et ce n'était pas une exagération.

Le directeur l'incitait à ciseler un véritable programme et à se produire dans un premier temps en prison, puis en ville, disons au Kulturcasino pourvu d'une salle de quatre cent cinquante places, pourquoi pas. « On m'emmènera sous escorte ? s'est enquis Rothsky. – Je ne peux pas vous le promettre, a dit le directeur en hochant la tête. Mais je peux vous promettre un cachet. Vous n'allez pas vous enfuir ? »

Non, le pénitencier de Z. ne saurait être qualifié d'enfer sur terre. En exagérant, on pourrait parler de purgatoire. Assez propre, d'ailleurs. Pas de baraquements pouilleux avec des crevards, pas de sueur ni de puanteur, pas de murs exhalant la tuberculose. Pas de morts vivants, pas de soupe immangeable, pas de ration au gramme près. Pas de froid glacial, pas de chaleur à crever. Pas de matons, de malfrats, de mouchards. Pas de tabassages, pas de tortures, pas de viols, pas de cachot, pas de mitard. Pas un lieu où l'on crève.

Mais un lieu où l'on soupire. Quelques centaines d'hommes, adultes et tristes. On dirait qu'il y a tout pour eux ici : une classe de musique et une salle de fitness, des cours de langue et une bibliothèque, un studio d'informatique et un terrain de foot (non, pas de golf), un sauna, des repas sains trois fois par jour, avec un menu végétarien et un menu végane en option, six heures de sommeil, des rêves, des vues secrètes sur le lac, où on aperçoit la libération et la liberté. (Pour elles, pour ces vues sur le lac, Rothsky a plus d'une fois accepté les travaux physiques et s'est porté volontaire pour travailler dans les vignes, où on pouvait jeter un œil, ne serait-ce qu'un seul, voler un petit morceau de la surface de l'eau, d'abord une couleur, puis l'autre, se l'approprier l'espace d'un instant, sans vouloir rien d'autre.)

Tout leur est offert ici, il faut juste s'amender, reprendre le droit chemin, en conscience et en regrettant sincèrement son forfait. Qu'est-ce qu'ils répondent à cela ?

Eux, ils se coupent les veines de temps à autre. Ils deviennent fous. Se cognent la tête contre le mur. Avalent les fourchettes et les seringues. Se droguent, se masturbent. Hallucinent. Forniquent. Kein guter Ort.

Sachant que presque un tiers, ceux qui ont des peines moins lourdes et des condamnations clémentes, connaissent une sorte de semi-liberté (Halbgefangenschaft). Le matin, ils sortent libres et, après avoir rempli leurs obligations professionnelles, se présentent docilement le soir devant le portail, retrouvent leurs cellules, les barreaux, le purgatoire cistercien au sommeil réparateur de six heures. S'il n'y avait pas de visages gris chroniques, personne dehors ne soupçonnerait qu'ils sont prisonniers.

Évidemment que c'est important : malgré le travail agricole vivifiant (fromageries, étables avec des vaches, fermes avicoles, vignes et vergers), l'air pur et l'alimentation écologique impeccable trois fois par jour, leurs tronches se font remarquer par leur grisaille. Toujours.

Ce mélange des condamnés et de ceux qui, comme Rothsky, n'étaient là que le temps de l'enquête, recelait une grande diversité criminelle. Des petits voleurs à la tire aux pickpockets de plus en plus maladroits, de rares et romantiques braqueurs de banques et de bureaux de poste, des voleurs de voitures de modèles vertigineux, de bijoux valant un château et de vieux vélos qui grincent, des faussaires de montres et des heures, des délinquants de la Toile, des corrupteurs découverts et déshonorés, des violeurs, des pédo- et des zoophiles, des tueurs. Ces derniers étaient peu nombreux, mais si l'enquête avait déraillé, Rothsky aurait eu toutes les chances de grossir leurs rangs.

Comme toute prison dans ce pays, celle de Z. est une sorte de prison des peuples. Rothsky n'était pas le seul étranger. Les étrangers étaient légion : des Marocains et des Albanais, des Géorgiens et des Coptes, des Turcs et des Ouzbeks, un ou deux compatriotes, des Éthiopiens et des Indiens (ou des Roms ?), des Roumains, des Serbes et ceux qui, il n'y a pas longtemps, s'appelaient Russes. Avec les Serbes (ou bien les Macédoniens ?), Rothsky a même taillé une bavette, se souvenant de ses anciennes tournées et inventant pour l'occasion des expressions, comme « lepoe vremetso » et « vrlo perfektno », ce qui faisait rire les Serbes, dont le plus vieux avait de très mauvaises dents et le plus jeune, les dents en or. Ils étaient plusieurs, ces Serbes de Macédoine.

Enfin, il y avait un Américain. Seul, comme un doigt, comme Rothsky.

« La nuit, ils gémissent de toute leur légion étrangère, avait-il noté dans un recoin de sa mémoire. Les prisonniers locaux sont avantagés, ils reçoivent des visites. Et les préservatifs sont gratuits pour eux. Les étrangers, en revanche, essentiellement des clandestins isolés, ne voient que leurs avocats, et encore, pas souvent. Mais ceux-là ne couchent pas. Les étrangers se contentent des gémissements nocturnes. Par moments, moi aussi. »

Rothsky rêvait de sa propre radio nocturne. C'est pour elle qu'il mettait de côté des mots et des phrases.

Il n'a mis que deux fois le pied hors de la maison d'arrêt. La première, lorsqu'on l'a conduit à l'hôtel

Waldheim pour une reconstitution. La deuxième, lorsque le directeur l'a amené chez lui pour jouer le jour de la fête d'anniversaire de son épouse. (Jouer le jour ? Jouer l'anniversaire ? Comme la langue peut être piégeuse !)

Rothsky n'a jamais su s'il y avait là une violation du règlement. Le directeur était de gauche : socialiste, anarchiste ou vert, il pouvait donc adopter une approche dialectique à l'égard du règlement.

Rothsky a profité pleinement des deux sorties.

Au grand hôtel il a eu une entrevue éclair (après s'être entendu) avec Anastesia, qu'il appelait à part lui Anesthésie, une gamine portugaise délurée exerçant en qualité de serveuse, qui par le passé répondait à chacune de ses demandes. Pendant que son escorte le cherchait dans les cabinets des toilettes et les cabines de douche de l'étage inférieur, Rothsky, en empruntant les couloirs de service bien connus, a atteint l'aile du personnel, et Anastesia anesthésiante l'a laissé entrer. La reconstitution a été réussie : Rothsky a joui deux fois. Anastesia aussi, bien qu'on ne sache jamais avec elle.

Il ne pouvait pas aller aussi loin dans la maison du directeur, mais il est tout de même parvenu à capter l'attention des jumelles qui avaient l'air mineures, et qui l'ont mis en émoi par leurs contacts fortuits et autres mouvements corporels. Le directeur et sa femme, une enseignante elle aussi, une prof dans une école spéciale pour les élèves soit aux talents particuliers, soit aux besoins particuliers : elle ne pouvait pas ne pas remarquer de son œil pédagogique bien entraîné tous ces instants d'effervescence, mais elle n'est pas intervenue dans le cours des événements. Les menaces réelles n'existaient pas, et tout le monde en était persuadé ; Rothsky ne se serait pas permis de s'amuser gratuitement. En revanche, ce soir-là il a joué sans ménager ses doigts ; il n'avait pas aussi bien joué depuis l'époque des barricades. Il en était content lui-même. Et que dire du public, qui sans entrer en fusion, a bien décollé et réagi positivement.

Un jour, installé dans la classe de musique du centre pénitentiaire, Rothsky a commencé à se souvenir de « Beyond the Pale ». La tâche n'était pas des plus difficiles, il a donc crânement atteint le refrain, et, pris dans plusieurs voies parallèles autour du thème, il n'a pas remarqué l'apparition à ses côtés du fameux Américain, Jeffrey Subbotnik. Continuer à jouer à quatre mains s'est avéré plus que plaisant : alors même que l'Américain se trompait, il le faisait toujours avec espièglerie, et ils explosaient de temps à autre d'un rire musical solidaire. C'est surtout Rothsky qui a développé le thème. Subbotnik répondait dans les parties puissantes. Ils ont quitté la salle musicale presque en amis. Ils le sont restés par la suite. Ils ne sont jamais devenus amis, juste des presque amis.

Jeffrey Subbotnik (selon d'autres versions, Jerry Shabbatnik) n'était pas musicien. Bien que parmi ces derniers, en particulier les stars et surtout venant d'Amérique, il y en ait beaucoup qui veulent payer leurs impôts en Suisse, en faisant généralement une acquisition immobilière et en signant une sorte de deal avec la communauté locale afin de transférer tous les ans pour ses besoins une somme rondelette fixe. Loin d'être une star (et si oui, alors pas dans le show-business), Subbotnik avait aussi signé ce deal. Mais il ne l'avait sans doute pas suivi de manière très soigneuse, ce qui l'avait conduit à la prison de Z. On lui reprochait – la belle affaire ! – une évasion fiscale concernant des sommes presque astronomiques. Conformément au potentiel imagé de la langue suisse, Jeffrey Subbotnik devrait être traité de Steuersünder, un mot bien costaud et dont la sémantique double interroge pour savoir laquelle des deux – économique ou religieuse – devrait le frapper plus fort.

En réalité, cet homme épuisé à l'extrême, à la peau aux reflets maladifs même sur fond de grisaille pénitentiaire, l'unique élément de cet amas criminel à qui, par un phénomène étrange, allait parfaitement le vêtement gris de prison, était un être d'une envergure qui dépassait celle d'un banal pécheur fiscal. L'instruction criminelle de son affaire traînait depuis plusieurs années, durant lesquelles il déclinait et dépérissait de corps, mais ne se rendait pas.

Jeffrey Subbotnik (toute la prison était au courant) était un génie. La réussite principale de sa vie était la vingt-deuxième version du jeu powxq, plus connu sous le nom du Jeu d'Hémisphères ou BrainPower, un mélange de pyramide financière, de pratiques mystiques occultes, de casino online, de scientologie, de neuropsychologie, de combinatoire, de chaînes de cryptomonnaie et – attention ! – de *financement virtuel-rituel* de nouvelle génération. Les meilleurs juges d'instruction de l'Occident collectif, ayant plongé la tête la première dans les méandres de ses coups multiples, n'arrivaient pas à y mettre de l'ordre et à transmettre, sûrs de leur fait, l'affaire de plusieurs centaines de milliers de pages là où elle devait être, au tribunal. Il y avait toujours des éléments, importants ou pas trop, qui ressortaient, un tableau complet peinait à se dessiner malgré certains épisodes qu'on croyait définitivement éclaircis, alors que le puzzle rassemblé par le minutieux travail analytique de dizaines et de centaines d'enquêteurs risquait à chaque minute de s'écrouler à tout jamais et de se disperser en millions de particules browniennes.

Toutefois, Subbotnik pressentait ses limites. Son dépôt de base (de fait, tout ce qu'il possédait) dérivait lentement mais sûrement dans une zone qui leur était accessible. Ils se rapprochaient. Ce n'était plus qu'une question de temps. Ou d'une erreur épique de leur part, qu'il n'avait pas le droit d'escompter.

En outre, il souffrait de l'une des dix maladies mortelles et incurables de ce monde, et seules quatre possibilités s'offraient à lui.

Les contacts entre Rothsky et Subbotnik sont devenus plus fréquents quand les avocats de ce dernier, s'appuyant sur les données médicales actualisées, ont enregistré un nouveau succès limité ; le régime de déplacement du prisonnier VIP sur le territoire de l'établissement, pour *des considérations à visée humanitaire*, a alors été adouci par moments. Ils ont commencé à se croiser non seulement dans la classe de musique ou la bibliothèque, mais aussi lors des promenades. Pendant l'une d'elles, Subbotnik a présenté à Rothsky la première partie de sa proposition. Rothsky n'a rien compris. L'unique chose qu'il a pu saisir dans le plan de Subbotnik était le sentiment de confiance, stupide et illimitée, motivée en rien, infondée, mais absolue.

– Pourquoi moi ? a demandé Rothsky. Qui suis-je pour vous ?

– En tant qu'escroc de haut vol, j'apprécie surtout la probité, a expliqué Subbotnik.

– La probité ? (Les yeux bicolores de Rothsky se sont arrondis.) Vous ne me confondez pas avec quelqu'un d'autre ?

– Nullement, l'a rassuré Subbotnik. Vous ne ressemblez pas à un alcoolique, à un drogué ou à un addict au jeu. On peut vous confier une somme solide dans l'espoir que vous ne vous mettrez pas à la dépenser dès que vous y aurez accès. Pour moi, c'est un signe de probité.

– Ne pas être alcoolique est un signe de probité ? a dit Rothsky en riant. Je pensais que c'était justement le contraire.

Le dernier mot n'a pas été prononcé, car leur échange de plus en plus animé a attiré l'attention du Betreuer, et celui-ci s'est mis à siffler, puis s'est dirigé vers eux à grands pas. (Je remarquerai au passage qu'en son temps, l'établissement de Z. a refusé par principe la notion politiquement incorrecte de Anseher, autrement dit le surveillant, au profit d'un mot bien plus humain, Betreuer, homme de confiance.)

Cet épisode, imperceptible extérieurement, mais fondamental, a été précédé de deux autres, liés à la musique.

Ou, je dirais plutôt, attachés à la musique. Chacun a joué un rôle particulier dans le choix de Subbotnik. En proie au mal incurable et tout à ses préparatifs pour une intervention médicale décisive, Subbotnik ne s'est pas rendu compte de la façon dont son rapport à la religion, original et chéri au cours des décennies, s'est transformé en une superstition assez primitive, mais omniprésente. Il a commencé à vivre de présages, de signes et de suggestions venant de l'Au-delà. Il faisait en effet sérieusement face à son dernier choix : l'Au-delà ? Et si c'est un appel ? Il était constamment sur le qui-vive, à écouter, à regarder, à saisir. Mais aussi à jauger : toute situation qui avait une alternative pouvait devenir l'objet d'un jeu acharné contre l'inévitable. Une sorte de version de démonstration simplifiée des Hémisphères.

Si aujourd'hui le directeur vient au travail à vélo, alors. S'il vient en 4x4, alors. (En tant qu'éco-activiste convaincu, le directeur utilisait bien plus souvent le vélo ; le jeu avec un autre moyen de transport n'était pas honnête.)

S'il parvient à dormir six heures de suite sans le moindre spasme, alors. S'il n'y parvient pas, alors. (Il y avait bien moins de nuits sans spasmes, ce jeu était franchement perdant.)

Si Redskins gagne contre Lions, alors. S'ils perdent, alors. (Enfin, un jeu à chances égales : cette saison, Redskins et Lions jouaient à égalité.)

Et si tu dois rencontrer un homme aux yeux de couleurs différentes, alors il faut regarder de près lequel des deux il ferme en dernier avant de s'endormir.

Et ainsi de suite.

Le premier des deux événements qui lui avaient suggéré l'idée de Rothsky était l'exécution à quatre mains de ce même « Beyond the Pale ». Cette fois en public, le Vendredi saint, au cours du concert où les prisonniers exprimaient leur reconnaissance collective au personnel. Le numéro d'un duo au piano Rothsky-Subbotnik, bien qu'il durât autant de temps que la chanson originale (seulement trois minutes et six secondes), a provoqué une ovation incroyable parmi les Betreuer présents, et les interprètes, abasourdis par leur propre succès, ont dû jouer deux fois le rappel. Pour Subbotnik, c'étaient les premières et dernières quinze minutes de gloire. Quinze avec les ovations et les rappels.

Le deuxième événement mérite plus d'attention. Il avait été introduit à la prison de Z. par une icône de néo-actionnisme, l'arrière-petite-fille hybride des socialistes révolutionnaires (SR) de droite et de gauche, Dacha Ektine-Outkine, plus connue sous le nom de daShootka, « une provocatrice mélancolique des contextes technologiques et paysagés dans la post-identité transmutée » (d'après les spécialistes). daShootka était une sorte de mélange « entre une sainte orthodoxe et une lanceuse de bombe classique » et elle était connue dans le monde entier pour la pâleur de son teint de cire, comme chez les vieux décadents opiomanes, ainsi que pour ses griffes de fer. C'est grâce à elles qu'elle a grappillé à la direction cantonale de la prison non seulement l'autorisation pour son expérience artistico-sociale, mais aussi une bonne somme d'argent pour son – disons – soutien.

Au printemps, elle a commencé à fréquenter la prison. Près de cent cinquante hommes adultes et tristes se sont portés volontaires pour le casting. daShootka devait auditionner chacun d'entre eux. Elle parcourait la maison d'arrêt, en accord parfait avec les publications sur papier glacé, dans une tatchanka électrique de sa propre fabrication. Sa pâleur de cire s'alliait heureusement avec son type caucasien (un spécialiste aurait précisé : arménien), que les papiers glacés soulignaient tout aussi bien. Le fume-cigarette en maillechort hérité de son arrière-grand-mère (l'unique chose qu'on avait pu sauver des bolcheviks) et les cigarettes indiennes à l'eucalyptus, tout était là. On a eu aussi la confirmation qu'elle aimait se présenter comme une « fille complexe » (complicated baby), ayant déjà légèrement dépassé la cinquantaine.

Est-elle vraiment complexe ? se demandait Rothsky en allant au casting. Il avait un peu souffert de ce genre de filles dans sa jeunesse. Cependant, tout s'est bien passé : daShootka n'a fait que tâter son torse maigrichon à plusieurs endroits, visiblement satisfaite de son thorax. « Good skeleton », l'a-t-elle complimenté.

Le projet daShootka devait s'intituler « 101 ZoneAngels ». daShootka le préparait en prévision d'un événement européen des plus prestigieux, une biennale, une triennale ou bien même une pentannale d'une renommée inégalée. L'objet final devait refléter *l'espace privé du détenu*, la cellule individuelle moderne, avec la sélection minutieuse et le choix des objets, des paramètres et des proportions, sous l'accompagnement constant d'un enregistrement des voix de cent un *présents*. Chaque voix interprète sa chanson, suivant le choix de chaque prisonnier : *la limite de sa liberté est de chanter sa chanson*. En conséquence de la superposition massive des voix, des mélodies, des paroles et des langues, l'espace serait rempli de quelque chose d'incroyablement étrange, *une substance sonore et imaginaire entre la symphonie et la cacophonie*. Chacune des cent une chansons pourrait être écoutée séparément dans un catalogue interactif spécialement préparé à cet effet, qui permettrait en outre d'ouvrir un portrait photo du détenu-interprète, de découvrir son parcours de vie, d'apprendre les raisons de sa condamnation et la nature de celle-ci, de *ressentir ses souffrances et de comprendre ses attentes*. Il y aurait même la possibilité de lui écrire un message personnel par courrier électronique ; celui-ci serait sauvegardé sur un serveur de la prison et le détenu le lirait lorsque sa peine serait purgée et qu'il serait sur le point de quitter l'établissement de rééducation de Z., peut-être comme un message amical *pour bien démarrer sa nouvelle vie*.

(Les six derniers mots, probablement en raison de leur idéalisme lisse, s'inscrivaient mal dans le daShootka-style subversif et rugueux. Les observateurs attentifs pouvaient supposer un compromis formel mais inévitable avec les souhaits de la direction cantonale.)

La chanson interprétée par Rothsky (on dit que c'était « Always Look on the Bright Side of Life » des Monty Python) devait être une des cent une chansons, mais elle s'est avérée être une des cent. C'est-à-dire qu'ils étaient deux, sans se concerter, à interpréter la même et, par là, sans le vouloir, à écourter le nombre de ZoneAngels d'une unité. Jeffrey Subbotnik (car c'était lui le deuxième) ne pouvait pas ne pas y voir un nouveau Signe envoyé de l'Au-delà. Ensuite, il a mis fin à ses hésitations quant au choix du Protecteur.

Il est bientôt une heure du matin à mon horloge. Ici Radio Nuit. Je salue ceux qui nous rejoignent. Pendant le dernier quart d'heure, vous êtes devenus plus nombreux dans l'Ouest. Nous avons même Boulder, Colorado. Comment allez-vous de l'autre côté ?

Le nombre d'auditeurs dans l'Est diminue : ils sombrent dans le sommeil. Bonne nuit, mes amies et amis orientaux.

Je commence cette nuit avec des paroles que beaucoup d'entre vous ont sans doute oubliées. Mais je veux y revenir.

Si Dieu est notre père, le diable est notre meilleur ami.

Certains pourraient penser que c'est stupide ; pour d'autres, c'est une insolence bon marché, pour d'autres encore, une cynique impudence. Je devrais faire un commentaire. Je sais qu'un commentaire tue une histoire drôle. Ce qui me rassure, ce que je n'ai pas raconté d'histoire drôle.

Si Dieu est notre père, le diable est notre ami fidèle, celui avec lequel on grandit dans la même cour. Un peu plus âgé et, semble-t-il, bien plus expérimenté. Un véritable être de méthode : il enseigne et il montre l'exemple. Nonobstant le fait que le Père a interdit depuis bien longtemps tout contact avec lui, ces derniers se poursuivent en cachette, croyons-nous. Bien que le Père ne puisse pas les ignorer. Il aurait bien aimé ne pas le savoir, mais il ne peut pas.

C'est à peu près ainsi que se présente ce drame éternel, ou, si vous voulez, cette comédie. Je parle de l'enfance. Le déchirement entre le père et l'ami se manifeste dans le très jeune âge. Mon père était un dieu absolu. Il est vrai, pour une seule personne au monde : moi. En ce sens, je suis le fils de Dieu. J'ai grandi au milieu d'athées modérés, et le mot « Dieu » dans mon enfance était extrêmement rare. Le mot n'était pas utilisé, mais le sens était bien présent. Il était équivalent au père. S'il existait au monde quelqu'un qui m'avait créé, avait conféré à cette création un sens, et, en dépit de toute sa grandeur, m'aimait d'un amour infini, moi, si petit et probablement pas digne de lui, c'était mon père.

Mon ami, plus âgé de trois ou quatre ans, passait à la maison. Il habitait la même cour. Je ne saurais dire quelle famille était la plus pauvre, la mienne ou la sienne. Je pense que le niveau de pauvreté était le même. Mais les miens ont réussi à acheter un téléviseur plus tôt. Alors il venait pour regarder la télé, pour goûter, ou bien sans aucune raison. Je n'allais pas aussi souvent chez lui. Pour l'instant, aucune analogie avec le diable.

Mais tout ne fait que commencer.

Mes proches l'ont surpris plusieurs fois en train de mentir. Moi aussi, bien que mes mensonges ne fussent pas pragmatiques ; autrement dit, je mentais pour l'art pur du mensonge. Je mentais sans la moindre illusion que quelqu'un croirait mon mensonge. Par exemple, j'ai menti au sujet d'un extraterrestre cornu et couvert d'écailles que j'avais prétendument rencontré sur le chemin de l'école de musique, qui aurait écrit de sa queue des gros mots sur les murs des immeubles, les plaçant sur une portée musicale. Ces mots-là, je les ai appris de mon ami, et le fait qu'ils soient grossiers, de maman.

Mon ami, en revanche, mentait toujours dans un but concret. Il me mentait surtout à moi, car sa perspicacité innée lui soufflait de doser avec prudence les mensonges pour les adultes. Grâce à cette faculté de mentir, il a progressivement acquis un ascendant notable sur moi. Je sortais de la maison des objets qui lui plaisaient, pour les lui donner. Parfois, il n'était même pas nécessaire de les sortir, car je le faisais à la maison : je les lui mettais dans les poches. Comme ces quelques balles de fusil de chasse du tiroir de papa.

Mon père a tout vu, puisque c'était un dieu. Peut-être pas tout de suite, pas sur-le-champ, la main dans le sac, car il n'était pas à la maison quand mon ami venait. Ou plus précisément, mon ami ne venait pas quand mon père était à la maison. Mais Dieu voit tout et de loin. Il prend tout en compte et n'oublie rien. Il aurait aimé laisser passer certaines choses, en oublier d'autres, mais il ne pouvait pas. De temps à autre papa allait chez les parents de mon ami et exigeait la restitution de telle ou telle chose.

Une bague en argent, relique familiale.

Un stylo avec une plume chinoise inusable.

Des balles pour la chasse au sanglier.

Il avait même réussi de temps à autre à leur arracher quelque chose. Un jour il a récupéré un porte-cigares en bronze de son propre père, au bout d'une demi-heure de dispute acharnée et de deux bouteilles de blanc. Malheureusement, mon père buvait beaucoup et cela minait son autorité auprès des voisins. Il arrivait que les parents de mon ami le mettent à la porte. J'ignore si le père de mon ami était aussi un dieu pour son fils. Si oui, alors, c'était la guerre des dieux. Sachant que mon dieu attaquait et perdait la plupart du temps.

Mon ami aimait se moquer de mon père ivre. Il imitait de manière comique sa démarche mal assurée et sa parole incertaine. Et pas juste comme ça, mais devant les filles. Je n'arrivais pas à comprendre ce qui l'attirait auprès de ces idiotes aux plaies de piqûres de moustique éternellement ouvertes sur les mollets. J'étais rongé par la jalousie, je ne dormais pas la nuit et souffrais en pensant qu'il allait me quitter. Je le haïssais pour ce qu'il faisait à mon père. Et je haïssais mon père de donner aussi souvent le prétexte d'être moqué. Moi aussi j'ai été moqué. Pour la couleur de mes yeux. Les deux couleurs à vrai dire.

Mon ami restait avec moi de temps à autre. À un certain moment, il ne faisait que raconter comment étaient faites les filles et ce qu'il fallait faire pour avoir du plaisir. Je ne voulais pas le croire, mais mon ami m'assurait qu'il avait déjà touché à tout cela, et que c'était bien comme il le disait, et que désormais il attendait de meilleures opportunités. Un jour, il a sorti son dard, assez gros, et s'est mis à jouer avec, en insistant pour que je fasse pareil. C'était étrange et honteux, mais je ne pouvais pas ne pas l'écouter. Son dard grossissait à vue d'œil et s'étirait, comme un champignon de thé dans un bocal de trois litres. Le mien, ce qui m'a encore plus étonné, s'est mis à agir pareil. C'est là que mon père nous a surpris. Comme il s'avérerait plus tard, il avait perdu son travail quelques jours avant, mais il nous l'avait caché et continuait à quitter la maison tous les matins, comme d'habitude, à huit heures trente. Seulement, il rentrait quand bon lui semblait. Ou plutôt quand il en avait marre de traîner dans le parc municipal et d'attendre on ne sait quoi au bord du lac. C'est ainsi qu'est venue d'elle-même la réponse à la question de pourquoi il allait au travail avec un livre. Cet été, mon père relisait pour la douzième fois le récit sur le père Brown. Ou les récits tirés de sa poche ? Avant de se mettre à les relire, père enveloppait soigneusement le livre avec du papier journal, pour ne pas abîmer la couverture. Quoi qu'il en soit, j'étais en train de raconter comment il nous a pris sur le fait.

Bien évidemment, il a chassé mon ami à grand fracas. Quant à moi, j'ai écopé d'une interdiction de tout contact avec ce pédéraste. Dès lors, notre relation est devenue clandestine.

Elle a pris fin au milieu de ma quinzième année, lorsque j'ai perdu d'un coup Dieu, diable et virginité. Séparée de mon père, maman m'a emmené chez son nouveau mari, ce qui veut dire, dans une autre ville. Je lui ai crié au visage que je n'y survivrais pas. Comme vous le constatez, je n'ai pas tenu parole.

En guise d'adieu et en échange d'un album de timbres, mon ami m'a offert de prendre part à une demi-heure de chahut avec sa cousine, plus âgée que nous. Il m'a donné une part d'opportunité. Un véritable ami. Il a joui après moi.

À peu près la même année, nous avons connu un malheur. En fait, deux malheurs distincts. Mon père a bu jusqu'au delirium tremens et on l'a enfermé dans un dispensaire où on l'a tué au passage avec une mauvaise injection. Mon ami, quant à lui, s'est mis sans crier gare à avoir des tics au visage et à faire des clins d'œil à quelqu'un d'invisible. Tout le monde pensait qu'il cherchait à échapper au service militaire. Il s'est avéré que tout n'allait pas si bien.

Mon dieu était mort, mon diable avait perdu la raison. Je suis resté seul face à moi-même.

Vingt ans plus tard, j'ai osé un concert dans ma ville. Nous allions du côté du stade par mon ancienne rue. Les mecs ont demandé à s'arrêter près d'un mini-shop. Il n'était pas là à mon époque. Tout comme l'obèse avachi, vêtu d'un tee-shirt sale et d'un pantalon de survêt, qui ramassait les chopes vides. « Salut, c'est moi », ai-je dit au pauvre diable. Je ne crois pas qu'il se soit souvenu. Mais il a fait un clin d'œil à celui qu'il a vu à ma place. À quelqu'un d'invisible.

Il est une heure et quatre minutes.

*Et nous avons « **Spiracle** »* de ***Soap & Skin.***

5

Subbotnik a exposé la deuxième partie de sa proposition au pied de la colline couverte de vignoble. Ce jour-là, Rothsky s'était proposé pour la dernière vendange de l'année d'une variété tardive. Les grappes jaunâtres avaient déjà été frappées par les gels nocturnes, et maintenant il convenait de les ramasser pour le vin liquoreux populaire dans la région. Chargé d'un lourd panier, Rothsky descendait lentement entre les rangs. Subbotnik le guettait déjà en bas avec son panier de moindre taille. Encore plus amaigri et épuisé qu'une petite semaine plus tôt, il avait reçu une injonction médicale catégorique lui interdisant tout travail, mais il s'était traîné vers les vignes de sa propre volonté. La direction n'avait pas objecté à cette manifestation de positive Handlung. Subbotnik n'était pas d'un grand secours : de temps à autre il déversait le maigre contenu de son petit panier dans un grand panier, comme celui que Rothsky portait. Une fois que le grand était rempli de grappes de raisin à ras bord, Rothsky le portait à quelques centaines de pas vers un broyeur. Pendant ce temps, Subbotnik s'étendait sur l'automnale herbe fraîche et scrutait le ciel avec son crâne d'œuf tout aussi frais. La fraîcheur et la couleur jaune étaient les deux principales sensations de la journée. La douleur rôdait quelque part hors de la maison, la journée promettait d'être supportable.

La direction ne pouvait pas savoir ce que Subbotnik avait découvert en lisant des ouvrages de douteux guérisseurs : sa maladie se soignait au milieu des vignes. Non pas en mangeant du raisin, mais du simple fait de sa présence. Plus il passait de temps auprès de ces merveilleux végétaux, plus il avait de chance de chasser la mort. La direction l'ignorait, et quand bien même l'aurait-elle su, pour des *considérations à visée humanitaire*, elle n'aurait pas interdit l'exercice ni démenti son utilité.

Étendu sur l'herbe, Subbotnik attendait le retour de Rothsky avec son panier vide. Alors il se levait péniblement, bien que personne, et surtout pas Rothsky, ne lui eût reproché de rester couché. Subbotnik n'avait pas peur de prendre froid ou d'attraper une pneumonie à force d'être allongé sur l'herbe froide à la fin de l'automne. L'instant de l'opération décisive approchait et il aurait été ridicule de craindre autre chose.

En grimpant une nouvelle fois la colline entre les vignes, Rothsky a lâché, comme sans le faire exprès, sans se retourner, mais en poursuivant le sujet commencé le matin :

– Je n'arrive pas à comprendre : il y a tant de personnes qui désirent régler leurs comptes avec vous, et vous êtes toujours sans protection. Pourquoi ?

– Je suis sans protection ? a demandé Subbotnik en affichant un rictus. Pour ta gouverne, j'ai toute une prison qui me protège.

(Remarquons au passage : Monsieur Jeffrey était en réalité plus jeune de sept ou huit ans que Monsieur Joseph, mais ce dernier préférait le vouvoyer. Peut-être qu'il s'agissait de la distance subconsciente entre un pauvre et un riche. Ou peut-être était-ce autre chose, juste une forme de politesse face à la maladie. Peut-être que Rothsky les voyait déjà en double, comme un couple inséparable, la maladie et son Subbotnik ? La manière dont Rothsky parvenait à l'exprimer n'était pas claire : sans aucun doute, ils communiquaient en anglais. Si par moments Rothsky s'adressait à son presque ami Mr Subbotnik, et que celui-ci l'appelait simplement Jo, le mode de communication ne s'éclaircissait que de moitié. Mais supposons déjà cela.)

– Moi aussi, il me semble que c'est un des endroits les plus sûrs au monde, a acquiescé Rothsky. Bien qu'on ne puisse pas le considérer comme parfaitement sûr. Qui sait avec quelles lames se promènent nos camarades d'infortune ? Et n'importe quel Betreuer peut facilement devenir un tueur, si vos détracteurs le demandent.

– Personne n'est autant intéressé à me garder en vie que ces derniers, a assuré Subbotnik, avec un rien de suffisance.

Subbotnik avait commencé son séjour en prison avec le statut de VIP. Il était détenu dans un bâtiment spécial à protection renforcée, et pendant quelque temps il se déplaçait uniquement accompagné de gardes, eu égard au danger qui pesait sur sa vie. Certes, sa cellule ne ressemblait en rien à celle où un quelconque sybarite criminel d'une époque révolue du type Al Capone aurait pu compter ses jours et ses nuits. Subbotnik était plutôt un ascète, et jouissait mollement, autant que sa maladie le lui permettait, de conditions tout à fait spartiates. L'unique écart résidait sans doute dans un habit de prisonnier commandé spécialement chez Klaus-Johann Béranger et dont la valeur était estimée à près de trois cent mille. Puis la direction de la prison a changé, la gauche s'est emparée du pouvoir dans le canton, et le nouveau directeur anarchiste a ordonné de mettre fin au statut VIP. Rothsky a été transféré à Z. après la réforme, sinon, sa scandaleuse réputation internationale l'aurait immanquablement conduit dans un quartier de haute sécurité, ce qui, outre le prestige, limitait la marge de manœuvre.

Rothsky se taisait. Il n'avait pas envie de crier depuis le haut du vignoble – les plantes, qui plus est de ce genre, peuvent aussi avoir des oreilles –, alors qu'avec ses propres oreilles il attrapait des bribes d'explications de Subbotnik, plus bas sur la colline, à propos de milliers de créatures qui pouvaient véritablement souhaiter sa mort. Mais, affirmait Subbotnik, peut-être pas tant pour Rothsky qui était loin de lui, mais pour lui-même, il y avait plus important que sa mort : ses potentiels assassins voulaient avant tout mettre la main sur ses avoirs financiers, tant qu'il était en vie. « Si je meurs, se persuadait Monsieur Jeff, et qui plus est si je meurs soudainement, ils ne pourront jamais y accéder. Mon code est inviolable », a-t-il répété au moins trois fois. Son code est inviolable.

– OK, a répondu Rothsky un peu plus tard, après être descendu à peu près à la moitié de la colline. Comment voyez-vous leurs actions ? Qu'ont-ils l'intention de faire vous concernant ?

– Premièrement, ils doivent prier ardemment pour le succès de mon intervention chirurgicale. (Subbotnik s'est frappé le front avec son doigt.) Pour que je ne crève pas pendant ou après. Le docteur qui va m'opérer à Zurich parie soixante-dix contre trente que je rendrai mon dernier soupir. C'est même plus précis : soixante-treize contre vingt-sept.

– Oh ! Vous n'êtes donc plus tellement de ce monde ?

– Je parie sur ces trente. Pour moi, trente c'est beaucoup. Vingt-sept aussi, d'ailleurs.

– Les simples mortels ne réfléchissent pas comme ça.

– Les simples mortels ne réfléchissent pas du tout. C'est pour cela qu'ils sont simples et mortels. Et nous, nous ne sommes pas simples ni mortels, Jo.

– Vous pensez que moi aussi ? D'ailleurs, on m'a aussi donné trente et pas plus, mais je suis toujours là, a acquiescé Rothsky.

Puis, après un instant de silence, il a poursuivi :

– D'accord, votre opération est un succès, votre vie est sauvée. Vos ennemis l'apprennent et…

– …ils peuvent m'enlever pour m'arracher le code. On va bien me surveiller dans la clinique, mais tout est possible. Mob est une organisation de haut vol. Certains malheureux ont été enlevés dans des conditions bien plus rocambolesques. Quant aux tortures, ils sont au top. Il n'existe pas de secrets qu'ils ne puissent extirper sous la torture, par la bouche ou par l'anus, peu importe. Je ne laisse pas complètement de côté cette éventualité. C'est une possibilité.

– Il y en a une autre ?

– Pas qu'une, trois. Il y en a quatre en tout.

– Vous les partagez ?

– Je les partage. La première : Mob ne parvient pas à s'emparer de moi. Après l'opération, on me transfère avec succès de nouveau en prison. Ici, ils ne peuvent rien contre moi.

– Mais vous écopez d'une condamnation et commencez à purger votre peine de vingt ans, voire la perpétuité. Pendant ce temps, l'enquête se poursuit et un beau jour, pourvu que ce soit le plus tard possible, elle atteint votre compte. Le secret bancaire est brisé. L'argent est confisqué. Mob n'obtient rien, mais vous perdez tout de même tout. Match nul.

– Pour l'éviter, j'ai justement besoin de toi.

– Je l'ai deviné, monsieur Jeffrey. Les autres possibilités ?

– Ma préférée, la troisième. Elle a, respectivement, trois conditions préalables. Une opération réussie, un. Un heureux retour à la prison, deux. Un procès remarquable, trois. Je suis acquitté. Je sors et je disparais. On ne me trouve nulle part. Tu rends mon argent à une tout autre personne. À moi.

– C'est du cinéma. C'est impossible.

– C'est possible. Il faut prier très très fort, et le film deviendra réalité. Notre Seigneur miséricordieux est tout de même metteur en scène de métier. Ainsi que scénariste et producteur.

– Je ne crois pas qu'il soit producteur. (Rothsky s'est permis de douter.)

– Cela n'a pas tellement d'importance ici et maintenant, objecte Subbotnik. Mais évoquons la quatrième possibilité : l'opération a raté, je suis mort. Plus personne ne peut m'atteindre. Mais il y a toi, et tu as le code. Et tu agis. Tu transfères mon argent pour un grand et lumineux projet. Je te dirai lequel.

– Et s'il y avait une cinquième possibilité ? se manifeste Rothsky après une pause. Pourquoi il n'y aurait pas de cinquième, sixième, dixième, vingtième ?

– Par exemple ? a demandé Subbotnik presque avec son ventre, se penchant au-dessus de son petit panier et absorbant de toutes ses forces (on aurait dit autrefois de tout son être) l'aura des grappes.

– Par exemple, vous faites semblant de mourir. En réalité, vous ne mourez pas mais on annonce à tout le monde que l'opération n'a pas réussi et que vous êtes mort. Et vous disparaissez, vous n'existez plus. Puis, tout est comme dans la troisième variante.

– Cela aurait été une mystification intéressante, a maugréé Subbotnik, se détachant de l'aura. Et j'ai même eu le temps d'y réfléchir. Sais-tu pourquoi c'est impossible ?

Rothsky ne savait pas.

– Parce que nous sommes en Suisse, dont l'honnêteté est pathologique. Tu imagines comment je pourrais acheter toute une clinique universitaire ? Ou même son département phare ? Est-ce que tu t'imagines qu'ils puissent réussir une opération rarissime, terriblement complexe et condamnée d'avance et, oh ! miracle, réussie, et déclarer publiquement son échec ? Ce genre d'opérations constitue des jalons historiques, la médecine mondiale les grave sur les tablettes de son progrès victorieux, Jo. Et tu veux qu'ils mentent et qu'ils déclarent leur résultat de génie comme nul et non avenu ? Il n'y a aucune cinquième ou sixième solution. Il n'y en a que quatre. J'ai déjà tout passé en revue. Elles sont quatre, comme chez Borges.

Rothsky n'avait rien à lui opposer. Par chance, il devait de nouveau porter le panier rempli de grappes de raisin. La pause tombait bien.

– Et vos héritiers ? s'est-il souvenu au retour du broyeur. Pourquoi moi ? Pourquoi pas vos proches, votre famille ? Ceux que vous aimez ? Ceux qui vous aiment ?

– Ils n'existent pas, pour ainsi dire, a répondu Subbotnik. Bien que j'aie veillé sur certains. Mais de très très loin. C'est mieux pour tout le monde. On s'est bien entendus. En outre, je ne voudrais pas les exposer à un danger mortel.

– Et vous avez décidé de m'exposer, moi ? a précisé Rothsky.

– Et qui d'autre ? Toi, Jo, bien sûr. Qui, sinon toi ? Mais ce ne sera pas gratuit, tu le sais. Pas gratuit du tout. Premièrement, je te fais sortir de ce lieu paradisiaque pour que tu retrouves la liberté. Deuxièmement, j'assure ton existence dans des conditions parfaitement aisées pour de longues longues années. La somme du dépôt le permet. Et si tu es d'accord pour ne serait-ce qu'un cinquième de la somme, cela t'apportera entre trente et quarante mille. Je veux dire par mois. Autrement dit, quatre cent mille par an. De francs suisses, s'entend. Ce qui n'est pas si mal. Discret et exquis. Et si tu ne te lances pas dans des escapades, et organises le reste de ta vie intelligemment et de manière mutuellement avantageuse, ce cinquième te suffira pour toujours. Quel que soit le sens que tu donnes au mot « toujours ». Tu seras : a) libre ; b) fortuné, pour toujours, jusqu'à la fin de tes jours, aussi longs qu'ils soient. Pourquoi ne pas « s'exposer » dans ces conditions ? Moi, à ta place, je m'exposerais.

– Logique, a acquiescé Rothsky. Cependant, vous pouvez vous moquer de moi, monsieur Jeffrey, mais cela me pose tout de même un petit problème d'ordre moral. Je n'ai pas l'habitude de recevoir de l'argent pour rien. D'autant plus qu'il s'agit de sommes folles, de mon point de vue relativement limité. Je ne me sentirais pas à l'aise. Je ne veux pas vivre sur le dos de quelqu'un, parce que je suis un crétin, monsieur. (Dans la tirade originale, il a utilisé un mot plus proche de moron que de asshole.)

– Sur le dos de quelqu'un ? s'est esclaffé Subbotnik. Ce n'est pas du tout le cas, Jo. Tu vas toucher des sommes démesurément grandes, de ton point de vue, un paiement pas pour rien, mais pour ton travail, important et à responsabilité. Tu travailleras pour moi en qualité de gardien du dépôt. Tu déplaceras l'essentiel de ce que je possède, Jo, tu veilleras dessus et tu en disposeras selon mes instructions en cas de mort probable à soixante-dix pour cent. Alors que dans le cas de ma vie infiniment longue et heureuse à trente pour cent, tu me rendras tout et pas plus tard qu'au bout de cinq ans, délai suffisant pour que tout s'arrange pour toi et pour moi. Oui, c'est un assez bon salaire et pour beaucoup de gens de ton espèce, il peut paraître mirobolant, j'en conviens. Mais tu comprends qu'en tant qu'employeur, j'ai le droit de fixer le montant.

Rothsky a imaginé une seconde – ou plutôt, il a essayé d'imaginer ! – la folle immensité des fonds dont disposait Subbotnik. C'était une masse inimaginable, une avalanche des avalanches, une pluie torrentielle tropicale de billets de banque ; son volume pouvait faire perdre la tête ici et maintenant, comme dans l'enfance, quand on entend pour la première fois parler de l'infini du Cosmos. Il en a même eu le souffle coupé et, ses jambes ayant fléchi, il a eu envie de s'allonger à côté de Subbotnik sur cette herbe jaunie et piquante. Mais il a tenu, il a repris ses esprits. Il n'était pas trop tard pour refuser. Ne pas refuser maintenant (il l'a ressenti comme ça), c'est-à-dire immédiatement, irrémédiablement et indubitablement, signifierait accepter. Même se taire signifierait accepter. Pour ne pas rester silencieux, il a commencé à sortir des mots qui, on ne sait comment, étaient coincés dans sa gorge, mais essayaient de sortir.

– C'est de l'argent mauvais, monsieur Jeffrey. Sale. Vous l'avez volé, n'est-ce pas ? Vous avez détruit des vies, marché sur des cadavres, vous avez trompé et écrasé. Cet argent a un mauvais karma. Vous voulez que je m'étouffe avec vos miettes ?

– Je ne veux pas, Jo. Je suis dans un certain sens philanthrope. Même Soros m'a salué à Davos. Tu n'as pas de raison d'être écœuré par mes économies.

– La répugnance, sir. (Rothsky n'abandonnait pas.) La répugnance n'a pas besoin de prétexte. On l'éprouve et c'est tout.

– Un quart. (Subbotnik a monté les enchères.)

– Non.

– Un tiers ? Tu ne crains pas Dieu, c'est trop !

– J'ai dit « non », ce n'est pas pour négocier. De mon point de vue, il faut qu'on tombe enfin sur votre magot. Que les chiens de la finance le récupèrent enfin. Qu'on vous confisque tout cet argent. Que vous le perdiez, sir. Ce sera juste.

– Qu'est-ce que la justice vient faire là-dedans ? (Subbotnik a écarté les bras dans un geste théâtral.) Tu recours à une pression morale fort mal à propos, Jo. Les finances dans le monde moderne, c'est avant tout des conventions, sache-le. L'argent, depuis longtemps, n'a rien à voir avec la réalité économique. C'est de l'art pour l'art. Je fais du grand art pour ne pas m'amuser avec le petit. Je ne suis qu'un joueur, Jo, mais je suis un grand.

– Vous l'expliquerez devant le tribunal, sir. (Rothsky n'abdiquait pas.)

– Tu es horrible – Subbotnik a jeté l'éponge avant d'ajouter, déçu et épuisé : Toi non plus, tu n'échapperas pas au tribunal. Alors, tu n'auras qu'à t'en prendre qu'à toi-même. Tu prendras entre dix et quinze. Pas des semaines ou des mois, mais des années. Et tu mourras dans ces buissons paradisiaques. Ayant chassé les anges qui voulaient t'en sortir. Je suis ton ange, tu n'as pas remarqué, Jo ?

Rothsky avait remarqué autre chose : son compagnon s'était terriblement affaibli en l'espace de quelques heures. Il était peu probable que la vigne lui eût fait du bien ce jour-là, alors que le puissant antidouleur dont il dépendait désormais devait plutôt être appelé un anti-force. Plus près du soir, il traînait à peine les pieds et il semblait bientôt ne plus pouvoir même se déplacer. Pendant que le Betreuer de garde appelait le personnel médical avec une civière, Rothsky a hissé le presque ami sur son dos et l'a porté, s'étonnant malgré lui de sa triste légèreté. On prétend que Subbotnik lui a chuchoté quelque chose à l'oreille. Il semble que c'est à ce moment qu'il a trouvé les mots justes.

L'argument décisif était le but grand et noble précédemment évoqué.

Quelques années avant leur rencontre, c'est-à-dire à l'époque où les deux, les futurs presque amis, non seulement ne se connaissaient pas, mais jouissaient, chacun à sa manière, de la liberté dans des mondes parallèles, certaines agences d'information (précisons, pas les meilleures, mais pas complètement suspectes non plus) avaient beaucoup parlé de l'activité d'un certain Centre d'éradication des maladies incurables et mortelles. Ses fondateurs et leaders s'étaient fixé comme objectif, dans un avenir le plus proche possible, de priver de tout sens l'expression « la médecine est impuissante ». Ils étaient certains qu'au XXIe siècle, la médecine aurait perdu son droit à l'impuissance, alors que l'incurabilité devait être complètement exclue de la vie humaine. « Les maladies incurables, c'est un mythe ; l'impuissance de la médecine, un fake », déclaraient les responsables du Centre lors de conférences de presse à sensation. En opérant avec des fonds de lancement à proprement parler fantastiques (dont l'origine était passée sous silence par les managers du Centre, qui prétendaient se référer à la volonté des donneurs et au secret médical), le mystérieux Centre plaidait pour une interaction globale avec les sociétés pharmaceutiques phares du Vieux Monde et du Nouveau, du Japon et d'Israël. Il avait aussi fait appel dans son activité révolutionnaire aux spécialistes les plus efficaces ; il entourait de sa sollicitude des brigades de génies travaillant sur les mutations génétiques, les expositions sur phage, les toxines polyvalentes et d'autres biotechnologies combinatoires et leur offrait des conditions idéales.

Subbotnik était lui-même un génie de la biotechnologie, c'est pourquoi il y avait cru. Et peut-être que non, peut-être même qu'il n'était pas du tout un génie. Mais il y avait cru, parce que c'était à peu près à cette époque qu'on lui avait annoncé son diagnostic. Il y était écrit noir sur blanc (ou même noir sur noir) que sa maladie était *mortelle* et que la médecine était *impuissante.* Il ne lui restait donc plus qu'à croire au Centre d'éradication des maladies incurables et mortelles, et c'est ainsi qu'il avait fondé sa propre religion de la nouvelle génération : le Centre égale Dieu, et Dieu égale le Centre. Ayant soutenu plus d'une fois le Centre avec des dons gigantesques, Subbotnik se réjouissait de chacun de ses succès intermédiaires, que les services de communication du Centre s'empressaient d'annoncer chaque fois à la communauté internationale de manière bruyante et quelque peu insistante. « D'ici un an pourront apparaître les remèdes définitifs contre la mort », avait-il lu un jour dans un fil d'infos, ce qui lui avait insufflé un puissant espoir. Mais le temps passait, la maladie progressait, et les agents d'Interpol, après l'avoir interpellé dans un ashram de l'Inde du Sud-Est, l'avaient transféré à ceux qui avaient des tas de questions à lui poser : les services judiciaires suisses. Placé en détention le temps de l'enquête dans la prison de Z., Subbotnik attendait les nouvelles du Centre. Mais le service de communication se plaignait de plus en plus d'un manque chronique de moyens adéquats, ce qui prétendument ne leur permettait pas de déployer leurs activités de recherche à la vitesse souhaitée. L'annonce précédente était, à l'évidence, un peu précipitée : le remède contre la mort tardait à venir, et Subbotnik, se rendant finalement compte qu'il risquait de ne pas avoir suffisamment de temps pour l'obtenir, après moult hésitations, avait accepté l'idée du médecin de prison pas mal informé de faire un examen à la clinique universitaire de Zurich, où on l'avait instamment poussé à une opération extrêmement coûteuse, mais exceptionnelle, « avec vingt-sept pour cent de chances d'issue positive ».

L'objectif, grand et lumineux, de vaincre l'incurabilité et l'impuissance s'éloignait dans un avenir insondable, où la place de Subbotnik lui-même – à soixante-treize pour cent de chances – n'était pas assurée. Et pourtant, comme tous les adeptes les plus ardents de toutes les religions, surtout quand il s'agit des néophytes, il s'est obstiné à ne pas échouer. Il a même inventé la façon, par sa propre mort, d'asséner un coup mortel à la mort de manière générale. On ignore s'il voyait son idée comme une allusion judicieuse à la chrétienté. Quoi qu'il en soit, elle l'était assurément.

Selon ses propres calculs minutieux et ses attentes analytiques, le Centre d'éradication des maladies incurables et mortelles devait aboutir à l'apparition des remèdes annoncés d'ici cinq ou six ans. Et c'est là que le Centre devait recevoir une aide décisive, à savoir, son dépôt à lui, Subbotnik, fort de quelques milliards. Comme son dernier « adieu », de la part du plus grand philanthrope sauveur de l'Histoire : « Hommes, je vous aimais ! »

Mais pour ce faire, il avait besoin de quelqu'un. De quelqu'un comme Rothsky. Un trésorier suffisamment fiable, qui n'oserait pas toucher au trésor. L'exécuteur testamentaire qui, le moment venu, veillerait au transfert de la somme pour les besoins ultimes du Centre. Un ordonnateur d'âme.

Le dernier mot était un calque de la langue appelée autrefois le russe. Un calque tout à fait justifié. Un ordonnateur d'âme doit s'occuper de l'âme de l'autre.

« Tu me feras sortir de ce purgatoire ? » a murmuré Subbotnik sur son dos. Rotshky n'avait pas le choix. Cela a fini par arriver : il a répondu « oui ».

Il restait à régler deux détails.

D'abord apprendre par cœur le code de la clef, composé de vingt-six éléments dont des lettres grandes et petites, des symboles et des chiffres. Après les avoir tapés depuis une ressource sécurisée, n'importe quel utilisateur devenait propriétaire du magot de Subbotnik. À tel point qu'il pouvait récupérer l'ensemble de la somme, sans la moindre restriction et prélèvement, pour la mettre sur n'importe quel compte de n'importe quelle banque de notre monde. Compte tenu de l'importance universelle du code, Subbotnik interdisait sévèrement de le conserver sur tout autre support (aucun enregistrement, aucune copie, pas de papier, de disquette, de clef USB, de serveurs à distance, d'ordinateur personnel !). Que son propre cerveau avec sa mémoire.

Sept semaines étaient allouées pour mémoriser le code. Subbotnik ne dévoilait pas le code dans son intégralité, mais morceau par morceau. Au cours de la première semaine, Rotshky devait apprendre les quatre premiers signes. Cela ne posait aucun problème et Rothsky, pris d'ennui dès le lendemain, exigeait la suite. Mais Subbotnik ne se pressait pas : « Pour chaque signe, tout comme pour leur ordre, tu dois être sûr à plus de cent pour cent. Tu connais le mot "automatiquement" ? » La blague sur « le fils de pute automatique » n'est pas bien passée : que Dieu préserve quiconque de vouloir faire rire des étrangers avec des blagues maison.

Durant la deuxième semaine, quatre autres signes se sont ajoutés, et maintenant Rothsky devait *automatiquement* s'approprier tous les huit. La troisième semaine, ils étaient douze, et Rothsky sentait physiquement son crâne exploser d'une surcharge d'abstraction scintillante. « La dernière semaine sera la plus simple. (Subbotnik essayait de le rassurer.) Tu n'auras que deux signes à apprendre. Sans oublier les vingt-quatre qui précèdent. » Il a prononcé la dernière phrase en dévoilant ses gencives d'une pâleur morbide, et il ne s'agissait pas d'un sourire.

Au bout de la septième semaine, Rothsky par trois fois, sans se tromper une seule fois, a déclamé devant Subbotnik tous les vingt-six signes du code et, ce qui n'est pas moins important, dans le bon ordre. Le même jour, Subbotnik a signé l'accord pour une opération dans l'hôpital universitaire de Zurich, avec « une conscience claire de la haute probabilité de son échec ».

« Maintenant, je suis votre fils de pute automatique, sir, s'est vanté Rothsky. – Surtout, ne gâche rien, a supplié Subbotnik. Répète jour et nuit. Ne t'en lasse pas. Et tu deviendras grand. Le hic de ma technologie réside dans le fait que tu n'auras pas de seconde tentative. Une seule erreur, et l'accès sera bloqué à tout jamais. N'oublie pas qu'une virgule de merde, qui changerait de place avec une putain d'apostrophe, peut réduire à néant non seulement la raison d'être de mon dépôt, mais aussi l'immortalité de l'espèce humaine. »

(Et Rothsky s'en souviendra. Jamais Rothsky n'oubliera cet instant, habité par un frisson piquant au fond de ses testicules, lorsque, en liberté, loin de la détention, il a eu la première, l'unique et la dernière possibilité d'introduire le code et de se faufiler, de se glisser sur le champ de mines des chiffres, des lettres et des symboles jusqu'au cœur même de l'obscurité : le dépôt. Pendant exactement trois minutes il fixera l'écran avec les vingt-six points, cachant on ne sait quoi, dont chacun pourrait s'avérer non pas une erreur, mais une catastrophe fatale.

À la quatrième minute, il dira : « On ne vit qu'une fois ! » Et il appuiera résolument sur Enter.)

Mais pour que Enter soit possible, il fallait régler un autre détail : recouvrer la liberté. Et le plus vite possible. Autrement dit, être acquitté le plus vite possible.

Subbotnik ne jetait pas les paroles en l'air. Un jour ou deux après que Rothsky lui a répondu positivement, un nouvel avocat est venu le voir, engagé expressément pour lui par une fondation de bienfaisance du genre « Miséricorde et Confiance ». Rothsky a laissé partir, le cœur léger, le précédent, celui qui lui avait été alloué gentiment et gratuitement par la justice cantonale : même un idéaliste complètement fini n'aurait osé le traiter de véritable défenseur.

Ainsi apparaît, en marge de cette histoire, un monstre épisodique, une étoile incandescente du barreau de la région, Dagobert Schwefelkalk. Le nom est apparu quelque peu compliqué à Rothsky, mais sa première partie s'est fondue aisément avec un certain fantôme du passé. Monsieur Dagobert (Rothsky aimait l'appeler Dragobrat) rappelait à Jos un showman de la télévision de son lointain passé, de sa lointaine patrie, de ceux qui surgissent toujours de la plupart des écrans télé et sont considérés éternellement jeunes, polluant impudemment la noosphère nationale de leur humour banal et xénophobe. À l'époustouflante ressemblance physique s'ajoutait le fait que la seconde partie du nom de l'avocat signifiait exactement la même chose que le nom complet du showman. Son programme fétiche s'appelait justement *Vapno-TV* (ce qui signifie « la chaux » en ukrainien et se dit « Baukalk » en allemand). Une fois (il s'agit par chance d'une période de courte durée, quand Rothsky et son groupe ont failli dégringoler au niveau du mainstream national), le bon Vapno a même invité le *jeune groupe prometteur* dans son émission pour un direct, et c'était horrible. Les innombrables bons à rien du studio qui devaient veiller à la qualité ne serait-ce que médiocre du tout – son, éclairage, maquillage, cadrage – ont fait ouvertement mine de les ignorer et ont tout saboté, ce qui a conduit à la dislocation totale de la chanson. Habitué au moniteur, Rothsky se sentait terriblement mal à cause d'un écouteur défectueux qui grésillait et il jouait n'importe quoi. Enchanté par l'effet nul de la performance, Vapno les a accompagnés depuis son podium avec une phrase assassine : « Voilà comment elles sont, les stars, de nos jours ! » Tout ce qui est resté de cette honte, au lieu de cinq minutes de gloire, a été mis sur la Toile dans une curieuse vidéo : un extrait de leur numéro avec les grimaces tendues de Rothsky et le titre « Il est à bout ! » (Onze visionnages en tout et pour tout.)

Heureusement, toute la ressemblance entre le monstre de télévision et son double avocat se limitait au physique et à un morceau de son nom. Dagobert Schwefelkalk, à la grande différence de Vapno, n'enfonçait pas Rothsky, mais le sauvait. C'était une panthère des neiges qui avait foncé sur l'enquête dans l'intention non feinte de déchiqueter tous les éléments réunis jusque-là. Il a piétiné la version du meurtre prémédité avec un sarcasme qui lui était propre, en se référant dans chacune de ses interventions médiatiques au « choix de l'arme la plus meurtrière ». Au cours du premier contact avec les juges d'instruction, Dagobert Schwefelkalk leur a conseillé de manière amicale et non moins hautaine de se fourrer toutes leurs preuves tirées par les cheveux dans le cul et, au nom de Dieu, « de ne pas se ridiculiser devant la communauté démocratique internationale ». « Avez-vous vraiment l'intention de lyncher ce véritable combattant contre un régime inhumain, un vrai héros qui professe les mêmes valeurs morales et sociétales que nous tous, qui ne fait pas que les professer, mais les applique activement, et dont la seule faute est d'avoir eu le malheur de naître un peu plus à l'est que nous tous ? » vrillait-il les têtes des enquêteurs, silencieux et recroquevillés comme des souris derrière un balai. « C'est notre frère que vous n'avez pas reconnu ! » s'écriait Dragobrat, en véritable frère, droit à la face de ses interlocuteurs et avec une pression telle qu'ils ont commencé à se replier sur eux-mêmes, imaginant déjà l'effet que cela produirait immanquablement sur l'audience du tribunal.

Le super-défenseur explosif ne jetait pas en l'air ses phrases grandiloquentes. À peine obtenu l'accès au dossier de Rothsky, ses assistants lui ont déniché tout une montagne de témoignages oculaires, essentiellement des vidéos et des photos. Le sujet principal en était les bains de sang. Les dispersions sauvages dans leur cruauté inexplicable. Le passage à tabac des passants désarmés avec des matraques et des coups de pied. Les jets contre la foule pacifique de grenades assourdissantes et les attaques au gaz. Le déshabillage complet par température négative des manifestants capturés et leur passage à travers les rangs de la police. L'arrosage des hommes dénudés – toujours par un froid glacial – au jet d'eau des pompes. Les corps des premiers protestataires tués par les snipers. Décapités, étendus sur la neige imbibée de sang. Les yeux, les mains, les pieds perdus pour toujours. La fusillade méthodique des manifestants armés en tout et pour tout de bâtons et de boucliers en bois, poussés dans leurs derniers retranchements. Les chars qui traînent les trophées sur la neige rouge et noire : les drapeaux arrachés aux barricades.

Il s'avère que toute cette chronique enthousiaste peut toujours être trouvée dans les trésors d'Internet. Et Dagobert Schwefelkalk avait toutes les raisons d'en profiter.

Mon client (aurait-il déclaré au tribunal s'il avait fallu aller au procès), mon client a le droit à la colère, mesdames et messieurs. Ce droit lui a été garanti de la manière la plus brutale par le gouvernement de son pays, que je ne craindrai pas de traiter non seulement de dictatorial, mais encore de criminel. Cependant, mon client – prêtez bien attention ! – n'a pas répondu par la colère, mais par une *humiliation acceptable* de son offenseur criminel. Au regard de la morale pure, il n'a fait que se moquer du mal. Au regard du droit pur, il n'a fait qu'enfreindre certaines normes de comportement dans les lieux publics. Ses actes relèvent de façon évidente et incontestable de la spontanéité et, en aucun cas ! d'une préméditation perfide. Nous avons devant nous non pas un criminel, mais un contrevenant, qui a déjà payé sa contravention par presque un an de séjour derrière les barreaux d'une des prisons de notre État de droit si exemplaire. Et je vous en félicite, honorables mesdames et messieurs.

Cette inspiration et ces phrases n'ont pas été amenées à secouer l'air d'aucune salle de tribunal. Après avoir joué un peu les prolongations, et essayé sans conviction et sans succès de requalifier le « meurtre prémédité » en « participation dans des actions qui ont conduit à la mort ou aux dommages corporels d'une personne » (article 133 de la section spéciale du Code pénal), l'accusation s'est avouée vaincue. Rothsky devait quitter les murs de la prison.

Une autre décision attendue depuis longtemps est arrivée à peu près au même printemps. La Suisse lui refusait l'asile politique, comme il fallait s'y attendre, et recommandait à la direction pénitentiaire de Z. de transférer Rothsky à l'Ausschaffungshaft le temps des formalités qui s'imposaient. Après avoir reçu ses papiers et ses effets personnels (il lui a fallu rendre son unique montre suisse) et être sorti de la prison, Rothsky était tenu de quitter la Suisse dans les soixante-douze heures. Conformément à l'accord sur la réadmission, il lui a été recommandé de s'adresser personnellement au pays de son séjour précédent, où il pouvait demander l'asile.

En raison d'un étrange concours de circonstances, le même jour où Rothsky passait l'antique portail de la maison d'arrêt conçue dans un style baroque sobre par un architecte local inconnu de lui, son compagnon Subbotnik était convoyé à la clinique de Zurich, où commençaient les derniers préparatifs opératoires.

Le directeur de l'établissement renvoyait les deux, comme un hôte généreux qui regrette sincèrement le départ quelque peu anticipé des meilleurs amis de sa maison. Il donna à Rothsky pour la route un volume de proses choisies de Robert Walser, qui contenait aussi *La Promenade*. Et à Subbotnik, la traduction anglaise du *Livre des morts tibétain*.

6

Une petite explication à propos de Mob.

Les années zéro du XXIe siècle ont définitivement transformé la civilisation humaine en une lutte permanente de groupes criminels internationaux. Le fric, et pas n'importe lequel, mais gigantesque, d'un infini cosmique, a commencé à véritablement gouverner le monde. Toutes les plateformes idéologiques, mouvements politiques, coalitions parlementaires et enclaves terroristes, toutes les dictatures et les démocraties, tous les partis nationalistes, populistes, libéraux, de gauche et conservateurs, bien plus, toutes les religions et tous les « fanatiques religieux », se sont avérés n'être que des couvertures pour les trafics de milliards et de trillions. Et ils obéissaient à un seul objectif : s'approprier des sommes gigantesques, d'un infini cosmique.

Sur cette toile de fond, Mob ne faisait pas exception.

Disposant de relais qualifiés dans le renseignement financier de plusieurs pays importants, Mob bichonnait amoureusement son jardin, traquant à travers le monde les derniers grands escrocs solitaires et s'accrochant à eux. Les dinosaures disparaissaient, mais certains étaient d'authentiques génies. Jeffrey Subbotnik, en brouillant les pistes de temps à autre, et en se faisant discret pendant les heures sombres, sous le nom parallèle de Jerry Shabbatnik, ne pouvait pas ne pas attirer tôt ou tard l'attention de Mob. Ce dernier l'aimait et s'y est attaché à sa manière. Du reste, c'est lui, sans trop réfléchir, qui avait donné son nom à Mob.

Le jeu était ouvert. Mob savait que Shabbatnik était *plein d'oseille,* planqué dans le segment du labyrinthe bancaire le plus éloigné de lui, en maître inégalé qu'il était incontestablement. Shabbatnik savait que Mob savait, et voulait éviter absolument tout contact physique avec Mob. Il conseillait la même chose à Rothsky. La prudence et la discrétion, soulignait Subbotnik. Tu ne vis pas pour toi, Jo, tu vis pour l'idée, tu en es capable, je crois en toi.

Avant toute chose, il fallait quitter la Suisse, et se planquer quelque part dans la périphérie la plus reculée.

Les spécialistes de la conspiration objecteront qu'il n'y a pas de meilleure planque que les centres. La périphérie, c'est justement l'espace où tout le monde est visible. Surtout les nouveaux arrivants, avec leurs étranges neuf zéros sur leur compte en banque. « Comment pourrai-je expliquer au banquier la provenance de cette somme ? a demandé Rothsky. – On t'ouvrira un compte dans une banque où personne ne te demandera jamais rien, l'a rassuré Subbotnik. Et si quelqu'un pose tout de même la question, ce sera uniquement pour te faire un clin d'œil complice, pour signifier qu'il t'admire. C'est notre chère Europe de l'Est, Jo ! »

Les parents des parents de Shabbatnik provenaient soit de Vilnius, soit d'Odessa. C'était un impératif catégorique pour Rothsky.

D'ailleurs, il n'avait pas tellement le choix. La Suisse le chassait, comme par hasard. Il ne restait que les pays au centre de l'Europe et les Carpates, sans prétention et, de ce fait, confortables. Ainsi que Rhinocéros en tant que ville des portes ouvertes, où affluaient les freaks et les solitaires du monde entier. La ville où, dans les dernières décennies, les élections avaient été remportées par la coalition des intellos et des libertaires, alors que le maire, depuis déjà quatre mandats, était un ancien gay-séparatiste des Carpates à la peau à moitié noire.

Dans une ville pareille, Joseph Rothsky avait de bonnes chances de ne jamais attirer les regards. Mais comme nous le savons déjà, il n'en a pas profité.

Je me suis enfui de l'empire au moment de sa dislocation.

Une phrase un peu étrange, non ? Pourquoi fuir ce qui se disloque ?

En vérité, il n'y a rien d'étrange : le fait est que la chute a bien eu lieu, mais l'empire a survécu. Tout simplement, la fuite est devenue soudain possible. J'ai donc décidé de rejoindre ma chère maman. Elle est partie (vers l'ouest, évidemment) plus tôt, avec son troisième mari, un forestier, comme toujours. La particularité de son troisième forestier était le fait qu'en tant que mormon, il a obtenu assez facilement le feu vert pour l'émigration. Il ne me restait qu'à rejoindre mes parents ou, comme on m'a conseillé de l'écrire dans ma demande, de me réunir avec la famille de ma mère. Il n'y a eu grâce à Dieu aucune réunification : j'ai traîné sous leur toit même pas une semaine, et j'ai pris mes jambes à mon cou. Mais c'est une autre histoire.

Il est une heure quarante-deux sur notre île. Ici, Joseph Rothsky. La nuit est tombée et je vous distrais sur ma radio taciturne. Restez avec moi, si vous ne dormez pas.

Lorsque je suis revenu dans mon pays quelque sept ans plus tard, je nourrissais l'espoir de ne pas le reconnaître. Au moins un petit peu. Et comment ! Comment ne pas le reconnaître ! Tout est mien, tout est reconnaissable, comme disait le poète. La même négligence et la même ruine, partout des débuts de quelque chose qui n'est pas terminé, est abandonné, transformé en décharge et terrain vague. La disgrâce borderline des paysages. Même les vêtements n'ont pas changé ! Et ils sont censés changer plus vite que les cerveaux ! Les habits des gens, l'odeur exhalée par leurs gueules. Non, rien n'a changé. Ce qui était en revanche véritablement différent, dans cette tortue difforme et à peine vivante, dans les profondeurs de ses entrailles tout juste encore intactes de la puanteur définitive, c'était la naissance d'une sorte de drive. Je ne comprenais pas encore où cela allait mener, mais j'en profitais autant que je le pouvais, lorsque je grimpais sur scène et me mettais à mon clavier. Et nous y arrivions bien, je dois vous le dire. Nous, comme groupe musical. Et comme pays par la même occasion.

Quelque part à cette époque, j'ai commencé à jouer avec l'idée qu'en réalité rien ne change ici, parce que je n'y étais pas. Et voilà que je suis de retour, et tout va démarrer en trombe. Là, maintenant, tout de suite. D'ailleurs, cela a déjà commencé. Pas parce que je suis grand, mais parce que je suis une goutte. Une goutte de plus, moi. Une goutte de moins, et ce pays n'arrivera à rien. Excuse-moi, le pays, lui ai-je dit. Je ne te quitterai plus.

Maintenant, une petite nuance non superflue. Je suis rentré dans mon pays avec une expérience sexuelle assez riche. Des circonstances de ma vie de l'époque y ont contribué. Quand j'emploie l'expression « assez riche », je n'exagère pas. Mais pas de détails. Ce n'est pas pour vanter les qualités de mon pénis que j'ai créé cette radio.

Personne n'a statué définitivement sur la question de savoir si l'expérience sexuelle précoce était un bien ou un mal. Du reste, je ne suis pas trop au fait des théories du bien et du mal. Il est même probable que je sois un parfait ignorant. Personnellement, ma riche expérience s'est avérée être un bien et un mal à la fois. Surtout dans le pays où je suis revenu.

Donc, d'une part cela a donné à mon retour la possibilité de jouir presque indéfiniment des opportunités qu'offre l'expérience, profitant de toute une gamme d'émotions et nourrissant joyeusement le drive ; mais d'autre part, cela a bloqué toute relation un tant soit peu profonde ou ne serait-ce que de l'attachement, ce qui a conduit à une immense mélancolie. Quelque part vers la vingt-huitième année de ma vie, je suis parvenu définitivement à la conclusion que chaque nouvel ajout au nombre de partenaires ne change rien et que chaque nouvelle éjaculation provoque les mêmes sensations, purement physiologiques. Par conséquent la dix millième ne diffère en rien de la millième, et il n'y a que la première qui a une valeur exploratrice, lorsque Éros brûle brusquement de son inconnu. C'était avec la cousine de mon meilleur ami, très moche. Mais jamais plus ce ne sera comme avec elle. C'est-à-dire que c'est terriblement pareil avec toutes les autres, pour ne pas dire identique. Et peu importe que ce meilleur ami m'eût appris dans notre enfance qu'il y a trois types de vagins. Trois, et pourtant, tous se ressemblent !

Je vivais sans amour. J'ai fini par croire que c'était une invention. Je me suis obligé à le croire. Je menais une vie parfaitement polygame, expérimentale, et je me rendais compte avec chaque nouvel amour qu'il n'y avait rien. Il n'y a rien et il n'y aura rien, excepté l'envie, l'attraction, les sensations tactiles, l'érection, les positions habituelles et confortables (ou l'inverse), des techniques plus au moins maîtrisées, le travail des muscles, des extrémités, des doigts, des langues et ainsi de suite. J'ai déjà parlé d'éjaculation, j'ajouterai l'orgasme de l'autre partie. Seule la nature se cachait derrière, sa fonction pure. Il n'y avait aucun Dieu. C'est ce qu'il me semblait, car à vrai dire, pendant un certain temps, je le cherchais dans toutes ces violences mutuelles. Mais non, il n'y était pas. Probablement, il ne peut exister dans les violences, même si elles sont mutuelles. Cependant, j'ai décidé qu'il ne pouvait tout simplement pas exister. J'ai amené mes problèmes au niveau universel.

L'amour est une fiction, imposée à mauvais escient à l'humanité pratiquement depuis ses origines, par suite d'un certain complot mondial de mystiques à moitié fous et de poètes impuissants. J'ai inscrit cette définition dans ma mémoire, à tout hasard, pour la livrer un jour dans une émission nocturne. Bien qu'étant une méchante parodie, elle a amené une clarté supplémentaire dans ma vie.

Lorsque j'ai dépassé la quarantaine, j'ai accepté l'idée de finir ma vie seul. Single, comme on dit dans le monde normal. Pas comme un quarante-cinq tours fait de vinyle, mais comme celui qui a l'intention de ne partager sa vie avec personne, et ne laissera personne y entrer dans l'unique perspective de relations sexuelles régulières et de l'organisation routinière du quotidien.

D'accord, je n'aurai jamais personne qui pourrait être considéré comme l'être humain le plus proche de moi. Je n'aurai pas de véritable maison, dans le sens de celle que les vieux chieurs ont baptisée « foyer familial ». Je n'aurai pas d'enfants, évidemment. Ni de petits-enfants, ni de continuation de ma lignée, ni d'autre bêtise biologique. Comme c'est merveilleux, ne devenir le père de personne. Jouir des millions de fois et ne concevoir personne, la mort peut se rhabiller. N'être pour personne grand-père et arrière-grand-père. N'être personne pour personne. Comment dit-on ? « Je ne sais presque rien de mon arrière-grand-père. » Vous imaginez cette gratitude ? Cette phrase commune prononcée avec indifférence déjà cinquante ans après votre mort ? Le voilà, le lien intergénérationnel. Aucun connard ne pourra dire cela de moi.

La solitude est triste ? Je n'aurai pas la chaleur que j'aurais pu avoir ?

Mais je serai indépendant. Libre des ceintures de chasteté et des trahisons conjugales. Je n'aurai pas à me réveiller à côté de quelqu'un dans le même lit uniquement parce que c'est ce que dicte un devoir inventé par quelqu'un pour m'embêter.

Tout était parfait, en gros. N'être nécessaire à personne, n'est-ce pas l'acmé de l'existence, une manifestation exemplaire de la liberté ? Ne pas craindre les pleurs, les sanglots, les frissons, ne pas s'inquiéter la nuit comme le jour pour, mettons, la toux, la courante, l'éruption cutanée ou les règles de quelqu'un. Ne pas redouter les cris de ses cauchemars, ses soupçons, sa mélancolie ou le fait qu'elle meure avant. Ou bien moi avant elle. Ou que nous ne mourions pas le même jour. Ne pas craindre de s'habituer, s'adapter, se transformer en une Unité, odieuse, moribonde et mutuellement dépendante.

C'est ainsi que j'ai vécu. Combien de temps cela a duré ? Toujours, je crois. Mais tout cela – pouvez-vous l'imaginer ? – a pris fin un jour.

Il reste un peu moins de dix minutes avant deux heures. Je passe maintenant ***Tom Waits**, « **Poor Edward** ».*

7

Anita est tombée amoureuse de Rothsky quand elle avait à peine neuf ans. C'était lors d'un horrible concert dans une salle glaciale et à moitié détruite, je crois que c'était la salle de sport de la garnison. Environ cent cinquante jeunes à l'allure étrange s'y étaient entassés. Anita ignorait même que leur ville comptait des gens aussi extraordinaires et qu'ils étaient aussi nombreux. Pourquoi ne les voyait-on jamais nulle part ? De quel bunker s'étaient extirpés ces personnages de conte poilus ?

L'aînée de ses copines, de celles qui mènent une vie presque adulte et parlent en premier des papillons dans le ventre, était fille d'officier. Pas juste d'un officier, mais la fille du directeur de la salle de sport. Ce qui lui a permis d'assurer à Anita gratuitement une place de choix au premier rang, alors qu'elle-même s'est lancée dès la première chanson parmi les elfes dépenaillés. Anita est restée seule sur son siège, et le mur de son, avançant sur le public, l'a collée contre son dossier par une de ses contre-forces. Anita n'avait aucune envie de se faire écraser, elle a serré les poings et s'est tendue. Le mur de son s'est montré clément et, au lieu de l'écraser, s'est mis à la caresser en la plongeant dans un état second de plus en plus délicieux.

Le groupe s'appelait « Docteur Tahabat » et il était composé de cinq musiciens. Anita ne savait presque rien à leur sujet, mais elle pouvait les découvrir de près ici et maintenant, juste devant elle. Et aussi un peu au-dessus, évidemment. Les cinq ne se doutaient pas qu'ils étaient en train de devenir ses dieux. Anita *prenait son pied,* bien qu'elle n'utilisât pas ce genre d'expression à l'époque, et n'eût même pas pu expliquer ce que cela voulait dire, *prendre son pied.* À la dixième minute du concert, elle s'est juré dans son for intérieur que ce serait sa meilleure musique pour toujours.

Cette promesse n'aurait peut-être pas été formulée s'il n'y avait eu ce mec remuant, pas très grand, mais à la mimique et à la plastique parfaites, aux lunettes noires, qui jouait du clavier, tantôt se penchant tout près, tantôt se redressant de manière fulgurante en faisant courir ses doigts sur deux claviers à la fois, tantôt s'asseyant au piano, puis sautant sur ses jambes et se tournant en belle toupie vers les synthétiseurs. Il était extraordinaire, aussi bien dans les sons qu'il extrayait de ses instruments que dans sa mimique et ses mouvements. (Anita n'allait pas tarder à apprendre d'une copine plus âgée que d'après les fans plus renseignées, il avait le regard de Vij, d'où les lunettes de protection[1].) Entre les chansons, il interpellait les ingénieurs du son en demandant sèchement « plus de rolan dans le moniteur ». Anita n'y comprenait rien. Comment aurait-elle pu savoir que « rolan » était en réalité Roland SH-2000 ? Que l'objet de son admiration du soir jouait sur ARP Omni et ARP Soloist, alors qu'il imitait le clavecin aimé depuis l'enfance sur un Clavinet Hohner C-3, vieux, mais toujours valide ? Anita l'ignorait, mais presque toute

1. Vij est un personnage maléfique de la démonologie ukrainienne et slave, pourvu de cils longs et épais, ce qui l'empêche de voir. Nicolas Gogol lui a dédié une nouvelle du même nom dans le cycle *Mirgorod.*

son attention était absorbée par sa gesticulation débordante, qui tantôt indiquait les boîtes noires sur le côté, tantôt pointait vers le ciel. Son doigt était la perfection même. Anita n'avait jamais vu de doigt aussi long et fin. Et ce n'était pas le majeur, mais l'index ! Elle a eu envie que ce doigt conduise toujours son regard (et elle tout entière) vers le haut, qu'il enjoigne sans discontinuer à l'ingénieur du son empoté d'« augmenter les claviers dans les moniteurs ». Et de nouveau, de nouveau, qu'il pointe son doigt vers le ciel, tirant vers le haut son visage émacié. Anita était subjuguée.

Une hypnose digitale ? Peut-être.

À la fin de la première partie, le front man a nommé les membres du groupe et, à travers le brouhaha, Anita a entendu « Ojsep Torsky ». Aussi bien le nom que le prénom étaient étranges. Ojsep ! Torsky ! « Je ne t'oublierai jamais, Ojsep Torsky », a juré Anita, mais pas à lui, pas à Ojsep, pas à Torsky, mais à elle-même, sans prononcer le moindre mot, dans sa tête.

Au moment de l'entracte, Anita a découvert qu'elle avait des tas de rivales. Des dizaines de fans plus âgées ont sauté sur la scène et se sont jetées sur les musiciens avec leurs feutres de couleur. Ojsep Torsky a même eu le temps de dessiner quelque chose sur leurs mains, leurs fronts ou leurs jeans déchirés (plus précisément sur ce qui ressortait de leurs jeans déchirés), mais Ianko, un homme rondouillard et méchant, est accouru pour chasser tout le monde, en promettant une « véritable séance de dédicaces » à l'issue du concert. En attendant, achetez nos cassettes, a clamé le rondouillard. Anita est devenue encore plus triste, car elle n'avait absolument pas d'argent. Ses parents ne lui auraient pas donné un rond pour une bêtise musicale.

Quelque part au milieu de la deuxième partie, Ojsep Torsky s'est retrouvé seul sur scène, dans un halo de lumière tamisée le faisant sortir de l'obscurité infranchissable qui l'entourait de toutes parts. Il a joué un long solo (près de six minutes), où Anita s'est reconnue complètement, avec toute sa solitude d'enfant, le manque d'amour des parents, la maudite école et l'amour désespéré pour ce monstre du clavier à moitié éclairé. Quittant précipitamment la salle, elle s'est retrouvée dans le foyer froid et bétonné, envahi de tas de lattes de parquet arrachées, où elle a éclaté en sanglots, sans pouvoir se retenir. L'amie plus âgée, un peu fâchée de devoir courir après cette idiote, l'a sortie sans ménagement de sa torpeur et l'a conduite vers les toilettes dégoûtantes maculées de chlore, où elle lui a ordonné de bien se laver la gueule. Ses larmes continuaient à couler, probablement à cause du chlore. Malgré cela, la copine a amené Anita par la main vers sa place toujours libre au premier rang et lui a interdit de bouger jusqu'à la fin du concert. Le concert s'est terminé par les hits et les bis ! Il avait donc du mal à finir, le front man faisait ce qu'il voulait avec le public, et celui-ci continuait à en redemander : la moitié de la salle était sur la tête, l'autre à genoux.

Ce même soir, en s'endormant sur son étroit lit pliant, Anita a demandé aux Rhinos magiques sur le mur de la conduire dans un rêve où il y aurait Ojsep Torsky.

Le lendemain (ou le surlendemain au plus tard), sa photo trônait sur le même mur, aux côtés des Rhinos magiques, au-dessus du lit pliant. Anita l'avait découpée dans un magazine sur la musique contemporaine. Une marchande de journaux excédée par les invendus chroniques a sorti des tas d'exemplaires et les a abandonnés sur un banc à côté de son kiosque. Sur une des couvertures, au milieu d'autres mots imprimés en grandes lettres d'or, Anita a lu : « Faites connaissance : Docteur Tahabat », et les papillons se sont mis à tournoyer dans son ventre. À en croire le magazine, Ojsep Torsky était en réalité Joseph Rothsky. Mais elle ne l'en a pas moins aimé. Et même le fait qu'il avait trente-quatre ans n'a pas refroidi son amour.

Anita a consacré ses années d'adolescence au « Docteur Tahabat ». Ce dernier disparaissait de temps à autre ou changeait de nom ou de style, réapparaissant de nouveau on ne sait d'où. Mais Anita le reconnaissait toujours. Elle devinait sans faute la présence de son cher Rothsky-Torsky dans le groupe. Elle avait une oreille absolue, mais pour un seul et unique musicien.

Il convient de reconnaître qu'Anita s'y connaissait en rock and roll. À partir de ce soir où une copine plus âgée l'avait amenée au concert live, Anita avait eu le temps d'écouter, d'aimer et de mémoriser des millions de groupes et de compositions. Elle a été particulièrement attirée par celles où dominait le clavier. Son dieu s'appelait donc Ray Manzarek. Ou plus exactement : Ray Manzarek était pendant quelque temps le père de tous ses dieux, parmi lesquels Rothsky avait été le numéro un. Il y avait aussi Emerson, Richard Wright, Gary Brooker et Ron Mael des Sparks. Mais ils venaient après Rothsky.

Anita ne faisait pas que grandir. En grandissant, elle a appris à gagner et à économiser un peu. Les parents s'étonnaient et se demandaient comment elle parvenait à agrandir sa collection de cassettes pour magnétophone. Aucun n'approuvait cette passion, somme toute assez typique, mais Anita était bonne élève et, à l'occasion d'un de ses anniversaires, ils avaient été obligés de lui offrir le baladeur promis. Dès lors, le chemin entre la maison et l'école avait acquis pour elle un sens élevé, comme Ray Manzarek. Sur ce chemin, elle était accompagnée par les nuées des claviers de rock and roll et tout ce que touchait de ses doigts divins Numéro Un, devenait une part d'elle-même, vivante, douloureuse et délicieuse.

Est-ce qu'elle était une fan ? Non. Quelque chose de plus grand et de plus profond s'était emparé d'elle. Quelque chose qui faisait de la peine et rendait triste, mais qui procurait aussi le pressentiment étrange d'un miracle. Ce n'est pas une tautologie, c'était bien le cas :

le pressentiment d'un miracle, qui est devenu en soi le miracle des miracles. Anita croyait en sa rencontre avec Rothsky. Elle rêvait de sexe avec lui. Car comment cela aurait été possible : vivre à la même époque et dans le même monde, bien plus, dans le même pays, et ne jamais se retrouver face à face ? Au moins pour une nuit ? Ou pour une seule pipe ? Dans une loge pendant l'entracte d'un énième concert ? Elle avait déjà eu des copains et elle avait su très tôt de quoi il retournait, alors que ses parents préoccupés par autre chose, le diable seul sait par quoi, ne lui avaient même pas parlé des règles, ce qui fait que quand elle les avait eues pour la première fois, elle avait eu terriblement peur et pensé qu'elle allait mourir.

Ces cauchemars de croissance douloureuse étaient restés dans le passé, tout comme l'enfer de l'enfance. Anita se cachait dans sa musique démodée (sa génération écoutait tout autre chose), attendait l'occasion et apprenait de temps à autre que « Docteur Tahabat » avait de nouveau disparu. À l'approche de l'été, elle étudiait scrupuleusement les programmes des festivals annuels. Ce n'était d'ailleurs pas un travail titanesque : il y avait à l'époque dans son pays trois festivals et demi de rock. Et il arrivait que le nom de Rothsky disparaisse pendant des années, ce qu'Anita regrettait absolument.

Lorsque le décompte des années a atteint un deux avec deux zéros et encore un deux à la fin, en respectant involontairement la symétrie des événements et des signes, elle est entrée dans sa majorité. Chemin faisant, elle a perdu presque toutes ses cassettes, mais a réussi à accumuler une montagne de disques compacts, qui n'ont pas tardé à se révéler aussi être une branche morte de la mélomanie. Après avoir étudié dans une faculté dont elle n'avait que faire, dans une école supérieure qui n'avait que faire d'elle, Anita s'est retrouvée seule face à sa majorité. Elle n'avait pas la moindre idée de ce qu'elle devait en faire, alors que les trois ou quatre garçons avec lesquels – comme on disait à l'époque – elle *avait des relations*, ne changeaient rien à sa solitude : ils apparaissaient dans sa vie l'un après l'autre, comme des gardiens, à tour de rôle, et aucun n'avait été capable d'autre chose que de sexe banal – même lui était comme volé. Anita avait travaillé comme serveuse, caissière au supermarché, puis avait suivi une école de barmaid. Un peu plus tard, elle avait eu l'occasion de profiter d'un ascenseur social qui était apparu l'espace d'une seconde en la personne d'un jeune et ambitieux politicien qui l'avait invitée à devenir son assistante. Anita avait accepté. Son nouveau travail prévoyait la fréquentation assidue de saunas et autres loisirs de groupe. Pendant un temps cela paraissait nouveau et intéressant, mais après avoir perdu trois élections de suite, son malheureux chef avait dû dissoudre sa jeune équipe et avait répondu à l'interrogation désemparée d'Anita « qu'est-ce que je vais devenir ? » par une promesse de lui trouver une place d'hôtesse dans le business center d'un copain. Rendons-lui justice, il a tenu sa promesse, prouvant par là même que les actes peuvent suivre les paroles chez les politiciens.

En réalité, sa vie était vide.

Il n'y avait rien, excepté le rock and roll. Sur les disques, son ordinateur et son téléphone. Avec Joseph Rothsky et son clavier. Pendant toutes ces années, ce dernier (ce qu'elle ignorait) sillonnait les mers et les océans en tant que pianiste sur un bateau. Autrement dit, il avait quitté le rock and roll qui, sans mourir, persistait à ne pas pouvoir/vouloir renaître. Et Rothsky s'est engagé en mer. Nous ignorons s'il s'agissait d'une trahison. Après une dernière engueulade épique et la énième dissolution du groupe, c'est Rothsky qui s'était senti trahi. Une croisière autour du monde était précisément ce dont il avait besoin à ce moment-là. Disparaître, s'effacer, partir loin, le plus loin possible, dans le néant des Sargasses-Bermudes, dans les tempêtes de sable et les ouragans, vers un putain d'ailleurs. L'unique sacrifice qu'il lui avait fallu consentir pour cette rupture était de maîtriser un répertoire sans intérêt, tous ces thèmes indémodables, tout ce jazz popu. D'ailleurs, c'est Rothsky qui pensait que c'était l'unique sacrifice. S'y ajoutait au moins encore un : il avait si mal relu son contrat qu'il se retrouvait piégé quelque part au beau milieu des eaux de l'océan mondial, obligé de travailler autant d'heures qu'on lui imposait, à la première demande, sans aucun « je ne peux pas », par-delà « je ne peux pas ». Jouer, jouer, vomir et continuer à jouer. Son mal de mer se déroulait sur un fond permanent de musique pop.

Rothsky a accueilli la fin de son contrat avec soulagement, qui n'avait d'égal que celui de son lointain ancêtre face à l'abolition du servage. Lorsqu'il avait accosté dans le golfe de Gênes, Rothsky était prêt à attraper le premier taxi venu et à foncer à tombeau ouvert vers sa maison.

Anita n'oublierait jamais l'instant où, en feuilletant le journal local, elle était tombée sur une publicité. On y annonçait un concert de Joseph Rothsky (piano) dans la petite salle du conservatoire. L'entrée était libre, tout avait été pris en charge par « Patriotiques et bienveillants », un programme culturel et éducatif qui s'efforçait grâce aux fonds européens de populariser l'idée du son live dans un pays déjà complètement corrompu et dévergondé par le play-back pop. Par chance pour quelques bons musiciens, même s'ils étaient tombés aux oubliettes, un curateur au bon goût ne les avait pas oubliés et avait même réussi à en retrouver certains. Rothsky a accepté de faire partie de la tournée.

Il n'était venu qu'une fois en concert dans la ville d'Anita, environ dix ans plus tôt, à l'époque du « Docteur Tahabat ». Il se souvenait – pas très nettement – du succès renversant et de la façon dont ils avaient déchiré les fans locaux. D'ailleurs, c'était le pic de leur carrière, rien d'étonnant que tout le monde ait kiffé. La seule erreur que commettait Rothsky était de faire remonter le concert à dix ans. En réalité, Rothsky, c'était il y a quinze ans.

(De plus, sa mémoire avait complètement éludé le fait qu'il s'entendait mal au moniteur et que le mauvais ingénieur du son avait érigé un mur supplémentaire entre lui et le mur de son.)

Ayant découvert le concert à venir, Anita a immédiatement composé le numéro indiqué sur l'annonce. À sa demande d'une seule (malheureuse !) place, ânonnée d'un ton chevrotant et tremblant, une voix non respectueuse l'a assurée qu'il y aurait *plein* de places. Anita a soupiré et décidé de ne pas faire confiance à ce connard : elle partirait une heure plus tôt du business center afin de s'introduire dans la salle philharmonique, sinon la première, au moins parmi les premiers.

Mais elle était vraiment la première. Et puis, au bout de quelques dizaines de minutes – longues, le cœur battant et les papillons dans le ventre –, la seule. Elle était assise dans un fauteuil de l'Ancien Régime en pilou élimé sous un horrible lustre. Enfin, des gens ont commencé à arriver, plutôt jeunes, ou faisant mine de l'être. Ils échangeaient à haute voix et ricanaient, s'affalant bruyamment par grappes. Anita pouvait se douter que c'étaient toutes sortes d'activistes des organisations et des mouvements citoyens, envoyés là pour faire nombre : les organisateurs devaient encore envoyer leur rapport aux sponsors européens. En effet, des filles photographiaient de temps à autre le public pour un rapport sur l'événement *organisé avec succès*.

Avec environ un quart d'heure de retard, la salle s'est tout de même remplie aux deux tiers. Le lustre a baissé ses lumières. Anita a inspiré profondément. Elle était terriblement inquiète, aussi bien pour Rothsky que pour sa musique. Et quelque part aussi pour elle, en cachette. Il va donc sortir. Comment est-il maintenant ? Vieux schnock sur des guiboles en bois qui ne se plient pas ? Un courtaud bedonnant dépenaillé, rotant et essoufflé ? Un play-boy ridé et froissé qui s'applique à dissimuler une calvitie partielle et ramène sur le haut du crâne les restes de ses cheveux teintés au henné ?

Rothsky est monté sur scène et, avec un hochement de tête vers les maigres applaudissements, s'est installé devant son instrument. Anita a eu l'impression qu'il n'avait pas changé. Du moins depuis la distance de sa dix-huitième rangée. La même tenue ramassée, adolescente et maigrichonne. Les mouvements qui laissaient deviner une légèreté plastique. Une inclinaison de tête à peine perceptible, pareille à celle d'un oiseau, comme un effort constant de tendre l'oreille. Rien de superflu. Des lunettes noires. Les fans disaient vrai : il était hors du temps.

Le programme concocté par Rothsky contenait beaucoup de choses mélancoliques et étranges. Surtout les adaptations de vieilles ballades rock, bien qu'on pût deviner ici et là Einaudi, Satie ou Philip Glass. À Tom Waits succédait un set dédié aux hits radio ; à Nick Cave, des improvisations sur les thèmes des Doors, et l'invisible Dieu le père du nom de Ray Manzarek entourait de sa sollicitude bienveillante Numéro Un, le prévenant des erreurs et des excès d'exécution. Peter Gabriel était là, mais aussi « Where Is My Mind », et « Californication », et « Smells Like Teen Spirit ». Il y avait aussi Marianne Faithfull, et Janis Joplin, mais aussi Kate Bush.

Si ce n'était la salle de philharmonie, Anita aurait dansé. Même toute seule. Mais avec la musique.

On ne pourrait pas dire la même chose du reste du public. Il ne se montrait pas réceptif et ne décollait pas. Les uns jouaient sur leurs téléphones, les autres poursuivaient leurs bavardages entamés avant le concert, même pas toujours à mi-voix. Les troisièmes sortaient cloper de temps à autre, les quatrièmes sortaient tout court. Ni les uns ni les autres ne prêtaient la moindre attention à l'effet des sièges qui, libérés de leurs fessiers, frappaient les dossiers avec bruit et moquerie. Certains noms convoqués par Rothsky (comme celui d'Elton John) les faisaient, on ne sait pourquoi, rire. Et lorsqu'un abruti a crié en plein morceau « Mourka ! », presque toute l'assistance a explosé d'une joie telle qu'Anita s'est dit : « Ce sera leur plus grande impression de la soirée. » Si ses petits poings avaient su se battre, elle aurait frappé une de ces gueules avec un plaisir surnaturel.

Sans regarder la salle avec ses humeurs (et pour être franc, la regardant de moins en moins), Rothsky a exécuté, stoïque, tout son programme. Ce n'était pas facile, de plus en plus difficile même avec chaque morceau, mais rendons-lui justice, il ne s'est jamais trompé. À la fin du dernier morceau, il ne restait dans la salle qu'une quinzaine des derniers des Mohicans. Rothsky les a remerciés d'un signe de tête et ils ont répondu par des applaudissements timides, encore plus rares qu'au début. Anita s'est demandé ce qui allait suivre.

Après avoir mis l'enveloppe contenant le cachet dans la poche intérieure de sa veste, Rothsky a jeté un dernier coup d'œil dans la loge : rien oublié, le sac à dos mis sur l'épaule, on peut se tirer. On a timidement toqué à la porte et il a invité à entrer. La fille avait non seulement les disques, mais aussi un feutre prêt à tout. Elle était très confuse et s'est mise à débiter un charabia sur ses neuf ans et toute la bande-son de sa vie, puis ses yeux ont brillé de chagrin humide, qui plus est, elle l'a appelé à plusieurs reprises Monsieur Thorsky. Joseph l'a enlacée, abruptement et pas plus d'un instant, et cela a fonctionné. Elle a repris ses esprits sur-le-champ, comme si par cette brève étreinte il lui avait transmis un peu d'assurance. Elle avait autant de disques que d'albums produits par Rothsky et sa bande. Imaginez-vous, elle avait même le rarissime *AlBomba* ! Il a apprécié ce gage de fidélité, et il a signé chaque disque avec une dédicace particulière.

Anita a ramassé les reliques sacrées dans son sac à dos. Et voilà, s'est-elle dit. Il n'a pas les yeux de Vij. Il est temps de partir.

– Ne pars pas. (Rothsky lisait en elle comme dans un livre ouvert.) Il y a un bar pas loin d'ici. Si tu es libre.

Heureusement pour Rothsky (pour les deux), il avait été installé à l'hôtel en face de la philharmonie. Cela n'arrive pas dans toutes les villes. C'était le cas ici. Et l'hôtel en question pouvait se vanter d'avoir un bon bar. Anita ne pouvait pas disparaître comme ça : il suffisait de traverser la place pour s'y retrouver, dans son espace chaud et à moitié plein, avec une multitude de belles bouteilles aux liquides séduisants. Si ce bar s'était trouvé quelque part loin et que Rothsky ait été obligé d'attraper un taxi, et d'attraper Anita, la tenir par le coude, et retenir le taxi, et ne pas laisser partir Anita qui s'échappait, etc., etc., elle se serait enfuie cent fois. Là, c'était autre chose : la même place, quelque cinquante pas sur le pavé, la porte de l'hôtel s'ouvre à leur approche et les accueille. On restera une demi-heure tout au plus, on prendra quelque chose à boire, tu es mon invitée.

Le temps au bar file à une autre vitesse. Pas toujours, il est vrai, mais ce soir c'était bien le cas. Pendant la première heure de leur discussion tant de choses se sont produites qu'un observateur extérieur aurait conclu aux retrouvailles des êtres les plus proches de l'univers. La musique ? Oui, oui, mais plus précisément : le rock and roll, avec ses noms, titres, styles, périodes, tendances, personnalités, bombes, monstres et suicides, les précipitait l'un vers l'autre à la quatrième vitesse du bar. Et, visiblement, cela marchait. « Pas assez joué, alors je vais jouir », s'est promis Rothsky. Il tenait depuis un bon moment déjà sa main dans la sienne, poussant inexorablement la situation vers le moment où il l'inviterait à monter dans sa chambre. Il observait ses formes avec un plaisir non dissimulé (quelle malitsa !), l'effleurant de temps à autre. Il aimait tout, mais surtout son nez allongé. Rothsky aimait les filles au long nez. Peut-être était-ce la conséquence de sa jeunesse, lorsqu'il avait gagné son premier argent digne de ce nom dans des tournages de films porno, ayant joué plus d'une fois dans les films de la catégorie « Teen & Milf », y interprétant dignement l'amant mineur de matrones plus toutes jeunes. Petit et maigrichon, très plastique, un jeune homme aux yeux étranges et des dames aux gabarits impressionnants, c'était du meilleur effet, les usagers en redemandaient. Donc, la plupart de ses partenaires avaient des nez de cette longueur, grande et en même temps pas excessive.

Anita (qui était déjà une grande fille !) savait où cela menait, et elle ne s'y opposait nullement. Bien au contraire, elle supprimait les obstacles. Ainsi, sans la moindre hésitation, elle a rejeté à quatre reprises les appels de plus en plus insistants de son copain de l'époque. Sa vie approchait de son but, peut-être même final. Quoi qu'on puisse en dire, elle avait vécu avec Rothsky la majeure partie de sa vie. Quinze ans avec lui et neuf ans avant lui. Il ne restait qu'à donner corps à ce rêve (elle a souri intérieurement de la pertinence du mot « corps »). Donner corps au rêve et mourir, a souri Anita dans son cœur encore plus fort.

Mais le corps lui réservait une catastrophe de l'incompatibilité. Pressée d'aller au concert ce jour-là, et après avoir fait un saut à la boutique de lingerie érotique, Anita avait ressenti les prémices de ce qui aurait dû arriver selon ses calculs trois ou quatre jours plus tard. Elle n'a pas eu le temps de prêter attention à son corps, mais à cet instant elle a eu l'impression que tout s'était retiré et qu'il n'y avait pas de raison de s'alarmer. Et voilà que maintenant, à la deuxième heure de festin au bar, dans les frôlements de plus en plus chauds et les rapprochements, elle s'arrachait de son siège et, après quelques mots d'excuses confus, se précipitait vers les toilettes, où elle fut poignardée de l'intérieur comme à l'extérieur, et tout son sang pulsait presque de sa gorge, et c'était si injuste, cruel, humiliant, qu'Anita faillit se cogner la tête contre le carrelage impeccable de la cabine des toilettes pour femmes. À quoi bon, à quoi bon ? répétait-elle, et cette exclamation contenait tout, depuis les quinze ans d'attente jusqu'à la lingerie frénétiquement choisie avant le concert.

Elle a quitté le bar en trombe, pour ne jamais y revenir.

Après avoir fait les cent pas devant les toilettes pour femmes, Rothsky, cassé et se sentant soudain lourd, s'est présenté à la réception à sa recherche. La jeune employée lui a expliqué poliment que la fille avait quitté l'hôtel depuis une demi-heure et qu'elle était partie en taxi.

Cette malheureuse histoire aurait pu se terminer par cette mini tragi-comédie menstruelle, s'il n'y avait pas eu le sac à dos d'Anita, resté sur la chaise du bar devant Rothsky. Le lendemain matin, Anita a été en proie à de nouvelles souffrances. Non seulement le deuxième jour de ses règles se déchaînait toujours avec un sadisme inouï, mais la chose chère oubliée avec son contenu compact inestimable perçait perfidement un trou après l'autre dans sa conscience. Serait-ce possible qu'il n'ait pas l'idée ? Serait-ce possible qu'il ne laisse pas son sac à la réception, en l'accompagnant d'une sorte de note : « À la fille au foulard vert » ?

À huit heures du matin, Anita a appelé l'hôtel pour s'entendre dire qu'on ne communiquait pas les numéros de téléphone des clients. Monsieur Rothsky ? Non, il n'est pas encore parti.

Rothsky avait un billet réservé par les organisateurs à sept heures trente-cinq, et à cet instant il était censé cuver sur sa couchette du wagon-lit. Mais après la disparition brutale et perfide d'Anita, il s'était senti comme le plus malheureux des crétins de tous les temps et de tous les peuples. Non seulement il avait dû endurer ce concert stupide et ingrat, mais il y avait eu cette pétroleuse au grand nez qui l'avait d'abord entraîné dans un flirt renversant, pour se tirer sans prévenir. Évidemment, après une pareille épreuve, Rothsky n'avait pas pu quitter le bar avant d'y laisser tout son cachet, après quoi il avait déchiré et brûlé l'enveloppe vide sous les yeux du barman. Il avait échoué au lit quelque part entre quatre et cinq heures du matin, ce qui signifiait qu'il avait raté son train. À neuf heures, on l'a appelé de la réception.

Gris, froissé, avec les yeux de différentes couleurs mais bouffis de la même manière, un goût insupportable dans la bouche et une haleine inimaginable, Rothsky a rampé vers le bas où l'attendait (lui ? Pfff, son fucking sac à dos !) la même fille. Sauf qu'aujourd'hui, à la lumière du jour, ce n'était pas une malitsa, mais une fille ratatinée et, comme Rothsky, grise et froissée. Il lui a tendu sans un mot son sac à dos avec tous ses disques.

– Écris-moi, a-t-elle dit d'une voix coupable, et elle lui a tendu un bout de papier avec son mail. À cette adresse, si tu veux.

Et pendant que Rothsky ruminait des mots en réponse, elle s'est approchée et l'a serré si fort que Joseph a failli fondre en larmes de toutes les fibres de sa grande âme à la gueule de bois.

Tout ce que j'ai raconté dans ce chapitre n'est ni le fruit de mon imagination ni une interprétation libre. J'ai appris tout cela de première main. Celle d'Anita.

On y reviendra.

8

J'ai rencontré Anita Nazatti dans sa nouvelle maison sur la côte ouest de la Toscane, dans les environs de Livourne. Anita a déménagé dans ce pays après son récent mariage. Fabrizio, son mari, propriétaire d'une dizaine d'oliveraies et un homme charmant, n'avait rien contre ma discussion prolongée avec Anita en tête en tête. Bien plus, il m'a proposé de passer la nuit dans leur demeure, et même plusieurs jours pour les besoins de l'enquête. Signore Fabrizio a pris comme règle de ne jamais éprouver de jalousie à l'égard de sa jeune épouse ni de son passé inconnu dans sa patrie abandonnée à jamais. Cela lui avait coûté un certain nombre d'efforts et pas mal d'argent pour l'arracher à ses tourments et harcèlements, pour l'évacuer vers la bienheureuse Italie, et il appréciait énormément leur état de plénitude apaisée.

J'ai appris l'existence d'Anita, bien évidemment, par les réseaux. Elle tenait un blog, amateur mais sympathique, dédié à sa musique préférée, et un jour elle a posté une pièce de piano du *compositeur* Joseph Rothsky, intitulée « Pour Anita ». La parodie de Beethoven n'entrait pas en ligne de compte, tout avait l'air sérieux. J'ai loué ses goûts et, sans trop d'espoir, j'ai demandé si elle connaissait l'auteur personnellement et, si oui, pourrait-elle verser un peu de lumière sur cette figure ? Je travaillais prétendument sur sa biographie élargie. À mon grand étonnement, Anita a répondu par l'affirmative, et m'a donné son adresse italienne. Il ne s'est pas passé une semaine avant que je fasse un semblant de bagages, prenne le volant d'une Fiat de location et, au bout de huit heures et demie de route, je parcourais le chemin qui sépare une province subcarpatique connue pour ses noyers, de la Toscane, célèbre, elle, pour ses oliviers.

Anita avait l'air d'avoir la trentaine, trente-cinq ans tout au plus. On sentait qu'en racontant son histoire avec Joseph Rothsky, d'une certaine manière elle s'affirmait et grandissait à ses propres yeux, en espérant qu'il ne s'agissait pas que des siens. On sentait qu'elle attendait cet instant depuis longtemps. J'ai saisi immédiatement son style narratif : parfois, elle devenait extrêmement précise, revivant certains épisodes avec une émotion particulière. Elle avait envie d'y revenir. Une faim émotionnelle qui l'accompagnait depuis le début de son mariage heureux la poussait à une franchise aventureuse dans ses souvenirs.

Il était temps de poursuivre.

Après avoir fait ses adieux à Rothsky dans le hall de l'hôtel, bêtement et maladroitement, Anita a passé une journée assez pénible qui a été couronnée par un mail. Rothsky écrivait qu'il ne faisait que penser à elle, qu'il était triste à en pleurer, et que ce n'était pas une gueule de bois, mais quelque chose de plus grand, il en était certain. Il demandait à la retrouver, « à tout moment, en tout lieu ». Anita a répondu sobrement, faisant semblant de se méfier. Cependant, après ses mots affirmant que, nonobstant ses presque cinquante ans passés, il n'avait jamais connu pareil état, elle a commencé à baisser la garde. « Je suis arrivé dans une autre ville, tu ne peux pas y être, mais je ne vois que toi, lui écrivait Rothsky.

J'ai donné un nouveau concert, et j'avais l'impression que tu étais dans la salle, assise au dix-huitième rang. Ayant envoyé paître tout le monde avec leur afterparty, je me suis barricadé dans la chambre d'hôtel, et je t'écris. »

Ils ont échangé jusqu'à trois heures du matin et la dernière missive d'Anita se terminait par cette phrase : « Je t'aime, Ojs. »

Une huitaine de jours plus tard, elle a trouvé le moyen de le croiser dans la capitale, destination finale de sa tournée. C'est là qu'ils sont devenus amants. Leur premier lit s'est avéré être une renversante balançoire, et Rothsky, un infatigable (et infâme) poussoir-balancier. Le bonus en a été ce fameux index qui, dans les intermèdes, jouait dans son entrejambe. « Comme au ciel, avouait Anita. – Mais là-bas on ne fait pas l'amour », lui a objecté Rothsky.

Leur *relation* a acquis une stabilité. Anita demandait à le voir au moins deux fois par mois. Elle a rompu avec son copain et elle était désormais fidèle à Ojs. Il est peu probable que Rothsky ait fait de même. Mais il ne lui fournissait aucun prétexte pour des accusations quelconques. En sortant à chaque fois de sous le boisseau sa blague sur sa polygamie quasi innée, il ne pouvait pas ne pas lui faire de la peine. Mais pourquoi et comment fallait-il afficher cette peine, sachant qu'ils menaient, malgré leur rapprochement, deux vies différentes ? Sa compétence ne s'étendait pas aux autres jours et nuits. Elle préférait ne rien savoir de ses relations *extérieures*, comme si elles n'existaient pas.

Rothsky a apprécié cette posture d'Anita, et l'a élevée au rang de première maîtresse. Il ne savait pas encore que pendant quinze ans, il avait aussi été son Numéro Un. Le premier s'est réuni avec la première, les priorités se sont imposées d'elles-mêmes. L'égalité a été rétablie.

Et pas que l'égalité.

Contre toute attente, les affaires de Rothsky ont repris. Les admirateurs suppliaient le groupe de faire un come-back. Alors que certains suppliaient, d'autres exigeaient : tout portait à croire que les Tahabat allaient se retrouver. Pendant que Rothsky sillonnait les océans, puis se consacrait à sa carrière de concertiste solo et à d'autres bêtises, on a vu fleurir des groupements, des cercles, d'étranges fan-clubs outsiders et la mode d'écouter du rock and roll dans le style « quand les parents dansaient ». Les réseaux diffusaient des liens vers d'anciens enregistrements, marqués de l'indication « remastered ». Certains recueillaient des milliers de likes. Les fondateurs du nouveau festival à la popularité phénoménale « Hipster-Jugend » ont pris le risque d'inviter « Tahabat », *légendaire et toujours actuel*, pour honorer le festival d'une réunion d'une heure et s'essayer au rôle de headliners dans le concert du samedi soir (lorsque la fréquentation est au sommet).

Le festival se déroulait au milieu de l'été dans un coin presque désert et, de ce fait, colonisé par une nature sauvage indomptable. Autrefois, ici se concentraient des régiments militaires, alors que le terrain était une zone totalement interdite. Maintenant, une fois l'an, la musique retentissait durant presque une semaine, et d'innombrables filles faisaient des rondes, après s'être résolument débarrassées du haut de leurs bikinis.

Dire que les Tahabat avaient réussi leur concert devant cette masse serait en deçà de la vérité. Les vieux mustangs n'avaient pas répété pour rien des journées entières durant les semaines qui précédaient le festival. Et ce n'était pas sans raison qu'ils s'étaient donnés sans compter dès la première minute. Ils avaient été accueillis avec extase et reconnaissance. La foule se déchaînait devant eux, et eux se déchaînaient devant la foule. Ces courants mutuels ne pouvaient pas ne pas se croiser, ne pas s'accorder dans le drive infini et unique. Pas besoin d'en dire davantage.

En me racontant ce songe d'une nuit d'été, Anita n'était pas avare de superlatifs. Pour la deuxième fois de sa vie, elle les écoutait en live, et pour la deuxième fois, elle a décrété qu'ils étaient des dieux. (Entre nous soit dit, il me semble qu'elle a eu une chance inouïe : parmi les centaines de concerts que le groupe a joués durant sa piètre carrière, Anita a assisté aux deux meilleurs.) « Six rappels ! s'enflammait-elle dans ses souvenirs. Six rappels ! Une heure de concert en plus ! »

Quand tout a été terminé, et que la foule – pas tout de suite, non ! – s'est dispersée dans les creux les plus sombres du paysage, une beuverie a commencé derrière la scène avec les organisateurs, qui devait durer jusqu'à l'aube et au-delà. Rothsky, passablement éméché et heureusement influencé par plus d'un joint, serrait Anita avec une force telle qu'elle ne sentait plus son corps engourdi. Ce qui ne l'empêchait pas de chanter, car il l'aimait.

Et là, quelque chose est arrivé à l'éclairage : un scintillement incandescent, des éclats, quelque chose a pété, a court-circuité, et la fête a été plongée dans le noir, comme sous un manteau. Pas absolu : un certain feu n'en finissait pas de s'éteindre. Pour le reste, on n'y voyait pas plus loin que le bout de son nez, alors que les étoiles et la lune, comme par malheur, étaient dissimulées par un épais tissu céleste. Tout le monde rigolait et faisait les fous, les filles criaient et piaillaient, la guitare se refusait à tous les doigts, une orgie s'esquissait ou quelque chose de semblable, une fille (la nana du président du festival ?) entraînait déjà le front man aux cheveux blancs dans les fougères, le bassiste et le percussionniste (un couple inséparable, qui s'entendait à merveille !) enlevaient déjà la chemise de quelqu'un, alors que Rothsky, l'œil de plus en plus torve (les deux, différents), essayait de distinguer quelque chose dans ce bazar. Anita serrait sa main de toutes ses forces, mais il s'est échappé. « Il est temps de pisser », lui a-t-il menti, et il s'est enfoncé dans l'obscurité d'un pas mal assuré, disparaissant au bout de deux ou trois mètres. « Je vise les lucioles ! » lui a-t-il crié de loin.

C'est à ce moment qu'il lui est arrivé une mésaventure. En avançant vers les perles dispersées des lucioles, Rothsky n'a pas vraiment fait attention à un léger dénivelé. Peut-être qu'il l'a fait, mais sans s'y attarder, une remontée, un versant de colline, et alors ? ce sera encore plus beau de se perdre en haut. En réalité, il s'agissait du toit d'un vieil abri militaire, implanté au cœur de la nature, un site classé autrefois, rempli à l'époque de masques à gaz, d'obus chimiques, de missiles de croisière ou de Dieu sait quoi. Soigneusement dissimulé à la vue de l'aviation de l'adversaire sous plus d'une couche racinaire, recouvert d'arbrisseaux et de toutes sortes d'herbes, le toit pouvait en effet passer pour une pente douce d'origine naturelle. Il stoppait net au-dessus d'une tranchée, dallée peut-être de béton. Rothsky approchait de la limite sans rien savoir de tout cela. Les lucioles qu'il admirait scintillaient à quelque dix pas devant.

Et puis elles se sont mises à scintiller dans le ciel : Rothsky gisait au fond de la tranchée, très étonné de sa chute si intracrânienne, si casse-dentaire, alors que le sang ne cessait de remplir sa gueule malgré ses crachats.

C'est ainsi que l'événement principal du festival « Hipster-Jugend » est devenu non pas le concert du groupe « Tahabat », *légendaire et toujours actuel*, mais la chute à s'en briser la nuque dans l'abîme de béton d'un des leaders de la formation susmentionnée. Pas tout à fait à vrai dire, car il ne s'est pas brisé la nuque.

Dire que c'est elle qui a tiré Rothsky de l'au-delà serait sans doute exagéré. Et cependant, seule Anita a connu l'abîme du désespoir total, ce que signifie sauver une vie dans ce trou perdu d'une zone sans aucun réseau, qui plus est un dimanche matin, sans argent liquide pour stimuler une aide extérieure ou tout simplement sans connexions et téléphones. Traînant Rothsky de plus en plus mal en point vers l'hôpital de la région dans un bus bringuebalant du festival sur les routes déglinguées, étendant son manteau protecteur au-dessus de lui, sortant ses griffes et ses ailes de feu, Anita se transformait en quelqu'un d'autre : malheur à celui qui se serait présenté sur son chemin.

Rothsky a été diagnostiqué polytraumatisé avec interdépendances. Ce n'était pas uniquement un traumatisme crânien et quelques fractures. En plus d'une hémorragie interne, il y avait aussi de nombreuses plaies aux poumons et au foie. Sans parler des dommages causés au bassin et à la colonne vertébrale. Et ainsi de suite. Des années ont passé, mais Anita était toujours en mesure, sans se tromper ni s'arrêter, de réciter de mémoire toute cette liste de traumatismes. Compte tenu de quelques répétitions dans son récit, j'ai eu l'occasion de l'entendre deux fois et à aucun moment elle ne s'était fourvoyée : ses détails coïncidaient parfaitement avec les miens.

Par chance (la sienne et celle de Rothsky), aucun trauma dans ce sinistre bouquet n'a atteint de limite critique. Il n'y avait pas de danger pour la vie. Il n'y avait pas de menace de handicap. « Où vous a-t-on appris à atterrir aussi doucement ? » se risquait le médecin local sur le ton de l'humour, un grand admirateur des Tahabat en devenir, puisqu'il venait de recevoir en cadeau tous leurs albums et quelques posters.

Au bout d'une semaine, Rothsky a été transféré dans une grande clinique exceptionnellement bien équipée de la capitale (grâce aux contacts privilégiés des boss du festival), alors qu'Anita a immédiatement démissionné de son travail. Elle ne pouvait pas ne pas être à ses côtés, et après avoir réuni toutes ses économies, après avoir emprunté encore davantage en liquide, elle a déménagé pour la ville qui, à vrai dire, ne l'attirait pas tellement, sans la rebuter vraiment. Il est vrai que c'est là que Rothsky et elle s'étaient aimés pour la première fois, et cela améliorait la vieille image de la capitale dont tout le monde se fichait. Surtout en ce moment, quand ils passaient des heures entières on ne peut plus près l'un de l'autre.

Le paradoxe est qu'ils n'avaient jamais passé autant de temps ensemble. Rothsky a aimé sa présence à ses côtés dans sa chambre : raconter les informations, lire à haute voix et écouter les compilations musicales préparées spécialement pour lui et accompagnées de ses commentaires judicieux et originaux, mais aussi ses premières et encore douloureuses sorties dans le couloir et le hall, avec son soutien, puis des promenades de plus en plus fréquentes et de plus en plus longues dans le parc de l'hôpital. Il était comme un chien, impitoyablement cabossé et reconnaissant. Un jour, en observant la silhouette à long nez d'Anita, il lui a proposé à brûle-pourpoint de passer ensemble le reste de leurs vies. « Je n'ai jamais proposé ça à personne », a lâché péniblement Rothsky. Comme s'il révélait un mérite caché. Anita n'a pas osé lui demander s'il parlait du mariage. Elle se contentait du rêve, qu'elle craignait d'effrayer.

Plus tard, elle regretterait son indécision.

Quand il sera sorti de l'hôpital, ils se quitteront de nouveau. On aurait dit que la version la plus fidèle de Rothsky était Rothsky aux jambes et aux côtes cassées.

Anita ne le rappelait pas. N'osait pas le rappeler. Ou plutôt a pris le risque de ne pas le faire. Peut-être qu'il était juste en train de délirer sur son lit d'hôpital ? Peut-être que ce n'était pas sa silhouette qu'il voyait ?

Ils continuaient à vivre séparément pour se retrouver une ou deux fois par mois. Rothsky a décidé de ne pas précipiter, ni Anita ni la situation. Il avait déjà trouvé plusieurs raisons pour se persuader que ce serait mieux. La première était toute trouvée : ses traumatismes. Il convenait de surveiller leur évolution pour ne pas requalifier une jeune amante en une éternelle bonne sœur.

Toutefois, son corps émacié et léger récupérait : tout se ressoudait, se rétablissait et guérissait. Le médecin n'avait pas tort en l'assurant que s'il avait été en surpoids, il n'aurait pas survécu. En l'espèce, il n'avait fait que s'envoler vers le bas, comme une plume, une feuille morte ou un papillon, ou bien, disons, un bouchon expulsé par le jet puissant du champagne dans la bouteille de la vie. Qu'est-ce qui peut arriver à un bouchon qui tombe sur une dalle de béton ? En l'espace de six mois, Rothsky s'est plutôt bien rétabli. Leurs parties de sexe avaient retrouvé leur « beauté pornographique », selon l'expression d'Anita.

Ils ne se sont pas rendu compte de la façon dont s'était passée leur première année ensemble. Ils l'ont bien fêtée, mais avec un grand retard, parce qu'ils ne l'avaient pas vue passer. Les quinze ans d'Anita faisaient partie d'un autre décompte, personnel.

Quelque part au milieu de l'automne, Anita a appris de Rothsky que leur pays n'avait pas un pouvoir, mais un régime. Non, ce ne sont pas leurs relations qui sont allées si loin que la politique a commencé à s'y immiscer. Bien au contraire : c'est la politique qui est allée trop loin. Elle s'immisçait dans la vie privée et quotidienne, violant brutalement les limites de la zone qui lui était assignée. L'Internet s'est mis à clignoter de formules subversives sur *le point de non-retour, le point de bifurcation* et *le point d'ébullition*. La télévision a augmenté le nombre des programmes de divertissement, transformant presque toutes les chaînes en flots continus de shows comiques et de déchets populistes. Il serait difficile de trouver un indicateur plus éloquent de la montée des tensions.

Encore quelques semaines… et, oui, ça a commencé.

Plus près de l'hiver, on a arrêté quelques activistes de l'opposition – pas l'officielle, mais la véritable. Qui plus est, la disparition du leader des « Pirates verts », un mouvement anarcho-écologique informel, a provoqué une nouvelle vague de protestations. Il devenait absolument clair qu'en prévision des élections, le Régime allait se débarrasser de tous les adversaires incommodes et laisserait le président en exercice seul face aux agents fictifs de l'Occident et autres bouffons à moitié fous. Le bonhomme qui, au nom de la victoire aux élections, a maltraité comme il a pu la fillette démocratie, maigrichonne et immature, celle qui l'a porté au sommet du pouvoir, renonçait maintenant cyniquement à ses services et, encouragé par une meute innombrable de manipulateurs et de forces de l'ordre rémunérées au centuple, fonçait résolument vers la dictature à travers *l'expression de la volonté du peuple* dévoyée.

Anita n'aurait pas remarqué tout cela. Elle se serait tout simplement détournée, et n'aurait pas regardé dans cette direction. Mais Rothsky savait expliquer. Ce qui ne veut pas dire qu'il s'est mis à vivre exclusivement de la politique. Cela signifiait juste qu'ils ne remplissaient pas leurs heures de rendez-vous uniquement de sexe et de musique, mais aussi de conversations sur tout et sur quelque chose en particulier.

Les premiers petits groupes de protestataires ont commencé à affluer vers la capitale. La télévision les raillait et faisait allusion aux sources étrangères de financement qui auraient payé toutes ces tentes, vêtements chauds, préservatifs et drogues douces. Tout plaidait en faveur d'un discrédit réussi, et les protestations devaient prendre fin dans l'indifférence, comme elles avaient commencé. Mais c'était compter sans l'excès de zèle des exécutants – la police s'est surpassée dans le passage à tabac de quelques activistes de province perdus dans la capitale : l'indifférence générale a alors cédé la place à un engagement de plus en plus massif. La sédition gagnait du terrain. Tout le monde s'est mis à parler partout, et de manière de plus en plus ardente et directe, de l'injustice et des mensonges. La dernière, non pas goutte, mais flaque de sang, a été la découverte faite incidemment par deux fripons : le corps défiguré par les tortures du leader des « Pirates verts » déjà mentionné, dissimulé dans le coffre d'une Mercedes appartenant à un officier haut gradé des services secrets.

Le lendemain, le centre de la capitale était le théâtre d'une marche d'un demi-million de personnes, qui étaient un million une semaine plus tard. Le Régime pouvait bien libérer les opposants qui étaient en détention provisoire, ce n'était plus d'aucun secours : une fois dehors, ils se sont mis en tête des colonnes, sans réfléchir, et ont appelé à barricader le centre et à bloquer les quartiers gouvernementaux. Dans un moment crucial, le correspondant spécial de CNN, devant le monde entier, a été le premier à qualifier ce qui se passait de « révolution ».

Rothsky, racontait Anita, s'est précipité dans la capitale après la première marche du million. Il a dit que là-bas, dans le « village des insurgés » barricadé de toutes parts, il y avait un grand besoin de musique. « Quelle musique à un moment pareil ? doutait Anita. – Quand alors, sinon maintenant ? » Rothsky citait un des slogans du moment.

Anita, comme cela lui arrivait souvent, a raté un certain événement sur les réseaux qui était en train de prendre de l'ampleur. Sur le territoire contrôlé par les insurgés, apparaissaient ici et là de vieux pianos. Achetés avec l'argent de la révolution et amenés depuis les appartements de leurs anciens propriétaires, ils trônaient à ciel ouvert en attente de nouveaux concerts. Les initiateurs de la *flash mob illimitée* incitaient tous ceux qui savaient « jouer sur les claviers » à ne pas hésiter à s'en approcher pour jouer. « Les salauds au pouvoir, écrivaient-ils, font tout pour provoquer perfidement par leur violence inouïe et sauvage des manifestations violentes de notre part. Mais ils n'y parviendront pas ! Nous répondrons par les chants et la guitare, mais aussi par les cascades de piano. Nous construirons un mur de sons qu'aucun cordon de policiers ne pourra franchir avec ses bâtons et ses gaz ! À eux la violence et la bandocratie ! À nous la musique classique, le jazz et le prog rock ! »

Le vocabulaire de lutte, comme on le voit, se remplissait rapidement de sens de plus en plus tranchant. Cinq lexèmes à la limite de l'acceptable dans cinq phrases ne semblaient pas être la limite. Mais les porte-parole du

Régime n'ont pas laissé passer l'occasion et se sont plaints en chœur à l'*opinion mondiale* des « incendiaires de la haine ivres d'impunité et affranchis de toute responsabilité ».

Anita n'a appris l'existence des pianos de rue que quand la majorité des communautés qu'elle suivait a repris la vidéo virale avec l'Agresseur. Il a été enregistré sur des téléphones et des caméras le plus souvent amateurs, dès lors la qualité technique était affreuse. Cependant, personne ne prêtait attention à la qualité technique. Ou plutôt : c'est précisément leur affreuse qualité qui a contribué à leur diffusion virale.

Personne ne connaissait son visage ni ne savait qui il était : l'Agresseur s'est présenté au monde en cagoule et lunettes aux verres teintés. Il maîtrisait l'instrument en professionnel et réunissait toujours autour de lui une foule de protestataires et de passants bayant aux corneilles. Son répertoire était quelque peu éclectique, mais choisi non sans une belle audace. Les slows de Tom Waits passaient imperceptiblement vers le mix de Radiohead, « As Time Goes By » vers « As Tears Go By ». Anita n'avait aucun doute sur l'identité de cet Agresseur.

En douce, elle en était fière et même, drôle de fille, elle s'est mise à prier pour lui, bien que ses parents ne lui eussent jamais montré comment faire pour que ce soit efficace.

Le centre de la capitale devenait de plus en plus dangereux.

Pendant les quelques premières semaines d'affrontements sur les barricades, le pouvoir a déversé sur la ville une masse inouïe d'agents en civil. Pas seulement les mouchards et les agents spéciaux ou la banale flicaille, pas seulement les opérationnels du parquet, du fisc ou des forces spéciales, mais aussi d'obscurs agents venus de formations de *protection de l'ordre* inconnues qui ont inondé la scène principale des protestations, et qui, parfois dissimulés, parfois tout à fait ouvertement, s'infiltraient afin de pourchasser les leaders. Ces derniers comptaient parmi eux des opposants figurant depuis bien longtemps sur les listes répressives, mais aussi toutes les figures plus au moins visibles dans la foule révolutionnaire. On les comptabilisait déjà en centaines et en milliers, ce qui demandait une approche systémique et un classement. Il convenait de neutraliser chaque catégorie en recourant à une tactique hybride, basée sur les particularités personnelles. Il fallait les étudier, les débusquer, les observer et les épier : leurs itinéraires, leurs contacts, leurs penchants, leurs faiblesses, leurs vulnérabilités. Pour certains, il suffisait de les coincer et de les effrayer, quand d'autres devaient être enlevés et mis à genoux sous la torture, d'autres – souillés dans la fange des accusations compromettantes, d'autres encore, liquidés. Mais le pouvoir se retenait sagement de pratiquer en masse la dernière mesure. À l'époque, il se retenait encore. Rares étaient ceux qui ont mérité le privilège d'un anéantissement physique. Ils étaient, évidemment, les moins nombreux.

Quoique : même les tuer n'était pas assez.

Une des catégories les plus nombreuses ne pouvait pas ne pas devenir les « artistes, journalistes, blogueurs, personnalités publiques et prêcheurs ». Rothsky ne pouvait pas ne pas se retrouver dans cette liste.

Son masque (lunettes comprises) n'était pas une protection réelle, mais plutôt une image scénique qui servait sa popularité avec une relative efficacité et, par conséquent, l'influence du mystérieux Agresseur. Cependant, et Rothsky n'en doutait pas le moins du monde, aucun artifice ne pouvait échapper aux *services* omniscients. Dans les foules qui se réunissaient aux concerts à ciel ouvert, plus d'un agent secret l'avait déjà filmé en long et en large, l'avait percé à jour et contrôlé à fond. Les services connaissaient son nom et son prénom. Ils connaissaient son numéro de téléphone et ce n'est pas pour rien que le téléphone s'est mis à se décharger bien plus vite que d'habitude. Pour éviter l'enlèvement (Rothsky, on ne sait pourquoi, était persuadé que c'était ce qui l'attendait) et d'autres désagréments, il n'allumait presque plus son téléphone. Des connaissances de fraîche date conseillaient non seulement de le tenir constamment débranché, ne recourant à son aide que dans les cas extrêmes, mais prétendaient qu'il ne suffisait pas de l'éteindre, il fallait en retirer la carte SIM et la batterie, le défaire en petits morceaux, en atomes.

Et pourtant toujours les avoir sur soi, tout comme le téléphone. Apprendre à rassembler tout cela le plus vite possible. Quand on commencera à vous tuer, le téléphone pourra encore vous servir, écrivait-on sur les réseaux.

Cela paraissait absurde. Mais qu'est-ce qui ne le paraissait pas ? La paranoïa s'était emparée de tous. Comme des milliers d'autres révolutionnaires, Rothsky vivait dans un mauvais rêve pâteux dont le réveil n'existait pas encore. L'unique chance de se réveiller, c'étaient les séances de musique, sous les barricades, dans les rues et sur les places, au conservatoire, où Rothsky passait parfois ses nuits.

Ici je devrais expliquer ce qu'Anita ne comprenait pas tout à fait. Le bâtiment du conservatoire s'est retrouvé au milieu du village révolutionnaire, et le rectorat a soudain autorisé les *habitants des tentes* à utiliser ses locaux pour se réchauffer et se reposer. Il est difficile de saisir aujourd'hui quelles raisons se cachaient derrière cette outrecuidance du rectorat, derrière ce fuck à l'égard du pouvoir. Peut-être que le rectorat était dominé par les « suppôts de l'Occident » ou autres rebelles. Mais grâce à cette circonstance, Rothsky a trouvé une porte de sortie. Quitter la nuit le périmètre des barricades et se traîner on ne sait pas combien de temps vers une énième banlieue chez d'énièmes connaissances était toujours dangereux. Il est vrai que Rothsky était souvent accompagné par de nouveaux fans ou tout simplement des gorilles-gardes du corps, silencieux et, par là même, convaincants.

Mais il arrivait qu'il n'y eût personne à ses côtés, et Rothsky faisait le chemin tout seul. Il a commencé à croire qu'il savait se fondre dans l'obscurité. Si on n'oublie pas d'enlever le masque en quittant l'espace de la résistance, on devient un passant parmi d'autres. Un des citoyens indifférenciés de cette ville et de ce monde, qui ne doit rien à personne.

On ne pouvait pas faire confiance aux chauffeurs de taxi. On écrivait dans les réseaux que les chauffeurs de la capitale étaient souvent embrigadés par la police, où ils emmenaient contre récompense leurs clients isolés « avec des signes manifestes d'activité anti-étatique ». L'odeur de la fumée des feux de camp constituait le corps du délit.

Rothsky a prévenu par mail Anita de ne pas l'appeler. Il a rejeté également tout moyen de communication plus moderne. Aucun canal, Messenger, Viber à la noix, rien. Juste un vieux mail depuis les antiques serveurs, « ennuyeux et les mieux protégés », quand tout le bla-bla-bla de la diversification ne faisait que naître. « Je serai le dernier sur cette terre à utiliser le courrier électronique. (Rothsky tentait d'amuser Anita.) Reste avec moi ! »

Mais même cela n'était pas suffisant. Il a exigé qu'ils correspondent non pas depuis leurs adresses connues, mais depuis des adresses spécialement créées et dont personne ne devait avoir connaissance. Rothsky à Anita, Anita à Rothsky, et c'est tout. Deux personnes, deux adresses. En tête à tête en dehors de la mer des millions étroitement enchevêtrés et, de ce fait, très vulnérables pour le piratage des contacts. Une fois par jour, essentiellement dans la nuit.

Anita devait accepter ce jeu. Elle croyait que c'était un jeu. Dans un premier temps – puis non.

Cela a cessé d'être un jeu à ses yeux après le Nouvel An. Non, tout avait même commencé une semaine ou deux plus tôt. C'est le moment où on a commencé à s'intéresser à elle. Anita ne serait jamais montée dans une voiture avec deux étrangers, surtout si mal habillés, voire même, pas lavés. Peut-être qu'il s'agissait d'une couverture, pour ne pas détonner dans la foule des concitoyens passablement crasseux. Mais pour Anita, cette absence de propreté semblait innée. Rothsky aurait même dit qu'elle était génétique.

Les cracras se sont avérés être des officiers de sécurité. L'un d'eux, le plus enveloppé, parlait, alors que l'autre, plus longiligne, se taisait. Ils ont ordonné à Anita de monter dans la voiture. Elle a obéi. Elle a juste eu le souffle coupé et elle a eu peur. Cela ne pouvait pas lui arriver, comment était-ce possible ? (Quelque part dans son for intérieur elle connaissait la raison : Rothsky. Ce qui ne faisait qu'empirer les choses et les rendait plus effrayantes encore.)

Ils l'ont conduite dans un appartement et se sont mis à l'interroger. « Ne nous dites pas que vous ne savez pas qui il est. (Le rondouillard lui a coupé la voie de la retraite.) Dites-nous plutôt où il est. » Anita niait. « Oui, nous nous sommes fréquentés », acquiesçait-elle, quand on lui mettait sous le nez leurs photos communes avec Rothsky. « Mais c'est du passé, tout ça, vous savez ? Je ne m'en souviens même pas. Je ne me souviens pas quand nous nous sommes vus pour la dernière fois. On s'est quittés, un point c'est tout. »

Le longiligne observait de côté alors que le rondouillard s'est adouci : « Ne pensez pas qu'on vous veut du mal. Ni à vous ni à lui. Nous savons qu'il court un danger. Un très grand danger. Aidez-nous à le retrouver et nous allons le sauver. »

Anita a failli se faire avoir. Encore un peu et elle allait s'embourber. Toute son anxiété, toutes ses peurs l'auraient mise à nu et elle se serait confiée. Mais non. Quelque chose lui a soufflé : non. « Non, a dit Anita. Je ne sais rien. Rien du tout. »

Ils n'ont pas réussi à ce moment-là. Plus précisément, ils n'ont réussi qu'une chose : à l'effrayer avec une promesse de garder le silence. Elle n'a pas écrit à Rothsky au sujet de sa mésaventure. C'était une erreur de rester seule. De penser qu'ils allaient la lâcher.

D'autant plus que Rothsky lui a écrit par la messagerie secrète : « Ma boîte a été piratée ☺. T'imagines ? Ce n'est pas de la paranoïa ! Heureusement que nous avions ces adresses uniquement pour nous. Merci d'exister ☺. »

La deuxième fois elle a été inondée par la boîte piratée de Rothsky. On lui a montré des morceaux choisis : ses lettres envoyées et reçues, toutes ses histoires secrètes et petites aventures, ses flirts et ses romances, les aveux intimes faits par lui et pour lui, tous ces détails épicés et croustillants accumulés dans des fichiers, les confidences numérisées à tout jamais du genre « je t'embrasse en retour sur la fesse ». Elle a été comme frappée d'un coup de marteau. Certes, Anita savait que Rothsky avait des femmes, des filles, des maîtresses, bien évidemment – comment faire autrement ? Pas une ni deux, et peut-être même plus d'une dizaine. Sans parler de ces films porno de sa jeunesse, quand elle n'était pas encore née ! (S'agissant de ces derniers, elle ne soupçonnait même pas leur existence.) Toutes ces années, tout ce temps, c'est elle qui l'attendait, et pas l'inverse. Ce qui l'a vraiment abasourdie, c'étaient les dates de ces morceaux choisis (et très bien choisis) de correspondance. Autrement dit, tout cela n'avait pas eu lieu dans le passé, pas avant, mais pendant leur relation. Pendant ! Tout le harem ambulant de son Joseph n'avait pas arrêté une seconde ses tournées cachées (d'elle). Mon Dieu, et en plus il n'utilise pas de préservatif !

« Je ne veux pas le savoir, a dit Anita aux officiers. – Vous le savez déjà », lui a-t-on répondu. Et on lui a conseillé de réfléchir encore un jour ou deux à leur proposition. « Vous n'arriverez à rien », a-t-elle coupé sèchement.

Ils auraient pu faire des montages, n'est-ce pas ? Mettre d'autres dates, changer les adresses mails ? Changer les pièces jointes, changer tout ? Personne ne peut être sûr de rien. La faute en revient à l'époque et aux technologies.

Ou bien non, ils n'auraient pas pu ?

La troisième fois, c'est surtout le longiligne qui parlait, alors que le rondouillard observait. On a promis de lui présenter « certaines vidéos avec votre participation », des scènes de sauna, par exemple. « Vous comprenez bien que ce sera chaud. Comme dans le sauna. Les visionnages, les likes, les commentaires. Vous n'imaginez même pas combien il y en aura. Combien d'admirateurs vous aurez. Et les amis, et les connaissances ? Et maman et papa ? Comment il va après son deuxième AVC d'ailleurs ?

– C'est sale, a dit Anita, c'est bas et c'est lâche. » Elle se le disait à elle-même, pas à eux : « Qu'est-ce que vous voulez ? »

Elle a cru qu'ils allaient lui proposer du sexe, ici et maintenant. Et qu'ensuite ils la lâcheraient. Elle aurait accepté, même avec eux.

Elle a dû déchanter : « Vous savez ce que nous voulons. Mettez-nous en contact avec Monsieur Rothsky. – Je n'ai pas de contacts avec lui. » Cette fois, Anita n'a pas coupé, elle a fait tomber le couperet.

C'est Rothsky en personne qui lui a rappelé que ce n'était pas le cas. Un jour ou deux après le dernier rendez-vous avec les agents, elle n'a reçu de lui que quelques mots : « Tu prends du bon temps, bébé. » Cela voulait dire que l'opération *Sauna plus* avait été lancée. Après avoir plus au moins rassemblé ses esprits dans un désarroi mêlé de honte, elle a écrit : « Ce n'est pas ce que tu penses. Il faut qu'on se voie, je t'expliquerai tout. » Environ deux heures plus tard, Rothsky a reposé la question : « Faut-il se voir ? » L'accent logique tombait sur le premier mot, écrit en capitales.

« Tu veux que je vienne chez toi ? s'est précipitée Anita. Cela fait longtemps que je veux voir ce qui s'y passe. Voir de près. Et puis j'ai envie de te voir. J'ai tant de choses à te raconter. Il m'arrive des choses qui ne me sont jamais arrivées, j'ai besoin de ton conseil, je ne sais pas ce que je dois faire, c'est dingue. Est-ce que je peux venir ? »

Rothsky a répondu qu'il n'était pas contre. « Cela fait longtemps que je n'ai pas joui sur ton ventre » – comme s'il voulait expliquer la raison de son acceptation. Cette phrase a provoqué un douloureux écho chez Anita : elle l'avait croisée, et pas qu'une fois, dans ses autres lettres. Celles qui avaient été truquées.

Il restait quelques jours avant l'Ancien Nouvel An. Trouver un appartement libre dans la capitale semblait peine perdue : les prix grimpaient comme des cafards fous et aucune solidarité révolutionnaire n'arrêtait les spéculateurs avides. Mais Anita a réussi par miracle à en trouver un petit et pas trop défraîchi, mais plutôt correct, du côté du Jardin botanique. Elle a perçu cela comme un premier bon signe dans sa situation désespérée. Et elle s'est mise sur-le-champ à rêver de la nuit de l'Ancien Nouvel An qu'ils allaient passer proches comme jamais.

Il ne m'est pas facile de rapporter le récit d'Anita. Certes, je lui suis très reconnaissant pour sa franchise, mais je n'arrive pas à me défaire de certains doutes.

Parfois, elle était confuse, comme si elle perdait le fil ou cherchait un chemin pour présenter la version la plus favorable pour elle. Prenez, par exemple, le dernier épisode de la préparation du rendez-vous. Il me paraissait important de demander à partir de quelles adresses mails ils communiquaient. Anita était-elle sûre qu'il s'agissait de leur canal secret ? Elle a répondu qu'elle en était parfaitement sûre, car Rothsky n'avait plus jamais utilisé sa boîte piratée. Puis, après réflexion, elle a déclaré que cela n'avait aucune importance. Disons qu'elle pouvait utiliser d'autres adresses, parce qu'elle en avait toujours eu plusieurs.

J'ai protesté que c'était important, car cela pouvait jeter une certaine lumière sur le dénouement qui allait suivre. « Non, je ne me souviens pas », a-t-elle rétorqué résolument. « Il serait impossible de le vérifier maintenant », a-t-elle ajouté. Car elle avait détruit toutes ses boîtes dès qu'elle avait accepté la demande en mariage de son futur mari.

« Cela signifie que vous n'avez pas de réponse sur comment ils ont été informés ? » – je ne lâchais pas. « Non, je n'en ai pas, a confirmé Anita après réflexion. Probablement que j'ai été surveillée. Ou tout simplement ils ont mis mon téléphone sur écoute. Puisque je l'allumais de temps à autre. La technique est allée si loin maintenant, que… »

Je voulais entendre ce qu'elle allait dire. Et elle a dit après un bref silence : « Vous n'avez pas l'impression qu'il est tard ? Je ne serai pas contre de poursuivre demain. »

Mais demain n'est jamais arrivé. Du moins dans le sens de la poursuite du récit d'Anita. Le matin, conformément à notre arrangement de nous retrouver à huit heures, je suis descendu dans le salon où m'attendait signore Nazatti. Cette fois, il m'a paru quelque peu différent. Du moins pas aussi accueillant qu'auparavant. « Anita, a-t-il dit entre les dents, vous transmet son bonjour. Malheureusement, elle a passé une mauvaise nuit et elle est un peu souffrante. Elle est obligée d'annuler votre conversation. Pas seulement pour aujourd'hui, mais pour toujours. J'ai déjà pris les dispositions pour qu'on vous serve un léger petit déjeuner et je ne serais pas opposé à l'idée que vous quittiez notre maison dans l'heure qui suit. »

Cela sonnait de manière comminatoire et je n'avais pas la moindre chance. Pour ne pas avoir l'air d'un idiot, j'ai refusé poliment le petit déjeuner et l'heure qui m'était offerte. Je suis parti sans tarder.

J'ai revu Anita.

Elle me parle de nouveau de la lingerie érotique. Comment en attendant Rothsky dans l'appartement près du Jardin botanique elle a rasé soigneusement son entre-jambe, comment elle a choisi son parfum et enfilé de la lingerie érotique. Elle m'a détaillé la lingerie par le menu.

Pourquoi suis-je censé apprendre tout cela ? Pourquoi est-ce si important pour elle ?

Je crois qu'elle veut me convaincre (et elle-même ?) qu'elle l'attendait vraiment. Elle était persuadée que, franchissant tous les obstacles de la mégapole ensauvagée, il était déjà en route, en approche. Qu'il allait se faufiler, se glisser, se frayer un chemin et qu'ils allaient se retrouver et se cacher dans ce lieu inventé pour eux seuls, protégés par ses murs de toutes les horreurs. Et qu'ils allaient rester ensemble – chose incroyable ! – jusqu'au 15 janvier.

Approchant une nouvelle fois de la fenêtre, de la hauteur du deuxième étage, elle le voit déjà. Cette démarche sautillante et cette tête penchée, ces mains dans les poches et le col relevé. C'est lui, ce ne peut être que lui, car personne ne sait marcher comme ça. Et il allait être là d'un instant à l'autre. Anita s'élance vers la porte et se fige dans l'attente de la sonnerie de l'interphone. La voilà, la sonnerie. Elle appuie sur le bon bouton et entend nettement claquer l'imposante porte en bas. Il est entré.

Elle entend moins nettement ce qui suit.

Les voix dans l'escalier ? Pourquoi n'appelle-t-il pas l'ascenseur ? C'est quoi ce remue-ménage et ces cris étouffés ? Ce n'est pas sa voix ?

Elle se colle contre la porte, mais n'entend plus rien derrière. Puis elle se précipite vers la fenêtre. Juste au moment où trois armoires à glace en bonnets de ski, vestes matelassées et pantalons de jogging le poussent à l'intérieur d'un véhicule. Celui-ci démarre.

Anita recule, s'allonge à plat ventre, le visage contre le sol, et éclate en sanglots comme elle n'a pleuré qu'une fois dans sa vie, quand une amie plus âgée l'avait emmenée, encore toute jeune, à un concert.

En réalité, notre hiver est composé surtout de dégels. C'est aujourd'hui qu'on se souvient essentiellement du froid. Notre mémoire est fautive et je sais d'où vient l'erreur. Le froid était à l'intérieur de nous. Nous nous tenions autour des feux et nous nous imprégnions de fumée pour nous réchauffer à l'intérieur par le biais de nos vêtements enfumés.

Mais tout le monde portait trop de vêtements. On avait eu recours à de vieilles choses éprouvées : de gros pulls étirés, des foulards enroulés plusieurs fois autour du cou, des doudounes, des sous-vêtements thermiques et deux chemises en flanelle, deux pantalons et deux paires de chaussettes épaisses. Tout était en double, et cela avait un double sens, car on considérait que cela permettrait de se protéger du froid. Ceux qui ont goûté les premiers jours aux coups de bâton de l'escadron B conseillaient de se protéger avec quelques couches de vêtements les plus épais et les plus lourds possible. Les autres, il est vrai, critiquaient cette approche : les excès vestimentaires entravaient les mouvements et faisaient ressembler à des pingouins. Impossible de courir, de sauter, de s'échapper. En revanche, les membres de l'escadron jouaient de leurs bâtons avec une habileté telle que n'importe quelle doudoune explosait de toutes ses plumes. Surtout quand on était déjà à terre et qu'ils étaient quatre au-dessus de toi et que chacun tabassait pour te transformer au plus vite en viande sanguinolente.

Les membres des escadrons couraient plus vite que nous. Au premier regard, on les jugeait trop bien nourris et empotés – avec leur équipement complet, ils bougeaient à peine leurs jambes atteintes d'éléphantiasis. Mais au moment de l'attaque, il s'avérait que leurs jambes étaient plus que fonctionnelles. Il semble que leur formation avait été au top. Ils avaient dû faire leurs classes de tabassage dans des lieux de détention. La force de frappe était vérifiée sur les prisonniers. L'escadron B détestait tout le monde, et tout le monde détestait l'escadron B. Le système avait beaucoup investi dans cet escadron, et il était probablement l'unique création qui avait vraiment réussi.

Moi aussi, j'ai réussi. Par trois fois, j'ai joué pour les barricades qu'ils attaquaient. C'est la fin, me disais-je, et je continuais à jouer. Mais jamais aucun d'eux n'a pu m'atteindre avec son bâton. Ils étaient arrêtés dans leur approche. Je n'ai pas été frappé. Je reconnais ma déficience révolutionnaire.

Je suis allé du mauvais côté.

Où en sommes-nous avec le temps ?

Bientôt il sera deux heures et demie, vous écoutez Radio Nuit. La nuit est là. Je suis Joseph Rothsky.

Et je n'arrive pas à atteindre mon sujet. Je devais parler du froid de notre hiver. De l'alternative : s'habiller chaudement et de manière compacte, et perdre en agilité, ou bien légèrement et grelotter, mais être insaisissable. J'ai choisi la seconde option. Cet hiver était surtout composé de dégels, mais le froid était immuable et omniprésent. On a sorti tous les sièges de la salle de concert du conservatoire, on en a rempli certaines classes et couloirs, et la salle s'est transformée en un immense dortoir, ou plutôt en un lieu de couchage. J'y ai passé plusieurs nuits. Pas à la suite, mais de temps à autre. Mon matelas était surveillé dans la journée par un professeur d'instruments traditionnels africains, une connaissance de mes connaissances. Je ne lui ai pas dit que j'étais l'Agresseur. Peut-être qu'il le savait déjà. Mais il veillait bien sur mon matelas.

Oui, le froid. Revenons au froid. Un sentiment parfaitement étrange, être allongé la nuit sur le sol d'une salle de concert, sous un lustre éteint, aux côtés de milliers d'autres, mais sans connaître personne. La température dans la salle semblait supérieure de quelques degrés par rapport à l'extérieur. Nous dégagions de la vapeur. Mais en me couchant, j'enlevais mon manteau et mes chaussures. Je n'osais pas claquer des dents, pour ne déranger personne. Certes, parfois on échangeait avec le voisin et on faisait connaissance. Certains arrivaient à se lier davantage. Ceux-là se couchaient côte à côte et s'embrassaient. Les femmes esseulées plus âgées s'installaient plus près des garçons qui exhalaient la fumée et les hormones. Les prolos abîmés par le travail à la peau tannée, venus des provinces agricoles éloignées, partageaient leur couche avec des étudiantes en postcolonialisme. Tout le monde couchait avec tout le monde et cela ajoutait de la chaleur. Dehors, nos glorieux gardes nous protégeaient de la bandocratie policière. Ils veillaient sur les barricades de tout le périmètre.

D'ailleurs, le dégel faisait du mal aux barricades. La neige fondait, et elles s'affaissaient, dégoulinant en ruisseaux sales vers les canalisations. Les barricades étaient composées pour moitié de neige et de sable. Grâce à la consistance de ce dernier et aux carcasses métalliques, elles tenaient debout. Mais par temps de dégel, elles s'amenuisaient et se décomposaient petit à petit. Lorsque le gel reprenait, cette lente destruction s'arrêtait. On les reconstruisait et on les agrandissait avec les réserves de neige fraîche. Arrosées d'eau, elles se couvraient d'une couche glacée. Nous nous réjouissions de la neige et du gel, les alliés naturels de nos fortifications.

J'ai bien dit « nous » et pas « je ». Jouer du piano par des températures négatives, lorsque les doigts, même gantés, s'engourdissent et que, même plongés dans la chaleur des poches, ils ne s'en portent pas mieux, alors non, jouer dans ces conditions n'est pas une bonne idée.

Je sais qu'il y a parmi vous des gens qui sont plus que des amateurs de musique, qui sont eux-mêmes musiciens. Et pourtant, il me semble qu'il y a plus de gens qui ne sont pas musiciens. Ce qui explique que j'évite d'utiliser des expressions musicales. J'ai très envie de rester compréhensible. J'ai décidé avec moi-même, dans la mesure du possible, de ne pas recourir au jargon ni à des termes spécifiques.

Mais tout le monde a entendu parler d'arpège, n'est-ce pas ? Un arpège, c'est… Imaginez une harpe et vous allez comprendre. Vous jouez du clavier, et c'est une harpe. Pour bien jouer il faut que les doigts soient à l'aise. Cela va de soi, je ne vais pas m'étendre là-dessus. Bref, il y a eu des soirs et des nuits où je n'avais aucune chance. Mais j'y arrivais ! Je m'installais au vieux piano et je commençais à jouer, et je réussissais. Je parvenais à faire quelque chose. Je ne jouais pas comme Jeroen van Veen ou Lubomyr Melnyk, il n'y a pas de quoi se pavaner. Et je ne m'en vante pas, je m'en étonne. Mais j'ai bien eu cet honneur de jouer pour les barricades.

Je voulais aussi parler des chaussures. On a écrit à leur sujet autant que sur les vêtements. Ou bien même plus. Le monde a découvert une pléthore de spécialistes pédants sur le bon choix des chaussures pour une révolution en hiver. Les matériaux, les semelles, le type de lacets et les bouts des chaussures, tout subissait une analyse des plus scrupuleuses. Seules les genouillères ont davantage été étudiées. Et les protections pour la poitrine, le ventre, le dos. Il convenait de protéger le corps. Pour l'aine, il existait des protections spéciales.

Mais revenons aux chaussures. « Si tu n'es pas chaussé convenablement, il vaut mieux ne pas aller place de la Poste », écrivait-on dans les instructions. Ne pas avoir les pieds gelés. Ne pas avoir les pieds humides. Ne pas tomber sur le sol glissant, surtout sous les pieds des escadrons. Ne pas trébucher en courant. Ne pas faire de surplace.

Les chaussures avaient beaucoup de fonctions, et chacune était décisive. Cela faisait peur de lire ces mémorandums au sujet des chaussures, car j'étais venu avec ce que j'avais et je découvrais que mes chaussures ne cochaient aucune case. J'ai mis de fines chaussures d'automne et j'ai couru pour attraper le train jusqu'à la capitale. Heureusement que j'ai une pointure standard. Quand j'ai passé la première semaine chez Clara et Holger, ils ont aligné dans leur salon une collection infinie de chaussures d'homme. En fin de compte, j'ai choisi quelque chose qui ressemblait à des chaussures militaires, déjà passablement usées. Holger, un bon ami danois tout aussi vieux, me les a généreusement cédées. Parfois elles suscitaient des remarques. « Belles chaussures », me disait-on. Je fanfaronnais en disant qu'elles venaient vraiment de l'OTAN. C'est ainsi que je suis devenu l'Agresseur.

Le sujet suivant des instructions révolutionnaires sur les réseaux était les chaussettes. La démiurgie ne connaît pas de limites.

Pour être franc, les chaussettes ne sont pas vraiment des vêtements, et pas non plus des chaussures. Elles sont quelque part au milieu. On écrivait à leur sujet tout aussi souvent, et avec la même conviction. Évidemment, plus elles sont épaisses, mieux c'est. Mais en cas de forte chute de température, il vaut mieux en avoir deux paires. Dans ce cas, une paire devrait être plus fine. J'ai juste oublié laquelle des deux, plus fine ou plus épaisse, devrait aller par-dessus l'autre. Parce que cela aussi avait un sens pratique particulier. Pratique, et néanmoins, insaisissable.

Toute la base mystique des chaussettes s'est révélée à moi la nuit où je suis descendu aux toilettes au niveau moins un du conservatoire. J'avais dans mes oreilles la chose que vous allez entendre. Les toilettes venaient d'être restaurées et le recteur était personnellement fier de leur nouveau style, qu'il qualifiait d'européen. Les lavabos brillaient d'une agréable pâleur d'halogène. J'y ai vu un jeune homme, épuisé, avec des cheveux humides de sueur et des gouttes sur son visage livide. Il lavait ses chaussettes dans le lavabo. Ce qui n'était pas facile : le mélangeur était pourvu d'un détecteur et crachait un mince filet uniquement à la suite d'un certain type de mouvement. Étant donné que le garçon se tenait pieds nus sur le carrelage, il n'avait pas d'autres chaussettes. J'ai remarqué ce que j'ai pu : son air de la campagne, venant de loin, sa peau maladive et éreintée. Ses pieds nus. Sa solitude. Je n'ai jamais vu quelque chose d'aussi triste.

Il restait dix jours jusqu'à Noël.

Tout comme aujourd'hui, d'ailleurs.

Il est deux heures quarante-cinq. Vous écoutez la radio.

Et si c'est bien le cas, vous allez entendre la voix étrange qui résonnait dans mes écouteurs de l'époque : ***Klaus Nomi, « The Cold Song »***.

9

Le parcours de Rothsky, incroyablement forcé et sinueux, m'a conduit jusqu'à une bourgade suisse dont je ne souhaite pas mentionner le nom ici. J'ai mes raisons qui n'ont rien à voir avec mon enquête biographique. Si nous prenions dans l'abécédaire une succession aléatoire de lettres et désignions ainsi la ville, cela ne changerait rien. ABC ? Mais je vous en prie, pourquoi pas.

Comptant passer à ABC au moins une semaine, peut-être même dix jours, je me suis mis à la recherche d'un logement pas cher selon les critères suisses. Je me suis rendu compte rapidement que je ne trouverais rien de mieux que la Gewürzschule. Et pas seulement parce que « L'École des épices » pouvait être une allusion à une atmosphère exotique et peu commune. Le prix aussi ne dépassait pas les limites des convenances acceptables. J'ai réservé une chambre spartiate avec une douche et une fenêtre sur le glacier et la chaîne de la Bernina.

C'était un centre culturel communautaire, ouvert à diverses sociétés dans les locaux de l'ancienne manufacture où autrefois on triait et emballait des additifs alimentaires. Par la suite, « L'École des épices » a accueilli un petit théâtre, quelques galeries, un studio de salsa, un ou deux ateliers bizarres, des enfilades de toilettes unisexes et une initiative culinaire végane.

Mais je n'ai pas trouvé le théâtre. Quelques mois avant mon arrivée, un conflit peu compréhensible avait éclaté entre les fondateurs et le metteur en scène. La confrontation, accompagnée de deux ou trois scandales médiatiques, est allée jusqu'au tribunal et s'est soldée non seulement par l'expulsion, mais aussi par le déménagement du théâtre dans une autre ville. L'étage de l'ancienne manufacture libéré par le théâtre a été aménagé en hôtel, dont j'ai occupé une des chambres.

L'étape transitoire inachevée de l'étage de l'ancien théâtre sautait aux yeux. Les travaux d'aménagement se poursuivaient dans la plupart des chambres. Les couloirs étaient encombrés de décorations qui attendaient d'être déménagées ou bien restaient sans surveillance, abandonnées et inutiles. Des clefs pointaient négligemment des coffres de différents âges, styles et calibres, comme invitant à des inspections spontanées et à des expropriations. Dans mes instants libres, j'aimais fouiller les entrailles de cet héritage de bric et de broc, emmailloté et caché : des robes et des bas, des perruques et des uniformes, des fleurs artificielles, des couronnes, des vases, des chandeliers, un crâne de Yorick, un fusil qui n'avait pas tiré une seule fois, des dagues, des masques, des chapeaux, des œufs laqués et des pommes, des nez phalliques et des fausses barbes… Diantre, depuis quand tout cela était ici ?!

Derrière tous ces trésors, on devinait une petite troupe ambulante, penchant pour un répertoire classique bien éprouvé, dont les talents d'acteurs avaient été bouffés depuis longtemps par une indifférence répétitive, alors que l'unique sujet de discussion interne était probablement la comparaison des schnitzels dans les différentes villes et bourgades. En fouillant pour la forme dans ce bordel caractérisé, je ressentais un irrépressible ennui et une certaine apathie.

Le sens de mes explorations est apparu à l'instant où j'ai ouvert un énième coffre. Il contenait du papier : des brochures, des quittances, des dossiers, des inventaires. N'était-ce pas une archive de théâtre ? Ou du moins une partie ? Tout au fond, je suis tombé sur l'exemplaire d'une pièce d'un auteur inconnu, imprimé et enveloppé d'une couverture souple. Je précise : inconnu de moi. Son nom d'ailleurs n'était pas indiqué sur la page de titre ni à aucun autre endroit. Ayant feuilleté le cahier dans tous les sens et parcouru quelques pages prises au hasard, j'ai décidé de tout copier et de l'étudier convenablement.

Un attentat, ou une tentative

Pièce en un acte avec prologue, musique et épilogue

Personnages

THÉODORE : pianiste, émigré ayant fui son pays

THÉOPHILE : officier des services spéciaux, chef du service de protection du dictateur

VERA et WOLF : musiciens de l'hôtel, duo VerWolf

ANITA (ANIA) : fiancée de Théodore, n'apparaît que sous la forme d'un reflet lointain sur l'écran

CHMOCHE : dictateur, n'apparaît qu'à l'écran.

L'action (à l'exception du prologue et de l'épilogue) se déroule de nos jours, quelque part en Suisse, au Paradis, *un hôtel cinq étoiles de haute montagne (près de deux mille mètres au-dessus du niveau de la mer), qui n'a pas perdu son charme quelque peu suranné de la Belle Époque (aussi appelée* « fin-de-siècle »*).*

Prologue

MC THÉOPHILE. – Chers amis ! Mesdames et messieurs du public ! Dear ladies and gentlemen ! Signore e signori ! (*Il répète les salutations en plusieurs langues :* Szanowni Państwo ! Meine liebe Damen und Herren ! Ouvajaemye damy i gospoda ! *À quoi s'ajoute, par exemple, le grec, le roumain et l'albanais…*)

Je vous salue lors de notre représentation absolument exceptionnelle ! Enfin ! Nous y sommes arrivés ! Enfin, elle aura lieu dans votre incomparable ville ! Nous avons parcouru un long et sinueux chemin, long and winding road. Aujourd'hui se réalisent les rêves que nous partageons, je suis donc indiciblement heureux, that's absolutely amazing, yes ! C'est une immense joie et un grand honneur pour moi de vous dire qu'il ne s'agit pas uniquement d'un spectacle, pas d'un simple show, mais d'un jubilé ! C'est aujourd'hui la cent cinquantième représentation de notre tournée mondiale ! Après New York et Los Angeles, Abu Dhabi et Rio de Janeiro. La moitié de la vieille Europe est également derrière nous : Milan, Turin, Marseille, Manchester, Liverpool, Paris, Lisbonne, Berlin, Belfast, Belgrade, Bucarest, Budapest, Barcelone, Bellinzone et beaucoup d'autres villes qui commencent par la lettre B. Mais aussi Sargans, Malans, Aarau et Vaduz !

En tant que manager et curateur et, en même temps, le meilleur ami, le plus proche et le plus inséparable, de notre star, j'ai toujours insisté sur le fait que nous n'avions pas le droit d'éviter votre centre géographique béni des dieux. Car cette histoire s'est produite tout près de votre ville, charmante et confortable. À moins de cinquante kilomètres en ligne droite !… Et nous voici enfin, et les rêves se réalisent !

Cette fois je vous emmènerai à travers une histoire sensationnelle et incroyable, qui toujours, après tant d'années, ne me laisse pas tranquille et m'inquiète terriblement. Pas des bruits-racontars, pas de vieilles boulettes réchauffées plusieurs fois, mais les faits et les paroles de témoins, bien plus, d'un participant direct ! De première main. Parce que j'y étais !

Chers amis ! Saluons une étoile du piano à la renommée mondiale, mais aussi – et ce n'est pas moins important – une personne qui a changé le monde vers le mieux en un seul jet !...

Applaudissements frénétiques, le rideau se lève.

Les propriétaires précédents de l'hôtel Paradis *avaient une certaine obsession des instruments à clavier et ils en achetaient assez souvent. Maintenant, dans différentes pièces du gigantesque hôtel ressemblant à un steamer qui, en chemin de la Méditerranée vers le nord, est resté coincé dans les Alpes suisses, on peut toujours tomber sur un instrument prêt à jouer. Personne ne serait capable de donner le nombre exact de pianos entre les murs du* Paradis, *bien que les deux gérants se soient accordés sur le fait qu'il y en a une vingtaine. Dans la*

Première scène

nous nous retrouverons dans le recoin le plus éloigné du château (un fumoir, ou bien une smokers lounge) et nous entendrons une improvisation de VerWolf, le duo de l'hôtel : Vera jouera du violoncelle, Wolf de la batterie. En improvisant autour d'un thème musical, ils ne feront pas attention à l'apparition de Théodore. Celui-ci tournera un certain temps dans les parages, se glissant à travers une porte pour s'échapper par une autre, faisant semblant d'écouter et de regarder. En fin de compte, à l'instant où le morceau de musique atteint son acmé, Théodore sautera inopinément au piano et, en se glissant impeccablement dans le jeu, l'achèvera avec quelques accords impétueux.

THÉODORE. – À partir du moment où je suis intervenu, cela a été trois fois plus vite et plus fort.

VERA (*elle commencera à jouer à un moment donné un autre thème, tout en participant à la conversation*). – Pour que ce fichu hôtel s'écroule ?

THÉODORE. – Sinon, il n'y aura pas de révolution.

WOLF. – Assez de révolution. Il est deux heures du matin. Les hôtes dorment.

THÉODORE. – Les hôtes ? Il n'y a plus personne depuis hier. Ou presque. Un départ massif, qui s'apparente davantage à de la psychose, à une évacuation panique ! Des milliers de départs en une journée, des valises, des sacs, des chariots, uproar, discorder, goodbye Sir Francis, hope to see you next year, merci bien, chère comtesse von Potocki, merci de tout cœur pour la visite, cher monsieur Adorno, bon retour, signore Dappertutto, hasta la vista baby ! La fin de la saison, enfin ! Dès demain on peut oublier pendant deux bons mois « Continental », « The Shadow of Your Smile », « Strangers in the Night » et autre shitty listening synanthropique !

WOLF. – Easy, easy. Pas tout de suite, mec. Les uns sont partis, d'autres vont arriver.

THÉODORE. – Comment ça, ils vont arriver ? Dès demain, tout sera fermé pour deux mois ! C'est l'intersaison, mon petit loup !

WOLF. – Certes, mais pas tout à fait. En réalité, dans les jours qui viennent doivent atterrir des oiseaux importants. C'est-à-dire de gros poissons, bien que les poissons ne volent pas. Ils auront ici leur sommet, sum-mit, some meet – some eat, tu n'as rien entendu à ce sujet ?

VERA. – Quand il est sur sa lancée, il lui arrive souvent de ne rien entendre.

WOLF (*sortant une enveloppe de sa poche intérieure et ouvrant une lettre*). – Je suis persuadé que toi aussi tu as reçu une missive de la part des deux gérants. Ça fait longtemps que tu n'as pas jeté un œil dans ta boîte aux lettres ?

THÉODORE. – Je ne m'en souviens pas… Longtemps, sans doute… J'ai perdu ma clef quelque part. Qu'est-ce qu'elle dit ?

WOLF (*lit la lettre, en parodiant quelque peu le ton officiel*). – Aux très respectés messieurs les Musiciens de l'Hôtel, un communiqué spécial quant à l'événement d'envergure exceptionnelle… Bon, bla-bla-bla. Un long préambule, pas intéressant… Oh, écoute ça : notre Maison plus que centenaire, forte de son histoire irréprochable et de sa qualité devenue une référence dans le métier de l'hôtellerie, a l'insigne honneur parfaitement mérité et par une marque de confiance incomparable… par la décision de l'aréopage des leaders européens et mondiaux qui viendront personnellement ou se feront représenter par leurs adjoints, au minimum… Il nous est particulièrement agréable que les principaux architectes de la sécurité mondiale contemporaine, sans hésiter, aient choisi notre Maison de légende… Ah, le voilà : l'événement central du sommet sera la discussion pour affaires et, nous l'espérons, amicale, de grands maîtres du dialogue démocratique avec l'avant-dernier dictateur du partenariat oriental de l'Europe…

THÉODORE. – Avec qui ?!

WOLF. – Il est écrit : l'avant-dernier dictateur du partenariat oriental…

THÉODORE. – Parce qu'il sera là ?

WOLF. – Sans doute que c'est ce qu'il faut comprendre. (*Il continue à lire.*) Les fondements de notre coexistence, bla-bla-bla… au nom de la paix, de la sécurité, de la stabilité et de la prospérité, du mouvement ininterrompu des biens et des capitaux, du transit garanti des énergies…

THÉODORE. – Qui en douterait ? Il faut plus de gaz !

WOLF. – Ah… Et enfin, nous : Les très respectés messieurs les Musiciens sont priés de préparer et d'exécuter un programme spécial hors norme pour les invités spéciaux… d'une durée générale d'au moins une heure cinq (soixante-cinq minutes) dans un style musical léger et festif mais nullement primitif eu égard au niveau élitaire de l'assistance... Lors du choix des morceaux on appréciera particulièrement l'orientation sur le *Top 50 Love Songs of All Time* (voir pièce jointe). Afin de faire plaisir à l'invité spécial, Monsieur l'avant-dernier dictateur bla-bla-bla whatever... il est recommandé d'inclure dans le programme « Mourka », son œuvre musicale préférée. Voir la partition ci-jointe...

Théodore se met à jouer.

WOLF (*après avoir écouté un peu*). – Je vois que tu as compris.

THÉODORE (*pensif*). – C'est pas une blague ?

WOLF (*lui tend la lettre*). – Les signatures personnelles et originales des deux gérants.

Théodore joue « Mourka » de plus en plus fort et avec de plus en plus d'entrain. Vera et Wolf sortent l'un après l'autre.

Deuxième scène

Théodore continue à jouer « Mourka », mais il s'éloigne à l'arrière-plan, alors que nous nous retrouvons dans un autre endroit de l'hôtel. Peut-être à la réception, où déambule un nouveau venu, aux mouvements quelque peu nerveux et en même temps déliés. Il s'agit de Théophile.

THÉOPHILE. – Je suis entré comme Belmondo. Voilà ! Enfin, quel Belmondo, ce vieux champignon français moisi ? Au diable Belmondo, je suis moi, chef de sécurité de Lui en personne ! M-m-m, pas le plus grand chef, mais je suis le chef ici et maintenant. J'ai mon unité de crétins. Pas bouger ! Debout ! Couché ! Face contre le bitume ! Avoir peur !... (*Œil complice et plus calmement.*) Si seulement vous pouviez voir la tête des autres quand nous nous sommes engouffrés en bande dans le hall... C'est quoi cette descente sauvage ?... Impossible de cacher la vérité : les manières et les gueules des mecs sont explicites... Une sélection naturelle : chaque pommette, chaque mâchoire, chaque cartilage semble sorti des manuels. Lombroso aurait été content. Et Lavater aussi. Et ces fronts, ces narines ?! Et ces costumes Armani, ces dents en or et ces boutons de manchettes ! Et puis ces anomalies crâniennes ! De surprise, on peut se pisser dessus, quand on est un véritable Européen !… Toutes ces dames et tous ces messieurs, toutes ces élites sont si molles, mondaines, raffinées, positives, politiquement correctes, que tout effrayés, ils se sont précipités pour quitter l'hôtel !… Par familles, par clans et par corporations entières : la fin de la saison, la fin de la saison !… C'est la fin pour vous, mais pour nous, c'est le début d'une mission de la plus haute importance. La protection de la personne occupant le poste suprême, notre cher Chmoche qui arrive ces jours-ci ! Et ce n'est pas n'importe qui, c'est le leader de la nation !

Théophile se fige pendant quelques secondes, le majeur levé, alors que Théodore interrompt « Mourka ». Après cette pause commence la

Troisième scène

où Théophile se déplace dans l'hôtel de nuit (une sorte d'exploration du terrain). Il peut avoir sur lui des attributs d'agent, plutôt comiques : une lampe torche spéciale, des lunettes de soleil, une mini-caméra, une tablette, pléthore de gadgets. En même temps, Théophile ne doit plus produire une impression caricaturale à charge comme dans la scène précédente : il ne joue plus pour le public, mais remplit ses obligations professionnelles. Son discours s'apparente davantage à un rapport devant un supérieur, non sans digressions et incises.

THÉOPHILE. – Sujet 90YZwur66gM, hôtel *Paradis*, cinq étoiles, année d'inauguration 1907. Une institution, comme on dit dans les publicités et les romans. Cent cinquante chambres, deux cent quarante lits, à une, deux places ou une place et demie, à la française, le personnel permanent est de cent cinquante-sept personnes dont soixante-dix-sept en cuisine. Comment les contrôler tous, putain !… (*Il se gratte la nuque.*) Gonfler les effectifs jusqu'à l'inacceptable, c'est ça la family affair ? Deux restaurants, un grand et, hmm, un plus intimiste, le nombre total de couverts est de trois cent soixante. Ouf ! Cave à vin de trente-cinq mille bouteilles et, par conséquent, plus de cinq cents variétés de vin. Ce serait pas mal d'y faire une planque. Et mieux encore, dans le bar. Quel bar, mamma mia ! Que de nobles antiquités ! Quelle magnifique sélection d'alcools de marque ! Single malt whisky et autres raretés ! Je me serais bien installé ici. (*Il hume sensuellement l'air de ses narines.*) Qu'avons-nous encore ? Le Grand Salon, lieu de rendez-vous, de cérémonie du thé et d'immersion méditative et mélancolique dans la musique pour piano (un superbe Steinway de cent ans d'âge) et pour instruments à cordes. L'espace central est une zone d'attention particulière : c'est ici qu'aura lieu notre rendez-vous sur l'Elbe… Étudier les loggias, balcons et corniches d'entresol à la recherche de snipers… Le nombre total d'ascenseurs est de douze, dont quatre de service, réservés exclusivement au personnel. Vérifier la possibilité de blocage et d'arrêt complet. Les caméras de surveillance ! Assurer le débranchement complet ! La cage d'escalier haute de sept étages avec une tour d'observation et les terrasses incluses : étudier la perspective de chute d'un corps humain, calculer le temps approximatif de la chute libre. Ensuite. La salle de fitness : Entspannung für Leib, Geist und Seele… La piscine de vingt mètres sur huit (pas mal !), la température de l'eau est 28 °C. Brrr… Fiche historique : au moment de l'inauguration de l'hôtel, les trois quarts des chambres avaient l'eau courante, mais pas encore de canalisations. Les exemplaires de pots de chambre authentiques sont visibles dans le musée de l'hôtel… Je me demande qui sortait ces pots de chambre et qui les nettoyait. Les femmes de chambre, à coup sûr !… Pauvres et malheureuses femmes de chambre !… Pauvre prolétariat !…

Soudain, Théophile se fige, en entendant les notes de piano. Nous comprenons que les sons proviennent du fumoir (smokers lounge), comme dans la première scène. Théophile s'y dirige à pas de loup et jette un œil dans le fumoir. C'est Théodore qui joue au piano une de ses mélodies. Quelque temps plus tard, Théophile se remet à parler, avec des intonations nouvelles qui ne lui étaient pas propres.

THÉOPHILE. – Ce que je viens d'entendre, autrefois m'empêchait de vivre. Des semaines durant. Il y a très, très longtemps. Ou peut-être pas si longtemps ? Je dirais il y a un an. Seulement un an ? Pas vingt et même pas dix ? Non, seulement un an, bon d'accord, pas un an. Disons, un an, deux mois et deux semaines et demie et des poussières… Mais comme cela m'a submergé de nouveau ! Des nuits, des jours ! Bien qu'autrefois, je dorme le jour. Autrement dit, seulement les nuits. La neige, le gel et le feu. C'est-à-dire la fumée. Ils brûlaient les pneus, pour que la fumée soit noire et nocive. Plus elle était nocive, plus elle était noire. Un rideau de fumée pour ne pas nous laisser approcher. Vers les barricades et les tentes. Dès lors, toute la place de la Poste, tout le centre et puis toute la ville étaient plongés dans un brouillard délétère. Un enfer sur terre ! Et puis, celui-ci sort de nulle part…

THÉODORE (*s'adressant à quelqu'un d'imaginaire, sans voir Théophile*). – Ils nous faisaient des doigts d'honneur, t'imagines ? Et nous retournaient les cocktails que nous leur envoyions, ceux qui n'avaient pas eu le temps de prendre feu. Tu peux te l'imaginer, Ania ? La police !… Les policiers qui faisaient des fucks au peuple !… Ou bien ce jeune qu'ils ont arraché à nos rangs pour ensuite le déshabiller par moins 24 °C et projeter de l'eau sur lui. Et ils ont tout filmé, pour que les gens likent la vidéo en ligne. Des milliers, des dizaines de milliers de likes !… C'est ça, la police ? C'est une bande et non la police…

THÉOPHILE. – Et voilà, il parle de « bande ». Quelqu'un a encore des questions sur qui il est ?

THÉODORE. – Des criminels et des bâtards !

THÉOPHILE. – Et voilà la culture de la parole. Le discours d'une classe éduquée. On y est ! Un instant. Quand est-ce que cela a commencé ? Quelqu'un a tout de même fait sortir le premier piano dans la rue ! Quand ? Je crois, en décembre, avant Noël. Il y avait l'escadron là-bas, qui bloquait les accès au palais, ils tenaient grâce aux psychotropes, j'ai moi-même entendu les injonctions verbales. Une partie était rue Lutheranska, une autre, rue Orthodoxe…

THÉODORE. – … et ils nous faisaient des doigts d'honneur ! Et ils coupaient la crête iroquoise de ce jeune à l'aide d'un rasoir émoussé, ce gars qu'ils avaient déshabillé en plein hiver par – 24 °C, et ils ont tout filmé pour le montrer au monde entier…

THÉOPHILE. – … quelque part début décembre, ils ont fait sortir rue Lutheranska un vieux piano, déjà peint aux couleurs de leur drapeau. Les membres de l'escadron en ont eu les jambes coupées avec leurs boucliers et leurs couches, ha-ha. Les commandants ne les laissaient pas faire leurs besoins, parfois dix heures d'affilée ! Je sais de quoi je parle. Cela les rendait encore plus féroces. Et c'est là qu'il est apparu pour la première fois : il s'est installé au piano juste devant eux, devant leur rangée, à une trentaine de mètres, pas plus, et s'est mis à jouer devant ces crétins. La *Valse opus 64 n° 2* de Chopin. Je l'ai reconnue, j'en ai trop souffert à l'école, je l'ai ratée à l'examen (*il chantonne le motif, Théodore reprend*)… Et puis il a joué John Lennon, « Imagine », et ses partisans l'ont mis sur YouTube le soir même… Et Sean, le fils de Lennon, a reposté le lien sur sa page : je l'ai vu, il est son ami. Des millions de visionnages à travers le monde ! Des millions ! Je ne pouvais pas ne pas le signaler : que devons-nous faire de lui ?!

THÉODORE (*pensif et distrait*). – Il faut faire quelque chose de lui…

THÉOPHILE. – Nous persuadons l'opinion internationale que ce sont des fascistes et ils jouent « Imagine » ? Ce type au piano, d'une certaine manière, il fallait le…

THÉODORE. – Mais quoi ? Qu'est-ce que je peux faire, moi personnellement ?

THÉOPHILE. – … d'une certaine manière, ai-je dit. Il faudrait d'une manière ou d'une autre. Mais on ne m'a écouté que lorsque tous ces pianos de rue sont devenus trendy, c'est une avalanche de pianos qui s'est abattue sur la capitale : ils surgissaient par dizaines dans les rues et les places, surtout dans les endroits chauds. C'étaient de vieilles boîtes qui crissaient, essentiellement – quelle horreur ! – de fabrication nationale. On aurait été mieux inspiré d'utiliser ce bois pour les cercueils !… Certains ont été hissés sur les barricades, et celui-ci, il ne faisait que passer d'une boîte grinçante à l'autre pour ne faire que jouer, jouer, jouer… Einaudi, Chopin, Satie, « Canto ostinato ».

THÉODORE. – Dans cette vie, chère Anita, je ne sais rien faire. Tu sais parfaitement à quel point je suis nul : qui sinon toi en a souffert le plus ? Quels soucis ne t'ai-je pas causé sur tout et sur rien… Mais je joue un peu, un tout petit peu de quelques instruments, surtout des claviers…

THÉOPHILE. – Et alors, sur mon rapport, il a été ajouté à la petite liste de neutralisation opérationnelle. Il n'était pas encore question de liquidation, mais de neutralisation. C'est ainsi que je suis devenu son – comment dire ? – tuteur. Et un curateur artistique. Je ne le lâchais que quelques heures, quand il se glissait dans une tente. Puis je le retrouvais facilement, même quand il a commencé à cacher son minois sous une cagoule, je le reconnaissais en moins de deux. C'est pourquoi je sais ce que je dis : des semaines durant, il ne faisait que s'amuser sur les barricades et pianoter ce qu'il pouvait et comme il le pouvait. Non sans défaut, car les instruments étaient désaccordés, mais cela n'avait pas tellement d'importance pour eux, ils vivaient dans l'euphorie, ils…

THÉODORE. – Un jour, je jouais quelque chose et j'ai trouvé un thème qui n'était à personne. Autrement dit, il était à moi. C'est-à-dire que je pouvais lui donner un nom : « Pour Anita ». Pour toi.

THÉOPHILE. – … ils sont devenus fous de cette fumée noire des pneus, nous leur mettions la pression, les rattrapions un par un et en petits groupes. À peine se montraient-ils hors du périmètre de leurs barricades que nous les amenions jusqu'à la forêt enneigée et nous les abandonnions là-bas, à crever, violés au goulot de bouteille et nus, et à la mi-janvier, Chmoche n'a pas vraiment donné l'ordre, mais entre nous, il a autorisé à tirer sur eux…

THÉODORE. – … Bien que cet hiver-là, le jeu dans la rue soit tombé à l'eau à cause du froid terrible, je me demande pourquoi mes doigts ne sont pas tombés. Je ne l'ai toujours pas compris, mais il y a eu beaucoup de miracles à l'époque.

THÉOPHILE. – Il était une cible idéale, surtout là-bas, à la barricade 13, dans le passage des Fortifications, celle qui était la plus avancée, un seul tir, pas forcément d'un sniper, et l'Agresseur, comme ils l'appelaient, se serait transformé en un cadavre bleu de froid : une belle coda dans la courte musique de la révolution. Mais j'ai interdit de lui tirer dessus… Une mort pareille aurait été dans leur intérêt plus que dans le nôtre. J'avais une meilleure idée, comme vous le savez maintenant, monsieur le général en chef…

THÉODORE. – Il y a eu vraiment beaucoup de miracles, Ania. L'un d'eux était qu'aucune balle ne pouvait m'atteindre. N'est-ce pas un miracle ? Cela veut dire que je mettais mon gilet pare-balles pour rien ?… Je ne le voulais pas, il gêne, il ne réchauffe pas et, à vrai dire, il est peu probable qu'il sauve, mais les gars insistaient pour que je le mette : « On a besoin de toi vivant, c'est sur toi que tout repose ! Et si on te tue, que Dieu nous garde. » Pfff, si on pouvait faire couler le temps à l'envers et jouer de nouveau sur les barricades !… Dès que je les quittais, la police attaquait… La police ? L'armée ? Et puis il y a eu cette dernière semaine, quand tout le monde a été criblé. De balles, bien sûr. Quels gilets pare-balles, quels casques ? Une semaine rouge, les pavés glissants de sang. Une patinoire rouge sombre. Le dégel. Les canalisations bouchées par une masse rouge sang. Si seulement vous pouviez voir comment fond la neige mélangée au sang et à la suie ! Bien que je ne l'aie pas vu non plus. Je ne pouvais pas le voir, mais j'en rêve toujours !…

THÉOPHILE (*en appuyant*). – Je ne lui ai pas destiné une mort héroïque, mais avilissante ! (*Après un bref silence.*) Mais que diable, quelle rencontre, messieurs les généraux, quelle rencontre fantastique ! Et où ? Dans les montagnes suisses, mamma mia ! Bingo, je vous le dis ! Quand on parle du loup ! Et comment ne pas en profiter, monsieur le président ?! Toujours dévoué à votre personne et à l'État !

Théophile rend les honneurs à une personne imaginaire, en parodiant le pas de marche. Théodore cesse de jouer, à l'autre bout de la scène s'allume un écran, apparaît une jeune fille dont on ne voit que le visage (bien que l'image puisse être instable et floue), une sorte de liaison vidéo s'établit.

THÉODORE. – Mais j'ai survécu, Ania. Suis-je vraiment en vie ? Peut-être que non. Ce n'est pas un hasard si je suis à l'hôtel *Paradis*. Est-ce une allusion ? Le rêve d'un mort tué depuis longtemps ? C'est la Suisse, tu imagines ? Quelle nature : les montagnes, les forêts, les lacs, on peut devenir fou de cette accumulation de beauté naturelle !... Si seulement tu pouvais voir ça !... Nous aussi, on a des montagnes, mais ici elles sont couvertes de neige et non de boue, comme les nôtres. Les montagnes, les montagnes à perte de vue. Le paysage de montagne est un piège pour le temps, comme disait une amie poétesse. Et en ce moment je suis dans ce piège doré. Dans cet hôtel d'époque doré. Dans ce conte doré, dans ce songe doré. Ici sont passés Rilke doré et Hesse doré, tu imagines ? Sur ce piano doré a joué Schoenberg doré. Ou bien Gustav Mahler ? Ou peut-être Alban Berg ? À quoi j'aspirais dans la vie, Anita ? Tu peux me le rappeler ?

ANITA-ANIA. – Jouer.

THÉODORE. – Jouer de la musique. Mais la mienne ! Celle qui est à moi. Et là ? Ce n'est que de la mécanique, des pièces interminables pour un piano mécanique. Chaque jour la même chose, les mêmes « Evergreen », les classiques du jazz, pff, la musique pour les gros ! Nous créons un fond, Ania, nous sommes un fond sonore pour le confort après le déjeuner, et ils font tinter leurs bijoux plus fort que Wolf ses cymbales de cuivre de la batterie. On nous ordonne de jouer avec la plus grande douceur, pour ne pas effrayer le cher public ! Dou-ce-ment, tsss ! Doucement, avec votre musique, messieurs les musiciens ! Gardez bien la place, la vôtre et la sienne !

ANITA-ANIA. – En revanche, tu gagnes ta vie. Tu n'as jamais été autant payé pour ton jeu.

THÉODORE. – Est-ce que c'est du jeu ? Bien sûr, j'ai mis de côté un peu de cette aumône. Au cas où tu réussirais à t'échapper. Et que nous pourrions vivre librement. Quelque part en Allemagne. C'est moins cher là-bas. Ou en Italie. Il y fait plus chaud. Tu sais combien d'argent j'ai mis de côté ? Pour un mois, mais quel mois ! Quand viens-tu, Anita ? Je vais bientôt hurler de manque de ton corps adolescent.

ANITA-ANIA (*après une pause*). – Ils continuent à m'écouter. Le téléphone et le reste. Aujourd'hui, ils ont bloqué ma boîte mail pour la quatrième fois en quinze jours.

THÉODORE. – Tu veux que j'arrête ? Que je ne te téléphone plus ?

ANITA-ANIA. – Qu'est-ce que ça changera ? Tu aurais dû arrêter à l'époque. Ils écoutaient chacun de mes sanglots, ils connaissaient nos endroits, les itinéraires de nos déplacements, comme ils disaient. Ils t'ont arrêté dès que tu es venu me rejoindre. Maintenant, cela n'a plus aucune importance.

THÉODORE. – Ils t'écoutent en ce moment ?

ANITA-ANIA. – Oui, j'en suis sûre.

THÉODORE. – Eh, les écouteurs ! Chers amis, je vous salue sur les ondes de cette radio nocturne ! Donnez au moins un signe de vie ! Toussez peut-être ? (*Il se fige dans l'attente. Anita-Ania ne dit rien non plus, on n'entend que des bruits de communication.*) Ils ne disent rien. Pas un son. Bravo. Tu es toujours là, Ania ?

Mais l'écran s'éteint avant même qu'il ne prononce ces mots. Vera et Wolf entrent.

THÉODORE. – Elle a disparu. On a été déconnectés. Eh, vous !… Ceux qui déconnectent. Ceux qui ne dorment pas au beau milieu de la nuit. Spécialement pour votre maître, pour qu'il dorme mieux : la berceuse « Sniper » ! Restez avec eux !

Théodore lève les mains tel un chef d'orchestre, et sort doucement, au rythme de la musique. Vera et Wolf se mettent à jouer. Le numéro n'est pas tout à fait prêt, ils continuent à l'ajuster, mais ils sont proches de la finalisation.

Quatrième scène

La scène se déroule dans la salle de fitness. Théodore court sur le tapis roulant. De temps en temps, un fuyard se réveille en lui et il accélère. Depuis qu'il a quitté son pays, il ne cesse de courir. Seulement cette fuite est illusoire, comme la course sur un tapis. Une course illusoire, une fuite illusoire.

Théophile apparaît, portant des gants de boxe. Il se met à boxer une poire, assénant des coups de plus en plus acharnés, chargés de plus en plus d'émotion. Il est face à un ennemi imaginaire qu'il lui faut absolument balayer et réduire en poussière. Mais la poire est une poire, on ne peut rien contre elle.

Théophile la lâche enfin et se dirige d'un pas lent du côté de Théodore qui n'arrête pas de courir. Apercevant Théophile, tout près, qui le regarde, Théodore ralentit sa course et quitte la piste. Ils se toisent quelque temps, en respirant bruyamment.

THÉOPHILE. – Salut. Je suis Théo.

THÉODORE. – Salut. Je suis Théo.

THÉOPHILE. – Je sais, Théo, que tu es Théo.

THÉODORE. – Quelle jolie rencontre !

THÉOPHILE. – Mémorable, en effet ! Qui aurait pu imaginer qu'ici, dans les montagnes suisses, dans ce trou perdu, dans ce trou du cul…

THÉODORE. – Que fais-tu ici ?

THÉOPHILE. – J'aime que tu sois direct. Remarque que je ne te demande pas la même chose.

THÉODORE. – Mais pour quoi faire ? Vous savez tout de moi.

THÉOPHILE. – N'exagère pas, collègue ! Au cours de la dernière année, on n'a pas tellement surveillé tes déplacements. Tu as disparu, soit. Je veux dire, n'exagère pas ton importance pour nous. Toutefois, dans les jours qui viennent, tu auras toutes les chances de grandir sensiblement à nos yeux. Mais cela ne dépend que de toi.

THÉODORE. – Explique-toi.

THÉOPHILE. – L'approche est résolue et pratique : je te félicite chaleureusement ! L'expérience d'une activité subversive n'a pas été vaine. Messieurs, ce n'est plus un étrange olibrius de génie, mais un révolutionnaire intrépide, concentré sur les moyens concrets de la lutte !...

THÉODORE. – Je vois que toi aussi, tu as grandi.

THÉOPHILE. – Surtout sur le plan professionnel. Mon grade actuel est si élevé que j'ai même peur de le prononcer à haute voix. Sais-tu que c'est ta neutralisation qui a été mon tremplin absolu ?

THÉODORE. – Ma neutralisation... C'est quand j'étais dans ce bunker au milieu de la forêt et que tu m'as menacé de me briser un doigt par jour ?

THÉOPHILE. – Ah bon ? D'accord, pardon, collègue, mais tes doigts, c'était la seule chose que tu avais. Puisque tu n'as pas encore appris à jouer de ton pénis, alors chacun de tes doigts est un organe reproductif, si j'ose dire. Il a fallu les serrer un peu avec des pinces. Mais, remarque, je n'ai jamais appliqué mes menaces jusqu'au bout : les dix sont à leur place.

THÉODORE. – Tes assistants, ou comment ils s'appellent, avaient d'autres méthodes. Ce n'est pas à moi de te raconter ce que signifient les coups et blessures de gravité moyenne.

THÉOPHILE (*avec un rire*). – Certes ! Et de nouveau, remarque, gravité moyenne !... Je te protégeais comme je pouvais !

THÉODORE. – D'où vient le fric, qui paie toute cette musique ? demandaient-ils. Toute cette révolution, disaient-ils. Qui finance ? Qui paie pour les concerts ? Ils voulaient que je dise que c'étaient les Américains. C'est toi qui leur fixais les objectifs ?

THÉOPHILE. – Non. Des gens un peu au-dessus. Et toi ? Tes Amerloques t'ont aidé ? Qu'est-ce que tu répondais ?

THÉODORE. – Je les faisais tourner en bourrique tant que je pouvais. Je répondais que c'étaient les Suisses, que c'étaient eux qui nous finançaient. Les gnomes suisses. Et pas avec de l'argent, mais avec de l'or pur, des lingots d'or.

THÉOPHILE (*en éclatant de rire*). – Alors, partage avec ton collègue, donne quelques briques !...

THÉODORE. – Ensuite ç'a été plus simple. Je ne pouvais plus parler. Et quand on m'a réceptionné à l'aéroport en Lituanie, je n'étais plus un corps. Des morceaux de viande douloureuse à peine accrochés aux os.

THÉOPHILE. – Du bon boulot, consciencieux ! J'ai toujours su que je pouvais compter sur mon équipe ! Mais je m'égare. Tu as donc été échangé par le canal lituanien ?

THÉODORE. – La Lituanie, la Pologne, l'Allemagne. Six mois et quelques. Tout le temps dans les hôpitaux. J'ai survécu, même si les médecins n'y croyaient pas, soixante-dix pour cent contre trente pour cent. Pas tous, les plus optimistes. Et me voici.

THÉOPHILE. – Me voici aussi. Écoute-moi bien, j'ai une affaire à te proposer. (*Théodore écoute, mais c'est plutôt un jeu de mimique entre la défiance et l'attention.*) Lui vient ici en personne. C'est-à-dire Chmoche. Et je ne suis pas ici par hasard. Je suis ici parce que je suis le chef de sa sécurité. T'imagines ? Je suis le chef de sa sécurité, de toute sa sécurité. Le plus important. C'est clair, n'est-ce pas ?

THÉODORE (*en acquiesçant*). – Tu es sans doute général ?

THÉOPHILE. – Colonel. Maintenant parlons de ce qui peut surprendre. J'ai une certaine motivation personnelle, tu n'es pas obligé de tout savoir. Donc, oserais-tu – sous ma couverture opérationnelle – remplir ton devoir révolutionnaire et... disons, libérer le monde de ce poids ?

THÉODORE. – Je ne comprends pas.

THÉOPHILE. – Comment t'expliquer pour que tu comprennes ? Tu n'auras plus jamais une occasion pareille. Te retrouver si près, physiquement, de celui qui, selon toi, est un dictateur. À la distance d'une main tendue armée d'un pistolet ! C'est un cadeau du destin de te retrouver dans le même salon que lui !... Tu vas jouer un concert pour lui, n'est-ce pas ? Comment ne pas le tuer ?

THÉODORE. – Et c'est le chef de la sécurité qui me le propose !

THÉOPHILE. – C'est bien vrai, je suis le chef de la sécurité. Mais il y a beaucoup d'autres paramètres. Je me répète : tu n'es pas obligé de tout savoir. C'est un grand jeu, tu comprends ? Ce jeu est bien plus grand que ce que tu peux comprendre. C'est un grand échiquier, tu comprends ? Un très grand échiquier, le plus grand.

THÉODORE. – Donc tu fais partie d'un complot contre le président en exercice et, en même temps, tu es le chef de la sécurité ?

THÉOPHILE. – Pas tout à fait... Non, considère cela comme une improvisation. Nous improvisons tous les deux. À quatre mains. Rien que nous deux.

THÉODORE. – Et pourquoi devrais-je te croire ?

THÉOPHILE. – Mais qu'est-ce qu'il te reste ? D'accord, ne me crois pas. Et ensuite ? Écoute, ne sommes-nous pas devenus proches d'une certaine façon ?

THÉODORE. – D'une très certaine façon. Des liens de sang nous unissent, comme le bourreau et la victime. Il est même possible que ce soit moi le bourreau. Et toi, tu as le syndrome de Stockholm.

THÉOPHILE. – Berce-toi d'illusions, Théo, berce-toi. Dis-moi seulement, quand on t'a trouvé dans la forêt, ligoté et à moitié mort, cela ne t'a pas étonné ne serait-ce qu'un peu ? Sous un arbre précis parmi des millions d'autres arbres, près d'un sentier comme il en existe des milliers ? Cela ne t'a pas surpris ? Alors que si tu étais resté encore une demi-heure comme ça, tu aurais gelé… Mais tu as été trouvé à temps. Cela ne t'a pas étonné ?

THÉODORE. – Les gens à moitié morts ne s'étonnent de rien.

THÉOPHILE. – Autrement dit, tu ne t'es jamais demandé par quel miracle tu t'es retrouvé dans une voiture diplomatique ? Parce qu'en réalité tu étais sur le point de crever dans cette forêt, devenir un héros anonyme de plus, une personne non identifiée avec de nombreuses traces de violence sur le corps. Mais par chance, tu m'avais moi – celui qui t'a sauvé la vie par un seul coup de fil d'une durée de vingt-sept secondes !

Théophile se détourne et cogne de toutes ses forces dans la poire. Et puis il quitte soudainement la scène. Pendant ce temps, Théodore se met à démonter le tapis de course et dispose les pièces détachées autour de lui, avant de les sortir. C'est à ce moment qu'il commence à parler.

Cinquième scène

THÉODORE. – On peut dire ce qu'on veut, mais la proposition est digne d'attention. Tuer Chmoche ! Faire tomber le dictateur. De mes propres mains. Une idée pas mauvaise du tout. Une grande chance historique. Moi, Théodore, pianiste raté et héros de pacotille, je libère la nation du tyran ! Un seul coup de feu et here we go, bienvenue dans un nouveau pays ! Mais ne te précipite pas trop, mon ami, ne te précipite pas. Tu n'es pas un enfant, même si tu es musicien. Tu dois comprendre que le pays ne changera pas d'un seul coup de pistolet, right ? C'est juste qu'il aura une chance – une touuute petite chance. Et il est dans un tel knock-out aujourd'hui (*il regarde la poire*) que cette toute petite chance signifie beaucoup. Einverstanden ? Ja, sicher. (*Il se tait quelque temps.*) C'est bien beau tout ça. Mais à vrai dire, tuer n'est pas ma profession. Ces mains n'ont jamais tué personne. Je n'ai jamais pris d'armes sur les barricades. Mon arme, disais-je aux autres, c'est « Étude révolutionnaire ». Et puis quelles armes pouvions-nous avoir ? Des bâtons, des crosses de hockey, des casques de moto. Des armes non létales, franchement. Bon, il y a eu des cocktails, c'est vrai. J'en ai versé moi-même dans les bouteilles. Nos cocktails n'explosaient pas toujours, mais ils faisaient leur effet : ils énervaient les autres. (*Un peu confus.*) Autrement dit, ces mains ont peut-être déjà tué…

Théophile apparaît au fond de la scène. Il s'affale dans le fauteuil, avec une bouteille et un cigare. Il enfile lentement les écouteurs et souffle de la fumée.

THÉODORE. – Anita, dis-moi, est-ce que je dois accepter ? Je sais que c'est un peu infantile, tirer un coup de pistolet dans la poitrine. Pif-paf ! Et un petit jet de sang, comme du jus de framboise. Pas du sang sale, mais juteux, pur, faux. Je n'ai jamais tiré au pistolet. Je me suis fait prendre en photo une fois avec une kalache, près de la barricade 13. La photo a eu 190 000 likes sur les réseaux. La kalache en question ne fonctionnait pas, elle provenait d'un musée de la Guerre. On a eu à cette époque, on ne sait d'où, quelques vieilles kalaches et fusils de chasse et tout le monde a commencé à se prendre en photo : la révolution est en mesure de se défendre !… Une sorte d'attaque psychique. Une attaque photographique. Une contre-attaque. Bon, d'accord, il n'est pas question de ça maintenant. Il faut d'urgence que je tire avec un fusil, Anita. Dans un stand de tir. Quelques essais. Pourquoi il n'y a pas de stand de tir dans les hôtels ? Parce que si c'est pour la première fois et tout de suite pour tuer, alors...

Le même écran s'allume, avec le même visage de femme. Théophile, les écouteurs sur la tête, réagit de sorte qu'il est évident qu'il est en train d'écouter.

THÉODORE. – Du reste, qu'est-ce que j'ai à parler constamment de ce pistolet ? Il y a d'autres solutions. On peut lancer un couteau. Mais je ne l'ai jamais fait non plus. Une corde autour du cou ? Il suffirait d'une cravate. Ou bien d'une corde, en nylon, sans parler d'une corde de basse en cuivre. Ou bien en acier, tressée avec du bronze. Les cordes sont la véritable arme des musiciens ! Quoi d'autre ? Une flèche de curare ? Le gaz ? L'eau ? Le feu ? Il faut forer des trous, tracer des canaux, creuser des galeries, des tunnels. Trop long, personne n'y mettra autant de temps. Anita, suggère-moi un autre moyen élégant et relativement propre de tuer. Un bouquet de fleurs empoisonnées ? Une piqûre d'épingle ? Des infrasons ?

À l'écran, Anita essaie de dire quelque chose, mais il n'y a pas de son, et l'image aussi est par flashs, comme si une lutte se livrait de l'autre côté. En fin de compte, l'écran s'éteint. La séance s'interrompt.

THÉODORE. – Et voilà. On est de plus en plus souvent déconnectés. Je ne t'appellerai plus, Anita. C'est ma faute. C'est encore moi. Et eux, ils ont encore piraté ton mot de passe. Quand apprendras-tu à créer quelque chose de plus original que 111222333 ? Comment vas-tu ? Fais-moi un signe !

Théodore se met à parcourir la pièce, énervé et dépité. Ses mouvements agressifs sont surprenants. Théophile l'observe avec satisfaction depuis son poste invisible.

THÉODORE. – Je vais l'achever, je vais vraiment l'achever...

THÉOPHILE (*se redressant*). – Oui ! Il l'a dit ! Il y a eu déclaration ! Je vais vraiment l'achever ! Bravo, Théo !

Le poisson est en train de mordre ! Yeeesss ! (*Puis, d'une voix modifiée, officielle, peut-être en s'adressant à quelqu'un par talkie-walkie ou quelque chose de ce genre.*) À toutes les unités du Troisième secteur d'information ! Un message urgent au Centre. Menace d'un acte terroriste avec attentat à la vie de la Première Personne, nom de code *Paternel.* Niveau de menace : rouge, *infra.* Tout est sous mon contrôle personnel, j'en réponds personnellement, fin de message. (*Il débranche le haut-parleur et change de ton de nouveau.*) Sauver Lui en personne ! Sauver la vie de la Plus Haute Personnalité ! Quel bonheur, quelle chance pour le fidèle chef de la sécurité ! Mais je tomberai de tout mon corps sur sa carcasse toujours tremblante de peur, uniquement pour la couvrir !… Et puis je serai le premier à serrer le terroriste ! En moins de deux ! Tant d'années de service irréprochable, et puis un tel exploit ! De sa hauteur on doit apercevoir très nettement un fauteuil vertigineux au ministère de la Sécurité. Oh !…

Emporté par son enthousiasme, Théophile ne sort pas, mais quitte la pièce en trombe.

Sixième scène

Depuis les deux côtés de la scène apparaissent Vera et Wolf, qui s'installent à leurs instruments respectifs.

WOLF. – Ce n'est pas toi. Et ce n'est pas à toi. Tu n'es pas obligé.

THÉODORE. – Nous avions un beau slogan : qui, sinon moi ?

WOLF. – Vous l'aviez. Mais c'est fini, c'est du passé. Vous avez perdu.

THÉODORE. – Je prouverai le contraire.

VERA. – Tu l'as déjà prouvé. Tu n'as pas perdu, tu es en vie, tu es ici.

WOLF. – Tu combats avec de la musique, pas avec les balles.

THÉODORE. – Mes chers amis suisses ! Vous ne comprenez rien. L'organe qui permet de comprendre les autres est atrophié chez vous. Vous n'êtes pas dignes d'être les héritiers de Guillaume Tell.

VERA. – Du délire !

WOLF. – Nous ne sommes pas indifférents, tu le sais bien. Nous compatissons pour votre révolution, pour ton pays écrasé par un monstre. Mais pas de violence ! Tu comprends ? Zéro tolérance à l'égard de la violence. C'est la raison pour laquelle on vous a noyés dans le sang, parce que vous avez cédé et répondu par la violence. Tu ne dois pas le faire.

THÉODORE. – Oh, vous entendez, tous ?! Ils savent mieux que moi les causes et les conséquences. Ils étaient assis là, tranquilles, parfois ils lisaient dans les journaux ou bien se connectaient pour regarder en ligne comment on nous noyait dans le sang. Et maintenant, ils m'expliquent ce qui s'est produit chez nous ! Mais est-ce que vos journaux savent ce que c'est de courir entre les balles dans la zone de tir, derrière la barricade, protégé uniquement par un ridicule bouclier en bois qui n'a rien d'un pare-balles ? Tout cela pour sortir de là le corps d'un camarade de hasard et presque inconnu ? Parce qu'il est peut-être encore en vie ? Et de mourir sur-le-champ ? À ses côtés ? Et d'être allongé dans la même flaque de sang ? Vous méprisez l'héroïsme et vous le craignez, soit. Mais que faites-vous de l'humain dans les gens ? Sauver la vie des autres au prix de la sienne n'est plus un sujet pour vous ?

VERA. – Assez. Au cas où quelqu'un l'aurait oublié, nous avons une répétition.

Les amis restent silencieux quelques instants, comme suspendus sur un fil très fragile. Alors Vera et Wolf se mettent à jouer ce qu'ils appellent « Flusslied ». Et cela changera l'atmosphère.

THÉODORE. – Les amis. Pardonnez-moi, j'ai parlé un peu fort. C'est-à-dire que j'ai dit trop de mots à voix haute.

Alors qu'en réalité, tout ce que j'ai à dire est dans cette chanson. Elle a trois cents ou quatre cents ans, cela n'a pas d'importance. J'avais Anita. Vous connaissez ce nom. Le problème est qu'elle a trahi. Pas au sens sexuel, mais bien pire. Vous comprenez. Maintenant elle est entre leurs mains. À cause de moi. Et aussi, il faut que vous sachiez qu'il y a un mois, on a rétabli la peine de mort chez nous. Et j'ai le droit de l'appliquer en premier. Merci de m'avoir écouté. Tout comme pour la musique. Vous êtes de super musiciens et des personnes hautement morales. C'est une alliance rare.

Théodore sort, alors que VerWolf jouera jusqu'au bout.

Septième scène

L'action se passe dans un bar. C'est la nuit, dans un bar d'hôtel. Une nuit assez ivre. Théophile s'est retrouvé dans le rôle du barman de l'autre côté du comptoir. Il sert généreusement Théodore et lui-même. Ils fument beaucoup et on voit qu'ils ont déjà bien bu.

THÉOPHILE. – Des milliers de boissons, et toutes en accès libre, collègue ! Des dizaines de whiskys, non, des centaines ! Et le calvados ? Et l'armagnac ? Et la tequila avec la cachaça ? Et l'eau-de-vie ? Sans précédent !

THÉODORE. – Comment tu appelles ça ?

THÉOPHILE. – Des mesures de sécurité sans précédent. C'est toujours comme ça avec notre cher Chmoche. Nous avons un président sans précédent : il est obsédé par sa propre sécurité. Ou plus précisément, l'insécurité qui l'entoure. Il est parano et croit aveuglément aux prédictions. Une fois, à l'époque où il n'était pas encore président, il est allé prier sur la Montagne sacrée chez les prêtres grecs. Ou les moines. Bref, les pères. Un de leurs chefs, le don, le boss, une sorte d'archimandrite, hiéroschismohérésiarque ou quelque chose comme ça, lui a seriné qu'il devrait faire attention aux grenades, parce que c'est marqué dans ses livres saints. T'imagines ? Le fruit du grenadier ! Une mort par grenade ! Espèce de parano ! Et pourquoi je suis au courant de ça ?

THÉODORE. – C'est toute ta vie.

THÉOPHILE. – Il y a une dizaine d'années – tu te souviens –, un gamin, un étudiant, un morveux, tu te souviens, a lancé depuis la foule, ha-ha, un œuf…

THÉODORE. – … en criant de sa voix de fausset « Non à la dictature ! »

THÉOPHILE. – … exact. Il a failli crever d'une crise cardiaque ! Il s'est dit qu'on lui lançait une grenade, le fruit du grenadier ! La prophétie se réalise ! (*Il ricane.*) Crétin, idiot ! Il a fallu trois jours pour le tirer de l'au-delà.

THÉODORE. – Dommage qu'on l'en ait tiré.

THÉOPHILE. – C'est cela. Je vais te dire la vérité. Nous, la garde, nous sommes quarante-huit ici. T'imagines ? Quarante-huit gardes spéciaux de haut vol qui vont protéger la carcasse minable d'un quasi-oligophrène paranoïaque ! Et encore, c'est parce qu'on est en déplacement, qu'on est au minimum. À son domicile, nous sommes plus de deux cents. Plus les portiques de sécurité. Un contrôle absolu. Personne, aucun musicien, ne pourrait pénétrer dans le Grand Salon sans passer par le portique de sécurité. Conclusion ?

THÉODORE. – Plus de scotch. Il reste quelque chose comme cent cinquante grammes.

THÉOPHILE (*en versant*). – Bonne conclusion, mais pas complète. La conclusion complète devrait être : apporter une arme dans le salon après l'installation d'un portique est impossible. Rien ne passera à travers ce tamis. Oublie.

THÉODORE. – Alors il faut le trucider ailleurs que dans le salon. Ce serait plus simple dans ses appartements.

THÉOPHILE. – Tu ne pourras même pas t'en approcher. Tout l'étage est bouclé.

THÉODORE. – Alors il faut boire plus. (*Il boit.*) Je sais. Il faut lui transmettre un cadeau dans ses appartements. Une bouteille, par exemple, du champagne, à cent mille francs. Il aime ça, comme un vrai plouc. Il se jettera pour l'ouvrir, et la bouteille fera boum ! Il sera déchiqueté en cent mille petits dictateurs.

THÉOPHILE. – Idée fructueuse. J'approuve. Sauf qu'il a des contrôleurs spéciaux pour ce genre de cadeaux. C'est eux qui seront déchiquetés, pas lui. Ça ne te dérange pas ?

THÉODORE (*après réflexion et une nouvelle gorgée*). – Non. Mais alors, il convient de reconnaître qu'il est impossible de le descendre dans ses appartements. Même avec du gaz.

THÉOPHILE. – Exact. Même avec du polonium, comme c'est arrivé à certains. Non, les appartements, c'est fichu.

WOLF (*qui somnolait au-dessus de son piano et qui lève soudain la tête*). – Seulement dans le salon ! (*Il se rendort.*)

THÉODORE (*après avoir bu*). – Alors, il faut tout apporter et dissimuler dans le salon avant l'installation des portiques.

THÉOPHILE. – Super ! J'aime la tournure que prennent les choses.

THÉODORE. – Mais tu imagines bien que le Grand Salon sera fouillé de fond en comble au préalable.

THÉOPHILE. – Certes ! Tu progresses, Théo !

THÉODORE. – Dès lors, il n'y a qu'une solution : cacher là où on ne trouvera pas.

THÉOPHILE. – Logique.

THÉODORE. – Et où est-ce qu'on ne trouvera pas ?

THÉOPHILE. – Je sais où on ne trouvera pas.

THÉODORE. – Et où est-ce qu'on ne trouvera pas ?

THÉOPHILE. – Là où je ne trouverai pas. (*Il rit.*)

THÉODORE. – C'est-à-dire ?

THÉOPHILE. – Dans ma zone de responsabilité. Sous mon contrôle personnel. Là où je ne trouverai rien. Exprès. Devine.

Ils boivent. Wolf lève de nouveau la tête.

WOLF. – Je devine tout de suite. Dans le Steinway. À l'intérieur de l'instrument. Entre le Virbelbank et le cadre.

THÉOPHILE. – Bravo le Suisse ! (*Wolf hoche la tête, puis s'éteint de nouveau.*) Et on prétend qu'ils ne se connaissent qu'en fromage ! Exact, c'est moi qui fouille le piano. Et moi seul ! Tu sais, collègue, que je suis pianiste moi aussi ? Nous sommes passés par la même école.

THÉODORE. – La tienne était plutôt spécialisée.

THÉOPHILE. – Sois plus prudent avec ça.

THÉODORE. – Sois plus prudent avec la grenade.

THÉOPHILE (*très intéressé*). – Tu as une grenade ?

THÉODORE. – Peut-être. (*Puis sérieusement et fermement.*) Vous avez pris ma copine. Libérez-la.

THÉOPHILE. – Ça dépend de toi. Si tu trucides le Paternel, tout le monde sera heureux. Pourvu que ta grenade ne nous déchire pas tous.

THÉODORE. – Ma grenade n'est pas pour tout le monde. Ma grenade est pour le garant de la Constitution.

Ils rient, alors que Wolf se réveille et se met à taper sur les cymbales quelque chose de tonitruant. Puis apparaît Vera, Théodore les rejoint et ils exécutent leur « numéro révolutionnaire » dans sa version finale. Théophile, ayant attrapé la bouteille entamée et continuant à en boire tout en se retournant vers les musiciens, s'en va. Mais à la

Huitième scène

, après la fin du morceau, il apparaît de nouveau, frais et dispo, pour devenir le narrateur principal de l'histoire.

THÉOPHILE. – Ce jour décisif… Ha-ha, quel magnifique début, on a envie de poursuivre avec le même pathos : je ne l'oublierai jamais. Ce jour décisif, je ne l'oublierai jamais ! Sachez-le. Ou peut-être comme ça : Ce jour décisif a changé définitivement et irrémédiablement ma vie et pas seulement la mienne, mais aussi… Mais aussi…

Il réfléchit un peu sur ce « mais aussi ».

THÉOPHILE. – Ou bien comme ça : Ce jour décisif a vu plusieurs événements qui… qui. Ou bien comme ça : Par ce jour décisif s'ouvre une nouvelle époque où… C'est parfait : une nouvelle époque ! Vous ne croyez pas ?

Dans son dos s'allume l'écran où se succèdent les images correspondantes.

THÉOPHILE. – Ce jour décisif dès le matin – le sommet, les discours, la presse, les caméras, les journalistes et les agents qui se bousculent, les secrétaires qui courent dans tous les sens, et ainsi de suite, you know what I mean. Les hôtesses n'en pouvaient plus. Chmoche est apparu avec de nouvelles chaussures faites dans la peau blanche d'une très rare gazelle oryx. C'était sa dernière coquetterie : une paire de chaussures en peau de licorne au prix de plusieurs millions de dollars. Il suait terriblement sous son double gilet pare-balles. Ce dernier sortait constamment de sous son costume. Même la cravate couverte de diamants suait. Vous auriez dû voir avec quel dégoût tous ces chanceliers et Premiers ministres lui serraient la main ! Je soupçonne que certains devaient enfiler une prothèse spéciale pour ce genre d'occasions…

Théodore sort et se met à jouer « Mourka ».

THÉOPHILE. – Suivent les discours, les harangues, les consultations. Chmoche disait des conneries, comme à son habitude. Il a confondu la Syrie avec Sirius, la Libye avec le Liban, il a traité la start-up – nomen omen ! – de satrape, alors que les start-upers sont devenus des starters, et en lieu et place de « consensus » il disait le « coïtus ». Il nous faut, disait-il, dans toutes ces questions complexes, il faut de la mesure et... Il était clair que le mot lui échappait. Il a cherché un peu, deux minutes environ. Personne ne savait ce qu'il convenait de lui suggérer parce qu'il nous faudrait bien des choses en plus de la mesure, et il a dit en fin de compte : la mesure et le coïtus !... Tout le monde voulait se cacher sous la table. Il est vrai que sous les tables il y avait déjà mes hommes de la sécurité... Ils les en auraient bien chassés !...

Apparaissent Vera et Wolf qui se joignent à Théodore avec « Mourka ».

THÉOPHILE. – Pendant la pause, il a pris l'envie à Chmoche d'aller aux toilettes, avec mes dix tueurs aux trousses. À tout hasard, ils ont plaqué au sol une paire de visiteurs qui avaient eu le malheur de s'y pointer. Pendant que Chmoche satisfaisait ses besoins, ils restaient allongés sur le carrelage, ha-ha ! Il s'est avéré plus tard que l'un d'eux était le Chef du Congrès Européen Uni ! Si tu es un gros légume, pourquoi tu te promènes sans sécurité ?! Quelle journée ! Au déjeuner, on n'a pas échappé à un moment de vérité. Chmoche a son propre cuisinier, sa propre vaisselle et son propre goûteur. Alors il essayait tout le temps de partager sa nourriture dans l'assiette de la Haute-Commissaire, régalez-vous, chère madame européenne. Dans un esprit parfaitement courtois, sauf que c'étaient des couilles de bœuf. Les popes grecs lui avaient conseillé d'en manger, pour des érections plus fermes. Une horreur, je vous dis, une horreur !...

« Mourka » devient de plus en plus caricaturale et Théophile fait presque du rap.

THÉOPHILE. – Après le déjeuner, selon le protocole,
l'échange final
avec la signature d'un mémorandum commun.
Mais Chmoche avait sommeil !…
Un bon sommeil de l'après-midi,
Quel échange
qu'est-ce qu'on a à échanger,
quelles idées pourrait avoir Chmoche ?
Il n'a qu'une idée
et nous savons bien laquelle.
De plus il souffre de météorisme.
Et il voulait s'échapper
pour se libérer de ses gaz.
Quel mémorandum ?!…
D'ailleurs, dans le discours final (on l'y a poussé),
Chmoche a dit révérendum au lieu de référendum,
donc, notre révérendum final
et tout le monde a compris ce qu'il voulait dire.
Et après, et après,
Quand on a signé le référendum,
et on a servi le café avec des liqueurs,
et le dessert et tout le reste,
est venu le temps du programme culturel, le concert,
et là, mon plan a failli capoter,
car Chmoche n'avait pas envie de concert :
il aurait préféré aller à la chasse !
Il n'a pas amené pour rien
son exclusif fusil à pompe
fait main pour les big five ?!
Il n'arrivait pas à comprendre
que ce n'était pas la saison, c'était interdit.
« Interdit ? À moi ?! »
répétait Chmoche dans un méchant rictus.
Toute l'élite européenne

tentait de l'en dissuader !
Ils ont réussi. Ils l'ont menacé de sanction.
Et on l'a installé à une place centrale
et – attention ! – bien visible.
Comment pouvaient-ils savoir ?...
Comment pouvaient-ils savoir que... ?

Le chant de Théophile s'accélère.

Et voilà le concert. Et d'entrée,
l'*Étude opus 10 n° 12* de Chopin
en *do* mineur, la « Révolutionnaire ».
Une sorte d'attaque psychologique. (*Il chantonne le motif.*)
Diable ce qu'il jouait bien !...
Comme pour la dernière fois de sa vie.
Toute la haute assistance :
une explosion, une ovation.
Et là, Chmoche dit : Allez, « Mourka » !
« Mourka » !

Théodore, déjà en cagoule, sort soudain sur le devant de la scène, le visage face aux spectateurs. Toutefois, Théophile commentera et présentera les choses de la manière suivante :

Et voilà soudain qu'il se lève
et se tourne vers Chmoche.
Il fait quelques pas...
Il a un paquet dans sa main.
Je ne vois pas encore ce qu'il contient,
si c'est une grenade,
alors elle est toute petite,
une mini-grenade,
peut-être même de fabrication artisanale.
J'en ai vu sur YouTube.
Je dis : « Dégage ! »

le nom de code qui signifie
« L'attentat est en cours, on y est, plan A »...
Et je me lance, alors qu'il...

Théodore tient dans sa main tendue un œuf de poule. Il peut l'écraser dans sa main, il peut le lancer ou juste desserrer les doigts et le laisser tomber.

... a le temps de lancer la chose...
qui était dans son paquet...
Et elle vole...

THÉODORE. – La chose a mis moins de temps qu'une seconde. Mais que de choses se sont passées ! Comme il est devenu livide, comme il s'est dressé sur ses jambes !... J'ai visé son front. Je voulais que le jaune s'écoule sur sa sale gueule... Je ne voulais rien d'autre. Pas de meurtre ! Mais il se levait déjà et l'œuf suivait déjà sa trajectoire. Il l'a frappé à la poitrine et s'est cassé contre la solidité de son gilet pare-balles, il a coulé sur sa cravate et sa chemise... Il est tombé. Je ne m'y attendais pas. Tomber à cause d'un œuf ?...

VERA. – Il est tombé !

WOLF. – Comme un sac de merde !

Théophile tire plusieurs fois en l'air.

THÉOPHILE. – Je m'en occupe !... Pas bouger, j'ai dit ! Des médecins ! Une ambulance ! Sortir ! On l'emmène ! Je m'en occupe ! Je le protège !

Il vise Théodore de son pistolet. Celui-ci lève les mains, un peu perdu.

La scène est plongée dans l'obscurité. On entend de l'écran la nouvelle du jour :

Les collaborateurs de la police cantonale ont arrêté dans la journée au Grand Salon de l'hôtel *Paradis* deux personnes impliquées dans l'attentat contre Chmoche, l'avant-dernier dictateur d'Europe. Un des interpellés se présente comme chef de la sécurité du dictateur, un autre, comme un pianiste étranger qui travaille en tant que pianiste à l'hôtel susmentionné. Rappelons qu'après le déjeuner, Chmoche, l'avant-dernier dictateur d'Europe, a eu une crise cardiaque avec infarctus du cerveau et il est mort sur le chemin de la clinique la plus proche à Saint-Moritz. Selon les experts indépendants, le dictateur Chmoche – nous citons – « est mort d'une peur permanente, mais aussi de l'abus systématique du pouvoir et du viagra ».

Puis sur l'écran défilent les titres, sur fond de musique de VerWolf. Le dernier titre devrait être « LA FIN », mais il est suivi d'un autre : « P.-S. QUELQUES ANNÉES PLUS TARD ».

Épilogue

La lumière s'allume sur scène. Les rayons du projecteur éclairent Théophile.

MC THÉOPHILE. – Chers amis ! Dear ladies and gentlemen ! Mesdames et messieurs ! Signore e signori ! (*Il répétera cette adresse en plusieurs langues, y compris en rhéto-roman.*)

Je vous salue lors de notre représentation parfaitement exceptionnelle ! Enfin ! Enfin, nous sommes ici, à… Où ? (*L'espace d'un instant on aurait pu croire qu'il a oublié son texte.*) Oui, nous sommes enfin ici… Enfin ! Enfin, notre représentation aura lieu aussi dans votre incomparable ville ! (*À part.*) Le diable seul sait si nous sommes déjà passés par là.

Nous avons parcouru un long et sinueux chemin, disons plutôt une long and winding road, pour venir jusqu'ici. Aujourd'hui se réalisent les rêves que nous partageons, je suis donc indiciblement heureux, hem, incroyablement, oui… (*À part.*) À cet instant, je devrais dire quelque chose de beau… En anglais, non ?

Un instant, attendez… Oh ! That's absolutely amazing, yes ! C'est une immense joie et un grand honneur pour moi de vous dire qu'il s'agit d'une sorte de spectacle fêtant la veille d'un jubilé ! C'est aujourd'hui la… (*À part.*) La combientième ? Quel est le nombre ? OK, quelle importance ?

Nous faisons aujourd'hui la 749e représentation de notre tournée mondiale ! Nous avons derrière nous – en ne prenant que les dernières années – Walchwil et Menzingen, Oberägeri et Unterägeri, Oberwil im Simmental, Oberwil bei Zug et Oberwil tout court, mais aussi Bipp, Niederbipp et Oberbipp, Rotzloch, Hassloch et Alp Arsch, Moskau bei Ramsen, Paradiso près de Lugano, Küssnacht, Wolfenschiessen dans le canton de Nidwald, et avant-hier, nous avons eu à Gräslikon vingt-trois spectateurs… C'était sans précédent, tout simplement sans précédent, mesdames et messieurs !

En tant que manager, agent, curateur et, en même temps, proche ami et ange gardien de notre star, j'ai toujours insisté sur le fait que nous ne pouvons pas, nous n'avions pas le droit d'éviter votre ville bénie des dieux ! (*À part.*) Nous avons dû déjà venir ici, non ?

Car l'action se déroule… elle se déroule vraiment… que c'est beau, « l'action se déroule »… c'est actif, efficace… Bon, d'accord, notre fable s'est déroulée… ici, à côté, tout près de votre cité où il fait bon vivre. C'est cinquante kilomètres en ligne droite ! (*À part.*) Je le dis toujours et partout, les gens aiment, ça marche toujours…

Et maintenant notre performance devient réalité. Nous sommes ici, à vos côtés !

Parfait. Ensuite ? On parle, on parle. On peut parler longtemps. Que le spectacle commence ! The show must go on ! Ce soir, je vous emmènerai dans les profondeurs d'une histoire à sensation qui, même aujourd'hui, des dizaines d'années plus tard, est à couper le souffle. Pas de bruit-histoires, pas de… eeeeeh… (*À part.*) Ici, je disais quelque chose… quelque chose d'alimentaire gastronomique… pas de… quoi ? – ah, je me rappelle ! – pas de boulettes de viande réchauffées ! Uniquement les faits, les faits et les témoignages… de ceux, comment on les appelle ? Comment dit-on dans notre langue, « witness » ?…

OK : témoignages des participants ! De première main et de première bouche, puisque je dois vous dire en toute sincérité : j'y étais !

Chers amis ! Honorable public ! Saluons l'étoile mondiale du pianoforte et, ce qui n'est pas moins important, l'homme qui d'un seul jet… Qu'est-ce que c'était ? L'unique jet de quoi ? Qui s'en souvient ? Peu importe. Vous allez tout voir… Le héros qui d'un seul jet a modifié l'avenir pour le meilleur ! Le grand Théodore ! Sous vos applaudissements !

Un homme sort sur scène d'un pas incertain et hésitant, négligemment, mal grimé et habillé à la Théodore, une sorte de faux double. En titubant et en faisant de fausses notes, il se met à jouer « Mourka ».

*

À cet instant, mon bref commentaire acquiert un sens. Plus précisément, il apparaît dans quelques réflexions éparses qui me sont venues aussi bien pendant qu'après la lecture. Je n'y peux rien : le statut du biographe exige une attitude critique à l'égard des sources dont l'une, incontestablement, est la pièce susmentionnée d'un auteur inconnu (du moins pour moi).

Je commence par les noms.

Pourquoi, à la place des noms authentiques du héros et de son adversaire, l'auteur recourt-il à des noms inventés ? Pour éviter une comparaison directe et d'éventuelles contestations ? Ou bien dans un but purement symbolique ?

Le prénom Théodore signifie « don de Dieu ».

« Théophile », en revanche, est le « préféré de Dieu ». Dans le cas d'un officier des services spéciaux de haut rang, cela peut passer pour du sarcasme. C'est une allusion ou bien à une carrière vertigineuse sur laquelle a veillé Quelqu'un d'En Haut, ou bien, au minimum, à un dictateur, qu'on peut imaginer comme une sorte de dieu ou une divinité, du moins pour ses propres sujets.

En ce qui concerne le premier nom, il n'y a pas vraiment de sarcasme. Mais il y a un pathos bien palpable. Nous avons devant nous véritablement quelqu'un qui a été envoyé de l'au-delà. Il possède un pouvoir magique : son jeu sur les instruments de musique est capable d'arrêter toute action violente du Régime et de protéger ainsi le cours pacifique de la révolution. L'élimination de Théodore de l'arène des actions révolutionnaires devient immanquablement le début de la fin. Le don de Dieu est perdu, on ne peut rien en attendre de bon.

Cependant, n'écartons pas une version plus simple. Par exemple, que l'auteur avait besoin des prénoms de Théodore et de Théophile pour un jeu de mots assez superficiel dans la quatrième scène (« Salut. Je suis Théo. – Salut. Je suis Théo. – Je sais, Théo, que tu es Théo. »). L'aspect un peu forcé de ce moment de la pièce et de certains autres laisse à penser que l'auteur a reçu en commande une comédie et qu'il n'a pas tout à fait réussi.

Cette impression est renforcée par un autre nom, celui du dictateur. Franchement satirique et naïvement brutal, il convoque dans la mémoire toute une série de « trouvailles » éculées du même auteur, de la même espèce, quand les auteurs, ne pouvant pas supporter la concurrence rude de la culture du rire, recourent à ses formes les plus primitives, infantiles pour ainsi dire.

La même banalité exhale du nom de l'hôtel utilisé dans la pièce : *Paradis*. L'auteur n'a pas été arrêté par le fait que ce nom a été attribué à travers le monde non seulement à des milliers d'hôtels, mais aussi à des cinémas, salons, maisons closes, chaînes de télévision et de radio. Et même s'il avait des craintes légitimes de contestation juridique, l'auteur a été obligé de renoncer au nom authentique de *Waldheim*, il avait une pléthore de possibilités pour trouver quelque chose d'original, de frais et d'explicite tout à la fois. Mais non, il n'a pas trouvé.

L'impression finale est que l'auteur de la pièce, bien que possédant toutes les informations quant au déroulement réel des événements à l'hôtel, mais aussi au contexte politique préalable, n'a pas pu s'empêcher de dénaturer ou d'enjoliver volontairement, ce qui peut être considéré comme un signe de créativité par les admirateurs probables de l'auteur.

L'œuvre musicale « Flusslied » relève sans doute de la même catégorie des découvertes de l'auteur. On ignore cependant à quel chant de rivière pensait l'auteur.

Au regard de ce qui précède, on ne peut que s'étonner de l'unique cas où le véritable nom a été conservé, celui d'Anita. En effet, il correspond à la réalité. Ce qui ne correspond pas, c'est le déroulé des relations entre Anita et le protagoniste. L'auteur prétend que celles-ci ne se sont pas interrompues à l'instant de l'enlèvement du héros par les services secrets, mais qu'elles se sont poursuivies même lors de son séjour en Suisse. Ce motif me paraît plus que douteux : à cette époque, Joseph Rothsky avait définitivement brûlé la traîtresse au fer rouge de son souvenir, n'en gardant aucune trace. Sinon, ses ruines intérieures n'auraient jamais été prêtes à… quoi ?

Disons, à semer pour faire pousser une nouvelle herbe, haute et grasse.

De tout ce qui a été dit dans le Sermon sur la montagne, je ne vois qu'un sens : ne jetez pas de perles aux pourceaux. Même Nietzsche aurait été d'accord avec moi. D'ailleurs, il faudrait vérifier, peut-être que je le lui ai emprunté ! De nos jours, ça se fait en moins de deux : on tape dans un moteur de recherche Nietzsche perles pourceaux et… Non, on dirait que ce n'est pas Nietzsche. Mais il aurait été certainement d'accord avec cette maxime.

J'ignore si parmi vous qui êtes à mes côtés cette nuit, il y a des pourceaux. Vous êtes un peu moins nombreux à ce que je vois, mais vous êtes tout de même assez nombreux. Il y a sans doute des pourceaux parmi vous, pourquoi pas ? Mais je pense que la probabilité est moindre : les cochons préfèrent dormir la nuit plutôt qu'écouter une radio mélancolique. Je vais donc continuer à déverser mes perles.

Dans mon enfance, les vacances d'été passaient vite, comme un seul jour. On se réveille en juin et quand vient le temps de se coucher, on remarque : oh ! demain, c'est le 1er septembre, jour de tous les malheurs.

Nous habitions à l'époque dans une vieille maison floue, à moitié couverte de poussière. Les vacances d'été, c'était avant tout la poussière. Elle était poussée par les vents depuis les terrains militaires proches, elle s'insinuait dans tous les interstices possibles et imaginables, elle obscurcissait les vitres, se reposait en couches toujours plus épaisses sur les rebords des fenêtres, se nichait dans les oreilles et les narines. J'ai écrit mes premières notes avec un doigt dans la poussière. Maman lavait les sols trois fois par jour. Les broussailles indescriptibles d'ortie et d'euphorbe dans lesquelles s'enfonçait de plus en plus la maison n'étaient pas tant de couleur verte que gris ciment.

On ne pouvait pas échapper à la poussière. Il n'y avait rien à faire pendant les vacances. J'étais effrayé de constater la vitesse à laquelle elles filaient comme un seul jour rempli uniquement de poussière. Il ne s'y passait rien. Rien, excepté le chuchotement d'un ami inséparable dans la pénombre du soir qui racontait comment il s'était faufilé jusqu'à une petite fente dans le mur pour observer les ablutions pleines de poils dans les bains des femmes. Ses descriptions fébriles chatouillaient les oreilles et me transperçaient d'un léger frisson électrique.

Un jour mon père m'a proposé d'aller dans la forêt. Il partait en mission d'inspection dans les domaines forestiers des montagnes. On s'enfoncerait au cœur de la forêt, on grimperait sur les montagnes, disait mon père. Excité et fou de bonheur, j'ai eu du mal à attendre le matin. Le premier jour de l'expédition n'a pas été riche en aventures. Nous l'avons passé dans une cantine miteuse, c'est-à-dire une auberge où les forestiers versaient sans discontinuer à mon père la boisson à la mode à l'époque, le schnaps. Alors qu'eux, suivant la tradition locale, sirotaient un mélange de bière et de crème fraîche, faisant trembler la mousse blanche sur leur moustache. Je m'ennuyais terriblement et sortais dans la cour, pour voir si les montagnes étaient toujours là. Elles ne bougeaient pas, mais fumaient, devenant presque invisibles. Quelqu'un a expliqué que c'était la pluie qui nous encerclait, et qu'il ne fallait pas y aller. Mon père s'enivrait et jurait, menaçant les forestiers de tribunaux et d'exécutions. Les forestiers souriaient dans leur moustache et ne faisaient que remplir son verre. J'en avais assez de leurs blagues sur les deux couleurs. Ils parlaient de mes yeux. Je suis sorti.

Plus près du soir est apparue une jeune blonde aux hanches généreuses, et j'ai pensé qu'on l'avait amenée pour mon père. Mais ce dernier ne tenait plus sur ses jambes. La blonde a fait les cent pas dans la cour pendant une demi-heure devant la cantine-auberge. Comme si elle attendait les consignes. Je me suis même dit pendant une fraction de seconde que c'était, comme disait mon meilleur ami, ma fenêtre de tir. La première. La toute première. Et même si on l'avait engagée pour mon père, j'aurais pu prendre sa place. Mais les premières manifestations d'érection ont fait long feu à l'apparition d'un side-car qui s'est engouffré dans la cour, projetant de la boue dans tous les sens. La blonde, faisant miroiter ses hanches, s'est installée dans la nacelle ; le side-car a pétaradé en s'éloignant hors de ma vue.

Si une aventure était arrivée ce jour, alors c'était ça. Une non-aventure.

Mon père presque évanoui, et moi par la même occasion, avons été convoyés pour aller dormir dans un petit hôtel imbibé de Lysol avec de vieux lits militaires. Peut-être qu'il s'agissait des restes d'un fameux sanatorium des montagnes, je l'ignore. Mais je sais qu'en m'enfonçant dans un sommeil mauvais et désespérant, je me suis promis d'aller dans les montagnes le lendemain, quoi qu'il arrive. Même tout seul, sans mon père.

Le jour d'après, le temps s'est bien levé, le brouillard total s'est transformé en taches de brouillard ici et là, et le monde entier appelait à grimper. Je marchais déjà dans ma tête sur les crêtes, en écartant de mes mains l'épaisseur des nuages et en observant de ma supériorité le pays en miniature gisant en bas. « Mais d'abord, il faut prendre le petit déjeuner, a dit mon père. J'ai promis à maman que jamais tu n'aurais faim. »

D'autres forestiers nous ont conduits dans un semi-remorque qui nous a bien secoués jusqu'au kilomètre 17, où nous étions déjà attendus dans la fameuse cantine. Père a commencé son petit déjeuner par une bière, qui était qualifiée de tchèque, allez savoir pourquoi.

Environ huit heures plus tard, j'ai compris que ce jour-là non plus, malgré la météo un peu plus favorable, nous n'irions nulle part. Mon père traitait tous les convives autour de la table de voleurs et, se présentant comme officier du contre-espionnage, les menaçait d'un pistolet qu'il n'avait pas. Les forestiers, pas les mêmes, riaient à s'en tenir les côtes et ajoutaient du schnaps dans la bière tchèque de papa.

Ils m'en versaient aussi. Quelqu'un a pensé que le vin blanc naturel, comme ils disaient, ne ferait que du bien à un gars comme moi. Lorsque je suis sorti dans la cour, le soleil s'était presque caché et une Lumière unie régnait en maître. Le bien-être se répandait dans l'air, alors que les montagnes environnantes, transformées en chœurs, tenaient une interminable note de chorale ou plutôt de cordillère, de toutes leurs basses et de tous leurs barytons. Je me tenais en dessous et au milieu, ma tête se trouvait au centre de la centrifugeuse, tout bruissait, tintait et tournait dans cette harmonie des sphères. J'ignore si c'était beau. Probablement que oui.

Et cette nuit-là, à nouveau, avec mon dieu inconscient, nous avons dormi dans le même bâtiment 17. Dieu s'est pissé dessus, et le matin il n'arrivait pas à ouvrir les yeux. Je secouais la main qui pendouillait du lit militaire métallique et lui rappelait qu'il était temps de partir.

Ce même soir nous sommes rentrés. L'exercice militaire touchait à sa fin. Sans même avoir commencé, entre nous soit dit.

Nous nous sommes approchés au plus près de notre maison à moitié plongée dans les orties et la poussière, et le chauffeur de la camionnette de service a klaxonné trois fois. Maman le connaissait. Il était, on peut le dire, introduit dans certains secrets de famille, ce chauffeur prénommé Bentsyk. Monsieur Bentsyk était presque un ami de la famille.

Le triple klaxon était un signal convenu. Si Bentsyk klaxonnait trois fois devant la maison, cela signifiait que mon père ne pouvait pas rentrer seul à la maison. « Va appeler Madame Rothska », a dit Bentsyk, faisant de nouveau sonner trois fois son klaxon. Maman ne sortait pas. Papa était affalé sur les sièges arrière et marmonnait quelque chose d'une voix rocailleuse, les yeux fermés. « Je n'arriverai pas à le traîner seul », a ajouté Bentsyk.

Il était tard le soir, mais maman n'était pas à la maison.

Je suis revenu à la voiture les yeux arrondis par le désespoir.

« On va le mettre sur l'herbe, par là, a décidé Bentsyk. Je ne peux pas attendre. La bagnole doit rentrer au garage. »

Mon père était devenu très lourd et refusait de faire le moindre pas. Il puait le schnaps et la bière (plus le tabac de l'époque). Bentsyk s'est chargé de presque toute la masse, et moi, j'ai soutenu sur le flanc comme j'ai pu. J'ignore jusqu'où on aurait pu aller, s'il n'y avait pas eu l'intervention du diable.

Mon ami le plus proche avait assisté à la scène, puisqu'il était en train de s'empiffrer sur le cerisier. Cet arbre était le bien commun de tous les voisins, et mon ami devait récolter et ensuite distribuer à parts égales entre tous les voisins. En réalité, il en bouffait bien plus qu'il n'en jetait dans le pot.

Mon ami a immédiatement quitté l'arbre et, maculé de jus de cerise, s'est précipité pour nous venir en aide. Plus grand et plus fort que moi, c'était l'homme de la situation. À peine avions-nous étalé mon père sur le dos dans l'herbe grise de ciment sous le frêne qu'il a ouvert les yeux et, pointant son doigt en l'air, a proclamé : « Tu es arrêté. » J'ignore à qui il l'avait dit, bien que je pense qu'il avait ressenti la présence proche du diable. J'avais envie de me cacher sous terre : de toutes les fenêtres pointaient les faces sournoises des voisins, surtout celle de Madame Joukovska qui ressemblait tant à la tête de Louis-Philippe, le roi français. Bentsyk m'a tapé sur l'épaule en signe de compassion et il est reparti en mettant les gaz.

Mon ami a craché un noyau de sorte qu'il a atteint involontairement le front de mon père. Le visage de ce dernier s'est contracté. Mon ami, amusé par l'effet produit, a éclaté d'un rire bien sonore et, en faisant triomphalement tournoyer sa queue, il s'est mis à grimper sur le cerisier couvert de poussière.

Au méridien zéro, il est trois heures trente-deux. Je pense qu'il est grand temps de mettre ***Procol Harum, « Beyond the Pale »****.*

10

La chasse au faucon est un loisir relativement rare, pour ne pas dire snob. Dès lors vous ne trouverez pas dans toutes les maisons, loin de là, son inévitable attribut : un gant de daim. Rothsky en avait un. Je l'ai trouvé un jour dans sa maison de Rhinocéros, dans la poussière du fond d'une armoire vide.

Après avoir tant bien que mal mis de l'ordre dans sa période prérévolutionnaire et révolutionnaire, mais aussi dans sa période suisse, et tout en continuant le travail sur la biographie de Monsieur Jos, je me suis de nouveau concentré sur Rhinocéros. Il m'a fallu pour cela sauter un peu dans le temps et me retrouver de nouveau là où Rothsky avait été un jour presque heureux.

Rothsky a accueilli le cœur du printemps (à Rhinocéros il arrive vers le milieu du mois d'avril, quand fleurit le sakura) au sommet de sa popularité. Le *Khata Morgana* continuait à être fou de ses émissions du jeudi, et sentant la demande toujours plus exigeante du public, Rothsky montait en gamme. Ses jours étaient remplis de musique, alors que ses nuits… De nouveau elles étaient devenues plutôt solitaires, car les invitées étaient parties l'une après l'autre. Elles n'étaient pas parties : elles s'étaient échappées, dispersées. Comme si avec l'arrivée du printemps, chacune était attendue quelque part et que le rêve maternel reçu en héritage de « se marier avec un étranger » devenait palpable. C'est du moins l'explication vers laquelle penchait Rothsky.

En revanche, il se promenait plus souvent, alternant les itinéraires familiers et les sentiers inconnus. Vous vous souvenez du livre de Walser qui lui avait été offert en guise d'adieu par le sympathique directeur de prison à Z. ? Il contenait un texte intitulé *La Promenade*, et Rothsky le relisait avec dictionnaire et crayon. En outre, il avait acheté d'occasion, chez un bouquiniste, le même livre en langue locale qui, bien que n'étant pas considérée officiellement comme une langue slave, contenait suffisamment de vocabulaire slave – pardon pour la tautologie – pour être comprise. Dans ses réflexions sur *La Promenade*, Rothsky est allé jusqu'à comparer l'original avec la traduction, pour constater avec étonnement qu'il était happé.

Le Suisse écrivait d'une manière étrange, à la fois tatillonne et négligée, alors que le degré d'ennui volontairement verbeux dépassait toute velléité du narrateur, ce qui transformait l'ennui en une admiration sans bornes. C'est lui, Walser, et peut-être un peu Voltaire, qui a soufflé à Jos l'idée que nous venons dans ce monde pour observer et flâner. Et la première activité peut avoir lieu sans la seconde, mais la seconde nous mène immanquablement vers la première.

La ville aux reliefs tectoniques, aux pentes côtelées, aux prairies vertes de l'ancien parc touffu du baron, avec ses berges pittoresques abandonnées de l'Oslava et le vieux pavé usé du centre historique, se prêtait parfaitement aux promenades. Du reste, pas seulement le centre : les environs historiques, avec leurs moulins à eau, les vieilles manufactures transformées aujourd'hui en foyers de culture alternative et de drogue, les villas somptueuses et quelque peu délaissées, l'hippodrome, le dépôt de tramways et les ruisseaux argentés de truites, n'attiraient pas moins par la possibilité de tuer le temps libre à l'infini. Surtout si sur ton épaule gauche est solidement assis un ami-accompagnant ailé, noir et fidèle. Rothsky avait fini par aimer sa compagnie. Edgar, de l'avis de Rothsky, jouissait des promenades faites ensemble avec une dévotion non moins fervente. Cependant, il l'accompagnait durant la majeure partie de la balade en volant. Mais il revenait toujours sur l'épaule Jos chaque fois que la situation l'exigeait. Par exemple, si Rothsky se trouvait une place au soleil sur une terrasse dans un des cafés récemment ouverts. Ou bien sur un des bancs de granit devant la fontaine Biedermeier des Quatre-Cours-d'Eau (Doré, Noir, Sauvage et celui du Moulin – les quatre se jetaient dans l'Oslava).

Sans parler des innombrables cachettes du mont du Château.

Edgar aimait l'attention et savait que Jos, tout comme lui, n'était pas contre l'idée de se poser dans des endroits grouillants de monde. Bon, d'accord, c'est Edgar qui en était persuadé.

À son apogée, le printemps déshabille. Les imperméables et les blousons gesticulaient pour la dernière fois de la saison, s'envolaient des épaules et trouvaient refuge dans l'obscurité des armoires jusqu'à des temps meilleurs, suivis des pulls, des vestes et des jaquettes. Les griffes d'Edgar devenaient sur l'épaule de Jos de plus en plus dures et acérées, autrement dit, plus présentes. C'est alors que Jos, ou plutôt Edgar, a eu l'idée d'un gant de faucon. Rothsky a remercié pour cette suggestion, et dès qu'il a retrouvé son ordinateur, il a lancé la demande au moteur de recherche. La première annonce lui a paru parfaitement satisfaisante : « Vends gant de chasse de faucon, main gauche, fabriqué en daim (NEUF) TÉLÉPHONEZ ÉCRIVEZ REGARDEZ D'AUTRES PROPOSITIONS. »

D'autres propositions n'intéressaient pas Rothsky. Mais il a acheté le gant.

Dès lors, Edgar et lui ont légèrement modifié la configuration. Il s'est avéré que porter un oiseau aussi grand sur l'avant-bras n'était pas aussi simple. Le bras gauche de Jos, surtout au début, souffrait terriblement, et Edgar était mal à l'aise à cause de cette gêne. Peu de temps après, il a eu une nouvelle idée que Rothsky a tout autant appréciée. Il accrochait le gant, à l'aide de velcros, toujours à l'épaule gauche. Edgar est revenu à son endroit préféré près de la tête de Rothsky. Un c'est bien, deux c'est mieux.

Ce jour-là, ils sont montés vers le château par la porte des Centaures, connue auprès des plaisantins locaux comme la Grande Chatte. En traversant le territoire du Château Neuf restauré et lisse, trop léché même, Rothsky n'a rien remarqué d'intéressant. Comme toujours à cette période, un ou deux troupeaux de touristes, et les glapissements des guides retentissaient, amplifiés par les mégaphones qui essayaient dans un style bien connu de retenir l'attention versatile de la clientèle tantôt par des banalités rimées, tantôt par des blagues piètrement racontées. Rothsky a reconnu involontairement une des langues, celle qui autrefois s'appelait le russe.

Mais dans le Vieux Château dont les trois quarts gisaient en ruine, la situation semblait sans conteste plus animée. Ce n'était pas la première fois qu'en se baladant dans ces lieux reculés, Rothsky observait du coin de l'œil (de l'un des deux) la soi-disant Colonie. Rhinocéros acceptait tous ceux qui avaient besoin d'un refuge temporaire ou prolongé, et la Colonie, avec ses couloirs souterrains et ses salons, regorgeait toujours sinon d'Érythréens longilignes et sombres, du moins d'Allemands de Dobrogée et de Chersonèse, de Turcomans syriens et de Karaïtes criméens. La direction de la ville ne pouvait pas ne pas être fière de son hospitalité et assurait depuis chaque plateforme, sans arrêt et en iambes : « Toutes nos portes sont grandes ouvertes : vous êtes toujours les bienvenus ! »

Cette fois la Colonie grouillait de toutes sortes d'enfants. On aurait dit que la sélection des réfugiés récemment arrivés ne s'était pas faite selon des critères ethniques ou encore religieux, mais, avant tout, selon un critère d'âge. Des centaines d'enfants en âge d'être au collège et au lycée couraient, excités, à travers le château, tantôt émergeant à la surface, tantôt disparaissant dans les catacombes. La journée s'est révélée non seulement ensoleillée, mais aussi enfin vraiment chaude, avec des bourgeons frais, des coucous, de l'herbe et les premiers pissenlits. La Colonie profitait à fond de cette béatitude météorologique. Certains étaient pieds nus, d'autres encore en lourdes bottes d'hiver, distribuées des antres des missions caritatives, et ils jouissaient du printemps et des hormones. Rothsky s'est fait remarquer : plus d'une fois il a entendu dans son dos un commentaire cinglant et moqueur sur un *couillon au corbeau.* À un certain moment, Rothsky, sur le point d'être brocardé, poussé, chahuté, a perçu Edgar comme son unique protection. Sinon, on se serait certainement abattu sur lui, non pas par méchanceté, mais pour s'amuser. Bon, d'accord, Rothsky ne se serait pas laissé faire. Mais même s'il s'était débarrassé d'une dizaine d'entre eux, il n'aurait pas eu le dessus sur une vingtaine. Donc son fidèle ami, montant la garde sur son épaule, tel un faucon de combat, les tenait à distance respectueuse. Rothsky aussi, à vrai dire, y contribuait par sa sagesse et sa prestance.

Ici, il ne serait pas inutile de rappeler que la municipalité de Rhinocéros lors d'une réunion de veille des fêtes de fin d'année avait décidé de renoncer complètement à des patrouilles policières sur le territoire de la Colonie. Le principal motif en était de ne pas accabler ou humilier les habitants des catacombes déjà suffisamment éprouvés par la vie. L'ordre devait être assuré par d'obscurs bénévoles qui ne se présentaient pas souvent dans ce lieu. Ce jour-là, on n'en voyait pas du tout.

On ne peut pas affirmer que les foules juvéniles étaient abandonnées à leur sort. On tombait aussi sur des adultes parmi eux : des hommes et des femmes aussi bruyants, affichant un enduit de saleté et de facétie. Ce sont eux, comme on peut le deviner, qui jouaient le rôle social des aînés, c'est-à-dire des guides et des maîtres, mais aussi des parents.

Une de ces personnes, une rombière en habit de sport délavé et, de ce fait, devenu gris sale, coiffée d'un béret noir par-dessus ses cheveux gris clairsemés, a croisé le chemin de Rothsky. Plus tard, ce dernier apprendrait que la Colonie l'appelait Lady Gaga. Moi aussi je l'appellerai ainsi, puisque personne n'a établi son vrai nom jusqu'à présent.

Lady Gaga s'est dirigée vers Rothsky avec une telle résolution (tout en boitant légèrement) qu'il n'a pas eu le moindre doute : on allait lui proposer de la drogue. La Colonie était connue pour ses prix bas et pour une richesse exotique de certains produits psychotropes. Des langues impudentes et méchantes de l'opposition locale répandaient dans Rhinocéros le bruit que les dealers des catacombes fournissaient de nombreux représentants de la majorité dans la municipalité, et de manière relativement stable. Et que ce serait en ce sens qu'il fallait interpréter le beau slogan de la coalition : « Stabilité et tolérance ».

Rothsky n'a pas eu le temps de s'en souvenir. Premièrement, il a été désagréablement surpris par Edgar qui, à l'approche de Lady Gaga, a fait battre ses ailes et s'est envolé de son épaule. Deuxièmement, Lady +Gaga a planté les griffes de sa main gauche dans le gant sur l'épaule de Jos. Heureusement qu'il y était, le gant.

Edgar s'était envolé dans une direction inconnue. Jos a pensé à une trahison mais, comme il le saurait plus tard, il se trompait. Quant aux drogues, il se trompait aussi. Parmi le trio sacré de la génération des années 1960, Lady Gaga, comme un spécimen particulier de cette génération, a décidé de lui fourguer non pas le deuxième, mais le premier élément.

– Massage érotique. Fellation profonde, a-t-elle prononcé d'une voix rayée et sablonneuse.

Rothsky s'est écarté brusquement. Dans ce genre de situation, son imagination n'était pas qu'immédiate, elle était également riche. Il voyait déjà (étrangement, de l'intérieur) cette gueule décatie qui, tel un piton, engloutissait irrémédiablement son dard rendu mou par l'horreur.

– Tu es un crétin, lui a répondu Lady Gaga. Pas par moi, n'aie pas peur.

Elle a fait un geste en direction d'un groupe d'enfants derrière elle.

– Une fille superbe, de celles-là. Tu choisis. Toutes propres, sans maladie. Choisis.

Rothsky a enfin réussi à faire retomber sa patte de son épaule.

Lady Gaga s'est accrochée de nouveau, cette fois à sa hanche.

– Le prix est contractuel. Dix euros seulement, douze tout au plus, sans le pourboire.

« Surtout pas ça », s'est dit une moitié de Rothsky, alors que la seconde moitié reconnaissait que le prix était correct. Cependant, les services sexuels des mineurs ne faisaient pas partie de ses priorités. Et même, ils n'y entraient pas du tout. Cela n'entrait pas dans sa vie, en aucune manière et de façon catégorique. C'est comme ça qu'il était : un sexiste démodé, patriarcal et mélancolique.

C'est pourquoi Rothsky a de nouveau éloigné la main aux doigts écartés de Lady Gaga et, pour ne pas trop s'attarder dans ce théâtre de l'absurde, a essayé de tourner les talons et de s'en aller, prêt à abandonner non seulement le gant que la vieille sorcière avait de nouveau agrippé, mais aussi le bras qui allait avec. Alors que dans sa tête pendant tout ce temps pulsait une seule phrase, surgie de son subconscient, de ses lointaines années de jeunesse, ou plutôt un petit bout de phrase : « Partir loin… »

– Aaah (Lady Gaga s'est mise à agiter la tête), j'ai compris. Tu es plus intéressé par un petit garçon ? C'est bien, mon pépère. On ne te la fait pas, good boy. Seulement, les garçons sont plus chers. C'est quinze euros, et même…

Rothsky accélérait le pas, Lady Gaga, en boitant, lui courait après. Au Château Neuf, Rothsky a expiré avec soulagement, mais à tort : désormais il croisait les regards de plus en plus désapprobateurs des touristes. Certains se sont même arrêtés et ont fait demi-tour pour aller dans sa direction par groupes entiers. Ce qui a suggéré à la bonne femme une nouvelle manœuvre.

– Bonnes gens ! a-t-elle vociféré. Ce mec suit les enfants, le salaud ! Les petites filles et les petits garçons !

Le cercle des touristes, allez savoir pourquoi, composé exclusivement d'hommes d'âge moyen aux coupes identiques, a commencé à se rapprocher dangereusement. Peut-être qu'ils n'étaient pas touristes, tous ces hommes qui parlaient une langue connue autrefois comme la langue russe. Leurs visages semblaient tendus, comme ceux des officiers. Ces visages conviendraient mieux pour une guerre hybride que pour des exercices touristiques.

On ne sait comment se serait terminée cette aventure idiote, surtout pour Rothsky qui, je dois le reconnaître, ne savait toujours pas comment s'en sortir, si Edgar n'était pas venu depuis la porte des Vents de Sud-Est, et pas tout seul, mais à la tête d'une bande de corbeaux, peut-être même de ceux dont il avait failli faire plus ample connaissance dans ce même château l'automne dernier. Maintenant ils semblaient agir de concert avec lui. Edgar et son escadrille noire sont descendus en piqué sur la mégère et l'ont fait tournoyer, l'ont enveloppée, l'ont emportée dans un tourbillon noir de corbeaux. Hitchcock aurait été jaloux de cette vision !

Et c'est là qu'il s'est avéré qu'elle n'était absolument pas une sorcière, comme Rothsky l'avait supposé. Car pourquoi une sorcière se serait-elle enfuie aussi honteusement à cause des oiseaux ? Son béret protégé par ses mains, la tête enfoncée dans les épaules et sans claudiquer ?

La fois suivante, elle apparaîtrait devant Rotshky dans un style quelque peu différent. Dans une autre lumière. Dans un autre lieu aussi.

Mais n'anticipons pas.

La scène s'est déroulée dans un café-restaurant populaire (les propriétaires disaient « culte »), *La vieillesse est un naufrage*, au numéro 19 de la place d'Éthiopie. On ne peut pas affirmer que Jos y était un client fréquent. Bien au contraire, il n'y avait jamais mis les pieds et n'avait même pas l'intention de le faire.

Mais voilà qu'il a reçu un SMS de Myromyr-Slavoyar. « Ami Jos, lui écrivait Servus. Il est nécessaire de se retrouver sur un territoire étranger. Des gens bien me poussent à acquérir un autre établissement. J'en ai la capacité financière, mais j'ai envie d'avoir votre avis. Il compte pour moi ! Étudions ce qu'il y a là et discutons. Dans le pressentiment de notre rendez-vous, votre fidèle. » Puis il a fixé le jour et l'heure.

Ce n'est pas que Rothsky fût très étonné, mais il a soulevé les épaules, à tout hasard. Pourquoi diable ? Pourrait-il être expert dans une affaire aussi spécifique ? Toutefois, il a décidé de ne pas renoncer à découvrir un endroit inconnu, ce qui ne serait peut-être pas inutile.

Il était en retard de six minutes, mais Servus n'était pas encore là. En anticipant, je précise qu'il ne viendra pas. Il s'avérera que jamais Servus n'a écrit de SMS à Rothsky, et encore moins envoyé. Ce qui s'est passé en réalité, c'est que certaines personnes, qualifiées par Servus de « vous savez qui », ont hacké son téléphone sans crier gare : il a même été obligé de changer de numéro.

Pendant ce temps, ignorant tout, Rothsky a promené son regard dans le café. Il s'est avéré qu'il ne se limitait pas à un seul espace : au début du siècle dernier, c'était la grande résidence d'une riche famille bourgeoise, où d'immenses pièces richement décorées s'alignaient en enfilade. C'est ainsi que les premiers nouveaux propriétaires, à l'orée des années 1990, après avoir arraché à l'État un *objet immobilier* nationalisé jadis et toujours enviable, ont appelé la boutique de « produits antiques et d'antiquité » *Enfilade.*

Cependant, aujourd'hui ce lieu (ce que nous savons déjà) portait le nom de *La vieillesse est un naufrage.* Et comme l'indiquait sa page web, « il invitait à plonger dans le temps ». Chacune des quatre pièces de l'enfilade concentrait une des quatre dernières décennies du XXe siècle. En guettant Servus, qui dans ces instants ne soupçonnait même pas qu'il avait un rendez-vous, Rothsky avançait vers le fond. Les visiteurs étaient rares à cette époque, et les pièces semblaient non seulement vides, mais aussi plus spacieuses. Ce n'étaient plus des pièces, c'étaient des salons.

Rothsky a traversé en premier les années 1990 : les meubles en rotin, le minimalisme total à la scandinave, beaucoup de fleurs artificielles et de vaisselle Ikea, alors que le fond musical était un mix total de singles compilés. Dans le deuxième salon (Rothsky a ralenti un peu le pas), régnaient les années 1980 : le néofuturisme mélangé à l'exotisme tropical, le papier peint aux lianes, palmiers et mulâtresses, les elfes-trolls fantastiques (comment, sinon ?), mais aussi post-noir, tout comme post- et cyberpunk. Le troisième plongeait dans les années 1970, et Rothsky aurait préféré y rester, car c'est là que retentissait du *progressive* qui n'était pas mal du tout, quelque chose comme King Crimson, Genesis et Banco del Mutuo Soccorso dans un seul flacon, si on peut dire ainsi. Qui plus est, tout cela rappelait le hippie glamour incomparable de cette époque de bohème : les jeans délavés, les dream-catchers, les bougies aromatiques et autres trucs de ce genre, les bracelets tissés, les objets indiens et hindouistes – bracelets, médaillons, gongs tibétains –, les jupes bigarrées, les œuvres complètes de Castaneda et les figurines subtiles des bulbulators. Tout venait de ces années 1970, mais il n'y avait nulle trace de Servus, alors Rothsky a continué.

Mais dans le passage vers le salon le plus éloigné, il a été confronté et retenu par un serveur quelque peu hautain, bien qu'encore jeune. Il ne pouvait pas ne pas être hautain, compte tenu de sa taille : un mètre quatre-vingt-dix.

– Vous êtes sûr que vous devez aller là-bas ? a-t-il dit en toisant Rothsky. Il y a un déjeuner caritatif.

– Quel déjeuner ? a demandé Jos.

– Notre établissement offre régulièrement des déjeuners à ceux qui sont dans le besoin. Vous êtes dans le besoin ?

– Nous sommes tous dans le besoin, a résumé Rothsky. Je vais juste regarder si une de mes connaissances n'est pas là-bas. Parce que s'il y a quelqu'un dans le besoin, c'est bien lui.

– À vous de voir, lui a répondu la grande perche sur un ton qui aurait pu passer pour une menace.

Mais Rothsky n'a pas dévié de son chemin.

Ensuite, il y a eu les années 1960, autrement dit l'enfance : dans la pénombre qui dominait le salon, des lampes à lave et paraffine permettaient de distinguer des chaises en polypropylène, des fragments de meubles muraux de Roumanie, des fusées et des satellites artificiels de différentes tailles, mais aussi de deviner des tapis de la RDA sur les murs et, en dessous, une ou deux motos tchécoslovaques Jawa Stadion. Le monumental poste de radio rigois crépitait et le vieux vinyle chuintait, avec tantôt les chants des partisans yougoslaves, tantôt Robertino, le wunderkind italien.

Myromyr-Slavoyar n'y était pas non plus. Mais Rothsky, après l'avoir regretté, a été surtout désolé de l'absence d'Edgar. Les chemins des amis s'étaient séparés ce jour-là. Ce que – je plaide coupable – j'aurais dû vous signaler dès le début.

Rothsky n'a constaté aucun déjeuner, dans le sens de consommation de nourriture. Dans le recoin le plus éloigné de l'espace des démocraties populaires, était réuni un groupe de cinq personnes qui, excepté une bouteille entamée et quelques verres à facettes, n'avait rien pour déjeuner. Le chef du groupe était Lady Gaga en personne.

Rothsky ne pouvait pas ne pas la reconnaître, malgré son aspect (son look même !) radicalement différent ce jour-là. Elle portait un chapeau à larges bords, sinon de paille, du moins d'algues océaniques séchées, probablement de Yokomushi lui-même ! Ce genre de chapeau ne se vendait pas que dans les second hands, mais pouvait être reçu en cadeau par des fondations caritatives particulièrement ambitieuses.

Qu'y avait-il d'autre, à part le chapeau ?

Je ne vais pas supputer mais je peux imaginer. Par exemple, un trench couleur café au lait à la Columbo de Luigi Galvani, possiblement trouvé dans une des décharges à vêtements de la Vieille Europe, couvert de taches de bière et de traces de doigts très gras. En dessous, des leggins tout à fait aguicheurs couleur chair de KravtsoFF ! qui s'harmonisait bien avec les crocs violet-noir craquelés laissant voir des talons tout aussi violet-noir.

Qu'est-ce qu'on peut être stylé en s'habillant avec des vêtements de second hand ! Lady Gaga rappelait non pas ce qu'elle était avant, mais une vieille peintre originale, une légende locale d'envergure européenne, une gauchiste convaincue et la dernière maîtresse de Picasso. Seulement, sans pinceaux et chevalet.

N'oublions pas ses cheveux gris et clairsemés, cette fois tressés en une natte, ce qui la faisait ressembler de loin à une cheffe séminole.

Cependant, Rothsky ne voyait que le chapeau. Et le fait qu'en dessous il y avait une *créature*.

Le dernier mot convenait aussi à son entourage, du moins à trois personnes sur quatre. Rothsky n'avait pas d'autre mot qu'« avortons ». Les trois avaient l'air plutôt comiques : comme s'ils s'étaient faufilés dans la réalité depuis un film d'animation quelconque où ils devaient représenter un stade intermédiaire entre le monde animal et le monde des humanoïdes. Sachant que la plupart du temps ils s'amusaient avec leurs smartphones, sans oublier de draguer bruyamment la cinquième personne attablée à leurs côtés.

Rothsky n'avait pas grand-chose à dire à son sujet. Une fille ? Une jeune fille ? Son âge semblait peu avancé, mais il était impossible à déterminer en raison de la pénombre, accentuée par les lunettes de soleil de Rothsky. Sans compter la distance. Toutefois, sans oublier un instant la proposition avec laquelle Lady Gaga lui était tombée dessus, Rothsky est arrivé à la conclusion imparable que la Petite (c'est ainsi qu'il l'a baptisée à cet instant) était en danger. Décidé à attendre Servus dans ce salon, il s'est installé à la première table venue pour observer.

La Petite, pour autant que Rothsky pouvait le voir depuis son poste d'observation, se prêtait bien à un usage sexuel. Peut-être même de manière idéale, quand bien même l'adjectif « idéal » aurait dissoné quelque peu dans le présent contexte. Vêtue d'habits courts et échancrés, elle aurait pu passer pour une de ces nymphettes qui se font toujours siffler et huer par les attroupements de jeunes Blacks qui traînaient près du marché Pourri. Le fait est qu'à l'époque, à Rhinocéros, la nouvelle culture du genre s'était déjà pratiquement établie, et les hommes locaux n'osaient pas (ou faisaient semblant de ne pas oser) regarder du côté des femmes vêtues de manière de plus en plus audacieuse, ou pour être exact, en suivant l'analogie avec le verre à moitié plein ou à moitié vide, des femmes dévêtues de manière de plus en plus audacieuse. À un certain moment, les hommes de Rhinocéros ont appris à simuler une parfaite indifférence et ne regardaient tout simplement pas toutes ces zones ouvertement épilées, tournant ostensiblement la tête et évitant par là même un phénomène aussi révoltant que le staring. Et seuls les attroupements de jeunes réfugiés du Sud réagissaient à cette franchise bruyamment, en accompagnant systématiquement toutes ces encolures, cuisses et minishorts d'un débordement émotionnel tapageur. Ainsi, les chauffeurs de poids lourds klaxonnent toujours de concert une exploratrice imprudente qui se promène en bord de route.

Tel est le contexte général de cette scène et Rothsky ne se serait pas permis de l'oublier.

Cependant, il ne pouvait comprendre davantage de choses sur la Petite parce qu'elle avait posé sa tête sur la table et caché son visage. On aurait dit qu'elle se sentait très mal. Autrement dit, à la question de savoir si tout cela lui plaisait, Rothsky aurait répondu par la négative. Non, il était clair comme de l'eau de roche qu'ils l'avaient chassée et qu'elle était leur proie. La supposition la plus évidente était l'alcool de mauvaise qualité (de cette bouteille entamée ?). Toutefois, il ne fallait pas négliger les cachets ni les injections. Rothsky ne se hasardait pas à juger si elle était malitsa, mais cela ne le préoccupait pas tellement.

Il semblait parfois qu'elle se forçait ne serait-ce qu'à un semblant de résistance. Elle a même tenté plusieurs fois de se lever et de partir, mais les avortons l'ont à chaque fois attrapée par les épaules et les poignets, la faisant retomber sur sa chaise, après quoi ils la caressaient et la flattaient à qui mieux mieux en riant grassement. Elle tombait en avant, le visage contre la table, et restait immobile quelque temps, ne réagissant en aucune manière aux attouchements éhontés et autres pelotages.

En revanche, depuis un bon moment déjà, Lady Gaga vrillait de ses yeux l'espace où se trouvait Rothsky. Cela n'avait pas seulement l'air d'un défi. C'était un défi.

Rothsky n'avait pas une once de doute : elle l'avait reconnu. Et si la précédente interaction s'était soldée en sa défaveur (ah, où est ce cher Edgar avec ses compagnes de combat ?), elle pourrait aspirer à une revanche. Mais ce n'est pas ça qui faisait peur à Jos. Il redoutait de ne pas trouver de prétexte pour intervenir et mettre fin à cette ignominie.

Il ne considérait même pas l'option de la police. Il se tenait lui-même loin de la police, surtout maintenant, quand une somme d'argent astronomique pesait sur lui, gardée dans la filiale de la banque locale. Se faire remarquer encore une fois, dans un autre pays ? Après tout ce qui lui avait été mis sur le dos en Suisse ? Avec son statut fragile d'éternel aspirant au statut de réfugié ? N'importe quel statut ?

Il ne pouvait pas être question de police. Mais du personnel de l'établissement où se jouait ce qui semblait être, à l'évidence, une scène de crime. Ça aurait un sens, a pensé Rothsky. Ils doivent être intéressés par le respect de l'ordre sur leur territoire. Ils ne sont pas crétins, pour permettre ce genre de magouilles avec les jeunes filles !

À peine a-t-il pensé cela qu'un serveur est apparu (de sous la terre ou du ciel ?), pas celui de deux mètres et désagréable, bien au contraire. Autrement dit un nabot aux joues roses d'enfant et au nez porcin. « J'aurais préféré l'autre », s'est dit Rothsky, mais pas à voix haute.

– Que souhaiteriez-vous, monsieur ? a presque chanté le serveur d'une voix de ténor bien aimable.

– J'ai besoin de parler à votre manager, a répondu Rothsky. Ou à votre responsable.

– Vous avez des réclamations ?

Les petites joues du serveur se sont étirées dans un sourire enfantin.

– Des réclamations ? a repris Rothsky. Non, mais j'ai une question. Ne trouvez-vous pas ce groupe étrange ?

Le serveur a regardé attentivement du côté de la table des malfaiteurs. Demeurant silencieux un instant, comme s'il étudiait la situation, il n'a absolument rien remarqué d'étrange. Faisant passer son regard sur Rothsky, le serveur a souri de nouveau.

– Qu'est-ce qui vous préoccupe, monsieur ?

– Appelez le manager, a insisté Rothsky.

– Notre responsable est à la banque en ce moment. Puis-je vous aider d'une manière ou d'une autre ?

– Une petite bière !

Rothsky a tapé du poing sur la table.

– La politique d'entreprise de notre établissement pratique zéro tolérance pour toute forme d'agressivité, a martelé le serveur devenu soudain moins aimable. Nous sommes opposés à toute forme de violence, monsieur.

À ces mots, il a tourné les talons et quitté la pièce.

Le chœur des partisans yougoslaves venait justement de terminer un chant sur le « héros Tito », après quoi il a entonné la légendaire « Mitrailleuse ». Rothsky, de nouveau, n'a pas réussi à joindre Servus : celui-ci, évidemment, ne répondait pas. « On ne meurt qu'une fois », a décidé Rothsky et, en enlevant à tout hasard les lunettes de soleil de son nez, il s'est approché de la mauvaise troupe d'un pas plus ferme que d'habitude.

Il s'est avéré qu'elle l'attendait déjà.

– Salut, le bigleux ! Tu nous prends une fille ? a dit un des avortons pour saluer Rothsky.

– Je prends, a accepté Rothsky sur-le-champ. Combien en voulez-vous ?

Les avortons frissonnaient et sautaient presque sur leurs chaises.

– Ça dépend du temps !

– Du lieu !

– Des services !

– Des désirs !

– De tes désirs, a précisé Lady Gaga de sa voix sablonneuse. De tes désirs et de tes fantasmes. Parce que si tu es un vieux pervers narcissique, ce sera plus cher.

– Et si c'est pour toujours ? a demandé Rothsky.

Lady Gaga a fait un geste méprisant.

– Tu n'en as pas autant. Sauf si tu es millionnaire.

Les avortons ont ricané et l'un d'eux a bêlé :

– Sûr qu'il est millionnaire !

– Viens ici qu'on boive. (Lady Gaga a indiqué une chaise libre.) Peut-être qu'on te la donnera comme ça, pour rien !

– Je vais boire, a accepté Rothsky. Mais pas tout seul. Toi aussi, tu bois.

– Nous allons tous boire, l'a rassuré la vieille en versant dans les verres à facettes. Toi aussi !

Les dernières paroles concernaient à l'évidence la Petite, qui se rebellait de nouveau. Elle a détaché sa tête de la table et Rothsky a vu pour la première fois son visage de tout près. « La Mitrailleuse » des partisans a définitivement tiré ses « tra-ka-traka-trak ! » et a cédé la place à la voix angélique de Robertino avec sa « Romantica », où bambina bella rimait logiquement avec stella. Est-ce que la bambina locale dont le visage s'était enfin dévoilé à lui était en effet bella et stella, Rothsky ne pouvait pas encore le dire. Enveloppé d'une absence totale et figé comme un masque, son visage n'exprimait rien et n'aspirait à rien. Et tout son petit corps semblait sur le point de glisser de la chaise quelque part vers le bas, soit directement dans l'enfer, soit juste sous la table.

Le liquide dans le verre s'est avéré être de l'Amazonka au goût marécageux. En l'avalant, Rothsky a eu le temps de supposer qu'il s'agissait de la pire cachaça brésilienne que l'on puisse trouver. Toutefois, il ne s'est pas longuement arrêté à chercher la boisson, absorbé dans sa réflexion sur ce qu'il allait faire : prendre la fille par la main et la faire sortir ? pourrait-elle marcher ? devrait-il la porter sur ses épaules ? enlacer sa taille ?

L'alcool, s'il s'agissait bien d'alcool, agissait instantanément, et la tête, sans hésiter, a tourné. « Il faudrait partir d'ici », s'est ordonné Rothsky, et d'un geste habituel il a tendu sa main vers la fille et les gueules défigurées par un rire méprisant. Comment les séparer, la fille et les gueules défigurées, Rothsky l'ignorait. Tout a commencé à plus ou moins s'effriter, le temps et l'espace se dispersaient en une infinité de morceaux, où dominait le Rien. « Pourvu que mes oreilles ne sonnent pas. (Cette pensée a transpercé Rothsky.) Pourvu que ça ne recommence pas. »

Lorsqu'il s'est vu le moment suivant, c'était à la sortie du salon des années 1960. La Petite était pendue à lui, alors qu'il s'efforçait de la faire marcher, la soutenant par le coude. Le sentiment de poursuite ne le quittait pas, les salles étaient interminables, elles s'enchaînaient les unes après les autres, comme s'il ne s'agissait pas de quatre décennies, mais de quarante-quatre. Les poursuivants les rattrapaient et, se retournant, Rotshky voyait leurs nez cassés, leurs yeux au beurre noir et la tête de Lady Gaga dépenaillée, sans chapeau, mais toujours peinturlurée façon séminole. À en juger par sa douleur terrible aux phalanges, Rothsky avait eu à faire usage de ses poings il y a peu.

Ils les ont lâchés seulement après que Rothsky leur a lancé un porte-monnaie avec quelques bons billets. Ils sont restés coincés quelque part là-bas, au fin fond des temps, après s'être jetés sur tout ce fric, à se le partager avidement.

Dès lors, il n'y a plus rien eu.

En revanche, Rothsky a repris ses esprits dans un landau à deux places, et la fille, toujours inconsciente, lui tombait dessus, secouée de toutes parts. Ils étaient conduits par un rickshaw, commandé pour eux on ne sait par qui, sauf s'il s'était trouvé de lui-même sur cette place d'Éthiopie, où il stationnait habituellement. Ce n'est tout de même pas Edgar qui l'avait amené : il était déjà installé sur l'épaule gauche de Rothsky, sa place de choix, sans qu'on sache comment il s'y était retrouvé. Le conducteur pédalait avec enthousiasme, sans se retourner ; en observant le dos enserré dans la veste bigarrée, Rotshky a décidé, allez savoir pourquoi, que c'était Myromyr-Slavoyar Servus en personne qui était son mystérieux sauveur.

Cette nuit dans le logement de Rothsky au-dessus du *Khata Morgana* a été remplie de vomissements et a été totalement fragmentée.

En cédant à la fille son unique lit, quand bien même à deux places (*je ne vais pas te déshabiller, t'inquiète pas, tombe là-dessus, dors*), Jos a remarqué involontairement que son tee-shirt était relevé et découvrait un ventre assez musclé. Mais il n'était pas temps de s'y intéresser. Le troisième œil, grand ouvert, est resté invisible. Rothsky allait y arriver plus tard.

Ensuite Rothsky a retiré ses lourdes bottes de rocker en appréciant sans le vouloir sa pointure : 37. Avec l'idée d'avoir rempli globalement son devoir para-chrétien de sauver son prochain (ou plutôt sa prochaine), Jos s'est déplacé dans la pièce voisine, qu'il appelait studio et, tombant dans le fauteuil en rotin tressé, s'est enfoncé dans un demi-sommeil comme dans une mare de cachaça. D'habitude, il écoutait de la musique dans ce fauteuil. Maintenant, au lieu de la musique, il y avait un bourdonnement et un crissement dans ses oreilles, qui n'étaient pas encore forts, mais capables de passer à l'attaque. Jos les chassait grâce à son demi-sommeil. Edgar est venu le réveiller plusieurs fois, toujours à cause de la fille.

L'expérience suggérait à Jos de mettre son invitée sur le côté (*où est ton cœur ? de ce côté ? alors couche-toi sur le côté droit !*), mais il a oublié qu'elle aurait inévitablement des nausées et qu'elle se tournerait inconsciemment, et qu'elle serait surtout le plus souvent couchée sur le dos, dans une position mortellement dangereuse pour tous ceux qui devraient vomir. Edgar était bien plus conscient de cette perspective. Il n'a pas fermé l'œil pendant la nuit et ne quittait pas le lit du regard, comme un infirmier de garde exemplaire. Dès qu'il s'apercevait qu'elle s'apprêtait à faire jaillir une fontaine, il se retrouvait instantanément près du docteur Rothsky.

Elle éjectait des gerbes de quelque chose d'horriblement marron, comme de l'Amazonka, et de sale, qui se déversait dans la cuvette des toilettes et dans la baignoire, plusieurs fois dans le seau posé près du lit et une fois sur le rebord de la fenêtre (quand Rothsky, embrouillé, l'avait conduite dans le sens opposé de celui où il fallait aller). Elle vomissait comme si elle se débarrassait de tout ce qu'on lui avait versé à l'intérieur. Ensuite Rothsky la menait de nouveau vers le lit et, après l'avoir allongée, retrouvait immédiatement son fauteuil pour, après un bref instant, voler de nouveau à son secours sous l'aile d'Edgar. Elle s'est arrachée du lit pour la dernière fois vers sept heures, lorsque l'aube pointait derrière les vitres.

– Je crois qu'elle n'a plus rien, a constaté Rothsky, et Edgar a acquiescé.

Après quoi tous les trois ont été vaincus par le sommeil, qui dans un lit, qui dans un fauteuil, qui dans une boîte en carton « Norddeutsche Kaffeewerke ».

Rothsky a ouvert les yeux à grand-peine vers midi. La première chose qui l'a réjoui était que l'attaque s'était éloignée sans porter l'estocade, se contentant de menacer de son doigt grinçant. On ne pouvait pas en dire autant de la deuxième chose : elle. Une horreur, une mineure peinturlurée. Et si elle avait, disons, après tout cela, cassé sa pipe dans son lit, qu'est-ce qu'il aurait fait du cadavre ?

Le fait qu'elle ne soit pas devenue un cadavre, Jos l'a entendu assez vite. Quelqu'un faisait le ménage dans la pièce voisine, grattant le rebord de la fenêtre avec une éponge savonneuse. Et ce quelqu'un n'était évidemment pas Edgar.

Jos s'est levé et s'est étiré brusquement, au point de faire craquer ses os, puis s'est traîné vers la cuisine pour se préparer un thé. En passant devant la pièce voisine, il a lâché à son intention :

– Je suis Joseph. Tu ne serais pas Marie, par hasard ?

11

Ce que Rothsky a entendu en réponse n'était pas intelligible : du baragouinage, pas une langue. Dès lors, en préparant cette fois pour deux son thé au jasmin habituel pour ce moment de la journée, Rothsky s'est demandé si elle avait véritablement dit « Anima ». Ce prénom est-il possible ? Rothsky s'est souvenu qu'il y a plusieurs années, dans la ville où il habitait, des personnes préoccupées par les questions de genre avaient créé un « festival de la culture et de la beauté féminines », qui portait le même nom. Franchement, cela ne faisait pas remonter la cote de la fille à ses yeux.

Anima ? Prétentieux et ampoulé. Si tu es, par exemple, Anna, alors dis-le, au lieu d'inventer un pseudo grandiloquent à la Jung. Comme si *Dialectique du moi et de l'inconscient* était ton livre de chevet ! Peut-être même dans l'édition originale de Darmstadt de 1928 ?

Rothsky s'est étonné lui-même de son propre sarcasme. Qu'est-ce que tu as à asticoter cette pauvre fille ? s'est-il demandé. Du reste, ce qu'il a pris pour Anima n'en était pas forcément. Amina ? Eu égard à son type quelque peu méridional et à sa carnation mate, elle pouvait en effet avoir un prénom musulman. Et le fait qu'elle ne porte pas de hidjab prouvait qu'elle avait pris des libertés et s'était perdue en compagnie des mécréants.

Amina, s'est dit Rothsky. Sans doute Amina, et non Anima.

En anticipant, j'ajouterai ici et maintenant que Rothsky continuera à jouer avec ce prénom. Par exemple, il affirmera qu'elle s'appelle Anomia, Anoma en version abrégée, et qu'elle n'a rien à voir avec « adénome », mais provient d'« anomalia ». Ce qui résonnait pour Rothsky comme Amalia, qu'il avait déjà croisée dans ses histoires.

Cependant, il allait bientôt inventer pour elle quelque chose de tout simplement idéal : Anime. C'est ainsi qu'il s'adresserait à elle. Mais pas ce jour-là.

Ce jour-là, il ne ferait que lui proposer son thé au jasmin. La jeune fille va boire sans rien dire, détournant le regard chaque fois que Rothsky essaiera de l'attraper. Voûtée, horriblement timide et plutôt laide, mais tout de même pas aussi pâle et verdâtre que cette nuit, elle ne ferait que marmonner quelque chose sur sa gêne et son dégoût de ce qui s'était passé la veille. Et pourtant, à toutes les tentatives de Rothsky (Comment tu t'es retrouvée dans cette galère ? Qui sont ces avortons qui t'ont bernée ? Que sais-tu de la cheffe ?), placées en toute honnêteté dans l'esprit d'un enquêteur habile et expérimenté, elle ne faisait que hocher la tête en signe de négation et marmonner dans le même style inexpressif. Elle a juste félicité Edgar au passage en le traitant de bel oiseau. Ce dernier, pas peu fier, s'est envolé dans le parc pour affaires.

Toujours aussi voûtée et les bras croisés sur la poitrine comme si elle avait froid, elle est partie une demi-heure plus tard. La journée s'est avérée bien plus froide que la précédente. Les vêtements qu'elle portait semblaient légers pour la météo, mais elle a refusé le blouson de Rothsky. Comme si ses bras croisés allaient suffire. La suivant du regard, penché à la fenêtre, Rothsky n'a pas dit « kakova malitsa ».

Ce qu'il pouvait faire de plus intelligent était de finir sa nuit désastreuse. Hésitant une minute à changer les draps, il n'a rien fait, dans l'espoir vain d'attraper au moins son odeur. « Mais pas celle du vomi » – il ne pouvait pas faire mieux que cette blague douteuse, avant de plonger dans le trou où il n'y avait ni odeur ni rêve. Quand il s'est réveillé, indiciblement triste et perdu, la nuit était presque tombée.

Cette même semaine il a dû aller pour quelques heures à Okroukh. C'est ainsi que s'appelait une ville à quelques centaines de kilomètres de là, le centre administratif régional. Il s'agissait du énième (cinquième, sinon sixième) entretien avec le service de migration. Rothsky était toujours en attente d'une décision quant à son statut et il espérait obtenir enfin une autorisation de séjour durable. Cependant, cette fois non plus, il ne l'a pas reçue. Comme il s'est avéré, on l'invitait uniquement pour une nouvelle série de précisions. La fonctionnaire d'Okroukh, un sex-symbol strict, moulée dans un uniforme franchement serré (Rothsky s'est involontairement souvenu de la jeunesse pornographique ouvrière), l'a interrogé notamment sur la raison pour laquelle il n'avait aucun compte sur aucun des réseaux sociaux. Rothsky a expliqué qu'il n'y avait rien à chercher de ce côté-là, et qu'il considérait comme son droit de ne pas y souscrire. Bien que, a-t-il ajouté, il arrive qu'on écrive à son sujet sur les réseaux sociaux. La fonctionnaire s'était bien préparée à l'entretien, et s'est mise immédiatement à le piéger. Comment expliquait-il l'existence des hashtags où il était qualifié de « héros » ? De quel type d'héroïsme s'agissait-il ? C'est une blague, a répondu Rothsky. Me connaissant, et sachant que je ne digère pas les grands mots, a-t-il trouvé comme explication. Et pour plus de conviction, il a ajouté que dans le pays dont il avait émigré, cela porte le nom de trolling. La fonctionnaire a souri de travers : dans notre pays, cela s'appelle pareil. Sa chemise kaki ouverte jusqu'au quatrième bouton a provoqué son petit effet et a absorbé le regard de Rothsky, qui a réussi, pas tout à fait consciemment, à remarquer la couleur noire de son soutien-gorge.

Après un autre match nul dans un processus bureaucratique terriblement lent d'*obtention de statut*, Rothsky pouvait revenir à Rhinocéros. Il était en retard pour le train de jour, il s'est donc acheté un billet pour l'intercity « Tremarium », à 20 h 45, qui arrivait à Rhinocéros à 22 h 51. Le train était plein à ras bord de connaissances : on aurait dit que tout le monde avait été convoqué le même jour. La conversation avec les compatriotes toujours débordants de sentiments d'injustice totale et de corruption ne l'attirait pas tellement et, après avoir enfilé ses écouteurs et poussé le volume sonore à fond, il est passé d'un wagon à l'autre. Dans le restaurant, où il a cru pouvoir enfin s'isoler un verre à la main, il a été rejoint par une connaissance de l'époque révolutionnaire, une armoire à glace répondant au sobriquet de Nazi. Jadis, tous les deux pendant une bonne heure avaient versé des cocktails inflammables dans des bouteilles et un peu échangé au sujet de l'avenir, essentiellement sur l'organisation politique du pays après le *renversement de l'usurpateur*. Initialement, le Nazi s'appelait Nase, mais sur les barricades, c'est l'autre graphie qui s'est imposée. Maintenant que le train intercity « Tremarium », sortant en trombe de la vallée Mala Bastarska, entrait dans les Beskides volcaniques avec ses cascades de petits et de grands tunnels, Nazi s'évertuait à convaincre Rothsky (s'adressant à lui sur le mode révolutionnaire : l'Agresseur), que « tout aurait été différent si la direction n'avait pas eu la trouille et nous avait donné des lance-grenades, ceux-là avec lesquels nos mecs ont tiré dans les casernes de Saint-André, je l'ai vu moi-même, il y avait un entrepôt bien rempli ».

Nazi-Nase se rendait quelque part dans les Balkans et a été très déçu en apprenant que l'Agresseur allait bientôt descendre. Il comptait sur une longue nuit de partage, et voilà qu'on lui coupait la parole au milieu de sa phrase : l'arrêt à Rhinocéros n'était que de deux minutes.

Le chemin entre la gare et l'appartement sous le mont du Château n'était pas long. Rothsky n'a pas pris de taxi, malgré la petite file de rickshaws et de voitures électriques qui n'en pouvait plus d'attendre sur le parvis de la gare. Plus on approchait du centre historique, moins il y avait de monde. Les derniers établissements fermaient, ceux qui restaient ouverts jusqu'au *dernier client,* et même le *DecemBar* adepte de l'extrême, éteignaient leurs dernières lampes. Rothsky s'est même dit que la réputation de Rhinocéros comme d'une *ville qui ne dort jamais* était honteusement imméritée.

Après avoir traversé le marché de la Bière et parcouru toute la rue des Enchanteurs, puis la rue de la Chambrière, bien plus courte (qui depuis peu portait le nom de Greta Thunberg), il a tourné dans le passage du Cirque. Il ne restait à Rothsky que cinq minutes à pas mesurés, quand un van aux épaules larges, remplissant presque toute la rue, l'a aveuglé de ses phares avant.

Mais ce n'est pas tant le van qui promettait de faire obstacle (Rothsky aurait sans doute pu se faufiler sur le côté, malgré l'étroitesse du passage), ni la lumière éhontée de ses phares, que les types qui se trouvaient à l'intérieur. Il avançait sur eux, se souvenant du premier commandement du code de la rue : avec des inconnus, ne jamais montrer sa peur. D'ailleurs, il n'a pas eu le temps d'avoir peur : il continuait sa marche, les mains dans les poches et le col relevé. Et lorsqu'en s'approchant il a découvert que les types portaient des cagoules, le diable seul sait pourquoi, il s'est dit quelque chose comme : « Moi aussi, j'ai porté les mêmes. » Deuxièmement, il s'est souvenu que lorsqu'il avait regardé par hasard le site de la Ligue d'assainissement de l'unité nationale, il avait constaté que la liste avait diminué de huit points. Et bien qu'il restât jusqu'à son nom encore cinq ou sept positions, Rothsky a décidé : ce sont eux. Maintenant, ils devaient tirer : dans la tête, dans le cœur, ou bien, ce qui n'était vraiment pas souhaitable, à l'entrejambe. Ils devaient absolument tirer, car il s'agissait d'une liste de liquidation.

À la place, on lui a assené un fort coup sur la tête. Par-derrière. Terriblement fort : il a failli perdre l'équilibre et piquer du nez dans le caniveau médiéval. Son unique pensée a alors été : « Il n'y a que des blessures quand on est vieux. »

Donc, il y en avait au moins encore un, celui qui avait frappé. Deux devant et le troisième derrière. Il n'est jamais entré dans le champ de vision de Jos, comme un chef d'opération, ou plutôt, son contrôleur. Les deux encagoulés se sont mis à le tabasser, étendu au sol, en bons professionnels. Bien évidemment, avec leurs pieds. Bien que le coup à la tête ait produit son effet sur Jos, le désorientant partiellement, il a pu réagir en connaissance de cause, en protégeant bien sa tête avec ses mains et en pliant ses jambes pour protéger son ventre, mais aussi ce qu'il y a en dessous. Bien plus, on ne sait de quel recoin de sa mémoire il a pu extirper, en paraphrasant Elton John : « Don't beat me, I'm only the piano player. »

C'est ce qui l'a sauvé, allez savoir pourquoi. Les assaillants, sans un son et sans un mot, lui ont encore franchement passé dessus, en lui distribuant des coups de pied, tantôt dans les côtes, tantôt dans les coudes, et même dans le cul, mais tout cela n'était pas mortel, bien que douloureux. Toute l'action n'a pas duré plus de trente secondes. Bon, d'accord, quarante. Seulement quarante secondes sur une si longue vie. Ils n'ont rien pris, n'ont pas fouillé, n'ont pas volé. Ils ne voulaient rien d'autre que le tabasser.

Ensuite, Rothsky les a entendus s'en aller, sauter dans le van, claquer les portières. La voiture a démarré résolument et avancé vers l'homme à terre, comme pour un nouvel essai : si on ne l'a pas frappé à mort, on l'écrase. Il a été donné à Rothsky de survivre. Ou plutôt tel n'était pas leur objectif. En freinant sans vergogne à cinquante centimètres du corps étalé au sol, le chauffeur a fait subitement marche arrière et le van a commencé à s'éloigner, ou bien – qui sait ? – à prendre un nouvel élan pour un nouvel assaut.

La deuxième option, par chance, ne s'est pas réalisée. En rampant en arrière du passage du Cirque dans la rue du Cheval-Bai, le van a fait demi-tour et s'en est allé.

Devant le poste de police (toutes lumières éteintes) et la colonne Jean-Paul-II.

Toujours par le même chemin.

Seulement cette fois, en traînant à peine les pieds et en faisant des pauses sur les bancs trouvés sur le chemin, pour faire passer le vertige.

À la maison, Rothsky a d'abord réveillé Edgar. Plus précisément, celui-ci est sorti de sa boîte de lui-même, et scrutait son ami malmené, sans ciller.

– Et voilà la merde, mon frère, a commencé Rothsky depuis la salle de bains où, en se déshabillant devant le miroir, il se lavait le visage et observait les plaies toutes fraîches et les bleus. La désinfection, se disait Rothsky, surtout la désinfection tant que ça n'a pas commencé. Parce que après, cela ne servira plus à rien.

Edgar ne répondait pas, alors que ce fils de pute aurait pu lancer quelque chose d'encourageant. Quelque chose comme, « ils te feraient que dalle ». Il est bien beau, mon corbeau. Mais peut-être qu'il n'a pas gardé le silence et a croassé son nevermore une dizaine de fois ? Tout simplement Rothsky ne l'entendait pas ? Ne l'entendait plus, parce que ça avait déjà commencé ?

Le bruit dans les oreilles montait en force. Pas un coquillage d'océan, bien plus fort. Rothsky appelait cela des « chutes d'eau diaboliques ». Cela avait commencé après cet accident stupide qui avait failli le tuer au festival, par l'appel des lucioles. Rothsky a lu quelque part que cela s'appelle tinnitus ou bien acouphène, qui s'en prend avec délectation et habileté à l'oreille, en la détruisant progressivement. Surtout quand celle-ci est absolue. Alors, l'acouphène l'est aussi. C'est donc un Monsieur Acouphène en imperméable gris foncé, cache-nez et haut-de-forme, un démon aux grandes oreilles, un hallucinateur auditif du cirque des sourds.

Des clochettes, des colifichets, des klaxons, des crécelles, des bruits de téléphone, le crépitement de stations de radio étouffées, le glissement doux des serpents, la monotonie dense des nuées de moustiques, le bruissement massif des sauterelles dans l'herbe d'été, le chant des criquets, le bruit blanc des lignes à haute tension, la cymbalisation des cigales, des fausses flûtes et des pipeaux, des appeaux, des sifflets et des cors, plus un piano d'enfant terriblement désaccordé, moqué par des harmonicas d'amateurs : c'est ainsi que tout a commencé. Parfois, il est vrai, avec un bourdonnement qui équivalait sinon à plusieurs centaines de chanteurs d'un chœur géorgien, du moins à quelques dizaines de chanteurs de basse à la gloire universelle. Ou à des diables.

Le stade suivant évoquait les Grandes eaux : un mur de pluie, le déluge, le mouvement des rivières et des fleuves, des barrages, des torrents, des ruisseaux et des chutes d'eau (ces foutus niagaras et victorias), par ordre de croissance, des plus petits aux plus grands, le chuintement des moulins à eau, le sifflement de milliers de coquillages et le chant de milliers de baleines, de mouettes, d'albatros, de sirènes et de maelstroms, le déchaînement des marées et des inondations, le hurlement des tempêtes parfaites et d'un tsunami ultime de l'océan Mondial qui submergeait pour arracher la tête.

Mais tout ce qui vient d'être énuméré (excepté le tsunami) restait encore supportable, avec souffrance, la tête serrée entre les mains, en se balançant, comme lors d'une rage de dents. Ou bien on pouvait essayer de chasser cela par de la vraie musique, en se chargeant intérieurement par le biais des écouteurs de tous les décibels et en chassant le mal par le métal lourd.

Le pire était le stade suprême (Tinnitus Perfectus, comme Rothsky le désignait). Celui qui arrivait après le tsunami. Plus précisément, ce qui arrivait en même temps et durait encore longtemps après. Le crissement, disait Rothsky à un médecin. Le plus pénétrant et le plus fort possible. Comment dire autrement ? Le crissement et la colère. Mais déjà irréels. Une sorte d'industrial cosmique. Un enfer auditif. Ou bien non. Deux grenades assourdissantes qui explosent à l'intérieur des oreilles, une ou deux par oreille, nul ne le sait. Sachant que l'explosion ne s'arrête pas, elle continue à retentir des heures durant, en fragmentant la boîte crânienne en mille morceaux. Un jour viendra où elle ne cessera jamais.

Rothsky prononçait cette dernière phrase en étant parfaitement conscient de son absurdité. Mais elle lui semblait importante. Alors il se corrigeait et l'expliquait en empruntant des formes plus compréhensibles.

Vous ne pouvez pas marcher, rester assis ou debout. Vous tombez sur le lit et dissimulez votre tête sous des oreillers. Lorsque cela dure quelques jours, vous êtes prêt à raccourcir votre vie, pourvu que cela s'arrête. Et l'unique chose qui vous empêche de vous suicider, c'est la peur que ce crissement de colère ne s'arrête pas dans la mort. Au contraire, dans l'au-delà, il se poursuivra sans discontinuer et pour toujours. Vous pouvez l'imaginer ? Sans discontinuer et pour toujours.

Prenez soin de vous, disait le médecin. Surtout de votre tête. On peut vivre avec votre traumatisme, je ne vois pas de changement fatal. Vos souffrances périodiques relèvent plutôt du psychique, un corps mental et non physique. Vous avez écouté trop de musique forte. Cela a nui à votre santé.

Écouter de la musique est l'unique chose que je sache faire maintenant. Autrefois, j'en jouais. Maintenant, je ne fais qu'écouter, c'est le sens de mon existence. Je ne peux pas ne pas en écouter.

Au moins, pas si fort. Du reste, tout ne va pas si mal. Aucun danger pour la vie. Mais souvenez-vous : un tout petit décalage… Par conséquent, baissez le son et prenez soin de vous.

Selon le pressentiment de Rothsky, le tsunami ultime devait le recouvrir cette fois une heure ou deux plus tard, quelque part avant l'aube. Les chutes d'eau diaboliques se déversaient à plein et Rothsky a retrouvé Edgar, nonobstant la nausée et l'évanouissement. Il fallait s'en occuper en prévision. Si cette fois Rothsky ne revenait pas du crissement, l'oiseau ne devait pas crever enfermé. Le lâchant dans la nuit, Rothsky a dit d'une voix que lui-même n'a pas entendue, comme si elle parvenait de quelque part des profondeurs du Niagara :

« Passe un peu de temps seul. Vole pour nous deux. »

Et le corbeau, comprenant ce qu'on lui demandait (et même plus), s'est retourné une fois avant de s'envoler du rebord de la fenêtre, pour dissoudre le noir dans le noir.

Des médicaments ? Certes, Rothsky se souvenait en avoir. Tout ce que les médecins lui avaient prescrit à différentes époques. Sans aucun résultat. Plus précisément, l'efficacité était douteuse : ils ne pouvaient pas empêcher le crissement ni le chasser, mais ils plongeaient Rothsky dans un état semi-comateux quand bien même sans sommeil, entre le rêve et la réalité, qui permettait sans doute de passer les pires heures sans la conscience claire qu'elles étaient les pires. Quelques phrases interminables et incompréhensibles prononcées par des voix inconnues le distrayaient un peu. Rothsky a expédié tous ces cachets colorés dans les toilettes. Bien qu'il en ait tout de même avalé quelques-uns.

Désormais il dérivait ; sa tête enfoncée sous l'oreiller se transformait en un réceptacle de bruits de plus en plus fous, et quelqu'un d'Invisible, transperçant le bâtiment du grenier à la cave par un flot de bruits intentionnel, jouissait des possibilités infinies de sa console de mixage universelle.

Cela a duré plusieurs heures. Quelque part dehors, dans le monde extérieur que Rothsky avait quitté, la nuit s'est transformée en matinée et cette dernière, en journée.

Puis son hallucination horriblement fragmentée, brisée en particules les plus élémentaires, a pris des formes parfaitement anthropomorphes. Sur son lit était assise Anima-Amina. Pas simplement assise : elle tenait sa main en frottant l'intérieur du coude avec quelque chose de froid et d'humide. Puis une seringue a fait son apparition et elle a piqué la veine de Rothsky très habilement. Absurde, s'est-il dit. Mais une minute ou deux plus tard, il a senti – ô miracle ! – qu'il allait peut-être s'endormir. Après quoi il s'est réellement endormi. Cela n'était encore jamais arrivé au cours des attaques. Et le crissement ? Peut-on s'endormir avec ?

En réalité, il reculait. Lorsque Rothsky a ouvert les yeux, il y avait bien moins de crissements dans sa tête. L'hallucination Anima-Amina était toujours là, assise sur son lit. Rothsky a eu envie d'en avoir le cœur net et il lui a demandé, d'une voix encore sourde :

– D'où viens-tu ?

Après un nouvel effort, il a articulé :

– Comment tu es arrivée ici ?

La vision ne s'est pas dissipée, ne s'est pas transformée en un nuage de poussière ou une poignée de sable, ne s'est pas envolée en manticore dans un trou qui se serait ouvert dans le plafond, ne s'est pas dissoute en milliers de rats ou en millions de cafards, mais lui a répondu brièvement de la même voix marmottante que la fille réelle :

– On m'a amenée. Tu as un ami fidèle.

Rothsky ne s'est pas donné la peine de réfléchir afin de savoir ce que cela voulait dire, car il s'est endormi de nouveau.

Il a dormi ainsi jusqu'à la fin de la journée et quand il s'est réveillé, il faisait nuit et son bonheur était double. Tout d'abord, l'attaque l'avait définitivement lâché, en résonnant encore quelque part à l'intérieur des oreilles, mais de manière tout à fait supportable : ce n'était qu'un reliquat d'acouphène, pas un acouphène. Autrement dit, Monsieur Tinnitus Acouphène s'était retiré, retombait franchement et, réduit à la taille d'un ver d'oreille, agacé et monotone, il triturait le tympan, le marteau et l'enclume.

Ensuite, la fille. Elle était allongée près de Rothsky. À la distance d'une main tendue. Il semblait qu'elle dormait. Dans tous les cas, elle respirait proprement et en rythme. Et quel que soit le nombre de réveils de Rothsky cette nuit, elle ne disparaissait pas et respirait de manière tout aussi rythmée et presque inaudible dans son sommeil. Sans savoir pourquoi, il n'a pas osé la toucher.

Le matin, ou plus exactement, en fin de matinée, quand Rothsky s'est vraiment réveillé, elle n'était plus là. Rothsky a décidé qu'elle n'existait tout simplement pas. Que des deux bonheurs, il ne lui en était resté qu'un seul : un arrêt quasi complet de l'attaque. Et cependant, il a immédiatement entendu (oui, il a pu, et très nettement !) des bruits familiers de cuisine et, comme s'il testait sa nouvelle ouïe, il a constaté que leur somme signifiait la préparation du traditionnel thé au jasmin.

Un quart d'heure plus tard, ils sirotaient chacun leur tasse, alors que le bon Edgar déambulait à leurs pieds.

– Un-un, a déclaré Rothsky.

La fille lui a adressé un regard interrogateur.

– Je dis que le score du match est un-un, a expliqué Jos. D'abord toi, ensuite moi.

Elle a eu un sourire à peine perceptible. Aucune proximité.

– Tu es tatouée sur tout le corps ?

Rothsky a indiqué son bras droit tatoué du poignet au coude.

– Un peu, l'a-t-elle envoyé promener.
– Maintenant, je sais deux choses de toi : tatouée et peu bavarde.
La fille a acquiescé. « Vous êtes toutes tatouées maintenant, s'est dit Rothsky. Où trouver celle qui n'est pas maculée ? » Mais à haute voix, il s'est contenté de changer de sujet :
– Qu'est-ce que tu m'as injecté ?
Elle lui a signifié d'un geste de laisser tomber – c'est rien.
– Ce n'est pas que de la curiosité.
– Je n'en sais rien. J'ai oublié.
– Est-ce possible ? Tu as parfaitement trouvé la veine. Tu ne serais pas une garde-malade ?
– Non.
– Alors tu es une magicienne. Une magicienne de miséricorde.
– Non. Je me suis souvenue. Diazépam. Ou Gidazépam. Quelque chose de ce genre.
– OK.
Ils ont fini leur thé en silence. Quand elle a fait mine de partir, Rothsky a essayé de l'embrasser. Pas parce qu'il en avait envie, plutôt par devoir. Cependant, Ani-Ami lui a échappé (non-non !). Depuis la rue, elle s'est retournée et lui a marmonné un au revoir. Rothsky l'a même entendu. Les oreilles de Rothsky avaient repris une vie normale, et une ou deux sonneries chatouilleuses étaient plus désagréables que gênantes.
Revenu dans la cuisine, Rothsky a trouvé Edgar dans le rôle du picoreur de raisins secs de la dernière biscotte.
– Pourquoi l'as-tu fait venir ?
Jos s'en prenait à lui, mais Edgar ne s'est pas fâché, car il connaissait cette intonation.
Rothsky n'a pas failli à ses attentes, a jeté quelques raisins secs de la table, puis a ajouté :
– Mais je ne pense pas que je pourrais bander pour elle.

Edgar a gardé délicatement le silence, feignant d'être absorbé par les raisins secs.

Les jours suivants ont passé dans la préparation relâchée de l'émission du jeudi à venir. L'écoute allait encore ; en revanche, les associations, le mixage et les transitions, littéralement, ne collaient pas. Rothsky s'arrêtait pratiquement à chaque morceau, se demandant s'il allait lui plaire à elle. Est-ce qu'elle va kiffer ? s'interrogeait Rothsky. J'aurais dû l'inviter ce jeudi, se reprochait-il amèrement : quel empoté !

Il s'est surpris à sélectionner les chansons suivant le critère imaginaire « pour elle ». Il se disait aussi qu'il ne savait rien de ses goûts (ses anti-goûts, ses non-goûts). Pourquoi diable tu te fais suer, jobard de Joseph ? Que peut écouter une fille aussi gourde et fade ? Évidemment, de la merde ! Radio Merde-FM, on va dire. Ce qu'elles écoutent toutes dans cette génération débile, des médiocrités de base. Beyoncé ou, dans le meilleur des cas, Ariana Grande.

En réalité, Rothsky allait l'apprendre de sa part, elle aimait trois Johnny, pas John, mais Johnny : Johnny Cash, Johnny Rotten, Johnny Walker (le DJ – à ne pas confondre avec la boisson). Rothsky (pas Rotten !) ne l'aurait jamais deviné. Et s'il l'avait deviné, il aurait pensé à la jeune fille avec un profond respect et une tendresse dissimulée. Mais pour l'instant, il n'introduisait pas dans ses playlists ni le vieux prisonnier de Folsom avec sa guitare remplie d'héroïne, ni les Sex Pistols, tout aussi camés.

Il avait une autre raison d'être distrait. Rothsky était terriblement gêné par la sensation que quelqu'un visitait son appartement en son absence. Il lui suffisait de sortir quelques heures, en emmenant l'éternel gardien Edgar, et de revenir, pour que la désagréable impression, et surtout, inexpliquée, se manifeste avec une nouvelle force. Précisément, inexpliquée. Rothsky n'a jamais trouvé aucune preuve matérielle d'intrusion. Car avant de quitter sa maison, il rusait, en installant des micropièges pour des visiteurs inconnus : des allumettes cassées, des couches de poussière entières, de vieux journaux et autres papiers (essentiellement des chiffres et des codes fictifs) dispersés sur le bureau dans un désordre total (mais en réalité, dans un ordre strict connu de lui seul).

Toutefois les visiteurs ne se sont jamais fait prendre dans ses pièges. Ce qui, d'une part, le rassurait (il n'y a pas de visiteurs), et d'autre part, l'inquiétait encore plus, différemment (welcome la paranoïa ?).

Les clefs, se disait Rothsky. Qui a pu en faire des doubles, et quand ? Car si c'étaient ses persécuteurs du Régime, où aurait-il pu commettre une erreur leur permettant de faire des doubles ? Et à quoi leur serviraient ces visites insensées à répétition ? Une seule aurait suffi. Possédant les clefs, ils pouvaient entrer et tirer, surtout la nuit. Ils auraient pu le cribler de balles et le problème de la chemise qu'il fallait choisir aurait disparu de lui-même.

Non, Rothsky ne pouvait pas ne pas penser que c'était elle. Elle est bien venue ici la dernière fois ! Tu ouvres les yeux et elle est déjà assise sur ton lit. Edgar, avec tout son respect, n'aurait pas ouvert la porte. C'est certain. À moins que Rothsky lui-même, parvenu tant bien que mal jusqu'à sa maison, ait oublié de tourner la clef dans la serrure ? Et puis sa crise a commencé… Et la porte est restée ouverte au moins vingt-quatre heures.

Rothsky ne s'est jamais gratté la nuque. Il n'a jamais eu cette habitude. S'il l'avait eue, sa nuque se serait couverte de croûtes.

En se préparant le soir à partir pour le *Khata Morgana*, Rothsky s'est approché de l'armoire et a frappé d'une façon convenue. Edgar s'est montré dans la boîte. En le regardant depuis en bas, Rothsky a ordonné :

– Aujourd'hui, tu restes ici. Tu contrôles les indésirables. Je serai de retour d'ici trois heures, tu sais.

Edgar savait. Mais il ne dévoilait pas le secret, pour que tout se décante tout seul.

Quelle n'a pas été la surprise de Rothsky quand, au beau milieu de son programme (il venait de lancer « Arrival of the Birds » de *The Theory of Everything*), son ami, comme pour confirmer le titre de l'œuvre, bien que solitaire, s'est engouffré dans le club et s'est mis à tournoyer au-dessus de la cabine transparente ! Que le diable l'emporte, s'est exclamé Rothsky, par quel miracle est-il de nouveau sorti de l'appartement ? En attendant qu'Edgar s'installe comme à l'accoutumée sur son épaule, ou à un autre endroit habituel, entre l'énorme écran de l'ordinateur du club et le microphone, Rothsky ne bougeait pas et ne faisait qu'observer, feignant devant le public que tout cela était plus au moins prévu. Mais Edgar tardait à s'installer, bien plus, ce qui était extrêmement rare, il s'est mis à croasser très fort. Rothsky a arrêté la musique à la dix-neuvième minute.

Sans dire un mot, il s'est précipité vers la sortie, malgré l'incompréhension du public qui grandissait à vue d'œil, l'enveloppant d'un accompagnement de plus en plus épais et pesant. Ce n'est que là qu'Edgar s'est installé sur son épaule. De cette manière, il confirmait que son objectif était atteint : Rothsky faisait ce qu'il voulait.

Il y a eu aussi Meph, au visage défiguré et décontenancé, qui devait s'accrocher d'urgence au micro et expliquer au *vénérable public* que la situation était sous contrôle, mais qu'il y avait eu un soudain BPT (Besoin d'une Pause Technique). Cependant, Rothsky n'a pas entendu ces justifications. Il était en train de grimper l'escalier menant vers son appartement.

Edgar avait raison d'insister : l'instant l'exigeait. Assise à son bureau, elle farfouillait sans vergogne et en connaissance de cause dans son ordinateur. Elle et personne d'autre, bien qu'affublée d'une cape à capuche (look de fonction ?), tournant le dos à Rothsky. Ce dernier l'a reconnue sur-le-champ, se figeant une fraction de seconde sur le seuil du studio.

– Eh, toi, comment tu t'appelles… a explosé Jos. Qu'est-ce que tu fous ?…

La fille a pivoté sur la chaise et buté du regard non pas contre son visage, mais quelque part du côté de sa pomme d'Adam. Elle n'avait pas préparé d'explication et n'avait rien à dire. Et qu'est-ce qu'il y avait à expliquer ? Alors que la pomme d'Adam était là, à distance de deux bras tendus, il fallait juste se lancer et serrer.

– Rends-moi ce que tu as pris, a exigé Jos plus posément.

– Moi ?

– Toi. Rends la clef USB.

– Je n'ai pas de clef USB.

– Dans la poche gauche. Tu veux que je la trouve ?

– Il n'y a rien, a répété la fille en se projetant en avant, tel un louveteau traqué.

Elle a eu de la chance : Rothsky ne s'y attendait pas. Lui donnant un coup de coude dans le ventre, elle s'est frayé un chemin vers la sortie. Edgar, qui patrouillait dans le couloir, n'aurait pas constitué un obstacle. C'est sa cape qui en est devenue un. Rothsky en a attrapé un des pans et l'a tirée vers lui. La fille s'est retournée et a tenté un coup de pied dans l'aine, mais Rothsky a eu le temps de se protéger : son pied n'a fait qu'effleurer sa hanche. Cela a ajouté à la rage mutuelle. Ils se sont jetés l'un sur l'autre.

Une minute avant, Rothsky n'aurait pas pu imaginer qu'il aurait à se bigorner avec une meuf. Maintenant ils se roulaient par terre et se mordaient presque. Les pertes des deux côtés étaient constituées d'une cape déchirée et rejetée le plus loin possible ainsi que d'une chemise ouverte aux boutons arrachés sur la poitrine. Sous la clavicule de Rothsky apparaissait une trace de griffure rouge sang. Que dis-je : trois traces, car le louveteau de combat avait trois ongles à chaque patte.

Tombant à chaque fois de ses mains, de sa tête et de ses genoux sur des endroits imprévisibles de son corps agile et, impossible de cacher la vérité, puissant, Rothsky constatait, avec un étonnement supplémentaire et non inférieur, qu'il était en train de s'exciter. C'était déplacé et merveilleux. Cela faisait longtemps qu'il n'avait pas été submergé par une pareille proximité. Sa respiration saccadée brûlait ses oreilles. Ses lèvres ont soudain touché tendrement l'une après l'autre les trois traces de griffure, alors que sa langue a léché son sang. Quand son tee-shirt déchiqueté s'est envolé de lui-même, Rothsky dans son affolement a tendu sa main vers sa poitrine. De sa longue vie, il n'avait rien touché de plus beau, rien de plus désiré. Et c'est là que le troisième œil tatoué de la fille s'est ouvert. Et il a regardé Rothsky avec une curiosité non dissimulée.

Ils ont de nouveau roulé au sol, se serrant dans l'étreinte. Après un énième retournement, ils se sont arrêtés. Rothsky s'est figé sur le dos. À vrai dire, il le souhaitait depuis un bon moment. Les genoux de la fille appuyaient sur ses côtes, au point de lui faire mal. Mais Rothsky ne résistait pas pour autant. L'avoir sur soi, tout entière et si près, qui aurait résisté ? Les mains ont annoncé à Rothsky l'approche des demi-sphères de ses fesses, bien plus rondes au toucher qu'elles ne le semblaient à l'œil. Sa main libre de caresses chaotiques s'est dirigée vers son dard à la tension exemplaire et, sans de superflus préliminaires manuels et oraux, mais aussi sans dévier ni se tromper, l'a poussé dans son entre-jambe. Les deux ont expiré de tension dans une satisfaction complète. Ou bien en prélude à la satisfaction complète.

– Pas de capote ? (Rothsky a rappelé le quatrième point obligatoire de l'accord coïtal.)

Il était trop tard pour les trois premiers. D'ailleurs, aussi pour le quatrième : elle était déjà en train de le chevaucher en sautillant et il ne pouvait plus être question de l'arrêt et du retrait, de la recherche d'un préservatif et du précautionneux enfilage. La question de Rothsky est restée sans réponse. Le préservatif dans l'amour est comme la censure dans la poésie, écrivait un ami lointain, dont Rothsky citait parfois des vers.

Tout s'est passé sans censure et s'est achevé par un grand succès créatif. Au prix d'un effort long et minutieux.

Ils sont restés longuement allongés côte à côte, terriblement épuisés, se touchant mutuellement le visage et les organes génitaux. C'est dans ces instants que Rothsky a vu pour la première fois toute sa beauté. C'était inattendu.

– Deux-un, a souri la fille.

– En faveur de qui ? a demandé Rothsky, se souvenant, en particulier, de la semence qu'il venait d'injecter en elle.

La question est restée suspendue dans l'air. Il y avait trop d'inconnu qui piétinait autour.

La réponse m'appartient : en faveur d'Edgar. Son plan de marieur s'était réalisé impeccablement, encore une fois. Deuxièmement, la clef USB qui était tombée d'une poche pendant leur lutte. Après avoir rôdé autour et jeté des regards dans tous les sens, Edgar l'avait ramassée précautionneusement dans son bec.

Où l'avait-il emportée, ni Rothsky ni sa propriétaire ne le sauraient jamais. Moi-même, je tomberais là-dessus plus tard, tout à fait par hasard, en haut de l'armoire, enfouie soigneusement sous les journaux jaunis qui tapissaient le fond de la boîte en carton « Norddeutsche Kaffeewerke », la résidence de l'ami corbeau.

Il est trois heures quarante-deux minutes. Joseph Rothsky est toujours avec vous, salut. Vous êtes moins nombreux, mais vous êtes là.

Vous écoutez ma tristesse.

Ce que je voudrais absolument évoquer ici et maintenant, ce sont ces nuits. L'une d'elles en vérité, mais cet hiver ne peut pas être segmenté. Une nuit totale de la longueur de l'hiver. Autrement dit, un hiver comme une nuit, et rien d'autre.

Il me restait environ dix jours. Je dis « jours », mais c'est une façon de parler : il n'y avait pas beaucoup de lumière du jour.

Donc, une dizaine de jours. Le calendrier venait de basculer dans la nouvelle année. Encore une dizaine de jours et j'allais être embarqué. Je vais me retrouver dans une situation inconfortable, lorsqu'on me cassera chaque jour un nouveau doigt. Mais il est question d'autre chose maintenant.

Il est question de ce qui précède. À cet instant, je ne suis pas encore arrêté, et je connais – comment dire ? – un grand succès public. Je joue sur la place de la Poste et dans d'autres lieux avoisinants : partout où il y a des pianos de rue. Leur nombre ne cessait de croître, je jouais plusieurs heures par jour, mais il ne se passait rien : une sorte de vide, une stagnation, un cul-de-sac et un engourdissement.

Le Régime s'est figé. Nous avons tous le droit de passer de bonnes fêtes : Nouvel An, Noël, saint-glinglin. La police, le président, le gouvernement, même les hommes des escadrons – nous sommes tous des êtres humains. Vous aussi, la meute pouilleuse des tentes et des maisons occupées. Vous aussi, vous êtes des êtres humains. Nous faisons une trêve, vous avez compris ?

C'était l'époque la plus pourrie. Plus la météo. Le dégel, encore un. Les pluies cinglaient leurs fouets chauds, comme en avril, la boue dégoulinait des restes du drive piétiné. Les barricades fondaient, diminuaient et se désagrégeaient, devenant piteusement risibles. Les gens aussi se désagrégeaient. La moitié des protestataires étaient partis vers l'ouest, pour Noël. À l'époque, dans notre pays on considérait que Noël devait être célébré uniquement dans ses marches occidentales. Dans n'importe quelle autre région il n'était pas valable.

Les tentes se vidaient et, depuis longtemps, on ne parvenait plus à trouver suffisamment de gardiens. Les réseaux parlaient de leaders fraîchement amnistiés : on les aurait vus dans les aéroports, d'où ils partaient sans entraves en direction des Canaries ou des Seychelles, allez savoir pourquoi. Le mot « arrangement » migrait vers le haut de la liste. Quelle autre preuve exiger ? Le Régime n'attaque pas, parce que les leaders nous ont trahis, nous et la contestation. La prétendue amnistie à l'occasion des fêtes constituait un signe plus qu'explicite du renoncement et de la capitulation de nos élites.

On pouvait nous prendre à mains nues. Mais on ne nous prenait pas. Le Régime s'est figé tel un boa.

Toutefois, le dégel a apporté un avantage sensible. Je veux dire thermique, qui permettait de jouer bien plus facilement et, j'en suis sûr, mieux. C'est pourquoi j'allais jouer. Mes doigts m'obéissaient de nouveau, pour la dernière fois dans ma vie. Je jouais pendant des heures sur tous les instruments pourris et déglingués de la ville. Au moins quelque chose devait se faire entendre dans le creux des événements de plus en plus perdus au sein de la révolution. J'étais reconnu et écouté. J'ai décidé de jouer jusqu'au bout.

Il est quatre heures moins dix et la nuit est sans fin.

Quelques mots au sujet des gens ivres. Dès le début, c'était un des gags préférés du Régime : nous envoyer des agents qui faisaient semblant d'être ivres. L'alcool était interdit du côté de la place de la Poste et dans d'autres zones. Je ne mens pas. L'ordre était respecté, et même très sévèrement. Connaissant le caractère alcoolisé de notre pays, c'était digne d'admiration. Dès lors, toute cette flicaille, crasseuse et poisseuse, qui semblait à peine bouger les pieds, qui se cramponnait aux murs et essayait de s'accrocher aux passants, ne jouissait pas d'une bonne cote de popularité. Nous les reconnaissions immédiatement, aussi bien eux que leurs manœuvres. Le Régime ne pouvait pas croire que nous ne buvions pas. Comment ça, non ?! Les citoyens de ce pays, imprégnés de tous les alcools et gnôles possibles et impossibles, de cette culture d'eau-de-vie pure, peuvent ne pas boire ?! Pendant des semaines ?!

Le Régime ne pouvait pas, nous si. Même les alcooliques tenaient le coup. Même les mômes savaient que tous les mecs ivres de la place de la Poste n'étaient en réalité pas ivres, mais en service. Chaque type de ce genre était attrapé par la peau du cou et jeté hors du périmètre. Bien que certains, par désœuvrement, fussent promenés, parfois comme des bêtes au bout d'une corde, le long des couloirs de la honte. On dit aussi qu'à l'occasion on les marquait au front avec toutes sortes de bêtises humiliantes. J'ai vu une fois comment on faisait passer à travers la foule un homme aux bras noués dans le dos, plié en deux, qui avait sur le front, marqué à l'encre : Je suis un cafard, un rat.

Cette nuit donc (je parle de la nuit au sens propre), j'ai été étonné par leur nombre. Quelqu'un aurait dit qu'ils grouillaient. Et pas n'importe où, mais parmi nous, place de la Poste : un mec ivre après l'autre, ici et là, déambule et tarabuste, et personne ne les chasse, ne leur fait plier le bras dans le dos, ne les chasse par des coups de pied au cul hors du périmètre. Un festival, quoi. Comme s'ils étaient sortis d'un cheval de Troie, où on leur versait sans cesse des verres pleins.

Cette nuit-là, je me suis arrangé pour dormir chez la sœur d'Albina. Ce qui voulait dire que je n'avais pas plus d'une demi-heure de marche : la sœur d'Albina habitait du côté de Kantorivka, ce qui n'est pas si loin du centre.

Au diable tous ces détails. Kantorivka, Velyka Virmenka, parc des Invalides : heureusement que je savais comment y aller, et vous, vous n'en avez pas besoin.

La jeune fille a écrit qu'elle ne m'attendrait pas plus tard que deux heures du matin – deux heures et demie. Après, elle allait s'endormir, et pour atteindre son appartement, il faudrait réveiller le concierge. Je me hâtais.

La suite est à quatre heures pile, restez avec nous.

En attendant, vous et moi, on va se faire un peu peur avec ***Karbido**, « **Kolyskova dl'a Perkalaby** ». (« **Une berceuse pour Perkalaba** »).*

J'ai quitté la place de la Poste par les Démocrates et j'ai franchi le périmètre dix minutes plus tard. Des gardiens, noirs de saleté et de fumée, m'ont reconnu. Plutôt mes bottes que moi. J'ai entendu dans mon dos leur murmure respectueux : « L'Agresseur, regarde, frère, c'est l'Agresseur ! » Je leur ai fait un signe de la main. Celui qui était plus petit m'a crié dans le dos : « Respect ! » Je me suis retourné une nouvelle fois. Chaque signe peut être le dernier.

J'ai enlevé ma cagoule seulement dans la rue de la Vieille-Colonie. L'espace de la révolution protégée est resté derrière. Désormais j'étais un simple passant. Un traînard nocturne apolitique. Fonce Alphonse, vieux chien, renard sage, loup gris. Tout ce que j'ai à faire est de me faufiler à travers la nuit dans le lit chaud d'une fille que je ne connais pas.

Et c'est là qu'il m'est tombé dessus. Droit d'un porche mal éclairé, presque d'un container d'ordures. Deux fois plus grand, sans compter les deux pattes grandes ouvertes comme pour m'embrasser. Il fondait sur moi, pas de doute, en hurlant : « Joooos ! »

Je me suis dit : « Voilà à quoi ressemble mon arrestation. » Et je me suis trompé. Quoique, peut-être pas, qui sait.

Pas moyen de l'éviter. En titubant, il est tombé sur ma poitrine (lui ! sur moi !) et m'a expiré au visage tout son alcool de la journée, avec ses odeurs : acide-empoisonné, toxique et infini, mais pas seulement, parce qu'il y avait aussi de la pourriture, l'abjection absolue des entrailles, l'haleine du Jugement dernier. « Théo, balbutiait-il, je t'aime, laisse-moi t'embrasser, mon ami ! »

Bien évidemment, j'aurais pu mettre à terre ce sac d'un seul coup de pied. Ce n'est pas mon genre. Et puis, j'étais en terre ennemie.

Il a barbouillé mes joues de ses lèvres ramollies par le whisky : « Théo, quel bonheur de te rencontrer comme ça ! On est des musicos, non ? Du clavier, des touches, mec, des touches ! »

Dans ce genre de situation, on dit généralement : « Monsieur, je ne vous connais pas. Passez votre chemin. » Ou bien sans long discours, comme il a été évoqué plus haut, on balance un coup de pied.

Mais j'ai été curieux : « T'es qui, toi ? »

« Eh, Théo, mon cher ami Théo, a-t-il expiré une nouvelle portion de son haleine à mourir. Si tu savais ! Si seulement tu savais... » Et, inspirant à pleins poumons de l'air tout aussi pourri, surchargé, tel un caméléon : « Je suis en service. Je suis officier. De la sécurité d'État, Théo. Nous cherchons à t'attraper. »

La sœur d'Albina dormira seule, me suis-je dit. Cela aurait pu être un joli titre de chanson, d'ailleurs : « La sœur d'Albina dormira seule ».

Il s'est mis à agiter les bras : « Non, mais, qu'est-ce que t'as ? Je suis au clavier, Théo. Le clavier, c'est toute ma vie. N'aie pas peur, t'entends ? Je t'écoute tous les jours. Imagine, chaque jour ! C'est juste que je suis en service. Je suis des services. C'est la fête aujourd'hui, Théo, notre fête professionnelle. Le Jour des services spéciaux de la République. Le déjeuner présidentiel et tout ça, la remise des décorations et des grades. Théo, on se détend. Viens que je t'offre quelque chose ! Buvons, Théo ! Soûlons-nous comme des cochons ! »

Il aurait été plus difficile de s'en débarrasser. Qui plus est, je me suis dit que ça pourrait être un amusement rare : un barbouze ivre mort. Et nous avons fait un tour des cafés de nuit. Il y en a pléthore rue de la Vieille-Colonie, mais que dire alors des rues des Chapeliers et des Bouchers qui lui sont adjacentes ! Nous n'avons manqué aucun établissement dans cette zone alcoolisée. Elle était comme ça, cette nuit. La nuit du triangle des Bermudes.

Et partout il buvait deux fois plus que moi, et sa voix devenait de plus en plus confidentielle : « Jos, je t'aime, écoute ! Ça va commencer sous peu, Jos ! Ne va pas place de la Poste, plus jamais, je t'en supplie ! »

Une demi-heure plus tard, plus bas : « Tout va brûler là-bas, Jos. Enfuis-toi, quitte la ville. Elle va brûler, Jos. »

Et ainsi de suite plusieurs fois. Parfois, il m'appelait Théo, parfois Jos. Au début, il préférait Théo, puis il est passé à Jos.

À quatre heures, tout comme maintenant, il a vociféré dans tout le café au point de faire sursauter les serveurs endormis dans leur coin : « Les Russes sont déjà là, tu comprends ? Nous, on aurait pu laisser faire, on est entre nous. Mais il est trop tard, à cause des Russes. Nous n'avons plus d'issue. Vous non plus. Jos, il y aura des chars là-bas, tu comprends ?

– On va les arrêter, l'ai-je rassuré pas très sérieusement. Dieu les arrêtera. No pasarán. » Ce à quoi il a fait : « Dieu ? Mais il n'existe pas. Si les filles des prêtres n'avaient pas de gonorrhée, alors on aurait pu croire en Dieu, mais là... Il n'y a pas de Dieu, il y a des chars. Tu piges, Jos ? »

Je ne voulais pas piger. À cinq heures, j'ai appelé un taxi, pour lui, bien évidemment, pas pour moi. C'était plus sûr pour lui. La voiture a attendu encore une heure dans la ruelle à côté, pendant qu'il commandait encore et encore cinquante grammes et hurlait au sujet des « boyaux sur les chenilles ». Ou bien au sujet de la « Maison des syndicats incendiée ». Il voyait déjà comment ça se passerait : du sang sur la neige, des grenades, de la cervelle dans la neige, le feu.

En fin de compte, je l'ai porté tant bien que mal jusqu'à la voiture et l'ai fourré sur le siège à grand-peine. Le chauffeur était prêt à pousser une gueulante, mais mon nouveau compagnon de bouteille lui a coupé le sifflet avec sa carte. En moins de deux, il l'a juste agitée sous son nez et le chauffeur gonflé à bloc s'est dégonflé, a fait dans son froc, s'est enfoncé dans son siège.

Et c'est là que j'ai compris qu'il n'était pas ivre. « Jos, disparais, a-t-il dit en appuyant ses propos, sobre et sérieux. À l'étranger, en Amérique, en Europe, où tu veux. Disparais, et j'assure tes arrières. Tant qu'il est encore temps, Jos. »

Après ces paroles, le taxi a démarré, non pas dans le noir, mais dans la grisaille de la nouvelle journée. Il me restait à rejoindre la place de la Poste. Auprès des miens.

C'est tout pour le moment. Un jour on se croisera lui et moi, vous savez où ? Dans les Alpes suisses. Si on a assez de temps, je vous raconterai. Mais il y a de moins en moins de temps, parce qu'il est quatre heures sept.

On va écouter ***Archive, « Fuck U »****.*

Et si Dieu nous est juge, le diable est l'avocat.

12

L'accord pré-coïtal (APC), évoqué ici en passant, a été élaboré et approuvé au prix d'un dur compromis entre le conseil municipal de Rhinocéros et des leaders de la société civile. Pour un bon nombre de patriotes sincères de la ville, cette percée radicale des frontières de l'intime et du social inaugurait le début d'une nouvelle ère comportementale. En obtenant une reconnaissance générale de l'accord pré-coïtal comme une sorte de mémorandum éthico-juridique, ses créateurs travaillaient désormais d'arrache-pied à l'application du programme maximum : introduction des niveaux de responsabilité (jusqu'à la sanction pénale) pour chaque violation. Selon les rumeurs, on testait déjà à Rhinocéros la version de démonstration d'un certain modèle punitif : sous la forme d'un Haut Tribunal Expérimental (HTE), formé de différents activistes controversés et d'autorités morales de la prétendue deuxième vague de fonctionnaires-carriéristes locaux affiliés.

L'APC poursuivait un objectif des plus nobles : l'éradication totale des inégalités de genre et des atteintes sexuelles afférentes et donc, des abus, essentiellement du nommé

« sexe fort (voire violent) » à l'encontre du nommé « beau sexe ». Sachant que les exigences de l'accord pré-coïtal ne s'étendaient pas par principe aux représentants des minorités sexuelles, qui sont déjà opprimés par les tenants des vues traditionnelles et conservatrices, et qu'ils méritent de ce fait toutes sortes de discriminations positives.

De par son sens et son essence, l'APC représentait un certain algorithme d'éclaircissement que devaient accomplir pas à pas des partenaires sexuels potentiels, avant de devenir des partenaires réels. Le mot « éclaircissement », autrement dit le rapprochement progressif vers la clarté, jusqu'à son établissement final, est en ce sens le mot-clef. L'accord pré-coïtal devait être atteint suite à une série de questions franches et le plus précises possible et de réponses dans un seul ordre possible. La formulation finale de chaque question reposait entièrement sur la personne qui les posait, même si celle-ci ne pouvait pas tellement s'éloigner du Schéma Interrogatif Unique (SIU). Quant aux réponses, tout était bien plus strict : uniquement « oui » ou « non ». Sachant que « non » ne pouvait signifier que la négation. Le « oui » restait, quant à lui, ouvert.

Conformément au schéma, la première question devait être : est-ce que tu es parfaitement consciente que la situation dans laquelle nous nous trouvons tous les deux peut conduire à un acte sexuel entre nous ? La réponse « non » aurait signifié l'interdiction du rapprochement, avec le blocage du thème en tant que tel. La réponse « oui » aurait immanquablement provoqué la deuxième question, quelque chose du genre : es-tu suffisamment consciente que tu souhaites avoir avec moi – précisément avec moi – une relation sexuelle ? La réponse « non » aurait mis automatiquement fin à tout le processus. La réponse « oui » devait trouver sa continuité dans la question numéro trois : si tu veux avoir un contact sexuel avec moi – précisément avec moi –, est-ce que tu donnes ton accord pour l'avoir dans l'immédiat ? Au stade de la troisième question, la réponse « non » semblait peu probable, mais tout à fait possible et, de fait, de nature à tout arrêter et bloquer. La réponse « oui » devait provoquer, en fonction des circonstances, la quatrième question, optionnelle : est-ce que tu donnes ton accord à un contact sexuel entre nous, même au cas où, par hasard, je ne possède aucun moyen de contraception, tel que le préservatif ? Dans ce cas de figure, la probabilité d'une réponse négative augmentait, même si la réponse positive ne semblait pas tellement fantaisiste. Elle était suivie de la cinquième, presque condamnée à être positive, mais néanmoins obligatoire : est-ce que tu es consciente, et si oui, en es-tu consciente pleinement, que le contact sexuel entre nous peut se transformer en un véritable acte sexuel ? En entendant « oui » en réponse à cette question, le partenaire s'engageait à la question suivante, la sixième : es-tu suffisamment au courant des conséquences possibles sous forme de l'infection par le VIH ? Si la réponse est « non », il fallait, comme dans le cas de toutes les réponses négatives, s'arrêter net. Après un « oui » incertain et forcé, il fallait la compléter de la septième question : ainsi que des conséquences possibles sous forme de maladies vénériennes, infectieuses ou héréditaires, dont certaines peuvent s'avérer mortelles ? Et ce n'est qu'en obtenant une réponse positive même à cette question, presque inespérée, qu'il convenait de couronner le processus d'éclaircissement par la huitième question : es-tu clairement et suffisamment consciente qu'en conséquence d'une éjaculation spontanée, tu peux, par exemple, tomber enceinte ? La réponse négative aurait ruiné tout le processus précédent et empêché sa poursuite. Alors que la réponse positive, au contraire, l'aurait ouvert en entraînant la phrase non plus sous une forme interrogative, mais affirmative. Par exemple : donc, je vais mettre ma main sur ton genou.

Les remarques sur le schéma interrogatif unique indiquaient que l'absence de n'importe quelle réponse devait être considérée comme une réponse négative. En outre, les personnes qui avaient « suivi un processus de stérilisation » étaient automatiquement libérées de la dernière question, la huitième. L'accord pré-coïtal ne pouvait pas ne pas frapper par sa linéarité et sa suite logique.

Les initiateurs et les concepteurs de l'APC ne se contentaient pas des premiers grands succès de leur création, dont l'une des manifestations était le massacre de la vie établie de certaines personnalités en vue, jusque-là respectées, populaires, mais non moins vulnérables. La soif de la perfection ne connaissait pas de limites. On discutait la mise à l'ordre du jour de l'extension du schéma interrogatif unique et l'adjonction d'une question supplémentaire quant à l'interruption de la grossesse (avortement). Mais il se trouva des personnes opposées à cette vision, celles qui opposent toujours le pré-factum au post-factum. Les huit questions approuvées appartenaient, selon leurs estimations, à la catégorie pré-factum, ce qui est important compte tenu du caractère préventif de l'accord, fait dont témoignait bien le préfixe du titre.

Cependant, quel que soit son titre, Rothsky est devenu un contrevenant. Des huit questions obligatoires, il n'a réussi à poser tant bien que mal que la quatrième. Sans entendre la moindre réponse, ni un « non », ni encore moins un « oui ». Ce qui, selon la note du SIU, exigeait de lui « d'arrêter immédiatement le processus et de bloquer le thème à l'avenir ».

En gros, Rothsky aurait dû être présenté devant un tribunal. Et il risquait de s'exposer non seulement à la vindicte de la société, mais encore à quelque chose de bien plus douloureux, comme d'être chassé hors de la ville et de voir un rapport établi en conséquence, sans la moindre circonstance atténuante, et adressé aux organes de migration. Bien plus : même une extradition vers sa patrie qui se languissait de lui ne semblait pas être quelque chose de totalement exclu. Ni même une castration chimique, plaisantait Rothsky par-devers lui, secrètement et amèrement.

Tout ce qu'il pouvait marmonner pour sa défense, les doigts sur la couture du pantalon devant le HTE, aurait été contenu dans une version plus qu'improbable de « proximité soudaine non motivée » ou bien d'une « attraction mutuelle subite incontrôlée ». « Le coït chez l'homme est un processus très complexe, citait Rothsky de sources connues, et il est constitué d'une série de réflexes psychologiques et physiologiques conditionnels et inconditionnels… »

À cet instant, une des juges l'aurait sans doute interrompu en exigeant d'expliquer la signification de « conditionnels et inconditionnels ». « Une attraction sexuelle. (Rothsky aurait été décontenancé, se laissant pousser sur un terrain glissant.) Sans laquelle il ne peut y avoir d'érection, sans laquelle les frictions sont impossibles, sans laquelle est impossible une éjaculation, sans laquelle est impossible l'orgasme. » Autrefois, dans sa jeunesse pornographique presque oubliée et éjectée de sa mémoire, il avait été soigneusement renseigné sur ces sujets par ses partenaires plus âgées et plus avancées (comme on disait à l'époque, « informées »).

Dès lors, une autre juge aurait planté ses crocs dans son corps : « Vous voulez dire que vous ne dominez pas vos réflexes ? » C'est sûr, ce sera la castration et probablement pas que chimique, aurait pris peur Rothsky, tout en continuant à marmonner au sujet de « la dominante sexuelle de toutes les fonctions de l'organisme » et de « la somme des stimulants » – olfactifs, auditifs, visuels et tactiles (oui ! tactiles aussi !), mais également, et c'est probablement essentiel, neuro-humoraux. « Ma respiration est devenue saccadée, aurait témoigné Rothsky contre lui-même. Ma tension artérielle a augmenté de quelques dixièmes, et le pouls est monté jusqu'à cent quatre-vingts battements par minute. Cela faisait longtemps que je n'avais pas ressenti un tel afflux de chaleur – tant de sang, tant d'amour – pardonnez ce moment lyrique, mesdames et messieurs. »

« C'était plus fort que moi », aurait-il enfin reconnu, et il aurait baissé devant le tribunal sa tête de coupable non repenti.

Quand AnimAmina l'a quitté pour la troisième fois, le matin, comme d'habitude, Rothsky a soudain lancé à son intention, à son propre étonnement :

– Maintenant, tu peux dire que je t'ai violée. Le commissariat est tout près, d'ailleurs.

– C'est moi qui t'ai violé, a répondu la fille. Moi, et pas toi. Nous formons un beau couple, une violeuse et un violeur.

Rothsky s'est surpris à ressentir de la chaleur à son « Nous formons un beau couple ». Même pour la violeuse et le violeur. Ses réchauffements de l'âme devenaient incontrôlables.

Qui est-elle ? se demandait-il, et les rides de son front se dessinaient plus nettement, rappelant de plus en plus des oiseaux aux ailes déployées.

– Tu ne sais pas qui elle est ? s'adressait-il à Edgar. Tu étais ici et tu as tout vu !

Edgar préférait ne rien expliquer, détournant sa tête avec éloquence.

Rothsky n'insistait pas. Ses relations avec le corbeau ne supposaient aucune pression. Deux autonomies reconnues mutuellement, voilà ce qu'étaient leurs relations.

En revanche, Rothsky a eu un peu de temps pour réfléchir, accompagné de deux citations poétiques qui sont devenues des refrains du jour : « L'amour m'est venu par trois fois » (plus rarement) et « Tu ne quittes pas ma tête » (plus souvent).

Anime était comme « Spiracle » de Soap & Skin, voilà.

Elle a pénétré dans ma maison, analysait Rothsky. Elle a fait le double des clefs et elle a attendu le bon moment, quand elle était sûre que je ne serais pas là. Pour quoi faire ? Pour fouiller dans mon ordinateur. C'est si gentil de sa part, fourrer son nez sans autorisation dans mon cher ordinateur. Le mot « cher », d'ailleurs, correspondait on ne peut plus précisément à l'état réel des choses : à la valeur de l'ordinateur il convenait d'ajouter la valeur du dépôt de Subbotnik avec ses innombrables zéros.

Les amies ne font pas ça, pensait Rothsky. Et pas seulement elles : toute personne qui nous veut du bien. Non, personne ne fait ça. C'est une Troyenne qui s'est agrippée à moi on ne sait depuis quand. C'est une espionne, mais de qui ? Des services du Régime ? Ils seraient déjà là ?

Une espionne, répétait Rothsky. Une Troyenne. Sa troisième apparition est un sommet d'impudence. Pénétrer à mon insu dans ma maison, mon ordinateur, mes programmes Windows ? Dans mon monde ? Fouiller dans mes fichiers et dossiers, mes directrices et mes directoires, dans mes listes et mes menus, mes blocs et mes clusters, mes segments et mes fragments, dans ma mémoire volatile et ma mémoire morte, avec toutes ses périphéries, ramifications et stockages, n'est-ce pas bas ?

Sa deuxième apparition, incontestablement, était liée à son agression nocturne. Un élément d'un scénario plus vaste : on te tabasse comme un chien, et voilà ta sauveuse qui apparaît au moment même où tu es prêt à crever non pas de douleur mais de crissement. C'est un hasard, ça ? Ha ! Rothsky a écrit son « Ha ! » sardonique une multitude de fois partout où il pouvait, dans son bloc-notes avec sa plume, avec son doigt sur la couche de poussière du bureau, avec du dentifrice sur la surface du miroir.

Sa première apparition relève du délire et de la fantasmagorie. On me l'a mise entre les pattes. Depuis là-bas, depuis le monde souterrain de Lady Gaga et des autres monstres qui se nourrissent de déchets. Et elle aussi. Elle est un monstre chtonien sous les traits d'une pauvre fille avec deux fraises symétriques sur la poitrine. On me l'a mise entre les pattes. Les forces du mal, de la nuit et de l'obscurité me l'ont envoyée pour qu'elle suce mon sang.

Elle est donc dangereuse ? Rothsky laissait sans réponse sa question trop directe. Ainsi, il contournait l'inévitable suite logique : oui, elle est dangereuse, très dangereuse et, tu sais quoi ? elle est aussi perfide et, n'en doute pas, impitoyable, exceptionnellement et incroyablement cruelle, et donc, éloigne-toi le plus possible, immédiatement, change toutes les serrures sur toutes les portes, commande un système d'alarme et, si tu la croises dans la rue, détourne-toi, traverse la rue, hurle à tue-tête : « Regardez, une Troyenne ! »

Mais alors, que faire de tous ces gémissements et du travail effréné des hanches, de la rencontre des langues et des palais, du délice à l'entrejambe, de l'échange entre zizi et zézette, de l'extase mutuelle, de la vulnérabilité et de la fatalité des orgasmes ? Comme sa gorge est délicate et idéale au toucher (Rothsky avait honte du mot « seins » et n'aimait pas tellement le mot « nénés »), dont elle pense qu'elle est trop petite ! Et le troisième œil en dessous, au milieu ? Comme toutes les autres surfaces de sa peau si incroyable, si hâlée ? Et toutes ses lèvres, fentes et coupes non tatouées ? Comment vont-elles ?

Ne perds pas la tête, se suppliait Rothsky. Concentre-toi sur ce qui est vraiment arrivé. Vous avez fait l'amour ? Tu en es sûr ? Ce n'est pas une illusion ? Elle n'est pas une hallucination ?

Ce qui n'est pas une illusion, ce sont ses manipulations avec l'ordinateur. Elle était assise ici, dans ce fauteuil, devant lui, ses fesses (!) collaient parfaitement au siège en similicuir. Une clef USB ! Elle copiait sur une clef USB. Il lui a manqué une minute. Encore un peu et elle aurait disparu, se serait envolée avec toutes ses données. T'imagines ?

Joseph Rothsky était très attentif, avec une prudence confinant à la paranoïa, à ce qu'on appelle la cybersécurité, surtout depuis qu'il avait enterré, enfoui, dissimulé et scellé au fin fond de la base, dans le plus secret des fichiers cachés et enfermé dans un dossier chiffré d'*accès d'accès*, une suite non pas de vingt-six signes comme le code initial de Subbotnik, qu'il fallait après la première utilisation immédiatement remplacer par un autre, mais une suite de trente-deux. Les attaques innombrables, c'est-à-dire des tentatives sans équivoque d'établir un contrôle à distance sur son ordinateur (rapportées immanquablement par le logiciel antivirus), par des malfaiteurs dont regorgeait le réseau, n'ont rien donné. Par conséquent, a pensé Rothsky, les malfaiteurs avaient décidé d'envoyer une malfaitrice. Comme c'est primitif, se désolait mentalement Rothsky, infiniment stupide. Mais efficace : se faufiler dans ma maison, mettre la main sur mon ordinateur, voler toute sa mémoire, l'emporter. Stupide et infaillible : plus que du fer, c'est de la fonte. Vous vous êtes armés de béton, chers hackers, de béton armé.

Donc, Rothsky se surpassait en matière de logique : elle était l'exécutrice d'un certain plan, le maillon d'une certaine chaîne, la membre (quel mot horrible) d'un certain groupement. Des services du Régime ou pas, peu importait. Ce qui comptait, c'est qu'elle était dans le camp ennemi. Une sorte d'ennemie. Mon ennemie, Rothsky mettait un point final. Membre et ennemie.

Telle était sa version principale.

Il y en avait aussi une secondaire. Et Rothsky s'y accrochait passionnément, avec une force dont n'a jamais rêvé aucun noyé avec son brin de paille. Rothsky s'est imaginé que la fille – tenez-vous bien – copiait juste sa musique ! Elle pouvait avoir une idée de la quantité de musique amassée, rangée, formatée, archivée dans son ordinateur, combien de gigabits innombrables de beauté, d'émotion et de tristesse. Prenons ne serait-ce que Johnny Cash : de son œuvre complète, autrement dit de ses soixante et onze albums, Rothsky en avait compilé vingt-trois ! À vrai dire, ce n'est même pas un tiers, mais tout de même un morceau séduisant à copier.

Cette version secondaire, on ne sait pourquoi, plaisait à Rothsky bien plus que la principale. Et Johnny Cash la renforçait incroyablement. Ainsi, précisément la nuit dernière, après leur premier *acte sexuel* et quelque part entre le deuxième et le dernier (« la sexe trinité », a plaisanté un jour la fille, car ils plaisantaient beaucoup en règle générale), Rothsky a appris, entre autres, la place et l'importance de Johnny Cash dans sa jeune existence. Sachant qu'aussi bien la place que l'importance étaient énormes.

Vingt-trois albums de Johnny Cash, voilà ce qui l'intéressait, essayait de se convaincre Rothsky. Ce n'était d'ailleurs pas difficile : il suffisait de trouver la clef USB et de regarder ce qu'elle avait copié. Cependant, comme nous le savons, Rothsky n'allait jamais retrouver la clef USB. Probablement qu'il n'avait pas tellement envie de la chercher ?

Ce vendredi-là, il n'est sorti nulle part. Cela lui arrivait, d'autant plus le vendredi, rien d'étonnant. Seulement, il n'avait encore jamais connu de vendredi aussi lancinant. Comme à l'accoutumée, Rothsky a trouvé refuge dans la musique, dans le visionnage des vidéos à la chaîne, YouTube, Vevo, Vimeo, MySpace, MyCloud, dans les écouteurs, dans la tristesse : ce n'est pas que ça aidait, mais ça apportait un peu de sens à une journée aussi vide. On pouvait juger de ses états d'âme par l'impression stupéfiante qu'a provoquée sur lui *Ghosteen*, l'album génial de Nick Cave que Rothsky avait manqué en son temps. Dès lors, il ne pouvait pas ne pas passer à *Drinking Songs* de Matt Elliott, durant l'écoute duquel il a vidé sans s'en rendre compte quatre ou cinq verres de vin rouge. Il a été extirpé de la torpeur elliottienne par le traditionnel bruit de l'après-midi : on organisait un concert au *Khata Morgana*, on commençait le soundcheck.

Qui jouait et quoi ? Rothsky n'aurait pas été Rothsky si le souterrain avait choisi autre chose ce vendredi-là. Il n'arrivait pas à trouver le nom du groupe, peut-être qu'il ne l'avait jamais entendu. Mais le caractère franchement suicidaire de toutes les compositions (de quinze à vingt minutes chacune) ne laissait pas le moindre doute : les visiteurs du *Khata* ce soir-là ont eu l'occasion de devenir les premiers témoins du nouveau projet gothique-trans-post-rock-psychédélique. Le groupe était à l'évidence féminin (du moins pour les oreilles de Rothsky, désespérées et – dire la vérité n'est pas pécher – séparées l'une de l'autre), alors que l'unique instrument masculin semblait être le tuyau ondulé d'un aspirateur, qui déchirait de temps à autre la composition par une vocifération digne de Jéricho. Rothsky s'est dissous pour un long moment.

Quand il a repris ses esprits (c'était « Round Midnight », près de minuit, les débutantes inconnues avaient déjà joué sous ses pieds un huitième rappel), il s'est rendu compte qu'il tenait dans sa main un téléphone dont il venait d'envoyer un SMS : « En réalité, ils sont grands chez toi. » Après cela, Rothsky a passé une heure à regarder l'écran de son téléphone, dans l'attente vaine de la notification de réception de son SMS.

Edgar, compatissant, s'est tenu un peu à ses pieds, puis s'est envolé sur l'armoire.

Pendant la nuit, Rothsky est resté plongé dans une insomnie atypique : il n'arrivait pas à comprendre s'il dormait ou pas. Le flou absurde caractéristique des rêves était égal à son contraire, l'éveil. « Mais non, je ne dors pas », répétait de temps à autre Rothsky, s'étonnant indiciblement de la clarté et de la netteté de tout ce qui arrivait à toucher ses récepteurs. Évidemment, c'est sa chambre, même si, dans un appartement de passage, tout est reconnaissable et peut être touché : le rebord du lit, les contours de la lampe, l'oreiller cassé en deux sous sa tête, un verre vide par terre, heureusement qu'il est vide, le vin a été bu jusqu'à la dernière goutte et s'il avait été en train de rêver, le verre aurait été plein, ce qui n'est pas le cas, car la dernière bouteille a été vidée. « Donc, non, je ne dors pas », a décidé Rothsky. Après quoi, pour confirmer la chose, il a convoqué dans sa mémoire le jour, le mois et l'année en cours, sans oublier le fait que vendredi était déjà devenu samedi.

Mais là, il lui suffisait de tourner la tête pour voir l'autre bout du lit et remarquer une femme qui semblait dormir à côté. Juste dormir. Et ça, ça ne pouvait en aucun cas être une réalité. D'autant plus que la femme semblait être Anita. Le plus probable est que c'était elle. Pas Anima ni Amina, mais Anita. Elle était allongée tout près, dans le même lit, mais Rothsky n'osait pas la toucher, soit parce qu'il ne voulait pas la réveiller, soit suivant une autre logique propre au sommeil. « Non, je dois tout de même dormir, se disait Rothsky. Car comment se serait-elle retrouvée ici ? » Si au moins c'était Anima-Amina, alors cela aurait été possible : elle vient ici quand elle veut. Mais Anita ?!

Rothsky avait peur de bouger, au risque de la faire disparaître. Pour qu'elle ne s'éveille pas, ne se lève pas et ne parte pas, il restait couché, immobile, les yeux ouverts, le dos tourné, s'étonnant de la réalité des objets qui l'entouraient et de la clarté de son propre esprit, exerçant sa mémoire saisie par le vertige du succès à l'énumération de tous les soixante-dix albums de Johnny Cash, bien que le fait que soudain leur nombre n'était pas de soixante et onze pût suggérer une erreur commise dans le sommeil, de prime abord, insignifiante.

Rothsky n'avait pas seulement peur de bouger. Il avait aussi peur de l'appeler. Peut-être à cause de l'accent tonique. Plus précisément, de peur de commettre une erreur. Cependant, en tant que musicien, il ne voulait pas parler de l'accent tonique, mais du temps fort.

Le samedi matin, Rothsky s'est extrait de son lit terriblement défait (« J'ai tout de même dormi, j'ai tourné toute la nuit ! »), en proie à une seule idée : la chasser. La chasser de lui, sur-le-champ, la faire partir par le poison et par le feu, complètement, comme la sainte Inquisition avait chassé l'hérésie.

Il a tendu résolument une épaule à Edgar et s'est tourné vers les besoins qui, compte tenu de ses dernières et avant-dernières aventures, s'étaient emmêlés dans une pelote *catastrophique* (à ce qui lui semblait, car il était toujours porté à l'exagération).

En quittant son immeuble, Rothsky a remarqué une certaine agitation dans la cage d'escalier et devant le portail. Quelques jours plus tôt, un nouveau voisin était apparu à l'étage au-dessus, et maintenant ses hommes, dans un va-et-vient continu, portaient toutes sortes de paquets : le déménagement devait finir aujourd'hui. Deux ou trois types aux combinaisons trop sales ou trop lavées s'affairaient sur une plaque de laiton flambant neuve qu'ils apposaient sur la façade, et dont il découlait que désormais dans cet immeuble allait vivre et pratiquer « Joachim Hubschrauber, docteur en psychiatrie ». À en juger par l'allure excentrique et, par moments, pas tout à fait normale de la plupart des déménageurs, le bonhomme en question avait l'habitude douteuse d'utiliser à des tâches privées ses propres patients. Il était tout à fait possible qu'ils étaient tous en train de piétiner dans l'escalier pour être reçus les premiers par un spécialiste si brillant. « Au cas où, il n'y aura pas besoin de chercher loin », a noté Rothsky, à moitié satisfait, en se retournant sur l'éclat du laiton.

Une visite médicale l'attendait avant, mais pas chez le psychiatre, pour l'instant. Il y serait conduit plus tard, bien, bien plus tard.

La liste de Rothsky commençait par la visite chez un traumatologue. Le passage à tabac nocturne traumatisant dans le passage du Cirque se rappelait à son bon souvenir non seulement par un léger vertige, mais aussi par une douleur aiguë dans les côtes. Bien que s'atténuant petit à petit, elle le dérangeait, surtout quand deux genoux pointus de fille butaient raisonnablement contre ses flancs. Le premier point de sa liste du jour était

Les côtes ! Une radio

Et ensuite :

Les catacombes, le bureau des autorisations de passage

La poste – de vieilles factures

Une truite

La montre : réparation

La blanchisserie

La pharmacie

Fine-Wine Market

De nouvelles serrures ? Une alarme ?! À partir de lundi ?...

Précision : le point quatre ne concernait pas l'achat du poisson, mais l'action de le nourrir. Rothsky ne ratait pas l'occasion d'admirer le mouvement tendu et élastique des truites dans les eaux émeraude rapides et magnifiques de l'Oslava. Il avait deux ou trois lieux préférés d'observation sur l'antique pont de Pierre (XVe siècle), de la construction duquel il avait été témoin dans sa vie précédente, d'ailleurs.

Le huitième point concernait son besoin de remplir de nouveau ses réserves de vranac monténégrin. La montre du point cinq renvoyait, tout comme les côtes, vers l'incident désagréable dans le passage du Cirque. La montre au verre cassé ne marchait plus depuis l'heure exacte de l'agression, la fixant sans que cela fût nécessaire.

Les autres points n'appellent aucun commentaire.

Sur ce plan nous ne voyons rien de mystique. La mystique a pu être inspirée par le printemps qui, précisément ce jour-là, avait décidé d'entrer dans une phase d'autoglorification aiguë : grande explosion des parcs, des jardins et des potagers, la chaleur et la moiteur, le mélange d'attractions, d'applications, de sécrétions et d'odeurs naturelles et artificielles, la floraison sauvage et rose des sakuras, les jets d'eau, les pigeons, les galeries, les terrasses, les aisselles rasées, tous les types et stades de nudité déshabillée, la nonchalance bon enfant des cafés et le délassement des foules, la transparence de l'air atypique car presque impeccable, grâce à laquelle les contours des collines environnantes et des crêtes des montagnes sous le soleil prennent une netteté quasi numérique et, par là même, deviennent irréels.

Rothsky est entré dans ce mélange paradisiaque et irréel, l'acceptant soit comme un défi, soit comme une invitation. Edgar n'a pas fait de vieux os sur son épaule : il s'envolait au-dessus des arbres, disparaissait, revenait dans son champ de vision tout en gardant une distance nécessaire, telle qu'il la voulait, faisant preuve de loyauté autant que d'indépendance.

Libéré du besoin de veiller sur son compagnon, Rothsky s'est concentré sur ses visions. C'était comme dans un film, traînant, pâteux, surchauffé, collant, art house. Un film sans action, plus précisément, où l'action se limitait aux déplacements. Et partout il y avait Anime. C'est ainsi qu'il l'a appelée à l'époque pour la première fois, tout bas, se réjouissant que la dernière lettre, enfin, ne fût pas un *a*. Et même pas le dernier son ! S'efforçant tout le temps de veiller à ne pas tomber sur elle, Rothsky n'avait de cesse de tomber sur elle.

Dans la clinique (point numéro un), c'était une assistante, autrement dit, brièvement, l'espace d'une minute et demie, une guide à travers le couloir terriblement sombre, appartenant autrefois à un monastère. Elle marchait quelques pas devant lui, en indiquant le chemin du bureau du radiologue, et Rothsky ne pouvait pas voir son visage, alors que tout le reste correspondait : la taille, les cheveux noirs qui s'échappaient de la coiffe médicale et qui ne laissaient pas de doute quant à sa carnation foncée, le mouvement de ses fesses et de ses hanches, leur attirant côté primate, d'inévitables, bien qu'invisibles, tatouages sous la blouse. Oh ! et l'essentiel : les bras croisés sur la poitrine. Elle marchait ainsi, cette drôle de fille, les bras croisés sur la poitrine.

Sur la petite place devant le bureau de poste, elle faisait du roller, le short légèrement court.

Dans la salle d'attente du bureau des autorisations, elle prodiguait aux visiteurs, depuis l'écran plat accroché au mur, des consignes sur comment se préparer (vêtements et équipement) pour descendre dans les catacombes. Dans la vidéo suivante, elle exposait de manière non moins érotique (ou plutôt montrait) les règles de sécurité et les premiers secours.

Elle faisait de la publicité pour la lessive sur de grands panneaux.

Elle était troisième dans la file d'attente de la pharmacie. Quand son tour est venu, il s'est avéré qu'elle voulait acheter des seringues.

Elle courait en tête du groupe des leaders du traditionnel semi-marathon annuel. « Ils sont vraiment grands », a pu s'assurer Rothsky.

Elle posait pour sa propre page Insta sur le même pont de Pierre (XVe siècle).

Elle était assise (simultanément !) dans les cabines des conducteurs et les derniers wagons de tous les tramways qui filaient devant Rothsky. Sachant que celle du dernier wagon tenait toujours dans ses mains un chat et tournait la tête dans sa direction à lui, Rothsky, puis le regardait longuement, sans détacher son regard du sien, jusqu'à ce que le tramway, et, plus précisément, son dernier wagon, disparaisse complètement à l'angle de Houltyaïska (la rue des Coureurs) et de Stara Bordelska (la rue du Vieux-Bordel). Il était peu probable qu'Edgar, qui par hasard s'installait à l'instant même sur l'épaule de son ami, fût la raison de son intérêt.

Et puis elle :

Hâtait le pas, entremêlant encore plus ses bras sur sa poitrine et débarquant précipitamment sous les sifflets des Arabes au marché Pourri, et dès lors, le traversant en un éclair (les sifflets comme le marché).

Mangeait dans un bistrot des lasagnes pakistanaises en promotion à l'ombre d'un sakura qui avait presque fini de fleurir dans le Jardin botanique. Elle ne faisait pas tant manger que jeter de minuscules morceaux dans les eaux mousseuses du courant du Moulin, en nourrissant les fameuses truites (voilà qui était une journée heureuse !).

Marchait en bikini sur le podium, puis recevait des mains d'un bedonnant aux fesses pendantes le Prix du public dans le concours des filles tatouées au parc municipal.

Et ainsi de suite.

Elle était partout !

Anime ?

Mais non.

Ce n'était pas elle en réalité. En réalité, c'était Rothsky avec ses visions. Car il l'avait dans la peau, et c'est tout.

Par conséquent, la reine des tatoués du bedonnant n'avait en réalité pas de troisième œil sous les seins, et elle ne pouvait pas en avoir, elle n'aurait pas osé : c'est un signe secret des élus. Alors que la dévoreuse habile des lasagnes pakistanaises ne polluait pas le ruisseau du Moulin protégé avec un produit déclassé par amour des poissons, mais plutôt dans un but empirique : pour s'assurer que les poissons survivraient. Et celle qui a mis en émoi (et en pièces) le marché Pourri par sa seule apparition était en réalité un transsexuel célèbre. Alors que les conductrices de tram, tout comme les passagères, n'avaient aucune envie de savoir quoi que ce soit sur Rothsky, pourquoi alors l'auraient-elles dévisagé ? En revanche, celle qui posait pour Instagram a eu le matin une éruption de boutons sur le cou et à d'autres endroits qu'elle appelait *intéressants.* Le lendemain, la leader du semi-marathon a été testée positive au dopage et tout a été annulé. La fille aux seringues, le soir même, a été envoyée en *soins forcés,* après que la porte des toilettes a été défoncée et qu'on l'a plongée dans un coma artificiel. La présentatrice des produits de lessive était partie depuis longtemps en Norvège. L'instructrice des visites dans les catacombes était morte un an plus tôt dans lesdites catacombes, en raison d'un non-respect particulièrement grave des règles de sécurité et de négligences, autrement dit une beuverie avec des collègues. Enfin, la jeune amatrice de patins à roulettes a sauté comme elle en avait l'habitude dans le premier Land Cruiser venu, qui s'était tout juste garé à côté, car tel était son gagne-pain.

Restait l'assistante (et la guide) du cabinet de radiologie. Mais sa bouche s'est avérée pleine d'ail de l'avant-veille. Toute idée de rapprochement tombait d'elle-même. Et il n'y avait rien à y faire.

Il n'y avait pas d'Anime.

Épuisé par sa longue pérégrination et par le printemps, Joseph Rothsky a eu soudain une illumination : c'était l'inverse. Il voulait ardemment tomber sur elle ! Il la cherchait comme un messie. Bon, d'accord, comme un ami. Plus près de la nuit, il s'est mis à arpenter les lieux découverts récemment : le château, le restaurant *La Bataille des Peuples* où il a englouti deux verres trop vite et sans faire attention au vin pourtant précieux et, enfin, *La vieillesse est un naufrage,* avec toutes ses décennies décadentes. Dans ce dernier lieu un énième *dîner caritatif* battait son plein, cette fois sans elle, sans Anime, mais en présence d'autres monstres.

Revenu chez lui tant bien que mal à la nuit tombée, Rothsky a remarqué du coin de l'œil deux ou trois fous assis sur les marches, qui attendaient déjà leur consultation matinale chez le docteur Hubschrauber et se sont tus, tendus, à son approche. En tournant la clef dans la serrure, Rothsky a ressenti de tout son être comment ils le vrillaient et le brûlaient de part en part par toutes leurs paires d'yeux enflammés. Mais il était préoccupé par autre chose. Il la suppliait de l'attendre à l'intérieur. « Tu sais comment entrer », rappelait Jos.

Mais à l'intérieur il n'y avait qu'Edgar qui l'attendait, passé depuis peu maître dans l'art de pénétrer dans les espaces fermés par des moyens connus de lui seul. À peu près au même moment, Rothsky a reçu le SMS : « Chez toi aussi. »

Le numéro était *le bon*, ce devait être la réponse. Presque vingt-quatre heures après son « En réalité, ils sont grands chez toi », Rothsky a reçu en réponse : « Chez toi aussi. » Le sens du message demeurait flou. Et surtout, il décontenançait terriblement en raison de son caractère excessivement lapidaire. Si au moins il y avait eu un sujet explicite, souffrait Rothsky. Pour sa part, il avait utilisé un pronom qui pouvait paraître mystérieux à un regard extérieur : « ils ». Il s'agissait bien évidemment de ses *seins*, et Anime ne pouvait pas ne pas le comprendre. Maintenant elle répondait : « Chez toi aussi », ce qui voulait implicitement signifier que le sujet éludé était le même : chez toi, ils sont grands aussi.

Mais Rothsky n'avait pas de *seins* ! Du moins dans le sens où il l'entendait. Bien évidemment, si elle avait remplacé le pluriel par le singulier, qui plus est au masculin, si elle avait écrit « il », alors là, pourquoi pas. Mais il n'y avait pas de « il ». Rothsky a vérifié une dizaine de fois l'écran de son téléphone, pour se rendre à l'évidence : il ne s'était pas trompé. Préposition, pronom, adverbe. Trois mots en tout et c'est tout, sois sage.

Rothsky a mis du temps à trouver une réponse. Après un stupide et naïf « Enfin !!! », qui lui a échappé à la première seconde et qui n'a pas été suivi d'une réponse de l'autre côté, il est resté bloqué. Maintenant, il était gêné par son impatience spontanée avec trois points d'exclamation honteusement pubères. Il voyait déjà comment, à l'autre bout, une bande de gros bras dégoûtants chiaient dans leurs frocs de rire, pointant le doigt vers le téléphone d'une petite kourvitsa aux allures de guenon fière d'elle (il est possible que ce mot désigne une pute en serbe).

Ce n'est que quelques heures plus tard (à minuit passé) que Jos a réussi à produire quelque chose de plus sensé : « Chez moi aussi ? Tu veux dire... ? », après quoi il s'est endormi instantanément et profondément. Et pas seulement : il a sombré au fond, disparu complètement, s'est déconnecté sous la couverture. Le matin, non sans un frisson douloureux de toutes les valves de son cœur, il s'est étiré à la recherche de sa réponse, et il l'a trouvée : « Tes doigts. Tu as les doigts d'un joueur de piano. Dommage que ce soient les orteils. »

« C'est mon erreur de n'avoir jamais joué avec les pieds », a répondu Rothsky sans quitter son lit. On est dimanche, a-t-il constaté. Pourquoi ne pas l'inviter ?

Leur échange de SMS, irrégulier et abrupt, a duré encore quelques jours (en comptant les nuits). « Comment va ? » demandait Jos. « Comme d'hab », semblait répondre Anime. Après quoi, tout s'interrompait pendant plusieurs heures.

Par moments, c'était plus animé. Elle : « Maintenant je sais pourquoi tu as deux bras. » Lui : « Et si j'en avais six, comme Shiva ? » Elle : « Ce qui aurait été idéal, c'est deux partout. » Lui : « Et comme ça, c'est pas assez ? » Elle : « Pas pour la masturbation. » Lui : « C'est l'imagination qui compte, pas les mains. » Elle : « C'est vrai. Et tu imagines qui ? » Lui : « Pas qui, mais quoi. » Elle : « ????? » Lui : « Ils sont deux et, en réalité, ils sont grands. » La dernière phrase, soyons honnêtes, Rothsky l'a tapée mais pas envoyée. Ses points d'interrogation étaient donc suspendus dans une longue incertitude. La séance s'étirait en pauses et attentes.

Parfois elle explosait en sensibilité inattendue et suspecte : « J'ai tellement envie d'être chez toi. » Ce à quoi Rothsky, s'efforçant de ne pas perdre la tête : « Qu'est-ce qui se passe ? Tu as besoin d'argent ? » Elle : « Comment oses-tu ? J'ai besoin de toi. » Lui : « Tu en es sûre ? » Elle : « Je ne dors presque pas. » Lui : « Viens, je vais te bercer. » Elle : « Pas encore, chéri, pas encore. » Lui : « Si pas maintenant, quand alors ? » Elle : « Adieu. Tu as mon baiser tendre. » Lui : « Entre les jambes ? Ce serait pas mal. »

Elle disparaissait. Mais elle revenait toujours.

Une fois, Rothsky a laissé tomber le style elliptique et laconique, mais aussi tous les autres jeux de mots et figures de style, chéris avec tant de soin, et il lui a envoyé un texte bien plus long, de sept cents à huit cents signes, où il lui a proposé de manière passionnée et posée d'être ensemble, de vivre chez lui ou bien de venir le voir plus souvent si (ce qu'il pouvait comprendre) la monogamie ne lui convenait pas.

Il a reçu en réponse qu'elle n'avait plus le droit de le voir.

« Mais pourquoi ? » Il gardait le cap.

Sa réponse a changé radicalement de sujet : « Parce que toi non plus, tu ne devrais pas rester chez toi. Tu ferais mieux de disparaître. – De combien de jours je dispose ? » a demandé Rothsky, mais cette nuit-là il n'a plus rien reçu d'elle.

Drôle d'ennemie, a pensé Rothsky.

Le temps est venu d'en dire un peu plus à son sujet.

Celle que Joseph Rothsky avait baptisée Anime est venue au monde et a grandi dans les favelas, pas les véritables comme celles du Brésil, mais celles de Ciscarpatie. C'étaient dans leur majorité des restes de coopératives agricoles mal digérées, des débris de la vieille époque du « socialisme victorieux », une structure économique disséminée sur les collines éloignées et les vallées du Nord pluvieux, pillées, miséreuses, insensées, affamées et transies de froid. Les subsides d'État alloués aux habitants de ces lieux sans avenir plus au moins régulièrement et indépendamment du profil politique des gouvernements suffisaient, en gros, pour le tabac et l'alcool. Les familles nombreuses (autrement dit la majorité), grâce à un emploi habile des allocations supplémentaires, pouvaient se permettre aussi des drogues douces. On entendait par « douces » des drogues bon marché, de fabrication artisanale, de contrefaçon, qu'on désignait comme *non certifiées*. Les drogues douces n'étaient en réalité jamais douces. Quoique le véritable bonheur se soit caché dans les champignons qu'offrait généreusement à toute cette population la nature subcarpatique, plutôt radine par ailleurs.

Anime venait justement d'une famille nombreuse, mais tous ses frères et sœurs (peu importe leur nombre) ne nous intéressent pas. Et elle non plus. Ils se sont tous disséminés, ont disparu et fondu, sont morts aussi : personne ne se souciait de la plus jeune. À huit ans, Anime s'est enrichie d'une famille supplémentaire et bien plus nombreuse, celle de l'internat. Dans ce pays, ce n'était nullement synonyme de destin particulier. Bien évidemment, elle haïssait l'internat de toute son âme d'enfant, bien que grâce à lui et à ses tortures elle eût gagné en endurance et en opiniâtreté ; elle avait appris à s'accrocher avec ses ongles avec une ténacité telle que ses futures victimes d'autodéfense seraient souvent mal en point. En outre, c'était à l'internat qu'elle avait saisi la vérité universelle (croyait-elle) que le mal ne peut être vaincu que par le mal, exclusivement. Sinon, il faudrait reconnaître que le mal est tout-puissant.

Son père (elle l'appelait *nenio*) purgeait dans une prison grecque une peine désespérante de six cent vingt ans que la justice grecque lui avait généreusement infligée pour participation au trafic de clandestins en mer depuis la côte occidentale de l'Asie Mineure. Sa mère (elle l'appelait *mamka*) travaillotait comme femme de chambre dans un hôtel quelque part au Groenland et ne nourrissait aucun projet de retour. Une fois, en feuilletant un atlas poisseux de la bibliothèque de l'internat, Anime a tracé avec une règle une ligne droite entre le Groenland et la Grèce. Sa place semblait être juste au milieu. Entre nenio et mamka.

Peu de temps après, elle a été violée par deux policiers et un routier. Ce qui équivalait à une invitation dans le club régional des losers, très populaire dans le coin : le bord de la route, les hôtels, les bars, les abribus, les motels, les cabines, les refroidissements, les ovaires, les trichomonases et les spirochétoses.

Anime n'a pas accepté l'invitation. Elle était motivée par la vengeance. Aucun de ses trois violeurs n'avait la moindre idée du malheur qu'il venait d'appeler sur sa stupide tête par cette envie subite de s'amuser un peu avec une *jeune*. Qui plus est, ils s'étaient déchaînés et l'avaient frappée au visage. Cela a signé leur arrêt de mort.

À peine quelques années plus tard, Anime travaillait déjà pour Mob et, ayant réussi à accomplir avec succès quelques missions prestigieuses, a gagné suffisamment pour que son routier soit incidemment lardé de coups de couteau dans les environs de Moscou. Les deux policiers, en revanche, ont attrapé quasi simultanément le même parasite africain et approchaient avec plus au moins de succès du coma irréversible dont il n'y avait qu'une sortie : le débranchement et l'arrêt de tout.

Tout le monde n'a pas la chance de saisir le but ultime de sa vie avant même d'avoir atteint ses vingt premières années. Anime a eu cette chance, sa vengeance s'est accomplie. Il fallait trouver un autre grand objectif. Mob lui a ouvert des possibilités illimitées, car non seulement il n'interdisait pas de rêver, mais il y encourageait.

Est-ce pour cela qu'elle s'est fixé comme objectif sa totale destruction, celle de Mob ?

De par sa nature, Mob était carnavalesque et hiérarchique tout à la fois. Ces caractéristiques généralement irréconciliables tenaient ensemble grâce au génie créatif des fondateurs. La hiérarchie de Mob a mis des années à se former et reposait sur des pratiques disciplinaires d'une rigidité sans précédent. Le carnaval relevait de la responsabilité de techniciens artistiques richement dotés par la direction, dont la grande majorité ne soupçonnaient même pas la destination véritable de leurs travaux. Quant à la planification pas à pas de la plupart des opérations, Mob y impliquait les auteurs des scénarios des séries télévisées les plus chers et, par conséquent, les meilleurs, surtout ceux qui excellaient dans les genres crime, gothique, horreur et parodie. « Nous ne travaillons pas avec les banalités de l'esprit humain. (C'est ainsi qu'a partagé sa méthode de travail un des Supérieurs dans une interview au retentissement scandaleux.) Nous en appelons aux aberrations de l'imagination, en particulier celles qu'on appelle des illusions. »

Les toutes dernières années de l'enfance d'Anime sont tombées sur une époque spécifique, quand Mob recrutait à tout va pour ses actifs exécutifs la jeunesse douée de l'Europe centrale et orientale, en organisant, entre autres, différents castings et talent shows. On appréciait aussi bien les prédispositions mathématiques particulières (il faut lire, des hackers) que l'adresse physique exceptionnelle, mais aussi de bonnes capacités de communication : la faculté de trouver et d'établir des contacts, d'inspirer confiance, de charmer, d'attirer et de rendre dépendant. De plus, il était question des facultés linguistiques (la maîtrise du chinois ou du japonais procurait des avantages immenses), tout comme la sensibilité innée ou acquise et l'adresse des mains, prêtes à tout, depuis les imperceptibles injections indolores jusqu'à la destruction délicate et semi-intuitive des coffres-forts, en passant par l'usage en filigrane des gadgets d'espionnage miniature et le jeu frisant la précision parfaite dans sa dernière cyberversion.

Anime a obtenu les meilleures notes dans les deuxième, troisième, quatrième et cinquième catégories (capacités physiques, aptitude à la communication, facilité linguistique, adresse des mains) et a démontré des talents satisfaisants dans la première, le hacking. Elle a été acceptée, et elle est entrée progressivement dans des opérations secrètes de plus en plus compliquées, mûrissant jusqu'à prendre conscience du plus grand objectif de sa vie.

Le cas de Rothsky était pour elle une ambitieuse marche supplémentaire. Plus précisément, il devait le devenir.

En retraçant chacune des versions possibles de dissimulation des dépôts de Subbotnik, Mob avait Rothsky en ligne de mire depuis un certain temps déjà. La situation était en état de surveillance permanente, mais voilà que Mob avait reçu une information sur l'approche des hommes du Régime. Ces derniers n'étaient nullement des concurrents : ils étaient très loin de Mob avec ses hiérarchies véritables et non fictives ! Certainement, Mob et le Régime auraient continué à exister dans leurs mondes parallèles, supérieur et inférieur, s'il n'y avait pas eu Rothsky. Qui, pour rester poli, intéressait les premiers et les seconds. Il les intéressait pour des raisons différentes. Les hommes du Régime s'en approchaient pour le tuer, rien d'autre ne visitait leur esprit. En revanche, Mob considérait Jos comme un accès probable au secret bancaire. Et si les hommes du Régime devaient le trucider soudainement, il y avait de grandes chances que l'accès se ferme. Et plus précisément, se ferme à tout jamais.

Depuis les hauteurs de Mob, après des réunions relativement prolongées, est arrivé l'ordre de s'occuper de Rothsky au plus vite. Hélas l'exécutante (Anime), jusque-là excellente et prometteuse stagiaire, a cramé non pas une, mais deux occasions. Tout d'abord elle n'a pas rendu Rothsky dépendant d'une certaine substance puissante, lui administrant un tout autre calmant. Deuxièmement, elle ne s'est pas emparée de sa base de données, en perdant honteusement sa copie. L'inquiétude montait au sommet.

Maintenant, elle suppliait sa hiérarchie immédiate, les larmes aux yeux et la morve au nez, de lui laisser une dernière chance.

« Oui », a répondu Rothsky quand elle a demandé « si le docteur était déjà installé ». « Alors peu, très peu. Presque plus rien », a écrit Anime.

Elle s'est de nouveau manifestée après quelques jours d'interruption. La phrase « De combien de jours je dispose ? » restait pendante tout ce temps. Et voilà enfin : peu, très peu, presque plus rien.

Dans son dernier SMS, Rothsky lui proposait de passer à des échanges électroniques, ce pour quoi il avait créé une nouvelle boîte, exclusivement destinée à leur correspondance, de préférence, sur un très vieux serveur presque oublié et relativement lent : ce serait plus sûr. « Je serai le dernier sur cette terre à utiliser le courrier électronique, terminait Rothsky avec une phrase déjà entendue. Reste avec moi ! » Anime ne partageait pas sa confiance dans les mails, mais elle l'a écouté et lui a écrit d'une adresse fraîchement créée : « Je suis là, tu peux écrire. »

Et c'est là que Jos s'est autorisé à être sincère : « Ouf. Commençons par l'essentiel. Tu es avec moi ou avec eux ? »

La réponse ne s'est pas fait attendre : « D'abord avec eux. Maintenant, avec toi. »

Rothsky : « Et c'est pourquoi tu veux que je disparaisse ? »

Anime : « Sinon, tu es cuit. »

Rothsky s'est tu, et douze heures plus tard il a écrit : « D'ailleurs, tu le sais sans doute : ce dépôt a un propriétaire et ce n'est pas moi. L'argent ne m'appartient pas. » De cette manière, qu'il considérait comme intelligente, il espérait la faire parler de Subbotnik : était-il encore en vie ou non ? Dans les informations internationales il n'en était fait aucune mention, comme si cet homme méritant n'avait jamais existé. Mais Anime non plus n'en disait rien. Plus précisément, à la question de Rothsky « Comment va Jeffrey ? », elle a répondu : « Je n'en connais pas. »

La hiérarchie, s'est dit justement Jos. Elle n'est pas très haut placée, juste une exécutante d'un des maillons les plus bas. Étrangement, cette conclusion l'a rassuré.

« Des suggestions pour disparaître ? » lui a demandé Rothsky la nuit suivante.

Elle a mis près d'une heure à répondre. Puis il a lu : « En réalité, ils sont partout. Ça ne servirait à rien de disparaître, mais la chance est dans le changement constant du lieu de vie. Autrement dit, disparaître de partout et tout le temps. Alors, ils ne réussiraient peut-être pas à suivre. Rien n'est moins sûr, mais il y a de l'espoir. »

Rothsky a tourné et retourné cela jusqu'au matin. Vers midi, il était prêt à capituler et il a écrit : « Et si je communiquais le code ? Pas à eux, à toi. Et toi, tu leur diras. Tu auras de bons points, tu monteras dans la hiérarchie ☺ S'ils avaient tout cet argent, est-ce qu'ils laisseraient tomber ? »

Anime semblait quelque peu déçue : « Comme ça ? Pffff ☹. » Et elle lui a immédiatement envoyé un nouveau mail : « Maintenant, sans doute pas. Ils ne laisseront pas tomber. Tu leur donneras les codes, ils te supprimeront. Comme un loser, comme celui qui a perdu. Comme quelque chose d'inutile, un déchet. Par compassion et par pitié. Et tout simplement comme un personnage inutile. Le scénario ne supporte pas les sujets non achevés. Ils te supprimeront, sans aucun doute. »

Alors Rothsky a fermé sa boîte, arrêté YouTube qui annonçait « Godspeed You! Black Emperor » et, malgré tout son respect pour les musiciens en question, a débranché son ordinateur.

– Et voilà, a-t-il dit à haute voix. Rien ne me menace, excepté la mort.

– Même elle, elle ne te menace pas, l'a contredit Edgar avant de s'installer sur son épaule préférée.

Et un jour plus tard, quand la cage d'escalier grouillait de patients du psychiatre Hubschrauber, et qu'ils avaient commencé à s'agglutiner sans équivoque près de la porte de l'appartement de Jos, tantôt pour y frapper, tantôt pour farfouiller dans la serrure, tantôt en essayant de la faire sortir de ses gonds, Meph le Sauveur a appelé :

– Jos, je ne suis pas rancunier, mais jeudi dernier vous m'avez traité comme de la merde.

– Le passé est le passé, a répondu Rothsky. Qu'avez-vous aujourd'hui ?

– Rien de spécial. Et vous ? J'ai entendu dire que vous aviez des problèmes. On dit que vous feriez mieux de disparaître ?

– On dit ? (Rothsky a marqué une pause.) Qui dit ?

– Ce n'est qu'une figure de style, ne faites pas attention. Et sachez que je regrette vraiment de vous laisser partir avec vos jeudis, mais tant pis. Au cas où, sachez que je suis prêt à vous aider en matière de PD.

Rothsky a compris qu'il s'agissait de Parfaite Disparition.

J'ignore ce que vous avez comme météo, mais je suppose que ça dépend. Alléluia à tous ceux qui continuent à m'écouter et à m'étonner par là même. Par exemple, à Alleluia, État du Nebraska, où c'est aujourd'hui le jeudi 12 décembre. Comme vous êtes heureux. Si seulement vous pouviez le savoir ! Je regarde vos petites lumières vertes et je vous envie doucement.

Il est quatre heures trente, vendredi matin. Je ne parle même pas de la date. Là-bas, derrière les murs, c'est plus qu'une tempête, un véritable Armageddon. Cette bâtisse, croyez-moi, est bien solide, mais même elle, elle vacille. Même moi, je vacille, alors que dire de la maison ? Onze sur l'échelle de Beaufort, comme on plaisantait sur notre bateau.

Mais sans exagérer. En vérité, au cours de toutes mes navigations, j'ai eu à en affronter maximum cinq.

J'espère beaucoup que ce hurlement est là-bas, dehors. J'espère qu'il n'est pas en moi. Une grande rencontre de deux mers et de deux océans, pas deux contre deux, mais tous contre tous. Pauvres baleines. Pauvres baleiniers. Comment survivre dans quatre tempêtes ? Et surtout survivre pour tout le monde, aussi bien les baleines que les baleiniers. J'aime les deux, les premières comme les seconds.

Pour rappel, je suis Joseph Rothsky et vous écoutez Radio Nuit. Je voulais d'abord l'appeler Radio Tristesse, mais qui l'aurait écoutée ?

Pour ceux qui m'écoutent depuis peu, une brève explication : j'essaie de réfléchir à haute voix sur le choix à faire entre un père et un ami. Pour l'instant, je n'y arrive pas. Peut-être que je retrouve juste quelques souvenirs.

Comme certains l'ont déjà entendu, le père et l'ami m'ont abandonné presque simultanément. Depuis, j'ai vécu seul environ les trois quarts de ma vie jusqu'à présent. Je remarque que ce n'est pas si mal, je ne me plains pas et ne pleure pas. Le père, si c'est un dieu, de manière générale, est irremplaçable. S'il est mort, alors c'est fini, il n'y en aura pas d'autre. On ne va pas vivre dans une détresse permanente parce que Dieu est mort ! En ce qui concerne le diable, autrement dit un ami, nous semblons savoir qu'il a plusieurs visages et qu'il peut faire semblant de revenir de temps à autre. C'est de cela que parle mon histoire. En gros.

Quand on joue dans un groupe musical, surtout quand on joue du rock, et qu'on en a engrangé plein pendant des années, on peut difficilement éviter de mauvaises relations et habitudes. Autrement dit plein de potes. Nous changions le plus souvent de percussionniste : de mémoire, nous en avons eu au moins une douzaine. Je ne pourrais même pas me souvenir de tous. Suivent les vocalistes, filles et garçons. C'est un souci constant, car ils n'entendent personne excepté eux-mêmes. Il y a eu aussi des ajouts en marge de manière épisodique : violoncelle, saxo baryton, accordéon, harmonica, etc. Les bassistes étaient deux, dont le premier était un génie, mais héroïnomane. Je pense qu'il est déjà en train de paître quelque part dans les prés célestes. Le deuxième était assez technique et quelque peu détaché, parfaitement absent, une sorte de robot. On ne pouvait même pas lui casser la gueule.

Je me suis surtout battu avec Makhatch. Lui, guitariste acoustique, moi au clavier. Tout a commencé avec nous. Nous avons créé « Docteur Tahabat », et avons traversé ensemble toutes les époques et tous les écueils, tous les temps, tous les styles, tous les noms. J'aimais Makhatch comme moi-même. Je l'ai rencontré pour la première fois quand je suis revenu dans mon pays, jeune et sûr de moi. Pourquoi ne pas devenir une rock star ? Dans un pays aussi pauvre, au moins, c'était possible. Pauvre en argent, pauvre en musique, pauvre en personnalités. Et voilà que je tombe sur cet énergumène, dans la rue, au beau milieu de la ville. Il fonçait sur moi, dépenaillé et échevelé, le manche de sa guitare en avant, en faisant des grimaces et en montrant les crocs en guise de défi aux filles qu'il croisait. Nous avions le même âge. Nous écoutions les mêmes idoles. « T'as la même chose aux yeux que Bowie », a-t-il constaté. Ç'a été un point décisif pour lui. Une semaine plus tard, nous nous sommes retrouvés pour une première répétition dans l'atelier de conditionnement abandonné d'une ancienne manufacture d'emballage. Ou bien le contraire, un atelier d'emballage dans une manufacture de conditionnement. De deux choses l'une. C'est ainsi que nous nous sommes mis à nous tirer l'un l'autre, de toutes nos forces, pour devenir musiciens : par la mèche de cheveux, par les pans de l'imperméable, par d'autres organes. Je pense que nous nous battions à forces égales, mais l'un d'entre nous dépassait toujours l'autre. Par moments, en matière de filles, parfois en ce qui concernait l'herbe ou l'absinthe, parfois dans la composition.

Nous avions des conflits graves, des disputes et on se quittait pour toujours en moyenne quatre fois par mois. Rien qu'en répétitions, nous nous sommes battus une quarantaine de fois, dont quinze jusqu'au sang. Je suis plus petit, alors que lui, avec ses longs bras de singe, me plaquait au sol neuf bagarres sur dix. Et malgré cela, c'est moi qui commençais neuf bagarres sur dix. Ici, j'ai envie de le répéter : j'aimais Makhatch comme moi-même. Si j'ai jamais eu un ami que j'aie haï de toutes mes forces, c'était bien lui.

Notre tout dernier concert commun a été joué sous un nom quelque peu raccourci, « Tahabat », au cours d'un certain festival disproportionnellement riche, près de bases militaires abandonnées au milieu de forêts infranchissables. Sans crier gare, on nous a invités comme headliners. Accomplis, vieillissants, presque oubliés. Imaginez donc : nous avons travaillé avec les lumières et les haut-parleurs les plus chers de l'époque en Europe !

Je ne veux pas vous ensevelir sous des détails inutiles. Je mentionnerai juste que la gestion de l'éclairage était assurée par deux consoles, Avolite Pearl 2004 Expert et Pearl 2004, sachant que la seconde était sur une plateforme mobile en back-up ! Le système était constitué de seize têtes Martin Mac 550, six appareils Martin Mac 600 et six Coemar Infinity Wash ! L'éclairage standard provenait de douze fermes ACL, vingt DWE à deux ampoules, douze DWE à quatre ampoules, douze systèmes PC de 1 000 watts de puissance et six systèmes avec lentille de Fresnel de 2 000 watts de puissance. De plus, six stroboscopes Martin Atomic Strobe ! Par conséquent, le dimmer Electron était composé de quarante-huit canaux de 3 kW.

Vous imaginez ?

Maintenant, le son. Tout d'abord, on a loué pour nous un système de son stationnaire d'un certain théâtre italien, composé de huit éléments du massif linéaire ALA3 de chaque côté de la scène et quatre subwoofers. On y a ajouté six subwoofers S218 du système de base Martin Audio, quatre enceintes W8 LM pour couverture latérale et un couple d'enceintes F12, F10, F215 et W18 pour couvrir la zone proche ! Et le système des moniteurs sur scène ?! Quatorze enceintes Martin Audio LE12J, deux Martin Audio LE 2100, et aussi un bloc d'amplification Lab Gruppen, contenant un rack avec deux amplificateurs fP 3400, un fP 6400 (plus un processeur XTA DPA 226) pour les enceintes W8LM, deux racks fP 3400 et un rack LAB 1600 ! Et surtout, une console portable numérique, Yamaha PM5D-RH ! Sachant qu'une autre identique assurait le mixage du moniteur.

Est-ce un rêve ou un conte de fées ? Ceux qui savent le reconnaîtront : les deux.

Ce soir et cette nuit-là nous sommes devenus des dieux. Makhatch et moi, et tous les autres Tahabat, que nous avons réunis tant bien que mal de différentes années et compositions, que nous avons traînés avec nous dans ces forêts. Ce concert est toujours une référence dans les archives culturologiques. Ni avant ni après nous n'avons jamais été aussi renversants.

Du reste, il n'y a pas eu d'après. Pour moi, cette nuit s'est transformée en… Bon, il m'est arrivé une mésaventure. J'étais si heureux, car je pouvais voler. Et j'ai un peu volé. Au-dessus de la mort.

Et Makhatch ? Je l'ai haï instantanément. Aller dormir, comme ça, après un concert pareil ?! Nous laisser tomber, moi, nous, toute cette euphorie, les frères et, surtout, les sœurs ? Il s'est amené à ce festival sous bonne garde : sa femme, ses deux filles, son fils. L'aînée avait dix-sept ans. « Pourquoi, ami, tu te comportes comme un père ? » je lui criais dans le dos, déjà passablement enfumé. Il n'a fait que se retourner, quittant ce souk presque à la tête de sa portée. Il s'est retourné pour me montrer la langue des Rolling Stones (et peut-être un peu d'Einstein), exactement comme à l'époque, quand je l'avais rencontré pour la première fois au beau milieu de la ville, avec sa guitare devant lui. Makhatch, père de famille exemplaire, vieux cheval, grisonnant et entravé depuis longtemps. Du vrai cheval il n'est resté que la queue à l'arrière du crâne. Bien que sur scène, ce fût toujours un démon, un génie, un diable. Comment est-ce possible ? L'un et l'autre ? Le cheval et le diable ?

Il est quatre heures quarante, le temps d'écouter les ***Rolling Stones, « This Place Is Empty »****.*

This place is empty. Ce lieu est vide. Sans toi.

Je vais continuer un peu sur Makhatch, et vous comprendrez pourquoi c'est important. Vous écoutez Radio Nuit.

Voilà qu'il s'éloigne de nos feux de camp, un vieux cheval lourd avec sa queue grise derrière la nuque. Il est suivi docilement à petits pas dans l'obscurité par ses « dépendants » : sa femme, dont je n'ai jamais fait la connaissance, et ses trois enfants. Spécialement à mon intention, Makhatch se retourne et me fait une grimace, la même, vous imaginez ? que quand nous avions quelque chose comme vingt-deux ans et qu'il avançait vers moi avec sa guitare. Je lui avais barré la route et, sans sortir les mains des poches, je l'avais légèrement poussé de mon épaule contre la poitrine. Nous étions devenus amis.

Et voilà que nous nous quittions. Dans des forêts au diable vauvert, trente ans plus tard.

Adieu, Makhatch, me suis-je dit. Nous nous quittons pour la dernière fois. Adieu, traître.

La révolution a commencé à l'approche de l'hiver. Bon nombre d'entre vous ont pu l'oublier. Mais vous ne pouviez pas ne pas voir toutes ces images, avec beaucoup de neige et des yeux arrachés. J'y étais, dans ces images.

Mais au début tout ne se présentait pas comme ça : il n'y avait presque pas d'yeux arrachés, et la neige était plus propre. On a érigé sur la place de la Poste une scène pour des discours et des concerts. La musique devait devenir notre réponse à la machine répressive. Littéralement : « Arrêtons les escadrons de la mort avec le mur de la musique ! », quelque chose de ce genre. En outre, le froid : les manifestants dansaient sans discontinuer. Cette révolution a même été traitée un temps de Révolution dansante. Avec de la musique populaire, du jazz et de la musique symphonique. Et, bien évidemment, du rock and roll. Des dizaines de groupes sont passées par cette scène au cours des semaines et des mois.

On la brûlerait par la suite. Vous trouverez sur YouTube une vidéo de trois minutes où on la voit brûler héroïquement, comment elle s'épanouit pour la dernière fois dans une explosion puissante, puis se disloque en fragments brûlants, et comment les interprètes en masques à gaz ne cessent de l'arroser avec des lances à eau. Mais ce sera plus tard.

Je suis arrivé à la capitale au septième jour des protestations. Une des premières nuits (je ne coupais pas encore le téléphone à l'époque), j'ai appelé Makhatch. Nous n'avions pas été en contact depuis ce festival d'été. Nous n'avions pas l'intention de rester en contact. Et cependant, je l'ai appelé cette nuit-là. J'ai dit que « Tahabat » devait jouer sur la place de la Poste, qu'il fallait se retrouver comme la dernière fois, que c'était important, que ce n'était pas une question d'ambition, de la mienne ou de la sienne, mais qu'il s'agissait de la liberté. Makhatch m'a répondu d'une voix étonnamment éveillée : « Jos, ne m'appelle plus jamais au sujet de ce genre de bêtises. Je ne veux même pas en entendre parler. Je suis un musicien sérieux, et j'ai un tas de travail en session. »

Il a dit en session ? Ou en studio ? Quelque chose comme ça. J'ai compris. Il m'envoyait promener, moi et la révolution. « Excuse-moi si je t'ai réveillé, lui ai-je dit. Mais je crois que non. Dors bien. »

Vous croyez que tout s'est arrêté là ? Que nenni.

J'ai été arrêté la veille de la fête qu'on appelle chez nous l'Ancien Nouvel An. On m'a conduit dans la forêt où le Régime avait des box secrets pour les tortures et les interrogatoires. Le reste est un autre sujet dont on ne parlera pas.

Makhatch est apparu dans la capitale trois jours après mon enlèvement, lorsque la disparition de l'Agresseur était devenue un motif récurrent sur tous les réseaux. Je pense qu'il n'a pas réussi à s'endormir après mon appel nocturne. Il résistait de toutes ses forces, mais il était tiraillé et en souffrance. Quand j'ai disparu, il a compris qu'il ne se le pardonnerait jamais. Un matin, il est allé place de la Poste en descendant du train de nuit. La version finale de l'enfer s'y dessinait déjà : partout brûlaient des pneus, le cercle des rideaux de fumée qu'ils produisaient se rétrécissait impitoyablement, le nombre de blessés et d'estropiés avait dépassé une centaine, alors que les discours sur scène faisaient de plus en plus penser à des prières d'adieu. Le pouvoir ne menaçait plus de recourir aux blindés, il transférait la contestation aux abords de la capitale, méthodiquement et en silence.

Makhatch était novice dans tout cela, il ne connaissait rien à rien et ne savait rien faire. Nonobstant, il s'est rendu dans les endroits les plus chauds, a grimpé sur les barricades, agité ses énormes bras et dérangé tout le monde avec son manteau à carreaux tout neuf, son écharpe rouge vif et ses cheveux poivre et sel ébouriffés par le vent. Le sniper de la police, installé sur le toit du siège du gouvernement, ne pouvait pas ne pas choisir ce vieux crétin chevelu. Il avait choisi une dizaine de morts potentiels dont chacun se montrait tentant à sa manière. Mais Makhatch était hors concours. Le sniper a visé son écharpe.

On a eu le temps de traîner le corps de Makahtch vers une zone plus sûre. On n'a pas réussi à arrêter le sang de son aorte déchirée.

Il sera bientôt cinq heures du matin chez moi, ami. Spéciale dédicace pour toi : ***David Bowie, « Wild Is the Wind »****. Tu sais pourquoi.*

13

Un des matins suivants, Rothsky a été réveillé par des coups de plus en plus insistants venant d'en haut. Des coups, ou plus précisément, des heurts de plus en plus forts sont apparus dans les derniers épisodes de son sommeil, mais n'ont pas voulu y rester. Tout portait à croire qu'ils ne relevaient pas de ses rêves, plutôt le contraire : ils détruisaient son sommeil de l'extérieur.

Il était temps. Du crépi tombait déjà du plafond à plusieurs endroits. Les moulures se couvraient d'un réseau de fissures nettes. Les coups des massues invisibles devenaient plus forts, frénétiques et fréquents. L'idée qu'à l'étage au-dessus opérait avec application toute une brigade de patients des plus agités du mystérieux docteur Hubschrauber, qui auraient reçu comme mission de faire le plus grand nombre possible de trous dans le plafond de l'appartement de Jos, ne semblait plus absurde. Edgar confirmait de tout son être le bien-fondé des suppositions de Jos. Le corbeau sage avait quitté à tout hasard sa boîte sur l'armoire et, toutes plumes dressées, s'était figé dans le couloir, la tête légèrement relevée, comme s'il écoutait et jaugeait la situation.

Rothsky a appelé Servus.

– Meph, je crois que ça a commencé.

– De quoi vous parlez ? a répondu pas très poliment le voisin d'en dessous. D'ailleurs, je m'apprêtais justement à vous appeler. C'est quoi cette bataille des peuples que vous avez organisée ?

– Ce n'est pas moi, c'est au-dessus, Meph.

– Pas de métaphysique. Ne compliquez pas les choses. Qu'est-ce que vous voulez dire par au-dessus ?

– L'étage au-dessus. Chez le psychiatre.

– Oh. (Servus a changé de ton.) Vous voulez dire que vous vous faites attaquer par le haut ?

– Je ne veux pas le dire. Je le dis.

Un silence s'est installé à l'autre bout du fil.

– Meph ? Vous m'entendez ? Vous êtes toujours là ?

– Je suis là. Je ne vous ai pas abandonné. J'ai un conseil : attrapez le nécessaire et évacuez.

– Un bien joli mot, Meph. Mais comment ? Comment évacuer quand ils grouillent devant ma porte et dans la cage d'escalier ? Ils sont même devenus plus nombreux ces derniers jours. Peut-être que je réussirai à passer à travers, mais probablement pas.

– Pas la peine, Jos. J'ai une meilleure idée pour vous. Vous allez disparaître sans sortir de l'appartement.

– Dites-moi comment.

Rothsky était persuadé d'entendre quelque chose d'absurde. Mais ce n'était pas le cas.

– C'est très simple, a répondu Servus. Au bout de votre couloir, là où il y a l'armoire avec l'oiseau, il y a une trappe dans le plancher. Vous savez ce que c'est, une trappe ?

– Je vais deviner. Je verrai et je vais deviner.

– Parfait. Excusez-vous auprès de l'oiseau pour le désagrément et tirez précautionneusement le bout gauche de l'armoire vers vous. La trappe est juste sous l'armoire, sous sa partie gauche. Vous l'ouvrez et vous descendez chez moi. Par une échelle – vous y trouverez une échelle.

Et vous descendez. Quand vous sauterez, vous serez dans mon garde-manger.

– La clef ? a demandé Rothsky.

– La clef ? Quelle clef ?

– Comment je vais ouvrir la trappe ?

– Pas besoin de clef : vous frapperez, la trappe s'ouvrira. Mais il faut frapper de toutes vos forces, pour que le bas vous entende. Frappez et on vous ouvrira, Jos. Je crois que nous devrons nous quitter sur cette maxime sacrée. Agissez.

Rothsky s'est jeté vers l'armoire. La douleur dans la poitrine et dans les côtes, heureusement, n'était pas aussi piquante que les jours précédents, bien qu'elle le fît toujours souffrir, mais ne l'a pas empêché de faire bouger l'immense armoire de type baroque, et de la pousser en quelques mouvements vers la gauche. En dessous, en effet, il y avait un carré qui se distinguait du reste du plancher par sa couleur et sa facture. En le regardant, Rotshky s'est mis à réfléchir un instant, mais un nouveau flux de vacarme lui a rappelé le danger. Il a téléphoné de nouveau à Servus.

– Vous avez du nouveau, Jos ? a-t-il entendu dans le combiné. Vous êtes déjà sur le chemin vertical ?

– Question, Meph.

– Allez. Mais faites en sorte que je sache quoi répondre.

– Je n'en ai pas d'autres pour vous. Je vais descendre dans ce trou. Et tout va rester ici comme ça ? L'armoire repoussée, la trappe ouverte ? Je ne serai pas le seul invité chez vous, tous les autres aussi ?

– Ce n'est pas votre problème, l'a rassuré Servus.

– C'est sûr, ce sera le vôtre.

Servus a changé de nouveau de ton, maintenant pour un ton chaud et conciliant, paternel d'une certaine manière :

– Tout ira bien, Jos. J'aurai le temps d'envoyer quelques ouvriers qui vont nettoyer comme il faut. C'est-à-dire qu'ils ne laisseront rien. Prenez juste avec vous la clef de votre appartement, pour qu'ils n'aient pas à farfouiller dans votre serrure. Et je vous remercie pour le STBF – le Souci du Travail Bien Fait. Vous avez fait vos bagages ? Hâtez-vous, il y en a qui vous attendent ici.

(J'ajouterai pour ma part que les ouvriers de Meph ont été parfaits. Quand plus tard je retrouverai l'appartement et, voulant vérifier l'histoire de la trappe, je bougerai en réunissant toutes mes forces physiques, à l'instar de Rothsky, l'armoire de sa place, je ne trouverai en dessous ni trappe ni la moindre trace : une surface idéalement lisse, un parquet de chêne d'une noblesse patinée datant d'une époque dorée.)

La question de Servus « Vous avez fait vos bagages ? » n'était pas simple. Établir en quelques minutes la liste de l'indispensable, sachant que très certainement on quitte un endroit établi et familier, un lieu où on perd pour toujours chaque chose qu'on y laisse, n'est pas facile.

Rothsky y est parvenu globalement bien. Il a pris, tout d'abord, l'ordinateur, ensuite, les écouteurs (les trois paires). Il a choisi deux ou trois chemises et du linge de rechange, mais se disant « J'en trouverai du neuf là-bas », il a tout laissé. Seulement, on ignore où est ce « là-bas » et ce que signifie ce mot au juste.

Les papiers d'identité, les documents, les cartes bancaires étaient toujours prêts. Le livre de Robert Walser, remis en guise d'adieu par le directeur de la prison dans le miséricordieux pays helvétique, aussi. Comment faire sans lui ?

Le téléphone était déjà dans la poche. Il a été rejoint par les chargeurs, alors que là-bas (c'était où ?) ceux-ci ne devaient pas poser problème. Rothsky a décidé de ne pas prendre le gant pour la chasse aux faucons, bien que sa main eût gardé le souvenir de son daim chaud et mordoré.

Ses vêtements préférés étaient déjà sur lui. Le col de la veste était relevé, comme toujours, dressé par bravade.

Il s'est avéré qu'il avait cinq paires de lunettes de soleil : il a refusé d'en abandonner une seule. Tout comme la bouteille de vranac, la dernière du lot traditionnellement acquis au *Fine-Wine Market*. Et enfin (réfléchissant encore et encore sous les coups de boutoir toujours plus forts et plus proches), le tire-bouchon.

Et Edgar ? Est-ce que Rothsky pouvait le laisser ? Jamais de la vie !

Seulement, Jos ne savait pas comment passer par le trou relativement étroit, en tenant l'oiseau. Bon, d'accord, s'il n'y avait eu que l'oiseau, ils auraient pu passer. Mais il y avait aussi le sac avec l'ordinateur suspendu à l'épaule, les écouteurs autour du cou, les poches pleines, une bouteille à la ceinture, des côtes douloureuses. Rothsky était perdu, et pour ne pas rester les bras croisés, il a décidé de faire une descente de reconnaissance. Peut-être qu'il réussirait à parvenir en bas, à y laisser ses affaires et à revenir chercher son copain corbeau ?

Ce dernier s'est avéré plus fécond en imagination. À peine Rothsky s'est-il glissé jusqu'à la ceinture, cherchant de ses pieds les barreaux de l'échelle qui devait le mener en bas, qu'Edgar s'est envolé doucement pour se poser sur sa tête, opportunément protégée par une casquette épaisse datant de l'époque post-punk. L'oiseau, comme toujours, avait raison : pourquoi faire les choses deux fois ? La fuite n'est authentique que lorsqu'on ne revient sous aucun prétexte. Lorsqu'on ne se retourne même pas.

Un saut du dernier barreau, dans une poussière meuble et soyeuse, puis le grincement de la porte et l'éclat de la lumière électrique.

– Bienvenue au garde-manger !

Servus, la main levée, a traditionnellement envoyé sur Rothsky un nuage épais de *Gravity Master*.

Il n'y avait aucun miracle en cela. Le miracle était Anime, qui est apparue dans le dos de Servus.

Elle avait l'air concentré et raide : une sorte de voyageuse de montagne qui a organisé le voyage sur son itinéraire préféré – ou inconnu – et s'est préparée en connaissance de cause. Même son sac à dos lui seyait parfaitement, rempli (à n'en pas douter !) d'objets et de substances d'importance uniquement. Et que dire du bandana, de belle matière et de style, qui enveloppait impeccablement l'ovale mat de son visage ! S'il n'y avait rien eu entre eux jusqu'à présent, si à cet instant Rothsky l'avait vue pour la première fois, de toute manière… Non, il ne serait pas tombé amoureux : Rothsky affirmait qu'il ne pouvait pas tomber amoureux. Mais quelque chose d'indicible aurait bougé en lui.

Et c'est ce qui s'est produit.

Par obstination, Rothsky ne l'a pas montré, comme s'il était préoccupé uniquement de savoir comment enlever sa casquette le plus doucement possible avec Edgar quelque peu crispé. Anime non plus ne se précipitait pas dans ses bras, un peu étrange, étrangère, étrangéisée. D'ailleurs, pourquoi ? Quelles embrassades ici et maintenant, dans ce garde-manger, sous le regard de cet ordonnateur chauve et sans sourcils serré dans un nouveau costume ?

Servus essayait de les encourager :

– Et la scène des retrouvailles ? La joie avec les larmes dans les yeux ?

– Ça ne faisait pas partie de votre commande, Meph, a rétorqué Jos un rien trop durement.

Mais il s'est rattrapé sur-le-champ :

– Merci de votre aide. Vous êtes un vrai ami, on dirait.

– Dans tous les cas, pas le père. (Le maître des lieux a fait un clin d'œil.) Mon enfant, mets-toi à côté de l'oncle Joseph, je veux faire un selfie avec vous deux.

Anime a haussé les épaules, mais a obéi, se plaçant près de Rothsky de sorte que ce dernier ne puisse pas ne pas mettre sa main là où sa taille se transformait en cuisse. Cela n'a pas provoqué de réaction de sa part : ni encouragement ni résistance. Servus s'est placé un peu en avant, et dans son bras osseux tendu a étincelé un gadget follement platine.

– Seulement, ne dites pas « cheese », a demandé Rothsky, et tous les trois ont ri toutes dents dehors, sans se concerter.

– Effet Edgar, a expliqué Jos.

Le corbeau a repris ses esprits et a eu le temps de s'installer sur son épaule habituelle.

En regardant aujourd'hui cette photo, je suis parvenu à la conclusion indirecte qu'il s'agit d'une partie d'une troupe de comédiens itinérants. Au premier plan, il y a un imprésario roublard, par procuration, fripon et provocateur, parfois conférencier. Ensuite, une apprentie diseuse de bonne aventure, par procuration, empoisonneuse, flûtiste et guérisseuse. À sa droite, un oiseau savant, par procuration, un poète romantique. Et le quatrième est un éternel gymnaste malheureux à moitié brisé, par procuration, un héros-amant au passé d'acteur porno.

La photo, comme d'habitude, n'a été réussie qu'à la troisième tentative.

– Et voilà, a constaté Servus plus au moins satisfait, en regardant les versions précédentes. J'ai. Je vous ai. Il est peu probable que nous nous revoyions dans cette vie, heureusement j'aurai un souvenir. Maintenant partons, il est temps.

– Que diable ? a demandé Rothsky, pour se corriger immédiatement. Pardonnez-moi, Meph. J'oublie un peu où je suis et qui vous êtes. Menez-nous.

– Vous ne vouliez pas juste disparaître, vous vouliez parfaitement disparaître ? a demandé Servus, caustique.

« Je ne voulais rien », a pensé Rothsky, mais il n'a rien dit.

Satisfait de sa force de conviction, Servus les a conduits à travers les locaux du *Khata Morgana,* vides à cette heure de la journée, et où, à en juger par le bazar ambiant, des tables renversées, des traces étalées ici et là, des coulées sales et des mares de bière (ou de ce qui y ressemblait), on s'était bien amusé la veille. Est-ce la raison pour laquelle Jos a remarqué que Meph était quelque peu défraîchi ? Comme s'il avait festoyé jusqu'au matin, et puis s'était généreusement aspergé de parfum pour lui venir en aide, le sauver lui, Rothsky, raison pour laquelle en le conduisant maintenant, il se cognait contre les chaises, les moulages, les mannequins, les crachoirs et toutes sortes d'obstacles ?

– Ce sera long à nettoyer, a remarqué Rothsky en passant devant un énième lustre brisé.

– Ce n'est rien, a rétorqué Meph. De toute manière on va nous déloger. On a fermé.

Rothsky a compris que c'était la dernière fois qu'il était là et a regretté, l'espace d'un instant, ses jeudis féériques.

Quelque part au loin, sur le lieu de réunion du conseil de surveillance, le comité exécutif du Parti de Libération de la Patrie avec son service de sécurité intérieure, ses pièces pour les joueurs d'échecs, sa salle de billard, son salon-fumoir de poker, son salon de cérémonies du thé, sa pièce de repos pour les strip-teaseuses, son salon de massage, son bureau d'analyse politique, son studio informatique, sa rédaction, son salon de maquillage, son autre garde-manger (commun), sa salle des machines transformée en abri anti-bombes et – les voilà ! – ses toilettes de réserve, où commençaient, suivant la promesse du guide, « d'autres marches menant vers le bas ».

Combien en aurai-je encore dans ma vie, s'est dit amèrement Jos. Et pourquoi toujours vers le bas ?

Et voilà qu'ils se sont retrouvés devant la grille du PSL, déjà connue de Rothsky. Si vous avez oublié, il s'agissait du Potentiel Souterrain du Lieu. C'est ainsi que Servus l'avait baptisé : il en avait le droit et les motifs pour le faire. L'air manifestement vicié des profondeurs imbibait les adieux.

Pendant ce temps, Meph est redevenu frais et dispo. « Qu'est-ce qui se passait avec lui il y a encore une minute ? » s'est étonné Jos, mais il n'a pas cherché de réponse, car Servus avait déjà exhumé une clef des époques antiques de ferronnerie. Toutefois, ce n'était pas la clef qui comptait, mais la question.

– Pourquoi êtes-vous tombé amoureux d'elle, Jos ?

Servus ne détachait pas son regard d'Anime, impeccablement équipée avec son bandana serré. Elle aussi, on avait envie de la serrer.

– Parce qu'il n'y a pas de raison de tomber amoureux de vous. (Rothsky a appuyé particulièrement sur le « vous ».) Et il faut aimer quelqu'un. Même si on ne peut pas, on doit.

– Et moi, je vous aime, Jos. (Servus a appuyé particulièrement sur le « je ».) Comptez au moins un point pour moi ?

– C'est fait, Meph.

La voix de Rothsky était émue. Il a décidé de ne pas faire de jeu de mots à cet instant.

Ils se sont enlacés avec un élan tel qu'on aurait dit un bourreau et sa victime sur l'échafaud. Jusqu'au crissement des os et la douleur inévitable (pour Jos) dans les côtes, qui l'a fait gémir, et ils se sont mis à s'embrasser de plus en plus frénétiquement, tout y passait : les lèvres, les gencives, les langues. « Ils vont se sucer l'un l'autre », s'est dit Anime, inquiète. Stoïquement, elle ne se mêlait pas à l'échange entre les deux vieux, mais l'ovale mat de son visage témoignait de l'attitude critique de la nouvelle génération à l'égard de la leur, qui a déjà vécu et qui a perdu.

Enfin, Servus s'est décollé de Rothsky et s'est adressé doucement à elle :

– Comment t'appelles-tu, mon enfant ?

– Cet homme (elle a indiqué Rothsky) affirme que je m'appelle Anime.

– Pas tout à fait. (Rothsky a secoué la tête.) C'est toi qui as choisi ce login pour ton mail.

Anime n'avait rien à objecter, et Servus a continué :

– Acceptes-tu, Anime, de partir dans l'inconnu avec cet homme incertain prénommé Jos ?

Anime a hésité, mais a fini par dire « oui ».

– Acceptes-tu, Jos, de prendre avec toi dans l'inconnu cette fille incertaine prénommée Anime ?

Jos n'a pas hésité une seconde : « Oui. »

– Pour l'instant, tout va bien. (Servus s'est frotté les mains, tout en lançant une nouvelle question.) Jures-tu, Anime, de tromper ton Jos à la première occasion venue, à chaque occasion, de lui être infidèle beaucoup et souvent, partout et avec tout le monde ?

La réponse a été « non ».

– Est-ce que toi, Jos, tu jures devant moi de tromper ton Anime à la première occasion, à chaque bonne et mauvaise occasion, de lui être infidèle partout et toujours, pour les siècles des siècles, à chacun de tes pas ?

Rothsky a longuement hésité, puis a lâché péniblement : « Oui. »

– Je ne sais même pas quoi faire de vous. Avec une telle disparité dans les réponses, vous n'irez pas loin. (Meph semblait décontenancé.) Peut-être faut-il comprendre le contraire ? OK, je vais vous poser la troisième question, finale et définitive.

Pendant quelque temps, il a passé en revue les fichiers dans son gadget, puis il a levé son index et déclaré :

– Voilà, par exemple.

Il a toussoté, comme s'il avait brièvement ri aux éclats, et a demandé :

– Tu n'as pas tes règles, Anime ?

– Non, a répondu la fille. Mais elles ne vont pas tarder.

– Merci.

Servus a hoché la tête et s'est adressé à Rothsky :

– Es-tu prêt, Jos, à supporter tous ses caprices même pendant ses règles ?

Jos, qui avait décidé d'être pénible, s'apprêtait déjà à crier « non », mais il s'est repris à la dernière minute.

– Oui, je suis prêt.

Meph a expiré avec soulagement.

– Je vous remercie. Vous avez passé le test, mes enfants. Je serais prêt à vous libérer sur-le-champ, et mon envoyé vous attend déjà derrière la grille, mais il convient de boire du vin. Qui a du vin sur lui ?

Bien évidemment, il ne pouvait pas ne pas savoir au sujet du vranac. Le rituel n'aurait certainement pas été parfait s'il n'y avait pas eu cette bouteille, extraite par Rothsky de sa ceinture. Et même le tire-bouchon convenait à merveille. Malheureusement, Rothsky n'avait pas de verres, il a donc fallu que tout le monde sirote au goulot.

– Un peu de sulfites ne fera pas de mal.

Servus leur a adressé un clin d'œil, faisant probablement allusion à un attribut connu de l'enfer.

Quand il s'est mis à ouvrir la grille avec son antique clef, emplissant le souterrain d'un crissement innommable (presque *le même*), Edgar a levé ses ailes et a croassé, provoquant un écho de quelque chose de très proche du nevermore.

– Bravo, maestro ! a approuvé Servus. Comme toujours, au bon moment.

Il a parodié une révérence. De l'autre côté de la grille quelqu'un les attendait effectivement, et ce quelqu'un s'approchait de la grille en sortant de l'obscurité d'une familière démarche lourdaude. Oui, un barman aux bras gras. Celui-là même : la révolution, la neige, la vingtième barricade de la rue Kourierska, et même la cagoule était à sa place.

– Désormais, vous le suivez, a annoncé Servus. Il vous fera sortir là où vous avez déjà été. Cette disparition est parfaite parce qu'elle n'est pas dans l'espace. Et si vous décidez de revenir, alors vous vous débrouillerez…

Si les trois points à la fin d'une phrase pouvaient résonner, alors Meph aura tout fait pour cela.

Un homme, une femme et un oiseau. Et quelqu'un devant. Voilà de quoi cela avait l'air.

Évidemment, là-bas, dans les couloirs et les salles de l'insondable souterrain, il n'y avait pas beaucoup de lumière. Il a fallu en fournir soi-même et Rothsky tenait le dos de leur guide constamment dans la lueur de son téléphone. C'était comme s'il s'était mis à sa merci. S'il les fait sortir, alors, il les fait sortir. S'il démarre, alors, il démarre.

À son tour, Anime éclairait le dos de Rothsky. Plus précisément, elle éclairait l'épaule gauche, où était déjà installé Edgar, cela va de soi. C'est ainsi qu'a été créé ce triangle : un homme, une femme et un oiseau.

La marche promettait d'être longue. Depuis combien de temps marchaient-ils d'ailleurs ? Un quart d'heure ? Une demi-heure ? Le temps s'était figé sur les téléphones, alors que la montre de Rothsky n'avançait toujours pas, fixant vainement l'heure de son passage à tabac pas si lointaine. Rothsky se distrayait avec des suppositions.

Premièrement, il supposait l'existence d'une certaine correspondance entre le chemin pédestre habituel de sa maison jusqu'au château, et sa version souterraine présente. La promenade *par le haut*, généralement, sans hâte, pouvait durer jusqu'à vingt-cinq minutes. Le passage *par le bas*, d'un pas bien plus rapide, devait durer moins longtemps. Mais ce ne semblait pas être le cas.

D'où une deuxième supposition : ils avaient emprunté un labyrinthe. Le fait que des couloirs passaient par les salles était évident. Qu'après chaque salle le nombre de couloirs ne cessait de croître, semblait être une hypothèse, mais tout à fait crédible. Et si le guide ne connaissait pas très bien le chemin ? Si cela faisait belle lurette qu'il avait perdu son chemin, et désormais faisait semblant de guider ? Cela voudrait dire qu'on resterait ici pour toujours, a soupiré Rothsky. Et il s'est mis à formuler une question la plus polie possible pour le barman silencieux.

Toutefois, l'idée de périr de fatigue excessive, de faim et d'obscurité en ce lieu, dans cette tombe subcarpatique séculaire, avec un ami corbeau, une maîtresse fortuite et un camarade de barricade encore plus fortuit, ne semblait pas aussi inacceptable. Ce ne serait pas la pire des fins, a constaté Rothsky. La lente agonie des accumulateurs, dans tous les sens du mot, jusqu'à l'arrêt complet de tout battement de cœur. Dès lors, des siècles de non-existence, appelée joliment « de calme », et un casse-tête très intéressant pour les archéologues (ou les spéléologues ?) du futur. Mourir dans un endroit pareil était dans un certain sens un privilège. C'était déjà pas mal qu'il fasse globalement sec et qu'il n'y ait presque aucune puanteur, que l'air, sans être frais, soit supportable.

À peine Rothsky avait-il remercié le Père pour tous ces avantages véritablement sous-estimés que l'air a commencé à se dégrader sensiblement. À chaque pas, la puanteur devenait plus forte. Quelque part non loin on sentait la présence de quelque chose de grand et de vivant. La chose respirait puissamment, en soufflant et en sifflant, grommelait dans la boue invisible, et – comment qualifier ce son ? – grognait, mais pas comme un cochon, différemment.

– Nous sommes arrivés, a annoncé le « barman » en se retournant sur eux.

Le rayon de sa lampe torche, accrochée au-dessus de la fente des yeux, a glissé sur le côté et tous les trois – l'homme, la femme et l'oiseau – ont aperçu une fraction de seconde quelques détails : un corps massif et couvert de taches, un flanc rêche, un derrière gigantesque, couronné d'une touffe de poils. Le monstre était visiblement inquiet de leur approche, ce dont témoignait la canonnade de gaz dans tous les sens. Il se déchaînait dans sa volière ou ce qui lui en tenait lieu.

Le « barman » semblait prêt à cette réaction. Il a vociféré quelque chose d'inintelligible et de brutal en direction du grognement et de la pétarade – une phrase, une formule, une incantation, un juron ? –, et le monstre s'est calmé.

Certes, il y avait Edgar. Il a eu le temps de faire un aller-retour. Il a pu voler au-dessus de la bête et revenir. À la différence de l'homme et de la femme, l'oiseau avait déjà compris qui était cette immense chose en colère. Mais l'oiseau ne savait pas encore prononcer son nom en langue humaine.

– Donc (le « barman » a fait un signe de main vers l'avant), vous allez traverser la rivière souterraine. Si le passage est détruit, traversez à gué sur les pierres. De l'autre côté commencent les casemates. Vous devez passer devant, sans regarder les instruments de torture et les corps des prisonniers turcs disséminés ici et là. On va vous crier dans le dos, vous feriez mieux de ne pas vous retourner. Je dois y aller, salut.

– J'ai une question. (Rothsky a levé la main.) Où devons-nous aller ? Quelle est notre destination ?

– Je ne peux pas le savoir. (Le « barman » a hoché la tête.) Votre destination n'est pas mon affaire. L'essentiel est que vous atteigniez l'escalier en colimaçon après les casemates. Vous le monterez, pour rejoindre le château, avant le couvre-feu. Dosez bien vos efforts : il paraît qu'il y a plus de sept cents marches. Sept cent soixante-dix-sept, pour être précis. Une fois en haut, vous vous placerez entre les mains du chef, ou comment il s'appelle : Monsieur le commandant de la garnison ou quelque chose du genre.

Le « barman » a fait demi-tour et s'est éloigné. Encore quelques instants et ils n'entendraient plus l'écho de ses pas. Complètement seuls, l'homme, la femme et l'oiseau.

Les lumières des téléphones faiblissaient. Chez les deux en même temps. On continuera dans l'obscurité complète, a pensé Rothsky. Heureusement que cette fois, l'escalier monte.

14

L'hiver était derrière et devant eux. Il avançait à leurs côtés, pas à pas, long et pénible. La neige, tombée à la mi-octobre, était toujours là, à perte de vue. Six mois d'hiver, de la neige et du froid. Qui aurait pu tenir ?

Il faut y aller. Marcher. Si on traverse ce temps, alors on vivra éternellement. C'est ainsi que parlait le Troisième, sans qu'on sache s'il blaguait. Que veut dire « éternellement » ? Il n'y a que la faim qui est éternelle, le quatrième élément de leur petite compagnie amicale.

Et puis, effectivement : les champs d'hiver semblaient éternels. Ils s'enfonçaient dans ces champs, incapables de bouger. La bande des montagnes grisâtres dans le Sud demeurait toujours une promesse : elle s'éloigne quand on s'en approche. Elle disparaissait seulement au cours des tempêtes de neige. Dieu punit humani generis par la syphilis et l'hiver, se plaignait le Troisième. Dieu est notre juge et père.

Les villes et les villages se recroquevillaient, se cachaient à l'intérieur, s'enroulaient en mangeant de froid les dernières réserves. Même des navets, il n'y en avait pas pour tout le monde. Quels musiciens ambulants ?! On crève déjà dans cet hiver interminable.

Ils ont pu jouer quelques rares concerts, et même ceux-là, pour une assiette de soupe, préparée avec des nids d'oiseau. Bien qu'une fois ils aient eu un peu de soupe chaude, du carassin salé et un couchage à l'œil. Et encore, parce que le maître de l'auberge avait eu soudain des larmes en écoutant « Pauvre orpheline, malheureuse infirme ».

Parfois, ils avaient de la chance, parfois non.

À Arsovie, on leur a servi de l'ortie, de l'arroche et d'autres légumes.

À Paternoster, de la bière fermentée.

À Haïske, du vin avec de l'eau et des lentilles.

À Rouske, de la bouillie de seigle au lait caillé.

Kerderach et Beerenfurt leur disaient adieu au punch de pain, mais dans la seconde, on a ajouté des baies séchées.

À Hrouchovytsi – ville des poires –, il n'y avait pas de poire, mais il y a eu du pain noir et plein d'ail.

À Kapoutna (à ne pas confondre avec Kapoustna, ville des choux, où on servait effectivement de la soupe aux choux), on leur a fait goûter des champignons, après quoi ils se sont allongés sur le dos dans les courants d'air, parallèlement au sol et remontaient longuement le long des troncs des pins maritimes, sautaient sur les cimes, touchaient les barbes des fées androgynes et restaient suspendus dans les capsules transparentes transpercées par les voix et les rires des démons nains.

Et ce n'est qu'à Rava-Soudomyrska qu'ils se sont goinfrés de viande : on était dans une période de mortalité exceptionnelle du cheptel caprin, et tout le monde se bourrait la panse d'une viande dure comme de la semelle et salée à l'extrême. Ils en ont aussi profité.

Car le musicien joue en fonction de son ventre. C'était pareil avec eux : parfois ils jouaient mieux, parfois moins bien. Par moments, ils se couchaient le ventre propre et sonore comme des tambours parce que creux. Et à d'autres, ils n'avaient même pas où coucher, après que les locaux les chassaient à coups de bâton et de sifflements.

En revanche, ils ont eu de la chance avec le Troisième. Il savait disposer des pièges de sorte qu'ils retrouvent au matin quelques bouvreuils. Il savait aussi trouver des œufs de hibou, mais il était encore trop tôt.

Il était trop tôt pour tout. C'est ainsi qu'ils survivaient, avec la certitude que cet hiver éternel n'était pas éternel. Puisque Dieu leur envoyait des miettes.

Bien que le plus souvent ils n'eussent rien reçu de Lui. Chemin faisant, ils ont composé un cantique compatissant à trois voix, la somme de leurs souffrances, qui commençait par : « Quand on mangera à notre faim ». Leur répertoire contenait également « Les graines », « Ne pars pas, jeune fille, la lune est pleine » et une chanson on ne peut plus paillarde, « Des bouclettes au-dessus des gambettes », ainsi que « Le froid dans mon cœur ».

À la vérité, pas seulement dans le cœur. Le froid rôdait dans chaque fibre de leurs vêtements, dans chaque orteil et chaque parcelle de leurs pieds à moitié nus. De longues pérégrinations pédestres, des tempêtes de neige, des pluies glacées, des nuits passées dans les meules gelées et les tanières abandonnées, telle était leur existence. Pour préserver la Deuxième du froid, ils dormaient avec elle à tour de rôle (en règle générale, une nuit sur deux), ce qui n'était pas du gâteau, car la Deuxième tournait constamment dans son sommeil et donnait des coups de pied. Ils refusaient catégoriquement de dormir à trois, gardant en mémoire un des sept péchés capitaux. Il n'y a pas longtemps, ils avaient racheté la Deuxième à moitié prix dans un refuge monastique à Mariampil, essentiellement pour les joies de l'amour, mais sans oublier les cours de musique. La Deuxième s'était révélée plus douée que toutes celles qui l'avaient précédée.

Encore quelques mots sur le couchage. La plus grande chance était de tomber sur une maison ou même un hameau abandonné par les paysans qui avaient fui on ne sait où. Les actions armées n'avaient pas épargné ces terres et il était plus confortable de dormir sur un tas de cendre que dans un champ.

Leur route vers les montagnes, plutôt une fantomatique ligne grisâtre pleine de promesses, n'était pas facile. Aller dans cette direction voulait dire aller vers le sud. Chacun sait que les montagnes du côté méridional sont toujours plus chaudes, les alpages plus juteux, le vin plus doux, alors que l'humanité est plus généreuse et la culture musicale plus importante. De l'autre côté, ils étaient attendus par des pentes de châtaigniers et de noyers, de gros saumons dans les rivières, des pierres chauffées au soleil et un public civilisé et aisé, prêt à sortir des pièces sonnantes et trébuchantes de leurs bourses bien remplies, après avoir apprécié dignement et en connaissance chaque note sublime des « Rois d'Israël », de la « Sainte Vierge » et de « L'enfant dans tes entrailles ».

Les derniers sous gagnés dans les concerts l'ont été encore à l'automne à Horslavie du Haut et du Milieu, quand ils ont joué dans plusieurs bals de mariage et pour des tournois de danse dans les palais de leur noblesse, quelque peu dévergondée par les idées libertines de la Renaissance. Ils ont été délestés de tous leurs gains (avec les économies pour des hypothétiques jours de disette) peu de temps après, et de manière la plus dangereuse, par les voleurs de la Forêt-Noire qui, fuyant l'hiver, partaient également vers leurs cachettes méridionales dans l'est de la Sinistrie et ont ainsi croisé la route de notre trio. C'étaient des hommes du légendaire capitaine des brigands Zygmunt Tsiapa. Suivant la légende, deux fois l'an, il se transformait en cynocéphale. Et pour ce qui est de ses coupe-jarrets, les récits populaires attestent qu'après avoir attaqué l'infortuné voyageur, « couper la tête était la troisième action de chacun d'entre eux ». La première action devait être de « saluer chaleureusement suivant la bonne tradition chrétienne », et la deuxième de

« dépouiller complètement ». Les récits ne disaient rien des viols, peut-être parce que le viol n'était pas considéré comme une action digne d'une quelconque attention. Les bandits, à vrai dire, ne s'intéressaient pas beaucoup à la Deuxième. Le plus probable est qu'ils n'étaient pas tellement séduits par ses guenilles et son visage couvert de boutons purulents.

Cette fois, ils ne sont pas allés jusqu'à la troisième action. En apercevant les instruments de musique, les truands ont exigé un concert : « Tant que vous jouerez, vous vivrez. » Il a fallu jouer (et vivre) très longtemps : ils commençaient quand les bourgades des vallées sonnaient six heures et terminaient, éreintés, au milieu de la nuit noire, quand le plus endurant des brabançons ivres morts était vaincu par le sommeil, pâteux et profond comme celui de Polyphème. Ne pas en profiter pour une fuite immédiate aurait été synonyme de suicide. En guise d'adieu, ils ont joué « Je suis un oiseau libre, une âme en liberté » et, après avoir délesté le chef inerte de leur propre argent, ils se sont évanouis dans la forêt préhistorique de Karkolom (littéralement, casse-cou).

Ô miracle, ils n'ont pas croisé d'ours. Les loups les observaient parfois de loin, puis s'en allaient. L'unique lycanthrope de la contrée, celui qui passait par les crêtes en rejoignant la Transylvanie, ne voulait pas s'en approcher, car les secrétions de la Seconde sentaient trop fort l'ail. Ils ont contourné à temps le mauvais esprit, qui ainsi n'a pas pu leur faire de mal.

Cependant, le plus dur de ces six mois d'hiver a été de se glisser entre deux campagnes militaires, en pause entre les exercices de manœuvre suspendus temporairement pour cause de neige et de froid de canard. Les belligérants, dans leur grande majorité, restaient toujours planqués dans leurs quartiers, et la dénommée Marche de libération paysanne et bourgeoise du maréchal Krvavytch, ayant essuyé une défaite sans précédent près de Marienstadt-sur-Danube, avait déjà pansé ses plaies, restauré ses forces, renfloué ses rangs sensiblement clairsemés par de nouvelles recrues des provinces baptisées « du Califat uni » et se préparait à livrer des combats pour récupérer les positions perdues. En face se mobilisait, après une retraite en raison des inondations de printemps, une armée de pseudo-croisés de Rudiger de Silésie de près de cent mille hommes, renforcée par des mercenaires mauritaniens et maltais. Le théâtre des opérations était figé et tendu à la fin d'un nouvel entracte, mais la troisième sonnerie appelait déjà à toute force à la reprise. À revenir aux choses sérieuses.

Des royaumes affrontaient des royaumes, possessions contre possessions, terres contre terres, voisins contre voisins, particulièrement ici, en Europe du Centre-Est, où jusqu'à nos jours, à parler franchement, tout n'est pas parfaitement net concernant l'héritage historique et ses traitements variés. Que dire alors de ces époques assassines.

Se faufiler, se glisser, se couler dans un pays au-delà des montagnes, tel était leur objectif. Cependant, on ne pouvait pas l'atteindre en ligne droite, ou par une voie aérienne rapide et sécurisée. La réalité du terrain poussait à se contorsionner, à obliquer et à errer, à traverser encore et encore et à revivre tous ces paysages désolés, avec des ruines calcinées, les corps défigurés et gelés des suppliciés qui faisaient le régal des renards, des rats et des corbeaux. Tomber sur les places du marché des villes désertes et à moitié consumées, sur des installations de torture, avec des pieux, des crochets, des roues et des potences, avec les restes des corps, des têtes, des extrémités et des boyaux. Se défendre – avec des bâtons ou des poings – contre les chiens affamés et ensauvagés. Se réchauffer dans des masures noires de fumée dont aucun habitant, probablement, n'avait survécu, ce que laissaient à penser ici et là les squelettes rongés : des femmes, des enfants, des hommes. Dormir dans leurs lits abandonnés à jamais. Sur des bancs, des coffres, des poêles. Dans des granges et des vestibules.

Leurs yeux grands ouverts regorgeaient de toutes les horreurs possibles et imaginables, pour s'y dissoudre progressivement.

Comment se présentaient-ils, ces musiciens ambulants ? Aux deux tiers, comme le fragment d'une chorale paroissiale célèbre au-delà de leur commune.

Le Premier jouait d'un petit orgue, qu'on appelle portatif, puisqu'on le porte sur soi. Sa main droite parcourait le clavier, alors que sa main gauche actionnait le soufflet. Le portatif du Premier était spécial et très précieux : il pouvait produire jusqu'à trente-deux sons. Il y a très longtemps (cinq cents ans), il avait été fabriqué en Inde, où on l'avait baptisé harmonium. De là il était venu à Byzance, en passant par la Perse. Le Premier l'avait acquis dans sa jeunesse, à la bourse de musique « Sataneum », à Windobon, et ne s'en était jamais séparé.

La Deuxième, rapidement, sous les yeux des deux autres, a maîtrisé la flûte, celle à bec, évidemment, celle qui dans les terres des Teutsches s'appelle Blockflöte. Elle ne s'y serait pas appliquée avec tant d'acharnement si elle n'avait pas joué auparavant des pipeaux dont elle possédait trois versions : de sureau, de cerisier et de roseau, appelé, dans les terres des Teutsches, Schalmei.

Le Troisième traînait sur ses épaules un sac entier de tambours et de tambourins de toutes tailles et configurations. Il savait cogner, frapper, remuer et bastonner comme personne. Mais il savait aussi parfaitement tapoter, claquer et tambouriner finement. Le rythme lui obéissait, ce qui signifiait que, sans lui, ils n'auraient gigué aucune danse. Une cantate, une sonate, une canzone, une partita et même un motet, sans problème. Mais pas une danse, non. À moins que ce ne soit une danse des esprits, un trémoussement désincarné et une palpitation due à une autre substance.

Le Troisième élevait son métier, et lui-même, à un niveau tel qu'il se signalait par une multitude de petites sonnettes accrochées à ses vêtements. Chacun de ses pas était accompagné d'un crissement bruyant et, parfois, obsédant : me voilà, le grand maître des rythmes. À l'époque, la tradition d'accrocher des sonnettes aux lépreux n'était pas encore répandue, mais passé deux décennies, l'apparition du Troisième n'aurait pas attiré mais effrayé. Par chance, ce changement funeste s'était imposé après sa mort.

La musique qu'ils étaient capables de jouer à trois semblait parfois insuffisante. Le Premier rejoignait le Troisième (qui pendant un temps se positionnait comme une sorte de directeur de la troupe) sur leur besoin de trouver deux ou trois nouveaux interprètes. Par le biais d'un commerçant, le Troisième aurait déjà établi un contact avec deux frères shqiptars du côté pannonien. Leur intégration dans le groupe aurait permis d'enrichir sa composition d'une lyre et d'une mandoline. Cependant, on n'est pas allé jusqu'à les rencontrer. Si les informateurs pannoniens disaient vrai, les deux frères ont été brûlés vifs par erreur, avec leur roulotte : une autre perte collatérale insensée, fruit d'une insignifiante confrontation locale.

Un certain matin, le Troisième a disparu. Le Premier était justement en train de s'emmêler avec la Deuxième sur une couche étroite dans une sempiternelle auberge en ruine. Le soir, ils se sont aimés plus longuement que d'habitude, après quoi ils se sont effondrés dans le sommeil comme des morts, en se respirant dans le visage. Pendant ce temps, le Troisième, qui avait fait sa couche précautionneusement non pas à leurs côtés, mais dans le réduit voisin, s'est emparé des reliquats de la caisse commune, qui sur le moment était pitoyablement insuffisante pour les trois. Pour un seul, en revanche, il y en avait assez – la promesse d'une faible chance de survie. Le Troisième a mis le grappin sur tout, en emportant aussi le dépôt, celui pour les jours de disette, dans son sac à tambours et, après avoir décroché ses sonnettes en prévision du forfait, est parti aux quatre vents. Où est-il allé, ni le Premier ni la Deuxième ne le sauraient jamais. À en croire la rumeur, quelques années plus tard, il aurait été vu dans un certain hôpital monastique, où il soignait pour la énième fois une syphilis quelque peu négligée.

La poursuite de la tournée – en duo et non en trio – devenait pratiquement impossible. Le public réclamait surtout des divertissements dansants. Un Totentanz total se déployait autour d'eux, et ils lui répondaient favorablement. Sans les instruments du Troisième, le public restait inerte, s'ennuyait rapidement et tombait dans la frustration. Il n'y a pas à dire, même un enterrement (bien que la demande dépassât plusieurs fois la norme) n'est pas le même sans une grosse caisse et ses coups mesurés et solennels.

Il ne leur restait qu'à marcher, sans s'arrêter, à la poursuite de leur désespoir. Oui, le désespoir au-devant, la faim derrière. Elle poussait et faisait trébucher. Mais elle relevait aussi. Et poussait vers l'avant.

Les montagnes dans le Sud ont cessé d'être grises, se chargeant de plus en plus de teintes bleutées ou verdâtres. Quand le Premier et la Deuxième ont atteint le sommet de la Magoura, ils ont pu apercevoir les signes avant-coureurs du pays méridional, en bas au loin : pas de trace de neige, des ruisseaux en cascade, le scintillement des rivières, le bourgeonnement des arbres dans les bosquets. L'odeur du printemps, jusqu'aux larmes dans les glandes.

Là-bas, au sommet de la Magoura, le Premier a été pisté par le corbeau noir de la poste avec une lettre du Kapellmeister. Pour être exact, il accompagnait depuis quelque temps déjà leur ascension, comme s'il les observait d'en haut. En fin de compte, après avoir décrit quelques cercles célestes, il a opéré une lente descente pour s'installer sur l'épaule du Premier, comme s'il en avait l'habitude.

Le corbeau avait pour objectif de retrouver le Premier en raison d'une assez vieille affaire. Le Premier l'a appris par la lettre que le corbeau a apportée. Du reste, il en avait déjà entendu parler. Pendant qu'ils cheminaient à trois (puis à deux avec la Deuxième) en direction du sud, ils sont tombés plus d'une fois sur des annonces accrochées sur des bornes kilométriques, des panneaux de circulation et d'autres constructions. Formulées en latin fautif (la *lingua franca* de l'époque, pas uniquement dans cette partie du monde qui évoquait une véritable tour de Babel), les annonces appelaient les personnes possédant des connaissances musicales quelles qu'elles soient à tenter leur chance dans la sélection pour un nouveau groupe qui était en train de se former à la cour de Florian-Auguste, le vingt-sixième baron. Plus on se rapprochait des possessions du baron, qui s'étendaient sur le versant méridional des montagnes, plus les annonces étaient fréquentes : elles ne figuraient plus seulement sur les bornes kilométriques, les calvaires ou les puits, mais étaient aussi sur les troncs des premiers châtaigniers ou bien, ce qui marquait particulièrement, sur les potences.

Plus il y avait de sud, plus il y avait de printemps, plus il y avait de potences, et plus il y avait d'annonces.

Et voilà maintenant une lettre du Kapellmeister, apportée par le sage oiseau livreur.

Le Premier était lié au Kapellmeister par sa jeunesse. Ils avaient étudié la musique ensemble dans le glorieux collegium de Domodossola. Pendant que le Premier apprenait l'orgue, le Kapellmeister (qui ne l'était pas encore à l'époque, évidemment) a joué tout ce qu'il a pu, avec toutes sortes de violes et de violoncelles. En quittant l'établissement, ils se sont précipités à la recherche de la gloire, de la fortune et d'une carrière dans deux directions géographiques : le Kapellmeister dans les provinces alémaniques riches en bourgeois éclairés, le Premier vers les vallées marécageuses désertes de son pays natal, entre les éternels Est et Ouest, où prévalait toujours le rite byzantin.

Durant les décennies qui ont suivi, ils ont échangé à peine deux ou trois salutations, transmises par de rares pèlerins de passage.

Et maintenant ?

Dans la lettre du Kapellmeister apportée par le corbeau, le vieil Ami détaillait le contenu des annonces des bords de route. Son Excellence Florian-Auguste l'avait chargé dans sa bienveillance de former un Grand Orchestre de la Chasse. C'est ainsi qu'il devait s'appeler officiellement, et l'adjectif « grand », dans son titre, ne portait pas en vain la lettre majuscule. « Cher ami, écrivait le Kapellmeister, par le verdict de Monseigneur, on m'a octroyé gentiment la fonction dirigeante et une assez large autonomie. Je suis autorisé à inviter, auditionner et approuver des candidats pour l'orchestre en cours de constitution. Après ma décision positive, que dans ton cas je donnerais *a priori*, autrement dit sans aucun examen préalable, les candidats sont priés de passer un entretien avec la Personnalité Suprême (PS) et son Cercle Restreint de Conseillers (CRC). Être admis au Grand Orchestre de la Chasse du vingt-sixième baron Florian-Auguste garantit aux musiciens un logement au château, un habit de concert de coupe spéciale, cent bougies de cire supplémentaires et une solde, c'est-à-dire une bourse personnelle à hauteur de trois ducats et demi par semaine. Dans notre époque trouble marquée par des menaces hybrides, c'est une option appréciable, à mon humble avis. »

Dans le post-scriptum, le Kapellmeister s'autorisait enfin à adoucir le ton : « Mon ami, annonçait-il d'une écriture légèrement modifiée et moins officielle, comme ta main droite me manque terriblement ! Et ta main gauche m'est nécessaire comme l'air. »

Le Premier a accepté avec joie cette invitation sans équivoque. Il a décidé d'essayer de faire venir la Deuxième avec lui : son jeu de flûte de plus en plus assuré permettait d'y croire. Pour ce qui est de son sexe, il pouvait être caché : on la travestirait en garçon pour l'entretien.

En arrivant sur les terres du vingt-sixième baron Florian-Auguste en même temps que l'éclosion de plus en plus visible des bourgeons et des premiers pissenlits, ils se sont retrouvés immédiatement sous la tutelle bienveillante du Kapellmeister : pendant quelques semaines ils n'ont fait que manger du beurre et des œufs de cane, et gratter avec application leurs couches successives de saleté dans les anciens thermes romains.

En évaluant les chances de la Deuxième de passer pour un garçon lors de l'entretien, le Premier a enlevé une fois la bande de toile autour de ses seins, et a dit pensivement : « En réalité, ils sont grands. »

Il ne restait que quelques jours avant l'audience.

Pour commencer, ils ont joué un peu. L'intelligent Kapellmeister, qui essayait d'aider tout le monde comme il pouvait, pourvu que son vieux copain de leur chère *alma mater* obtienne une sinécure dans l'orchestre, les a accompagnés du meilleur tambourin. Ce qui a permis de rendre leurs morceaux plus rythmiques et plus gais : « Demain, à l'aube », « Ma belle biche », « Avec toi, je n'ai peur de rien » et – comment faire sans ? – « Trois chasseurs et une fille ». La commission présidée par le baron lui-même a été moins impressionnée par les sons de la musique que par les danses du corbeau savant. Se plaçant crânement devant le trio, il a attrapé le rythme avec son jeu de jambes et, avec les mouvements successifs et fort à propos de ses ailes, il a beaucoup amusé la vénérable compagnie des experts, qui a été rejointe pour l'occasion par la baronne Evelina la Muette (selon une autre version, Évelyne Peu Loquace). Personne jusque-là n'était parvenu à faire rire cette femme difficile, aux lèvres constamment boudeuses et aux méchants diables dans le regard. La récente et tant attendue défloration, qui l'avait fait souffrir terriblement, ne l'avait pas libérée de ses cauchemars d'adolescente, et elle continuait obstinément à trouer le cœur de ses poupées avec une grosse aiguille. Mais à cet instant, même son visage pâle et cireux (on disait qu'elle avait contracté encore au berceau une maladie de sang bleu) a vu passer un semblant de sourire contenu et de travers.

Le conseil du baron était composé de trois forestiers, d'un fauconnier, d'un évêque-inquisiteur, d'un censeur et d'un castellan. Conformément aux conditions de l'épreuve, chaque examinateur, après avoir exprimé ses réflexions sur ce qu'il venait d'entendre, devait poser une question à l'impétrant. Une seule question, et c'est bien là que résidait le danger. Il ne pouvait pas y avoir d'erreur.

C'étaient les forestiers qui commençaient, et l'un d'eux a demandé :

– Entre un père et un ami, qui renierais-tu en premier ?

Le Premier a failli rétorquer que ce genre de question n'avait rien à voir avec la musique, mais quelque chose lui a soufflé de se retenir. Peut-être un rappel fort à propos venu d'En Haut que tout concerne la musique, car la musique concerne tout. C'est probablement ce même rappel qui a inspiré au Premier l'unique bonne réponse possible :

– Même si nous renions Dieu dans son existence même, Il ne cesse de nous aimer.

Le deuxième forestier a poursuivi :

– Entre la mère et son mari, qui désirerais-tu ?

Le Premier a plissé le front et, après avoir regardé d'abord le corbeau et, ensuite, le Kapellmeister, a répondu :

– Nous ne choisissons pas nos mères, et encore moins leurs maris. Le désir n'a de sens que dans le choix, tout comme le choix n'a de sens que dans le désir. On ne peut pas tout désirer, sans choisir, ni sélectionner, ni préférer.

À cette réponse, le troisième forestier est intervenu avec sa question :

– Dans ce cas, lèverais-tu la main sur le mari de ta mère pour que sa couche devienne la tienne ?

– Je n'ose pas blesser les autres, encore moins m'approprier leur couche, a répondu avec raison le Premier. Si ma vie était si malheureuse que je n'avais pas de couche propre en ce monde, j'aurais bien évidemment dit à ma mère et à son mari : poussez-vous, vous qui êtes étendus, laissez-moi me mettre au moins sur le côté. Et pour que ma nature ne me tente pas, je tourne le dos et vous savez quoi à vos amusements.

Alors est venu le tour du fauconnier. Sa question, à la différence des précédentes, plutôt mythologiques, s'est avérée poétique :

– Quel est l'oiseau qui vole au-dessus de toute musique ?

– Pas celui que nous voyons devant nous. (Le Premier a fait un signe de tête en direction du corbeau.) Et pas celui pour qui on coud des gants de daim. Mais celui qui a fait son nid à l'intérieur de moi. Laissez votre cœur en liberté et vous verrez les hauteurs qu'il pourra atteindre.

En l'entendant, l'évêque-inquisiteur a posé une question plutôt philosophique :

– Si toute musique vient de Dieu, à quoi servent les compositeurs ?

– Vous dites vrai, monseigneur. (Le Premier n'a pas cligné des yeux.) Mais il n'y a pas que la musique qui vient de Dieu. L'Église aussi. Et si elle vient de Dieu, à quoi servent les évêques ? Le compositeur en musique est comme un évêque dans l'Église : moins qu'un maître, plus qu'un intermédiaire. Je le jure sur les deux couleurs de mes yeux.

Alors est venu le tour du censeur de poser sa question :

– Combien de notes de Satan figurent dans les notations des mesures noires et blanches ?

Le Premier s'est signé par trois fois et a craché pareillement, puis il a dit :

– Nous n'avons pas de gens purs capables de chanter avec une pureté absolue. Les anges en sont capables, mais il n'est pas question d'eux. Quant à nous, aucune note totalement pure ne nous est donnée. Il n'y a qu'un minuscule interstice entre les notes plus ou moins fausses. Satan se cache là, dans cet interstice. Le reste s'obtient par le travail pendant les répétitions.

Enfin, la parole était au castellan, et sa question avait plutôt un caractère économique :

– Quelle récompense espères-tu pour jouer dans l'orchestre et vous entretenir, toi et cette catin ?

Le Premier a failli frémir : comment avait-on pu les percer à jour aussi facilement ? Puis il s'est repris pour répondre :

– Celle que vous venez d'insulter en la traitant de catin... (Il s'est tu, pour toussoter et recommencer.) Celle que vous venez de traiter de catin, en réalité, n'a pas encore couché avec vous et il est peu probable qu'elle le fasse, quelles que soient les montagnes de ducats que vous lui proposerez. Quant à son jeu de flûte, tous les présents ont pu constater sa pureté angélique.

C'est alors que le baron s'est avancé au milieu de la salle. Il ne boitait pas, mais il traînait légèrement la jambe : une des conséquences de son implication trop active dans la lutte pour la succession du Maramureş, vieille de trente ans. Cependant, il existait une version parallèle, selon laquelle il s'agissait d'un combat raté avec un sanglier : un mollet transpercé par les défenses, et une blessure qui s'était terriblement infectée. Les mauvaises langues des possessions voisines aimaient à répandre la rumeur qu'il portait une prothèse. Le baron s'est traîné devant les musiciens, en jetant un regard peu aimable au Premier, comme s'il le jaugeait. Conformément aux règles de l'entretien, c'est à lui que revenait la dernière question.

Cependant, ce qu'il a dit n'était pas une question :

– Tu n'as donné aucune réponse sensée, s'est-il adressé au Premier, mais j'ai aimé ce que tu as fabulé. Je t'aurais engagé comme bouffon, même si tu sembles ne pas être trop dégueu au clavier.

Les conseillers, tous sans exception, mais avec retenue, en dissimulant leurs bouches pour la plupart édentées, ont ri. Alors que le Premier s'est incliné en réponse aux propos du baron, de manière à peine perceptible mais digne.

Ensuite le baron a regardé la Deuxième. Les yeux vissés sur sa gorge et après avoir fait une longue pause, il a enfin accouché d'une question :

– Jouerais-tu de la même manière de mon instrument, misérable ?

– À condition qu'il soit en longueur et non perpendiculaire, monseigneur, a assuré la fille, et elle s'est empourprée humblement.

La baronne a blêmi encore plus et a semblé siffler depuis son coin.

– Admis dans l'orchestre, a ordonné le baron presque immédiatement. Avant d'ajouter : Les deux.

Le Kapellmeister a failli expirer de soulagement.

Un peu de temps s'est écoulé depuis, en passant vite, comme c'est toujours le cas au printemps. Le sakura de Sipan a eu le temps de fleurir dans l'orangerie de la baronne. La fête approchait et les terres du baron (ici et outre-mer) y travaillaient d'arrache-pied. Il était question de présenter un couple de rhinocéros blancs, amenés par des Maures ambulants depuis le delta du Nil. Arrivés à maturité sexuelle et incroyablement grands, les monstres devaient donner naissance à un cheptel exceptionnel et unique pour le baron. En outre, ils faisaient office de nouveau cadeau à la baronne Évelyne à l'occasion de sa fête toute proche et de son anniversaire. Le satyre vieillissant au pied bot aimait gâter sa jeune épouse exigeante et toujours insatisfaite de quatorze ans par toutes sortes de raretés. Désormais, à son panoptique personnel, contenant déjà une collection de gnomes, une magicienne méchante et comique prénommée Gaga, des minéraux chantants, des têtards dorés, un Homme-Ciseaux, des cocons de vers à soie, une brebis noire et autres amusements vivants et moins vivants, s'ajouterait un couple de rhinocéros blancs d'Afrique.

Leur présentation, pensée comme de grandes festivités populaires et animalières, ont commencé tard dans l'après-midi un de ces jours de mai dont on sait qu'ils constituent une allusion de Dieu sur l'inaccessibilité du paradis : il nous envoie alors sur terre presque tous ses attributs. Et puis il les enlève gentiment en nous fourrant sous le nez son implacable doigt d'honneur. Cet instant sur terre n'est qu'une lueur, un avant-goût, une prolepse de l'Éternel Mai où il est peu probable qu'on nous laisse accéder après tout ce que nous avons commis.

C'est ce que pensait le Premier en marchant dans la colonne de l'orchestre, revêtu de son uniforme de concert flambant neuf qui comprenait, outre des bas aux cocardes jaunes, de nouvelles chaussures de peau moelleuse, et, qui plus est, soigneusement coiffé et parfumé. La Deuxième se hâtait non loin, l'unique personne de l'orchestre de sexe féminin, camouflée extérieurement en un garçon avec des pipeaux. Quand ils sont parvenus à la clairière des Deux-Cerfs, on finissait à peine de dresser les tables. De l'une d'entre elles, déjà investies par les parasites qui goûtaient sans retenue les mets fins, parvenaient de temps à autre des blagues philosophiques graveleuses, accompagnées de ricanements divers. Pendant ce temps, les tables voisines se remplissaient en respectant scrupuleusement la hiérarchie et les statuts : seigneurs, clergé, calligraphes, maîtres d'œuvre, usuriers, hommes de loi, commerçants, artisans et autres innombrables gueux et infirmes.

Ils ont atteint le centre de la clairière et s'y sont installés avec l'ensemble de l'orchestre, chacun suivant une place strictement déterminée, indiquée par la baguette du chef d'orchestre, au moment où l'après-midi dépassait son apogée et entrait dans le crépuscule. Tout est devenu plus sombre et plus pâle. Les premières rafales de vent ont secoué les branches. Cependant, elles se sont arrêtées à l'apparition des hautes personnalités.

Le couple des barons a fait son apparition en dernier en haut de la colline, s'installant sur une estrade en bois spécialement conçue pour eux. La femme fêtée semblait encore plus petite et voûtée que d'habitude. Elle grimaçait, comme toujours, ce qui n'échappait à personne – non seulement à ceux qui étaient à proximité, mais aussi à presque tout le peuple. Un pamphlétiste de l'époque écrira au sujet de leur contrat de mariage, avec une acuité particulièrement blessante, qu'il s'agissait d'une « alliance entre un tordu et une qui aime se tordre ». Mais c'est une autre histoire, qui se terminera pour le pamphlétiste par des souffrances carcérales jusqu'à la fin de sa vie.

Ayant aperçu au loin le béret pourpre de Florian-Auguste et une bannière familiale de la même couleur, la foule a exulté avec des vivats à répétition et une ovation insatiable, qui aurait pu durer jusqu'au matin si le baron n'en avait pas eu assez et n'avait pas soulevé sa main droite et son sceptre. La vocifération s'est calmée progressivement. Les armoires à glace de la garde de Valachie ont formé un cercle impénétrable autour de la surélévation sur la colline.

Le sceptre du baron a ordonné de commencer.

Commencer – le commandeur de la sécurité a salué du fleuret le commandant de la cérémonie.

Commencer – le commandant de la cérémonie a levé son mouchoir en direction de l'orchestre.

L'archet du Kapellmeister s'est envolé.

L'orchestre a entonné la *Première ouverture des chasseurs*.

La plèbe s'est jetée sans vergogne sur la nourriture et la boisson. Les nobles, du reste, aussi.

Les oiseaux du jour se sont cachés, et les oiseaux du soir n'avaient pas encore commencé à chanter. Les arbres se sont figés.

Au-dessus des montagnes environnantes scintillaient des éclairs. Il semblait que le tonnerre grondait sur les crêtes.

Une heure ou deux plus tard, on a annoncé des danses que Florian-Auguste, compte tenu de son état, avait interdites aussi bien dans la capitale que dans le reste du pays. Cette fois, il avait accepté de faire une exception rarissime et les invités fous de joie mais aussi, avant tout, la piétaille ont bondi des tables pour profiter de l'occasion qui n'allait pas se représenter de sitôt. L'orchestre a joué pour eux une farandole, puis une bourrée, mais les deux étaient des danses populaires. Dès lors, ils ont enchaîné avec des danses plus nobles : un boléro espagnol aux rythmes lents, quelques gavottes, une dalmatelle (version est-européenne de la tarentelle), un moraviak endiablé et un solitaire, infiniment long et épuisant.

En vérité, tout le monde attendait depuis longtemps la tombée de la nuit, l'obscurité complète et la marche aux flambeaux sur les sentiers de l'animalerie. Quelque part là-bas, dans l'épaisseur touffue de la forêt (selon la rumeur, sur ce qu'on appelle la clairière des Miracles), les gardiens-présentateurs maures maintenaient en sûreté les rhinocéros aux pattes entravées, prêts à leur exhibition théâtralisée, qui devait être couronnée par un feu d'artifice jamais vu dans ce pays, avec des feux chinois apportés par les mêmes Maures en guise de service supplémentaire et gracieux en cas d'achat de deux bêtes et plus.

Tout le monde attendait donc le spectacle avec l'obscurité, les feux et les monstres blancs tout droit sortis d'un conte. Et il est arrivé, mais pas vraiment comme prévu.

À un certain moment les rafales de vent sont devenues plus fortes, au point d'éteindre le feu dans les lanternes et de jeter à la figure des essaims de moucherons et de moustiques. Ici et là, le ciel déchiré par les éclairs s'emplissait de noir, pas à cause de la nuit, mais à cause des nuages. Les premiers coups de tonnerre ont grondé, déjà pas très lointains, se rapprochant de plus en plus. Les gouttes de pluie s'agglutinaient en minces filets qui ruisselaient et dégoulinaient. Les feux de joie et les bougies s'éteignaient dans un chuintement. Les arbres vacillaient et craquaient, alors que la masse humaine effrayée a commencé à se disperser dans tous les sens, en préservant pour un temps son sang-froid et sans céder à la panique. Mais cela n'a pas duré.

La tempête est arrivée, mais pas juste une tempête, un ouragan, le fameux ouragan « Jobic » Anno Domini 1499, décrit en détail dans deux chroniques contradictoires : celle de January Seguedynsky et celle, anonyme, intitulée *Liber Historiae Regnorum Minimorum in Subcarpathia*. Aussi nombreuses que soient leurs contradictions, les deux sources se rejoignent sur le fait que « pareille horreur, telle sensation que l'univers des pécheurs touchait à sa fin en cette heure et en ce lieu, n'a jamais été connue dans cette contrée, ni avant ni après ». On aurait dit que les deux chroniqueurs avaient été témoins de cette nuit et peut-être même, dans une certaine mesure, victimes du phénomène météorologique grandiose qu'ils décrivaient.

Tout volait : les tentes, les habits, les bandes, les foulards, les jarretières, les couvre-chefs de la noblesse et les couronnes de paille des saltimbanques, les branches cassées, les feuilles arrachées, les nids d'oiseau, toutes sortes de détritus humains et naturels. Plus précisément, tout ne volait pas, mais était emporté et arraché, puis abattu par la pluie diluvienne. Tout se collait aux collines, à la terre, aux protubérances de pierre, aux carcasses fragilisées des pavillons festifs. À tout ce qui se trouvait sur le chemin.

Sur l'estrade en bois pour hautes personnalités, il n'y avait plus personne depuis belle lurette. Les premiers à être évacués avaient été le couple des barons : ils avaient été transportés dans deux palanquins vers une cachette plus ou moins sûre au cœur de la montagne au Miel, et les mêmes Valaques armés ont serré les rangs à l'entrée, se protégeant de la tempête avec leurs imperméables et leurs boucliers.

La disparition du baron et de sa femme s'est produite très opportunément. Précisément au même moment, dans la clairière des Miracles, les dompteurs maures ont commencé à perdre le contrôle sur les rhinocéros excités par les éléments. Les animaux devenaient fous à vue d'œil, et plus on s'acharnait sur eux avec des bâtons lestés de fer, plus ils étaient décidés à s'arracher à leurs chaînes. Et aucune force ne pouvait les retenir quand, soit par manque panique d'expérience pyrotechnique, soit en raison d'un éclair qui avait frappé, les feux d'artifice chinois ont commencé à exploser à travers la clairière. Piétinant tout sur leur passage, les rhinocéros en colère fendaient la végétation luxuriante. L'épaisseur touffue craquait et tombait à leurs pieds.

Tout le monde s'enfuyait, l'orchestre y compris. Les instruments plus grands – les tubas, les cors et les harpes – sont restés au milieu de la clairière qui était encore en fête quelques instants plus tôt. Le Premier a hissé son étui avec son instrument portatif pour courir de toutes ses forces en direction de la rivière. La tempête cinglait son visage, les habits de gala complètement détrempés entravaient ses mouvements. Tout près de lui – le Premier le ressentait plus qu'il ne le voyait – trottinait la Deuxième, comme un garçon, glissant de temps à autre sur l'herbe mouillée avec ses petites pantoufles toutes neuves, envoyées quelques jours plus tôt par le baron en personne. Elle a fini par les enlever et les jeter le plus loin possible. Le Premier a lâché son instrument portatif et lui a tendu la main. La course est devenue moins difficile pour les deux.

La terre tremblait quelque part dans leur dos : les monstres blancs avançaient sur la masse affolée des bipèdes. Plus d'une âme avait déjà été piétinée et chassée de la poitrine, plus d'un corps blessé mortellement par leurs cornes. Personne ne pouvait rien leur faire.

Il restait quelques mètres à parcourir jusqu'à la rivière. Mais pourquoi la rivière ? Le Premier n'avait pas le temps de réfléchir. Peut-être là-bas, de l'autre côté, n'y a-t-il ni tempêtes, ni cris, ni gémissements, ni ventres ouverts, ni boyaux à l'air ? Il faut juste la franchir, impétueuse et mousseuse, en sautant sur les piliers de pierre du pont inachevé, alors que l'eau continue à arriver, tant que la rivière n'est pas sortie de son lit, n'a pas inondé l'autre rive – et toute cette horreur cessera, disparaîtra, s'évanouira ?

Ils courent de toutes leurs forces. Tous les deux et presque côte à côte. Dans les fulgurances lumineuses et les eaux torrentielles. Mais ils ne peuvent pas atteindre la rivière en ligne droite : la route leur est barrée par une masse blanche ensanglantée qui se retourne et court à leur rencontre.

Tout ce que voit le Premier, en se retournant une fraction de seconde, c'est une autre carcasse, qui a un trophée sur sa corne : son pauvre instrument portatif. L'instrument troué gémit piteusement, le rhinocéros ne parvient pas à s'en débarrasser, ce qui rend le monstre furieux au dernier degré. « Il veut ma peau », a le temps de penser le Premier, et il prend subitement à gauche. Il sait pourquoi : il y a là-bas une petite passerelle de planches, qui n'a peut-être pas encore été emportée. Elle est tremblante et glissante, et les eaux de la rivière l'engloutissent déjà avec ses vagues écumantes insatiables.

À l'instant où le Premier et la Deuxième, en se balançant miraculeusement, tels des funambules à la foire de Boji Karkolomy (Casse-cou de Dieu), atteignent le milieu, la passerelle se met à craquer et à s'effondrer, les projetant vers le bas.

Mais ils ne tombent pas dans la rivière, car les eaux s'écartent, laissant la place pour une chute libre dans un tunnel arrondi comme un zéro, où il n'y a pas de fin ni à la chute ni au tunnel. Au zéro non plus.

Nous venons d'écouter « Wild Is the Wind », mais pas dans la version que j'ai entendue pour la première fois à la fin des années 1970, sans arriver à m'en détacher. Ou elle de moi ? Dans tous les cas, nous venons d'en écouter une autre, pas celle de l'album Station to Station, *mais celle bien plus tardive de* Bowie at the Beeb. *Et même là, tout n'est pas simple, car dans cet album triple, les enregistrements du premier et du deuxième disque sont plus anciens, même plus anciens que* Station to Station. *En revanche, le troisième disque est véritablement plus tardif et il s'ouvre avec cette version de « Wild Is the Wind » que nous venons d'écouter.*

Ouf. Ai-je été clair ? Vous n'avez sans doute pas compris grand-chose.

Bref, il est plus de cinq heures ici. Nous avons écouté « Wild Is the Wind » de l'album Bowie at the Beeb *dans l'interprétation de Bowie lui-même.*

Et vous savez quoi ? J'ai choisi cette version pour une seule raison : le piano. Car dans la version plus ancienne, il n'y a pas de piano, pas du tout. Alors qu'ici, nous avons Mike Garson. Vous avez perçu cette légèreté ? Des doigts impeccables touchent impeccablement le clavier impeccable. Et la chanson est transformée ! Ce n'est pas ce à quoi nous nous attendions, la connaissant depuis la fin des années 1970 et l'ayant écoutée une dizaine (de milliers) de fois.

Et voilà qu'à la dix mille et unième fois apparaît Mike Garson avec ses arpèges !

Je ne pourrai jamais jouer ainsi, vous le savez ? Non, je peux toujours faire tout ce qu'il fait dans cette version. Mais il y a une certaine différence dans la légèreté, et pas en ma faveur.

Je le dis à grand regret. Ils ont un peu travaillé sur mes doigts ; il ne me reste plus qu'à écouter comment jouent les autres.

À quoi je pense en ce moment : vous vous souvenez, quelque part vers l'an 2000, quand est apparue la mode du silence ? Bien évidemment, il a fallu quelques prémices technologiques. On n'aurait pas joué à ça sur les disques des gramophones, les disques vinyles ou les plus anciens, même de longue durée. Alors que sur les disques compacts, pas de problème. Autrement dit, vous écoutez le disque de la première à la dernière piste, puis quand il est fini… vient le silence. Une minute, deux, trois, quatre, cinq. Pas forcément quatre minutes trente-trois, ça pouvait être plus long. Et la restitution continue, votre disque est en lecture, un rayon laser continue à lire le numérique quelque part. Ce n'est pas la fin de l'album, il y a encore un bonus, et avec le temps, plus d'un. Mais pour l'instant, il y a le silence. C'est une matière musicale spéciale : le silence.

Compte tenu du fait que mes doigts ne se plient plus, je serais bien inspiré d'en jouer. Qui sait, je serais peut-être devenu le meilleur interprète du silence de tous les temps ?

Du reste, j'ai eu de la chance. Du point de vue de la survie, il est difficile de ne pas estimer mon arrestation à sa juste valeur. Qui plus est quelques semaines avant la boucherie. Quand tout a commencé à brûler, à se couvrir de suie et de cris, et à exploser de sang de l'aorte.

Si je ne m'étais pas retrouvé dans ce box au milieu des forêts… S'ils avaient eu d'autres projets pour moi… Si mon ami Théophile (disons Théophile, la réalité des prénoms dans la police secrète importe peu), si ce tuteur dévoué qui me conjurait et me suppliait de ne plus jamais sortir place de la Poste, mais de disparaître, m'évanouir, partir… S'il n'avait pas rempli ses obligations avec autant de scrupules… S'il avait jeté l'éponge, avait failli, s'était endormi, avait raté…

Mais il s'est montré exemplaire. On ne peut pas, en récompense, ne pas monter en grade. Il agissait à tous les niveaux de ma vie privée. Progressivement, il a atteint le niveau où je me suis retrouvé dans sa paume, pas simplement offert, mais nu comme un ver, dans le même chaudron avec toutes mes amantes. Je portais mon propre piège en moi. On m'a coffré et conduit dans la forêt hivernale, dans un camp secret pour les VIP, comme ils l'appelaient. Dans un box avec des boxeurs. Qui s'entraînaient tout le temps, tout le temps sur moi. « Une petite vidéo, essayait de me convaincre Théophile. Pas plus de trois minutes. Peut-être deux. Tu vas répéter après le souffleur. Tu enregistres et tu es libre. Tes doigts sont sains et saufs, ta rate se recollera, ta vie se poursuivra. »

La rate s'est effectivement rétablie. Un traumatisme abdominal aigu, malgré sa gravité, s'est laissé soigner. La mâchoire a été remise à sa place. Quoi d'autre ? Des fissures dans les côtes, des hématomes, des bleus, les doigts…

Théophile a présenté sa promesse de me casser un doigt par jour comme un grand maître. « Imagine, dit-il en levant les yeux d'épuisement, la douleur d'un doigt cassé. La douleur qui ne lâche pas une seconde. Tu ne pourras pas t'endormir à cause de tes propres gémissements pitoyables. Et si, le lendemain, les doigts cassés sont deux ? Tu peux imaginer cette douleur en double ? Et en triple, le jour suivant ? » Il frissonnait d'horreur : « Je ne veux même pas compter jusqu'à dix ! J'ai peur de penser à cette croissance de la douleur, un doigt supplémentaire chaque jour ! » Il s'est tu un instant, puis a continué, dépité : « Tu sais, il ne sera plus question de jouer du clavier, ne rêve pas. Non, il s'agira d'une banale cuillère. Est-ce qu'un jour tu seras capable de tenir une cuillère, de la porter à ta bouche ? Je crains que non. Je crains que, jusqu'à la fin de tes jours, tu ne sois nourri par d'autres mains. Si tu croises encore des gens gentils dans ta vie. »

Je ne répondais rien. Je me sentais cassé même sans les doigts cassés.

Il me tapotait l'épaule et chuchotait comme s'il me faisait une confidence : « Tu sais bien que tu vas l'enregistrer, cette vidéo. Il ne peut pas en être autrement. La question est de savoir si tu le fais avant qu'on te brise les doigts ou après. Écoute le conseil d'un ami pianiste : enregistre avant. Deux minutes et c'est fini. Il ne faut pas réfléchir, seulement répéter. Alors ? Je t'en prie ! Fais-le pour moi ! Que je ne sois pas obligé de te remettre aux Russes. »

Des larmes coulaient sur ses joues.

Si Dieu nous est maître, alors le diable est son malin serviteur.

Il avait toutes les chances, moi – aucune. Mais vous savez quoi ?

Il n'y a pas eu de vidéo. Et j'ai conservé mes doigts tant bien que mal. Père ne cesse jamais de nous aimer. Même dans l'obscurité impénétrable, quasi biblique.

Vous écoutez Radio Nuit. Je suis Joseph Rothsky. Ma montre indique cinq heures seize, et il est temps d'écouter « ***Starless*** *». Pas de King Crimson, mais de* ***The Unthanks****.*

15

Toutefois, si ce tunnel vertical transperçait le globe terrestre de part en part, leurs corps, prenant en compte la chute libre avec l'accélération, l'auraient traversé en quarante-deux minutes et, projetés au-dehors par une sorte de catapulte métaphysique, seraient réapparus de l'autre côté du globe, quelque part dans les eaux de l'océan Pacifique sud (plus ou moins).

Si la catapulte est métaphysique, elle est capable de tirer d'une manière totalement imprévisible, échappant aux limites perceptibles de la géographie physique. On peut sortir de ces tunnels n'importe où, dans n'importe quel pays, sur n'importe quel continent. Yacht, caravelle, dirigeable, Boeing, charter, chien, attelage de rennes, Alfa, sorcière, Mercedes, Benz, TGV, Amtrak, aéroplane, deltaplane, Satan, vélo, rosse : les moyens de locomotion et les voies s'offraient au choix en vaste éventail. Le choix est exponentiel, voire illimité. Mais ce n'est pas à nous de le faire. On le fait à notre place.

Tout comme pour les points de chute. On peut se retrouver dans un désert, dans une forêt, dans un champ, au milieu de gens bien ou de gens méchants, dans une grotte ou dans un cercueil, dans un jeu vidéo, dans un bateau ou dans un tombeau. On peut se retrouver partout.

Et si on a subitement de la chance, on peut se retrouver dans le même lit avec quelqu'un qu'on n'attendait plus.

– Il n'y avait pas une passerelle ?

– Au-dessus de la rivière ?

– Évidemment, quoi d'autre.

– Je ne sais pas. Au-dessus d'un ravin. Mais tu parles de celle de la rivière ?

– Oui, la rivière qui gonflait à vue d'œil.

– C'est-à-dire ?

– L'eau ne cessait de monter. À une vitesse folle. En quelques secondes. Comme si je venais de la voir normale, quelque part en bas, et puis soudain… Elle enfle, grandit, monte, sort de son lit.

– À cause de la pluie ?

– Oui. C'était une sorte d'orage, de véritables torrents qui descendaient du ciel.

– Exact. Cette sensation d'être trempé jusqu'au dernier fil.

– Des milliers de sensations. Mais ce qui est le plus intéressant, c'est qu'il n'y avait rien de tel sur l'autre rive. Du calme et de la quiétude, une belle et douce journée.

– J'avais l'impression que c'était la nuit.

– Oui, possible. La vérité est quelque part au milieu. Pas le jour, mais pas encore la nuit, un mélange. L'état où Dieu n'a pas encore créé la lumière.

– Tu affabules. C'était déjà la nuit, une soirée bien avancée.

– OK, soit. Ce que je savais pour sûr, c'est qu'il nous restait à traverser la passerelle et on était sauvés. Il y avait encore un pont de pierre, en construction, avec juste au milieu un énorme trou qu'on n'aurait pas pu sauter. On me l'a montré en image séparée, et dans un coin en bas à droite pulsait une sorte de compteur qui avait déjà eu le temps de comptabiliser notre envol raté. Il ne nous restait que la passerelle. Pour toi, elle était à gauche ?

– Probablement. À gauche pour nous ? Oui. Pour toi aussi ?

– C'est pour ça que je pose la question. Chaque divergence, même dans les détails, peut tout détruire.

– Quoi qu'il en soit, nous avons pris à gauche, car à droite il y avait cette grosse carcasse blanche.

– Ah ! Tu l'as vue toi aussi ! L'une nous poursuivait, l'autre nous coupait la route à droite. C'était bien cela. J'ai vu la même chose. Et surtout, je savais que c'était toi qui courais à côté. Cela t'arrive aussi dans tes rêves que quelqu'un que tu connais n'ait pas la même tête ?

– Oui, mais je sais que c'est lui. Oui.

– J'étais celui-là ?

– Celui-là, mais différent. Moi aussi ?

– Sans doute. Je n'en suis pas sûr. Quand je me retournais, je voyais derrière nous ce monstre. J'avais très peur de glisser en descendant la côte. Et de m'étaler devant ses sabots. Il m'aurait piétiné sur-le-champ. Avant cela, il a empalé mon orgue portatif, qui n'a fait que gémir à la fin, le pauvre. Le monstre n'arrivait pas à s'en débarrasser et enrageait encore plus, mais il ne pouvait plus me toucher avec sa corne. Sinon, il m'aurait transpercé moi aussi.

– Comment était-il ?

– Un rhinocéros, mais pas comme de nos jours. Préhistorique ou quelque chose de ce genre. Mais pas poilu, pas de Sibérie. À peu près la même taille, mais pas le même, avec la peau plus épaisse qu'une armure.

– Quel choc.

– Tu as vu le même ?

– Je ne sais pas, je ne me suis pas retournée, j'avais trop peur.

– Nous le décrivons si longuement, alors qu'en vérité tout cela n'a duré que quelques secondes. Tchik-tchik-tsak. La course, la berge, l'orage, les cris, les hurlements, les éclairs, la rivière qui monte à vue d'œil. Puis la passerelle qui s'échappe sous les pieds, étroite et qui se réduit à chaque pas, glissante, comme si elle était couverte de glace.

– Et la rivière qui la recouvre.

– Je me souviens que je courais et elle était déjà à hauteur de poitrine. Et qu'est-ce qui se passe après à ton avis ?

– Quelque part vers le milieu de la rivière, j'ai senti que la passerelle disparaissait sous mes pieds. Je savais, je ne sais comment, que c'était le monstre. Qu'il s'était jeté dessus et qu'elle ne l'a pas supporté, a craqué…

– Crrrrac !!

– Oui, comme si j'avais un œil derrière la tête. J'ai vu sans me retourner.

– Une vision vers l'arrière. Et ensuite ?

– Ensuite tu m'as réveillée.

Les retrouvailles matinales dans un lit, après une courte séparation, quand chacun avait disparu dans son propre rêve, existe-t-il quelque chose de plus beau ? La conscience revient progressivement, avec le toucher, le corps à corps, et le réveil qui équivaut maintenant à l'éveil. Vouloir toujours, lécher les restes de sommeil du corps de l'autre, se réveiller, entrer. Se fondre et s'imbriquer. Se réjouir d'une journée pareille.

Mais si on est imbriqués au point d'avoir des rêves communs et non les siens propres ? Depuis le début de leur fuite, ils se sont rapprochés de plus en plus. L'échange sur leurs rêves, au lit, après le premier coït matinal, est devenu la préfiguration d'un jeu sacré. Les rêves coïncidaient chaque fois de plus en plus. Les motifs, les situations, les angles, les lieux, même les imprécisions et les nébulosités, tout devenait commun.

Les jours commençaient et se terminaient par des plongées frénétiques dans le sexe. Parfois, il se produisait en plein jour, mais le plus souvent non, car dans la journée ils se déplaçaient. Autrement dit, ils étaient en route. La plupart du temps, qu'ils passaient à deux (plus Edgar, toujours détaché, avec beaucoup de tact), ils étaient entièrement nus ou presque. « Quelle malitsa ! » ne cessait de penser Rothsky en la regardant. Et à l'intérieur de lui, il chantait les louanges de son vagin, en cherchant des assonances musicales dans la phonétique des consonnes.

Une fois il a même pris son courage à deux mains et demandé ce qu'elle voulait dire quand, au tout début, elle avait répondu à son SMS : « Chez toi aussi. » « La même chose que toi », a dit Anime. « Mais en ce qui concerne les miens, on ne peut pas dire qu'ils sont grands », a protesté Rothsky. « Les yeux ? » a demandé Anime. « Les seins », a expliqué Rothsky. Ils étaient surpris tous les deux. Anime a toujours considéré ses seins comme un peu petits. Rothsky n'a jamais pensé que ses yeux pouvaient paraître grands. De couleurs différentes, oui. C'était sa particularité. En d'autres termes, c'était son signe particulier, qui n'aidait pas tellement en cas de vie clandestine ou de fuite. « Je ne peux pas changer leur couleur. (Rothsky expliquait l'évidence.) Même l'un des deux, car ce ne sont pas les cheveux, ni les ongles ni la peau. » Les lunettes de protection sont devenues son signe particulier, quand bien même plus répandu et bien plus sécurisant. D'autant plus que l'été commençait, et cacher ses yeux ne semblait pas aussi étrange qu'en décembre dernier à Rhinocéros.

La fuite demandait des déplacements constants, ce qui implique de se montrer. Les gares, les stations, les terminaux se remplissaient de toutes sortes de bipèdes sans plumes et tomber sur un recoin protégé de tous pour satisfaire une soudaine envie était pratiquement impossible. « Pourquoi n'ont-ils pas de cabines aménagées ? » a demandé un jour Jos dans un des immenses aéroports. On pouvait y trouver de tout : des salles d'attente, des restaurants, des cafés, des bars, des pubs, des filiales bancaires et postales, des boutiques, des supermarchés, des chapelles, des zones de prière et de méditation, des centres de yoga et de fitness, des concessionnaires automobiles, des barber shops, des salons de style, de massage, d'épilation et de manucure, des box pour dormir et pour prendre une douche, mais il n'y avait pas un seul mètre carré pour son rapprochement spontané avec Anime ! Il n'y avait pas d'endroit non seulement pour entremêler les corps et pour jouir instantanément, dans le même élan, il n'y avait même pas d'endroit pour ce qu'Anime appelle *frotter son front contre le mont de Vénus*, ni *poser un baiser tendre à l'entrejambe*. Et ce n'est que dans un secteur très éloigné, dans des passages abandonnés entre les terminaux, où les cireurs de chaussures ont la peau noire et où les brahmanes aux nobles barbes blanches, en l'absence totale de clients, sont tous collés à leurs smartphones, que Jos l'a tirée vers lui et, barrant l'unique accès par une cage avec Edgar aux aguets, s'est fourré en elle pour quelques minutes très brèves. Au moins ça.

Ils ont essuyé avec des lingettes les traces de sa jouissance précipitée, celles qu'Anime appelle en plaisantant « Wonder Waffel ». « Tu as l'âge parfait pour une grossesse, constatait souvent Rothsky. Mais ne compte pas sur ma paternité. »

Joseph Rothsky, depuis sa jeunesse, avait toujours séparé l'amour et le sexe. Le premier semblait ne pas exister pour lui, jusqu'à ce qu'Anita le remette sur pied, profitant de sa stupide chute. Plus précisément, elle a remis sur pied son amour, pas dans un sens idéal et abstrait, mais très concret : envers elle. Cependant, après l'avoir remis sur pied, elle l'a tout de suite enterré, après quoi Rothsky a été définitivement confirmé dans l'idée de s'en éloigner : l'amour, ce n'est pas pour lui ni sur lui. On ne plaisante pas avec les plaisanteries, plaisantait Rothsky.

Le second, conformément au réflexe purement professionnel que Rothsky avait acquis dans cette même jeunesse, prévoyait la présence de caméras et d'équipes de tournage, un travail coordonné de réalisateurs, d'opérateurs, d'éclairagistes, d'ingénieurs du son avec leurs assistantes, de maquilleuses, d'un tas de filles et de garçons et aussi, en dernier lieu, de partenaires d'une certaine classe et expérience. Après que Rothsky a abandonné *l'industrie* et qu'il est revenu dans son pays pour jouer du rock, pendant de nombreuses années encore, presque à chaque accouplement, il devait fermer les yeux et allumer tous ces projecteurs dans son imagination, au risque de ne pas avoir d'érection. Il ne faisait pas l'amour, il jouait le rôle de quelqu'un qui faisait l'amour ; mais il faut lui rendre justice : il le faisait en règle générale avec abnégation et conviction. C'était de la pure physique, un jeu corporel passionnant, agrémenté d'un certain blocage psychique. Que personne ne remarquait d'ailleurs.

Ce n'est qu'avec Anita (encore elle !) que Rothsky a appris à faire l'amour sans appeler à la rescousse tous les attributs de l'industrie et les esprits du passé. Anita ne soupçonnait même pas sa première profession, mais elle aimait répéter qu'ils faisaient tout avec une *beauté pornographique*. Si seulement elle avait su ce qui se cachait derrière ! Mais Rothsky ne le commentait généralement pas, la préservant de nouveaux accès de jalousie s'il avait fait des révélations. Il convient de le rappeler : à l'époque, il avait cru pour la première fois à l'amour et n'aurait jamais fait de mal à son incarnation humaine, Anita, même le plus petit, même potentiellement ou pour faire semblant. Quand tout – Anita, la révolution, le pays en général et sa vie privée en particulier – est allé de travers, Rothsky s'est de nouveau proclamé intérieurement un *agent libre*. Ce qui signifiait aucune relation stable (jamais, jamais, jamais !), le retour au style aventurier dans les relations et une amélioration constante des performances au nom des possibilités maximales du corps pour le bonheur de chaque nouvelle partenaire. Si la connaissance de soi est possible, c'est probablement l'unique moyen de l'atteindre, s'est persuadé Rothsky non sans faire preuve de philosophie superficielle.

Sur ce chemin, qui prévoyait une recherche permanente de nouveauté et un défilé kaléidoscopique des partenaires, Rothsky a renoncé *a priori* au plus facile : les contacts avec les prostituées. Pour être honnête, ce renoncement ne lui a rien coûté : il ne les aimait pas tellement depuis son enfance-adolescence (ici se dessine un soupçon sur ses premiers échecs érotiques, mais cela reste nébuleux). En revanche, dans le catalogue de ses possibilités, quelque part aux côtés des prostituées, ont émergé ses anciennes collègues, les actrices porno. Les rencontres avec ces dernières correspondaient en règle générale à des sommes importantes, mais depuis un certain temps, l'argent, ou, pour être précis, son absence, ne faisait plus partie de ses préoccupations.

Rothsky a réussi à organiser trois ou quatre rendez-vous avec des actrices, pas de premier plan pour commencer, bien que l'une d'elles fût déjà qualifiée d'étoile montante par l'industrie. Globalement, cela rappelait le retour au sport de haut niveau d'un vétéran oublié. Personne ne se souvenait de ses rôles, et cela n'avait rien d'étonnant : depuis que Rothsky avait rejoint les réserves, l'industrie (qui d'ailleurs avait réussi pendant ce temps à se déplacer sur la Toile et à devenir une post-industrie) avait déjà usé plusieurs générations. Autrefois, il avait travaillé avec des femmes qui avaient le double de son âge. (Où sont-elles aujourd'hui, ces merveilleuses enseignantes et infirmières ?) Maintenant, il fréquentait des filles trois fois moins âgées que lui. Pendant les rendez-vous, parfois elles reconnaissaient en lui un ancien spécialiste et le couvraient de compliments pour ses réflexes bien préservés. Rothsky, il faut le reconnaître, était flatté, bien qu'il n'en laissât rien paraître. Il plissait juste son œil, toujours différent, de couleur s'entend.

En outre, il ne manquait jamais une occasion. C'était d'ailleurs quand il ne les cherchait pas qu'elles le trouvaient. Dans son *groupe de risque* il y avait des serveuses, des barmaids, des habituées des cafés et des narguilés, des promeneuses, des respectueuses, des passagères du tram, des amatrices d'orgies, des tricheuses, des étudiantes en informatique, en droit, en économie et en culturologie, des activistes, des fumeuses d'Iqos, des folles, des rêveuses, des voyageuses, des originales, des sauvages, des blogueuses, des donneuses et, si l'on veut bien, les mêmes enseignantes et infirmières. Rothsky ne fuyait aucune de ces catégories. « Tu sais, vieux, disait-il parfois à Edgar, je suis déjà au paradis. Imagine seulement comment je serai après ma mort ! »

Et là, l'amour !

Et quand ?

Quand il est trop tard non seulement pour aimer, mais bêtement pour tomber amoureux. Que diable ?

L'amour. C'est-à-dire que dans la vie de Rothsky est apparu quelqu'un (qu'il avait amenée lui-même chez lui !), quelqu'un d'unique à qui il avait eu envie de dire : « Tu ne serais pas Marie, par hasard ? Parce que je suis Joseph. »

Et puis il avait un peu peur de la nuit, de ces quelques heures quand ils se séparaient, chacun dans son rêve, et alors il pouvait sans le vouloir l'appeler Anita (par moments ce prénom le faisait encore souffrir), bien que l'accent placé sur la deuxième syllabe ne laissât pas de place à l'erreur, mais qui sait ce qui peut se murmurer dans les secteurs incontrôlés de la conscience, quand l'esprit dort ?

Et cette peur promettait une particularité. Signifiait un signe. Désignait un détail. Comme certains autres détails, signes et particularités. Quand tu mets de la musique de l'époque de ta puberté, elle connaît non seulement la mélodie, mais presque les paroles par cœur, comme si elle s'y était préparée toute sa vie. Quand même la distance d'un demi-souffle semble trop grande et fait souffrir. Quand après avoir nagé dans un lac de montagne tu lui écris un message drôle : « À quoi je te sers ? J'ai un si petit pénis maintenant », et qu'elle répond : « En réalité, il est grand. » Quand descendant du train dans une station déserte en plein cagnard, tu offres ton épaule à Edgar épuisé et qu'elle lui donne de l'eau dans ses mains jointes. Quand tu n'arrives pas à comprendre comment elle est et que, de toute manière, tu décides une fois pour toutes : au-dessus de tout. Quand tu es prêt à lire à haute voix, même *La Promenade* ennuyeuse de Walser, et qu'elle rit à des passages dont personne ne rit, excepté toi. Quand tu lui demandes de faire un test de grossesse et qu'elle répond que vous le faites avec succès plusieurs fois par jour. Quand vous remplissez le temps libre de l'amour avec Johnny Cash, Johnny Rotten et Johnny Walker (pas le DJ, l'alcool). Quand chanter devient écouter, et que la fibrillation atriale des ventricules gauche et droit a des raisons autres que médicales.

Rothsky le savait : l'amour, c'est la dépendance. L'amour rend dépendant comme une drogue dure. C'est peut-être pour cela que Rothsky n'a pas percé dans le rock, parce qu'il était un individualiste convaincu. Autrement dit, il excluait « drugs » de la triade, pour éviter l'accoutumance, la soumission, la dépendance aux substances chimiques. En réponse, le rock and roll l'avait exclu, lui, Rothsky. L'amour n'existe pas, la drogue ne l'a pas eu, qu'est-ce qu'on peut lui prendre ? À quoi tu sers ? hurlait le rock and roll, va-t'en ! Rothsky portait son indépendance, fier et solitaire, comme un stupide manifeste ou un slogan profane. Je suis comme je suis, disait-il parfois, sans le moindre additif chimique, absolument pur.

Et là, cet abandon volontaire des positions, cette trahison joyeuse et irréversible dans la dépendance des plus dures ! Dans l'amour !

Comment appeler sinon cette fusion profonde, quand on fait les mêmes rêves ? Cette catapulte qui projette depuis un éternel tunnel vertical dans le même lit matinal ?

– Un jour, on nous trouvera comme ça, murmurait Rothsky ce matin-là. Tu seras au-dessus de moi, au-dessous de moi ou bien à côté…

– Au-dessus, chuchotait avec assurance Anime. La meilleure position pour mourir le même jour. D'une seule balle. Elle me transperce d'abord, et ensuite elle t'atteint. La même balle. Les chances sont élevées.

– Arrête. Tu as toute la vie devant toi.

– Sans toi ?

– Oui. Et ne me dis pas que tu ne réussiras pas.

– Et qu'est-ce que je dois dire ?

– Écoute, quoi qu'il en soit, tu devrais vivre longtemps sans moi. Pense à ton âge. J'ai 91, toi 19.

– Je n'ai pas 19 et tu n'as pas 91. Tu dis des bêtises.

– Bon, d'accord. J'ai 82 et toi, 28.

Ils s'accordaient pour finir sur 112 et 12, et la différence cessait d'avoir un sens.

On nous rattrapera, a dit Rothsky. Ils nous rattraperont.

Qui, ils ?

À cette époque, Anime était déjà au courant de la chasse des hommes du Régime. Et pour ce qui est de Mob, qui pouvait mieux être au courant qu'elle ?

J'aime notre fuite. (Rothsky se lançait dans un monologue libre.) C'est un jeu assez amusant, quoi qu'on en dise. Ne pas traîner, changer de pays, de lieu, d'itinéraire et de moyen. Pour être franc, j'ai rêvé un jour de vivre comme ça. J'aime toujours ça, je l'avoue. C'est peut-être la période la plus heureuse de ma vie. C'est une quête, pas une vie : deviner où ils ne sont pas, et déterminer ainsi chaque étape suivante. Et pourtant, quelle est la destination finale ? Quand et où l'atteindre ? Combien de temps serons-nous des fuyards ? Schengen n'est pas extensible, et toutes les destinations géographiques vont s'épuiser un jour. Il n'y en aura pas assez pour ma vie, que dire de la tienne ? Pourquoi tu t'es attachée à moi ? Ils peuvent me retrouver en moins de deux. C'est-à-dire nous, si nous sommes deux. Alors que toute seule, tu peux facilement disparaître, car il y a des millions de filles comme toi. Et de toute manière, ce n'est pas toi qu'ils cherchent. Disparais, tant qu'il en est encore temps. Disparais et cache-toi, cache-toi et disparais. Rentre dans les ordres, disait Rothsky en parodiant Hamlet.

Anime raillait ses exercices de cruauté. Ou de dureté ?

Dis-moi ce qui est arrivé à Subbotnik. Il est toujours en vie ?

Rothsky pensait que c'était une porte de sortie. Retrouver Subbotnik, vivant, pas mort, et rejeter sur lui, tel un sac de farine, tout ce poids monétaire avec ses zéros à rallonge. Rendre son dû, comme on dit. Se libérer, soupirer, s'ébrouer. Mob lâcherait de lui-même. Et je trouverai un arrangement avec les hommes du Régime, espérait Rothsky.

Mais Anime n'en savait rien. Elle ne connaissait pas Subbotnik, n'en avait jamais entendu parler.

Et un jour Rothsky a eu une illumination : Dagobert Schwefelkalk ! Son brillant défenseur suisse, son Dragobrat-Dragofrère. Lui, il devait entretenir des liens avec Subbotnik, même mort. Il est apparu immédiatement après que Rothsky avait accepté de porter la charge de Subbotnik. Ce n'était pas un concours de circonstances : à cet instant précis, comme sur commande (oui, sur commande !), l'avocat le plus cher apparaît et, comme si c'était un jeu d'enfant, tire Rothsky de la prison ! Schwefelkalk ! Comme tout est simple, a suffoqué Rothsky devant ce petit succès.

– Tu es une hackeuse, n'est-ce pas ? a-t-il demandé à Anime. Tu as appris deux ou trois choses ?

Anime préférait se battre et tirer, mais elle n'était pas contre partir à la pêche de temps à autre.

– Trouve-moi un type prénommé Schwefelkalk. Le soufre et la chaux. Tu t'en souviendras ?

Rothsky n'a pas eu le temps de l'écrire en allemand sur un bout de papier, qu'il a entendu :

– Un cabinet d'avocat privé ? Dagobert ?

– La somme de ta parole est vérité, l'a remerciée Rothsky, l'index levé. Tu es un génie de l'ordinateur.

– Une génie, l'a corrigé Anime, défendeuse acharnée des noms féminisés dont sa langue était si riche. Voilà ton soufre avec de la chaux.

C'était une adresse Skype. Pas grand-chose, quand on connaît les moyens et les canaux modernes de communication. L'âge de pierre, mais tout de même quelque chose.

Rothsky a mis plusieurs jours à se préparer, en imaginant le cours de la conversation jusque dans les moindres détails.

– Frère Dragobrat, devait-il dire. Comment va notre ami Jeffrey ? Il est pianiste, tout comme moi, vous comprenez ? Nous avons joué à quatre mains lui et moi. On s'est embrassés la dernière fois quand on l'emmenait à Zurich. Pour une opération, vous voyez ? Une clinique universitaire, vous connaissez ? C'est probablement là qu'il a été charcuté. Je crois que vous savez tout. Vous avez travaillé pour lui, cher frère Dragobrat, Dragostea din tei !

Rothsky a décidé de s'en tenir strictement à cette version. Enfin, il s'est décidé à envoyer son invitation. Mais ses attentes ont été déçues : le correspondant schwefelkalk était hors connexion, n'était pas connecté, était déconnecté. Et ce « hors connexion » et « pas connecté » s'est répété chaque fois pendant les jours et les nuits qui ont suivi. Il n'y avait pas d'heure dans la journée où schwefel-kalk était connecté ! Un point c'est tout.

Probablement, s'est dit Rothsky, qu'il a quitté Skype depuis longtemps. Probablement en raison de son ancienneté. Une âme morte de plus dans le répertoire mondial des contacts, et c'est tout. Bien que ce soit justement son ancienneté qui devait les servir : Rothsky estimait (et Anime avec lui) que tout ce qui était vieux et démodé était plus sécurisé. Plus le *gad* (comprenez gadget) était neuf, plus il était vulnérable aux écoutes et au piratage.

– Il n'y a pas de limite au perfectionnement, se plaignait Rothsky. Privé ? Confidentiel ? Intime ? Oublie, si tu veux suivre toutes les nouveautés des corporations !

Ainsi, il se découvrait altergloblaliste spontané, un mouvement dont il ne soupçonnait même pas l'existence. Tout en poussant Anime dans les filets de la Toile :

– Cherche, chérie, cherche ! Passe les réseaux au peigne fin ! Il est quelque part, quelque part il est.

En réalité, il fallait demander à Edgar. Celui-ci a donné l'alerte en battant des ailes quand Jos a acheté chez le marchand de journaux d'en face la presse de différents pays voisins, tout un tas de titres invendus, des figaros, des courriers et des anzeiger, pour en tapisser un nouveau nid dans la boîte en carton. Un des journaux (justement l'anzeiger), vieux d'environ une semaine, était suisse. L'oiseau avait de nouveau raison : à l'intérieur, couvert d'annonces de décès, il y avait un cadre ourlé de noir – « Rechtsanwalt Dr. D. Ch. Schwefelkalk » –, qui n'était peut-être pas le plus voyant, mais sûrement le plus élégant. La mort d'un « grand juriste » était présentée comme « soudaine » et « injustement prématurée ». Il était trop tard pour se précipiter à l'enterrement.

Il restait le directeur de la prison. Mais à la demande de Rothsky quant à l'éventualité d'un contact direct, la direction pénitentiaire de la ville de Z. a répondu qu'à la suite des dernières élections cantonales, il avait été procédé au changement total de l'exécutif dans toutes les structures et, parmi elles, de la direction des établissements de redressement criminel. « Nous ne sommes pas habilités à fournir les contacts actuels des anciens fonctionnaires », a résumé un fonctionnaire inconnu, et peut-être même un robot.

Rothsky a soupiré.

– Donc, Subbotnik reste dans la zone cachée du monde.

– Et c'est très bien, a dit Anime. S'il fallait lui rendre son dépôt, il n'y aurait plus d'intérêt. Comment tu veux continuer ta fuite ?

– On vendrait une paire d'organes, l'a rassurée Rothsky.

L'été se déployait dans les odeurs. Lors de leurs premières étapes, chacun démarrait de son côté. Rothsky et Anime se disputaient la vitesse de reconnaissance : acacias, fraise, sève, créosote sur les traverses de chemin de fer, rosée sur les feuilles de salade, goutte d'eau de mer sur l'avant-bras, marché aux poissons, une chemise de lin portée pour la première fois, les pavés fraîchement lavés au savon, sandale et myrrhe, bitume chaud, strudel à la vanille, pénombre de haschich, cageots d'asperges, l'entrejambe avant et après l'acte. Les odeurs se mélangeaient progressivement, mais gardaient leur identité pendant un certain temps encore. Au fur et à mesure de l'avancement de l'été, la diffusion des odeurs s'approfondissait. Les parfums se rendaient à la bonne volonté de la chaleur et s'ouvraient, s'interpénétraient, se mélangeaient et s'associaient contre nature les uns avec les autres. Ce n'est pas juste un marché aux poissons, mais un marché aux poissons le soir, une demi-heure avant la fermeture, c'est un mélange insupportable de sécrétions âcres, unies et inséparables jusqu'aux larmes. Une seule, immense comme un cloaque, un entrejambe après une infinité de copulations, voilà l'odeur de cet été pour eux.

Les dépenses augmentaient. Les économies fondaient. Anime savait ce qu'elle disait. Le dépôt rebouchait tous les mois, avec ses dizaines de milliers, les trous laissés par la vie fugitive. Comment vivre sans lui ? Même Edgar n'avait pas de réponse.

Après s'être échappés de Rhinocéros incendié (et disparu pour eux), en quittant sans bruit la ville avec son château nocturne fantomatique, leur vie est devenue sensiblement plus chère. Les déplacements, les couchages, la boisson et la nourriture, les achats incessants de choses nécessaires et de vêtements (heureusement, on était en été), mais surtout, les fantasmes de Rothsky, visant à élaborer des choix logistiques de plus en plus imprévisibles, renversants et illogiques, tout cela vidait les réserves à une vitesse assez inquiétante.

Ils ont tout essayé dans leur fuite.

Les automobiles : ils en louaient pour chaque trajet et auprès d'une société différente à chaque fois. Rothsky n'avait jamais conduit de sa vie, c'est Anime qui était accrochée au volant ; le corbeau disposait de la banquette arrière à sa guise, même s'il devait passer la plupart de son temps dans une cage à perroquet acquise spécialement.

Les trains : ils réservaient des compartiments, parfois même des sections du wagon ; ils ne sont jamais montés dans un wagon rempli de plus d'un tiers.

Les avions : cela aurait été le plus simple, si les lignes aériennes avaient accepté les oiseaux savants dans la cabine ; non, tout le monde ne le fait pas, et de loin ; déposer Edgar en soute aurait signifié le trahir ; cette solution n'était pas acceptable, on ne trahit pas les siens. Pendant tout ce temps, ils n'ont pu utiliser l'avion que trois fois. C'est triste, mais l'avion, plus que n'importe quel autre moyen, incarnait le mieux l'idée de Rothsky sur les sauts spatiaux imprévisibles.

Rothsky est devenu adepte de la spontanéité. Selon lui, elle augmentait la marge de manœuvre par le fait même de surprendre les éventuels poursuivants. Parfois, c'était une aventure en soi. Par exemple, quand en attrapant un taxi à Naples, ils ont pu rejoindre Stockholm en vingt-neuf heures. Ce faisant, ils ont pu établir, même si cela n'a pas été homologué, plusieurs records dignes d'être immortalisés. Parmi eux, il y en a un de véritablement miraculeux : durant tout leur trajet méridional-septentrional, le chauffeur de taxi, un Indien quechua, n'a pas prononcé plus de cinq mots.

Et la traversée nocturne de l'Europe, de Nantes à Constance ? Et le StyxBus incroyablement rapide, où ils ont failli mourir à force de s'embrasser !

Il y a eu d'autres exercices exotiques.

On dit que cet été-là un nouveau bureaucrate européen (ceux qu'on considère comme créatifs, sans savoir pourquoi) a décidé d'expérimenter et de restaurer, ne serait-ce que temporairement, l'express ferroviaire Nord-Est. En quittant Calais, ils ont pu l'attraper à Paris et, en une nuit, ils sont parvenus à Riga (*la percée Parisienne-Rigoise*, comme l'a baptisée Rothsky). Selon d'autres versions, et afin que cela échappe aux yeux étrangers, ils sont descendus à l'arrêt de gare Virbalis et se sont évanouis dans cet endroit perdu parsemé seulement de lucioles.

En outre, les bateaux. Ou du moins un bateau : on connaît indubitablement le cargo surchargé de containers qu'ils ont emprunté une fois en compagnie de courriers de Shanghai pour passer de Turnu Severin, en Roumanie, à Duisbourg. C'était fort lent et formateur. Ils stationnaient des jours entiers devant les quais dans l'attente des autorisations douanières. Tout ce qui voyageait dans les containers coûtait un euro. Les bracelets qui mesurent la tension et indiquent l'intensité du rayonnement radioactif. Des râpes pour le gingembre et le citron. Des oreillers en forme de crevettes géantes. Des copies de tête de Bruce Willis à l'échelle un sixième. Des lettres authentiques de Poudlard. Des kits thématiques avec cinquante autocollants permanents. Des sabliers. Des œufs en silicone. Des canons qui tirent du pop-corn. De la pâte à modeler intelligente qui brille dans le noir. Des boîtes avec des cafards en plastique et des mouches (pour ceux qui ont des araignées au plafond). Des perches à selfies. Des baguettes à sushis. Des aérateurs pour l'eau et le vin. Des sacs à patates, des sacs à rire, des carabines de pêcheurs, des crochets de cuisine, des pinces pour sachets de thé. Des pincettes pour rassembler les lunettes. Des lunettes rassemblées. Des cravates-papillons, des cravates-poissons. Des poissons, des papillons. Des lacets, des cordes, des bandanas. Des spinners lumineux. Des piluliers et des aiguilliers (des boîtes pour pilules et pour aiguilles, respectivement). Des balles pour les chats, des os pour les chiens. Des balles pour chien, des oiseaux pour chat. Du thermoscotch. Des protections du gros orteil avec une membrane entre les orteils. Des masques de sommeil, des pompes à ballon. Des multiclefs, des multicartes, des multipasseports. Des mini-tournevis, des mini-couteaux, des mini-scalpels. Quelques souches de virus mal étudiées. Et enfin, le véritable best-seller : des bagues ouvre-bouteilles de bière, un objet indispensable par cette chaleur d'été. « Ce monde n'a pas été créé par Dieu, il a été fabriqué en Chine », résumait (et raisonnait) Rothsky.

Il manquait, on ne sait pourquoi, des pince-nez. Cette année-là tout le monde s'est lancé dans la correction de la forme de son nez, recourant à des fixateurs spéciaux. Tout le monde est devenu fou de son nez, et de ce fait, il semblait que personne n'ait rien à en faire des fuyards : un homme, une femme, un oiseau.

Leur slogan devait être « Loin de l'Europe ! » Cette partie de la planète, extrêmement petite et excessivement peuplée, précieusement aménagée, quadrillée, comme offerte sur la paume d'une main, toute contrôlée et transparente, entièrement sous vidéosurveillance, dotée d'une protection sociale soigneuse et soupçonneuse, entravait et enserrait même par ses gabarits purement géographiques. Les itinéraires se répétaient immanquablement, se croisaient et se superposaient. Le jour où ils allaient épuiser non seulement les autoroutes, les voies de chemin de fer et les lits des rivières, mais aussi les couloirs aériens, se rapprochait irrémédiablement. Car combien y a-t-il d'air au-dessus de l'Europe ?

La situation est la même avec les villes. Elles se superposaient, se mélangeaient, se répétaient les unes les autres par pans entiers, par ensembles et dispositions : des villes déjà vues. Il fallait quitter l'Europe. Il fallait chercher, tel l'opium, l'oubli éternel quelque part à Bombay, Singapour, Calcutta, Saigon ou Lhassa.

Mais ils n'étaient pas attirés par l'Iran et pas séduits par la Chine, même si le monde y était fabriqué. On pouvait se cacher au Népal, aux Émirats ou en Thaïlande, mais, d'après Anime, c'est dans les deux premiers que Mob était comme chez lui. Alors que la Thaïlande – Rothsky le savait – regorgeait d'hommes du Régime qui s'y rendaient en *villégiature* par brigades entières.

Pour des raisons de visa et de migration, étaient fermés pour eux le Royaume-Uni, les États-Unis, le Canada, l'Australie et la Nouvelle-Zélande. Tout comme l'Afrique du Sud, risquée et, à certains égards, optimale.

Du reste, il fallait peut-être regarder de plus près l'Afrique proche. Le Maroc ? La Libye, où la énième guerre civile semblait se calmer ? La Tunisie, l'Algérie ? La Mauritanie, le Maghreb ?

Ou alors quelque chose de vraiment éloigné : l'Amérique latine ? Ce seul mot – Paraguay ! Et l'Uruguay ? Et l'Équateur ? Et le Salvador ? Les fuites de ce côté ont plutôt réussi, même si certains fuyards y ont été rattrapés par l'impitoyable piolet de l'histoire. Fuir aussi loin, pour être emmené une nuit pour toujours dans une direction inconnue un sac sur la tête ? Rothsky disait non merci. Il avait déjà été conduit dans une direction inconnue.

Ils réfléchissaient et cherchaient, passant en revue les noms géographiques de mémoire ou en faisant glisser leurs doigts sur les deux hémisphères. Ils aimaient les hémisphères l'un de l'autre.

Cet été-là Anime s'est coupé les cheveux plusieurs fois, et sa coupe rétrécissait jusqu'au standard des prisons ou des camps. Ce n'était pas l'unique changement.

Tout d'abord, elle a commencé à s'exprimer de manière beaucoup plus intelligible. Dans le milieu où elle avait grandi, il était normal de marmonner et de maugréer. La négligence phonétique était censée témoigner de la nonchalance, de la paresse, du cynisme et des penchants criminels. L'unique partie du discours clairement articulée était des gros mots, et puisque les règles de communication de son milieu exigeaient leur utilisation tous les deux mots, l'expression générale de la langue était plus au moins homogène. Désormais, en écoutant sans le vouloir et sans discontinuer Rothsky avec son amour des intonations, de l'emphase et des effets sonores, Anime avait appris à aimer l'expression. « Encore un peu, a constaté Rothsky avec satisfaction, et elle pourra se présenter comme coach d'expression scénique. » Même Edgar a commencé à la comprendre.

Ensuite, Anime a découvert les livres. Non, elle ne voulait toujours pas lire. Mais Rothsky lui lisait à haute voix. La conséquence en a été une passion pour les livres audio. La sélection de ses chouchous était tout sauf banale : de Conan Doyle elle a sauté sur Conrad, après quoi elle a plongé la tête la première dans les romans de la génération perdue avec Aldous Huxley et, dès lors, Vernon Sullivan. Nous ne pouvons savoir où elle serait allée ensuite.

Enfin, le magnétisme. Bien évidemment, avant aussi elle surprenait des regards masculins posés sur elle. Ce n'était tout de même pas son tatouage qu'ils cherchaient à voir ! Il n'y avait pas que les Maures qui se dévissaient le cou au marché Pourri sur son passage ! Mais maintenant, comme par une action magique (et dans son cas, magnétique), son attraction commençait à dépasser toutes les normes statistiques. Tout le monde avait terriblement envie d'elle, indépendamment de la ville, de la province, de la zone géographique et de l'orientation culturelle et sexuelle. Ce qui est intéressant, c'est que cette envie n'était pas agressive, alors que l'attraction totale a toujours été sous contrôle. Le grand magicien Rothsky, la travaillant minutieusement de ses amours incessantes, l'avait non seulement remplie d'une élasticité aérienne et provocante, mais, aurait-on dit, avait aussi enveloppé son corps d'une couche inviolable et sûre, que même toute cette fournaise ne parvenait pas à faire fondre.

L'été n'était pas encore à son apogée, mais déjà la température dépassait toutes les prévisions et normes. L'eau dans les mers et les océans était chaude comme une compote, ce qui n'aidait pas vraiment. Les fontaines historiques et postmodernes se remplissaient de corps nus qu'il n'était pas toujours facile de différencier des compositions sculpturales du passé. Les gens survivaient surtout grâce aux nuits et au travail inlassable d'innombrables climatiseurs. Léchés avec concupiscence par les langues de feu, Rothsky et Anime vivaient dans une excitation corporelle permanente et, comme je l'ai déjà évoqué, s'arrachaient les vêtements à peine toutes les serrures étaient-elles fermées dans leur nouveau refuge. Ils s'aimaient.

Edgar avait plus de mal. Il baissait la tête et se recroquevillait, se figeant longuement, les yeux mi-clos. Sa prostration ne passait pas, même tard le soir, quand sur les brasiers des villes descendait non pas la fraîcheur, mais l'obscurité. Rothsky appelait cet état les « souffrances du jeune Edgar », mais le corbeau n'a pas apprécié la plaisanterie et ne s'en est pas réjoui. Edgar savait qu'il n'était pas jeune.

Alors Rothsky a trouvé comment aider l'oiseau : il fallait monter très haut dans les montagnes ou bien rester exclusivement dans les pays du Nord, en oubliant temporairement le Sud (la fuite soudaine en taxi de Naples a constitué un des épisodes de ce genre de déplacement urgent).

Mais on y reviendra. Pour l'instant, ce ne sont pas des bribes, mais ce qui les compose, des bribes de bribes.

Ne possédant pas d'information précise quant à la succession de leurs élans en direction de « Loin de la chaleur ! », j'en suis réduit à me contenter d'un petit nombre de photos aléatoires, récoltées dans toutes sortes d'albums et revues virtuels à l'aide du programme rédigé exprès pour ce genre de recherches. L'homme, la femme, l'oiseau (c'étaient mes mots-clefs) se retrouvaient par hasard sur les photos d'autres personnes, qui à cet instant étaient au même endroit ; nos fuyards pouvaient être séparés du fond général et regardés de plus près. On remarque immédiatement la présence de l'eau, qui est un facteur d'attraction évident pour tous ceux qui se trouvent devant l'objectif, y compris les personnes de passage. Le deuxième motif récurrent est la canicule. C'est elle qui rend les visages et les silhouettes plus allongés et plus fatigués.

Nous reconnaissons donc :

une gorge spectaculaire dans les Alpes de Provence, où Rothsky et Anime étaient figés au milieu de cascades d'eau venue des glaciers, qui tombaient d'un abrupt rocher en flots blancs au fond de la gorge ; l'agrandissement de l'image permet de supposer que le froid procure un plaisir corporel indescriptible ;

des fjords norvégiens (le nom n'a pas été géolocalisé) : un bateau motorisé fend la surface de l'eau, les cheveux d'Anime flottent au vent, Edgar (si c'est lui) vole au-dessus, légèrement sur la gauche ;

une source de bord de route : l'eau s'écoule d'un mince filet depuis un tuyau métallique étroit, posé au-dessus d'une pierre couverte de mousse ; Rothsky prend de l'eau dans une fiasque métallique qu'il vient d'acquérir auprès de chaudronniers locaux ; sa forme suggère les environs d'une frontière turco-géorgienne (ou albano-macédonienne) ;

des ruines du Moyen Âge dans le Tyrol, bien qu'il soit presque impossible de déterminer s'il s'agit de celui du Sud ; la géolocalisation est de nouveau inopérante, mais les spécialistes reconnaîtront une fontaine rarissime vieille d'un demi-millénaire, toute en fissures et lézardes, dont la vasque laisse échapper des éclaboussures, et pas n'importe où, mais sur Rothsky, aux yeux plissés de délice inattendu ;

une plage sauvage avec une petite bande de cormorans ; le caractère de la côte désigne plutôt la Baltique, mais ce peut être une autre mer, celle du Nord ; les cormorans, à regarder de plus près l'agrandissement, ont encerclé un corbeau solitaire prêt à livrer bataille : il s'agit peut-être d'Edgar ;

une autre plage, jonchée d'algues et d'oursins ; la géolocalisation indique Rimini, Italie ; à l'arrière-plan, Rothsky et Anime sortent de l'eau, main dans la main ; Anime n'a pas de soutien-gorge, et *ils* ne sont pas si grands ;

l'accumulation des dunes, qui peut être tout autant dans le nord de la Lituanie que dans l'ouest de la Sardaigne ; le deuxième cas aurait signifié que le sable avait été emmené par le vent du Sahara ; outre la bande azur de l'eau bien visible (la Sardaigne, c'est certain, pas la Lituanie !), on distingue nettement des perles de sueur sur les tempes et les pommettes d'Anime ;

un ruisseau à moitié desséché quelque part dans les Vosges ou bien dans la Forêt-Noire ; Anime et Rothsky passent à gué, en portant chacun un VTT ; l'image a été utilisée pour des besoins publicitaires sur la page web d'un magasin local, *Velo-Con* (location d'articles de sport, vacances actives, etc.) ; Edgar n'est pas dans le cadre ; peut-être a-t-il été laissé en gage ;

la baignade nus (comme s'ils n'en avaient pas assez) dans l'Eisbach (Munich, Englischer Garten) ; Rothsky (si c'est lui) nage sur le dos en suivant le courant, Edgar (qui est là) l'observe depuis la berge ; Rothsky observe Edgar (qui l'observe) ; Anime, de trois quarts, est à genoux dans l'eau (les yeux plissés par le soleil) et, de ses mains enchevêtrées, cache l'endroit qui (selon la version de Rothsky) doit s'appeler l'encrier.

Toutefois, n'est-ce pas à Rothsky qu'on attribue jusqu'à présent la célèbre expression : « Il n'y a rien de plus ennuyeux que le nudisme » ?

Les jours flambaient. Brûlaient le soleil et le ciel, l'eau et l'air : tous les éléments avec la terre sous les pieds.

À Lisbonne et à Marseille la température montait jusqu'à 40 °C. Il n'était même pas question de Palerme, calciné. À Rhinocéros, comme écrivaient les sites d'information locaux que Rothsky continuait à consulter par inertie, les Quatre Cours d'eau avaient récemment séché, alors que la belle Oslava était devenue plus petite et peu profonde, au point qu'il n'y avait plus besoin ni de ponts ni de passerelles. « Un réchauffement global ? » demandait Rothsky. Et il corrigeait : « Pas un réchauffement global, mais un enfer global. »

Ils rêvaient d'Islande avec ses volcans non éteints, surtout Edgar, qui aurait enfin appris qui il est : Hugin ou Munin, Esprit ou Mémoire. Mais on ne l'autorisait pas à monter dans l'avion.

Ils ont aussi rêvé du Groenland. Même s'il aurait été facile d'y tomber sur la mère d'Anime, il est peu probable qu'ils en aient eu envie. Qui plus est, le Groenland fondait catastrophiquement et diminuait à grande vitesse.

Ils ont enfin poussé un soupir de soulagement près des palmiers d'Irlande. Ce n'étaient pas vraiment des palmiers mais ils les appelaient ainsi, comme tout le monde, de manière erronée ou consciente. En Irlande, il y avait des pluies paradisiaques et le Père a béni leur présence par des températures qui dépassaient à peine 20 °C le jour. La dernière fois qu'ils s'étaient allongés dans une verdure aussi luxuriante, c'était à la fin du XVe siècle. La côte ouest toisait l'océan, et la sensation d'un *éloignement* désert cédait la place à une sensation de sécurité, complète et parfaite. « Vous ne me trouverez pas ici », s'est souvenu Rothsky.

Cependant, il a aussi fallu déguerpir d'Irlande : la cherté de la vie dévorait leurs réserves plus vite que nulle part ailleurs.

Selon les calculs de Rothsky, ses réserves constituées des intérêts devaient suffire au moins pour cinq ans, à condition d'être raisonnable et mesuré. Cela concernait à la fois les déplacements et la consommation. Anime rappelait constamment la possibilité de ponctionner le dépôt : le propriétaire n'en serait pas appauvri, il ne le remarquerait même pas. Le dépôt, répondait Rothsky, comme son nom l'indique, a été déposé pour ne pas être touché. Anime ne faisait que lever les épaules et boudait.

Parfois ils discutaient de la possibilité d'un travail au noir. « Trouve-toi un poste de femme de chambre dans une vieille villa, la taquinait Jos, et nous serons sauvés. Il n'y a rien de plus beau au monde qu'une vieille villa et une jeune femme de chambre. » Anime ne cachait pas que la plaisanterie ne lui convenait pas. Mais le problème n'était même pas là : l'Europe était épuisée au cours des dernières décennies à cause d'une terrible crise, le chômage des masses était maquillé par des loisirs de plus en plus présents, et le marché noir du travail devenait de plus en plus noir. Personne ne voulait leur faire le bonheur d'un job temporaire ou d'un job horaire.

L'argent fondait, le cercle se resserrait. Le premier mouvement était évident, le deuxième plutôt imaginaire. « Soyons paranos, disait Rothsky. Exagérons la menace. Il vaut mieux avoir l'air ridicules que tués. – Avoir l'air d'être tué ? C'est intéressant », a répondu Anime, pensive.

Échaudés par quelques incidents désagréables, ils ne tentaient même pas les régions où le pouvoir local, compte tenu des températures anormales, introduisait des états d'urgence de toutes sortes, obligeant les nouveaux venus à s'enregistrer.

Ils évitaient généralement les hôtels. Pas toujours, parce que parfois le choix n'existait pas. Cependant, ils descendaient la plupart du temps dans des appartements privés dont Anime connaissait l'existence dans toutes sortes de communautés à moitié visibles ou à moitié anarchistes. Elle les trouvait par le biais de codes intermédiaires ; elle seule était capable de les dénicher dans les méandres de la Toile.

Cette clandestinité convenait à Rothsky : rien d'extraordinaire, un cours normal de la vie, du moins depuis la révolution. Une invisibilité forcée à l'époque où tout être humain aspire à la visibilité, la plus éclatante possible. Au nom de cette visibilité la plus éclatante possible, les gens ont commencé à vivre, justement.

Soit. Qu'ils postent leurs photos, leurs vidéos ou on ne sait quoi. Qu'ils ne fassent que poster leurs stories. Qu'ils s'insinuent partout, sortent de partout et rappellent leur existence. Qu'ils créent leurs avatars et leurs profils, amassent les likes, les respects, les smileys et les lols. Cependant, si nous n'avons rien de tout cela, alors nous avons des chances. Aucun contact par les réseaux sociaux, aucun album, post, look, aucun compte rendu vidéo. Nous n'existons pas pour eux car nous existons pour nous-mêmes.

Ce n'est pas que Rothsky avait déclaré la guerre au Numérique, perdue d'avance quoi qu'on fasse. Il n'avait pas érigé une seule ligne de défense. Il s'est juste tapi dans un bunker bien camouflé qui n'avait qu'un défaut, mais substantiel : sa cachette devait changer constamment de lieu. Se déplacer. De préférence, par sauts.

Le fait que nous soyons toujours ensemble et côte à côte est un avantage inattendu, considérait Rothsky. Nous gagnons notre indépendance du Numérique, nous ne sommes pas joignables, car nous sommes toujours connectés entre nous. Nous communiquons par le toucher, par la présence physique, le sexe, l'orgasme, les paroles que personne à part nous n'entendra. Nous leur avons fait un doigt d'honneur. Nous, un homme, une femme, un oiseau.

La dernière phrase pouvait ressembler au nom d'un jeu vidéo. Qui sait, peut-être y en a-t-il un déjà ?

L'oiseau effectivement compliquait tout. Il ne s'agissait pas uniquement de l'avion. L'oiseau constituait aussi un signe distinctif particulier. Il était peu probable que dans toute l'Europe il y ait eu un autre couple avec un oiseau sur l'épaule. Si les observateurs invisibles transmettaient à leurs centres des informations mises à jour, le corbeau sur l'épaule aurait été un signe ou une clef de code.

Il y avait aussi un avantage. Edgar s'est avéré être un élément de protection. Pas un simple élément, en fait, mais un véritable protecteur ! Il sentait et prévoyait finement. Edgar a ouvert en grand non seulement sa sensibilité, mais aussi sa suspicion. Il est devenu l'Esprit et la Mémoire tout à la fois, Hugin et Mugin dans une seule personne de corbeau.

Par exemple, il a déjà attaqué à plusieurs reprises et à titre préventif des types qui rappelaient fortement les compatriotes de Rothsky. Cela se passait partout : en Laponie ou en Transylvanie, en Flandre ou en Souabe, en Bohême ou en Bourgogne. Chaque pays fourmillait d'une multitude d'individus facilement reconnaissables : ils étaient tous vêtus de pantalons de survêt.

Edgar arrivait pour les chasser le plus loin possible, alors que Rothsky et Anime devaient immédiatement disparaître : sortir du café en trombe, jetant en pluie de la monnaie, ou bien tourner les talons, partir de côté, dans une ruelle, quelque part, si cela devait se produire en ville. Edgar se contentait de l'effet, interrompait son attaque et revenait à la base, sur l'épaule de Jos, qui l'attendait toujours dans la vanité ambiante et grouillante.

La conséquence de ces incidents mineurs était des entrefilets dans la presse sur « les ornithologues qui ont remarqué un comportement agressif de certaines espèces d'oiseaux, provoqué par un danger d'incendie accru et des combustions isolées ».

La deuxième particularité, moins visible, était les yeux de Rothsky. Cependant, il fallait les regarder de très près, et Rothsky ne laissait aucun étranger le faire. C'était peut-être pour cela que tous ses compatriotes s'en approchaient de plus en plus près, l'entourant de cercles de plus en plus serrés, par groupes, en occupant des tables voisines ou bien en donnant un coup d'épaule involontaire dans l'épaisseur humaine. Il arrivait que Rothsky et Anime soient photographiés ouvertement, presque à bout portant, et, sans même chercher à le dissimuler, les images étaient passées sur FaceBoom, une application d'identification d'après le visage, appelée par les utilisateurs de l'Est tout bêtement « Facyk » – petite face.

Le cercle se resserrait, incontestablement. Fin juillet, Rothsky a fait un saut sur un site qu'il n'avait pas consulté depuis longtemps pour découvrir dans la liste d'assainissement la liquidation réussie d'une candidate numéro treize. Il n'y avait plus qu'un numéro qui le séparait de Jos.

Vous savez quoi ? Je vais vous lire un poème. Mais pour que vous l'aimiez, il faudrait se souvenir de l'été. De la canicule. Le mot « canicule » en ukrainien contient un bout du mot « enfer ». Cependant, l'enfer se transforme facilement en son contraire dès qu'on trouve de l'eau. C'est de cela que parle le poème[1]*. Écoutez et nagez.*

J'espère que je ne buterai pas sur les mots.

Lorsque blanchit l'été, là-haut, les vents
frémissent dans le feuillage des arbres,
il faut s'étendre près des rivières ou des étangs
comme le font les plantes, où vit le brochet.

Le corps devient léger dans l'eau lorsque le bras
plonge léger de l'eau vers le ciel,
un petit vent oublié s'appuie sur lui,
pensant qu'il s'agit de branches brunes.

1. Bertolt Brecht, « De la nage dans les lacs et les rivières » (1919), traduit par Christian Guernes ; voir le site lyricstranslate.com.

Le ciel à midi offre un grand silence.
on ferme les yeux quand les hirondelles arrivent.
Chaude est la boue. Lorsque jaillissent de fraîches bulles,
on sait qu'un poisson nage au frais là-dessous.

Mon corps, mes cuisses et mon bras immobile
sommes allongés là dans l'eau, tous ensemble unis.
Lorsque les poissons froids nous dépassent en nageant,
je touche le soleil qui brille sur l'étang.

Lorsque le soir, à force d'être allongé, on devient
paresseux, de sorte que tous nos membres s'engourdissent,
faut-il, en dépit de tout cela, applaudir
dans le flot bleu qui se balance, et se déchire ?

La meilleure chose à faire est de tenir jusqu'au soir.
Car vient alors le paradis blême des requins
voraces et mauvais, sur les eaux et les poissons,
et toutes les choses sont comme elles devraient être.

Bien sûr, il faut s'allonger sur le dos
comme d'habitude. Et se laisser dériver.
Il ne faut pas nager, non, mais faire semblant,
appartenir simplement à la masse des graviers.

Ne regarde que le ciel et fais comme si
une femme te portait, en sorte que l'on te croie.
Sans grande complication, comme le fait le bon Dieu
lorsque le soir il se baigne encore dans les rivières.

Il est bientôt six heures, mais Radio Nuit ne va pas se transformer en Radio Matin. Ce serait la pire chose qui puisse arriver. Je suis Joseph Rothsky, votre mélo-déclamateur. Et j'ai aussi ***Nils Frahm, « Says »****.*

16

Leurs conversations au lit atteignaient un nouveau niveau de nervosité.

– Subbotnik. J'ai besoin de Subbotnik.

– Tu tournes en boucle. Explique-moi.

– Comment peux-tu ne pas comprendre ? S'il est en vie, c'est une chose. S'il est mort, alors… Notre comportement en dépend.

– Qu'il soit vivant ou mort, cela n'a pas d'importance pour nos amis. Ni pour les miens ni pour les tiens. Encore moins pour les tiens. Ils n'ont sans doute pas entendu parler de ce Subbotnik.

– Les miens ont besoin de mon scalp. Subbotnik n'y est pour rien, en effet. Mais les tiens ont besoin du fric de Subbotnik. Je pense qu'à la différence de nous, ils savent tout. Et cela nous rend plus faibles. Nous n'avons pas de vision complète.

– Balivernes. Moins savoir, c'est vivre plus longtemps.

– Pas dans ce cas, Anime.

– Tu es ennuyeux.

– Je suis systématique. Je mets les choses dans des cases.

– C'est bien ce que je dis, tu es ennuyeux. Mais parfois tu es aussi nudiste.

– Mon héros est Confucius.

– Ton héros ? Plutôt Confusion.

– Soit. Tu irais à Zurich ?

– Qu'est-ce que j'ai oublié là-bas ?

– Pas quoi, qui. Tu chercherais ses traces dans la clinique.

– La liste des patients ?

– Par exemple.

– Je doute que ce soit accessible.

– On peut toujours demander. Il doit y avoir un département des relations publiques.

– Et si on téléphonait ?

– Ils refuseront à coup sûr. Mais quand ils auront une personne en face… Tu diras que tu es de la famille.

– C'est cela, mon très cher oncle. Je ne peux pas oublier comment il me mettait sur ses genoux. Nous n'avons que son nom. On ne sait pas qui l'a opéré. On ignore le diagnostic. Dans quel service il a été opéré. Chercher uniquement par le nom et le fait qu'il a été patient ? Quelqu'un donnera toutes ces informations à une inconnue prénommée Anime. Il ouvrira le tiroir et mettra tout sur la table ?

– Et si ça marchait ?

– Tu ne veux pas plutôt que je passe au peigne fin les cimetières ? Combien il y en a à Zurich ? Les tombes fraîches des six derniers mois ?…

– Bonne idée. Mais tu ferais mieux de casser leur base. Passe la clinique au peigne fin.

– Pour commencer, je vais explorer leur site. Seulement…

Ce n'est pas qu'elle avait refusé de parler, mais sa bouche a de nouveau trouvé Rothsky et s'est adonnée à son occupation habituelle. Rothsky appelait ces moments : se souvenir du *bon vieux temps*. Il y avait une allusion, entre autres, à son âge.

Il allait sur ses soixante-neuf ans.

Environ deux heures plus tard, alors que Rothsky était en train de servir à Edgar du crabe finement haché, elle s'est mise à rire aux éclats devant son ordinateur.

– Regarde-moi ça !

– Les premiers résultats du passage au peigne fin du cimetière ? a dit Rothsky en s'animant.

– Quand on parle du loup, a acquiescé Anime.

Sur le site de la clinique, dans la rubrique « Événements publics », elle est tombée sur l'annonce d'une conférence, prévue dans le cadre de la trente-septième Académie d'été internationale des neurochirurgiens oncologues. Le titre tranchait franchement avec les autres, manipulant des termes peu clairs, et intriguait par son côté peu scientifique : « Le cas exceptionnel de Jeffrey S. : un pas avant la grande percée ». La conférence devait être donnée par un certain Neïrndra Tchandr, un des meilleurs assistants du « légendaire professeur » Kramskoï, sous la direction duquel s'était déroulée « l'opération qui a fait date ». Un neurochirurgien prénommé Neïrndra ? Il y a quelque chose, a réagi Rothsky, satisfait. Il a cru que c'était une allusion à la lueur lointaine du succès.

Cependant, l'annonce de la conférence ne comportait aucune allusion au sort du patient mentionné dans le titre. D'autre part, si « l'opération qui a fait date » s'était soldée par un échec (la mort du patient), il est peu probable qu'elle eût été présentée comme faisant date. Donc, Subbotnik est vivant ? Mais « Jeffrey S. » ne signifie pas à cent pour cent qu'il s'agit de Subbotnik. Peut-être qu'il s'agit d'un personnage fictif. Puisque l'auteur de la conférence s'est lancé à corps perdu dans les belles lettres, en choisissant un titre si peu scientifique.

Cela demandait à être éclairci. Dans les minutes qui ont suivi, Rothsky s'est inscrit à la conférence en prenant une place et il a acheté pour Anime un billet pour Zurich. La conférence devait avoir lieu dans exactement une semaine.

Pour rejoindre le lieu de la trente-septième Académie d'été, Anime a dû changer deux fois de train ; le deuxième, de couleur rouge vif, se déplaçait sur la voie ferrée d'un mètre de largeur. Anime s'est transformée immédiatement en un personnage de dessin animé, qui partait pour les montagnes magiques dans un train de modèle réduit. Anime dans animé.

Comme le reste du continent, l'île suisse se pâmait dramatiquement de chaleur, mais plus haut dans les montagnes, ici et là, on trouvait de la fraîcheur. Le pavillon d'été où se déroulait la majorité des événements de l'Académie, dont la conférence du docteur Neïrndra Tchandr, avait fait le plein. L'assistance était dominée par des femmes aux allures de curistes et de retraitées, un mélange typique pour toute conférence. Elles s'éventaient, et faisaient résolument preuve de leur intention de jouir du programme chargé de neuro-chiro-oncologie. Le conférencier habile et maigrichon a immédiatement déversé sur Anime non seulement des photos et des images – d'ailleurs, animées ! – où les voûtes des cathédrales se couvraient des volutes des veines cérébrales, alors qu'un scalpel avançait lentement mais sûrement vers la grande veine de Galien couleur bleu sombre, mais aussi un flot constant de termes dont aucun ne disait rien à la fille. Et si « expansif », « infiltration » ou « décompression » trouvaient tant bien que mal un écho dans les recoins de son thésaurus, « coagulation bipolaire », « malformation artérielle », tout comme « médulloblastome primitif » la tuaient sur place. Cependant, le dernier, avec son primitivisme, surpassait sensiblement ce qui allait suivre, à savoir le « glioblastome multiforme », qui, à son tour, était écrasé par – attention ! – le « gangliogliome ». Il y avait aussi « adénome hypophysaire », « méningiome hypervascularisé », « ventriculostomie » et, par-dessus tout, « hémisphérectomie », dont Anime allait plus tard apprendre qu'il s'agissait d'une opération d'ablation d'un hémisphère. Elle s'étonnerait alors involontairement de la possibilité même d'une telle opération (un hémisphère entier ! Où déplacer alors les pensées, les souvenirs et les cauchemars ? Comment les disposer dans l'hémisphère qui reste ?) et imaginerait, impressionnée, les conséquences possibles.

Anime a également réussi à capter quelque chose au sujet du héros de la conférence, le patient Jeffrey S. Comment, par exemple, d'après le conférencier, sa « lubie religieuse très particulière » rejetait catégoriquement « toute technologie invasive, même minime : aucun cybercouteau, ni bombardement de nanoparticules, cette science-fiction parfaitement intégrée ». Le scalpel, répétait, enflammé, Neïrndra, le scalpel et rien d'autre, telle était l'exigence de base du patient, et il ne restait aux chirurgiens qu'à remercier qu'il ne s'agît pas d'un instrument authentique en bronze de l'Inde ancienne, car on aurait pu aller jusque-là, pas de chichi. Même le rétracteur et l'aspirateur n'étaient pas à son goût, tellement il était pris dans ses croyances !

Cela étant, le patient Jeffrey S. est tout de même apparu en vitesse sur deux ou trois photos. Les parties centrales de son visage, y compris les yeux, étaient noircies au nom de la discrétion. En cela, il rappelait fortement le portrait-robot qu'Anime et Rothsky avaient établi avant son départ. Anime le renouvelait de temps à autre dans sa mémoire, en consultant son smartphone.

La conférence du Neïrndra neuronal a provoqué non seulement un intérêt tapageur, mais aussi des applaudissements prolongés et assourdissants, à peine sa dernière phrase prononcée : « Aujourd'hui, il nous reste à attendre une autre opération analogue, après quoi, j'en suis persuadé, le complexe de Jeffrey S. ainsi nommé sera vaincu pour toujours, et la liste des diagnostics incurables et désespérés comprendra un diagnostic rare et complexe de moins. »

Et là, une ovation. Ici et là, se levaient de leurs sièges ceux qui ne rêvent jour et nuit que d'applaudir debout.

Ce qui a entraîné immanquablement l'apparition de nouveaux adeptes, toujours plus nombreux. Dès lors, une minute plus tard, pratiquement tout le monde était debout. Les passions déchaînées ne se sont pas calmées pendant un long moment. Enfin, il s'est trouvé dans le public une douzaine de personnes désireuses de poser des questions et de faire part de leurs commentaires. Anime devrait rester près d'une heure encore sur son siège inconfortable, à écouter intensément tous ces débordements verbaux d'une science très spécifique et hermétique pour elle. Mais il n'y avait absolument plus rien sur le sort de Subbotnik, ni du côté des auditeurs ni du côté du conférencier. Ou bien peut-être y a-t-il eu une évocation, mais elle n'a rien entendu. Le docteur Tchandr avait un talent particulier pour s'exprimer de manière ambivalente.

À la fin (la bénévole en short sur ses jambes allumettes et au petit derrière de chèvre venait de montrer un cinq au docteur avec ses doigts, lui signifiant ses cinq dernières minutes de gloire), Anime a laissé tomber toutes ses craintes de se retrouver dans une situation stupide et d'être confrontée aux rires et aux moqueries, a dépassé quelques enthousiastes dans une file d'attente improvisée devant le micro et a jeté au visage du conférencier :

– Et vous l'avez sauvé ? Votre patient ?

Sa question n'a pas provoqué le rire homérique attendu. Mais le public a été parcouru par une sorte de condamnation étouffée de son indélicatesse. Comme s'ils disaient : « On était pourtant d'accord : pas un mot sur le sujet, et voilà cette impertinente ! »

Le conférencier cependant n'a pas rejeté sa question. Il a d'abord longuement tenu de ses deux mains son turban orange, comme s'il voulait l'enfoncer plus profondément sur sa tête, et puis en soupirant et en clignant des yeux à une cadence accélérée, il a dit :

– Jeffrey S. est mort. C'est-à-dire, non, il n'est pas mort. C'est-à-dire, il n'est pas mort pendant l'opération. Je tiens à dire que l'opération a été un succès total. Je veux dire par là, très efficace, dans le sens de la valeur de l'expérience pour l'avenir. Le professeur Kramskoï évaluait à soixante-treize contre vingt-sept les chances du patient de ne pas survivre à l'opération. Et le patient n'est pas mort !...

– Vous avez transplanté son cerveau ?

– Nous l'avons... comment dire... planté. Autrement dit, on l'a emporté. On a emporté son cerveau.

– Et il va bien ?

Anime est montée à l'assaut, ce qui a provoqué dans le pavillon une autre vague de condamnation.

– Il ne va pas bien, a dit Tchandr en secouant tristement l'orange de sa tête. C'est-à-dire qu'il va bien. Il a survécu. C'est-à-dire qu'il avait survécu. Mais pas dans le sens de vingt-sept contre soixante-treize, mais dans le sens cinquante-cinquante. Une alternative sombre du professeur Kramskoï.

– Et comment la comprendre ? (Anime ne s'en laissait pas conter.)

– Cinquante pour cent qu'il meure, contre cinquante pour cent qu'il survive. Ces autres cinquante pour cent signifiaient cependant une survie purement végétative. Vous voyez ce que je veux dire.

– Il est devenu un légume ? a précisé Anime, faisant fi des sifflements désapprobateurs.

– Pas tout à fait, non, qu'allez-vous chercher. Pas du tout. Mais presque. Presque, oui. Presque un légume.

Neïrndra Tchandr a cligné des yeux plusieurs fois et a poursuivi, vendant involontairement la mèche, autrement dit en violant de manière flagrante les limites de la thématique neurochirurgicale :

– Avant l'opération, Jeffrey S. a signé une décharge, par laquelle il exigeait, en cas de prévalence des autres cinquante pour cent, la fin de sa vie. Une euthanasie passive. J'insiste : passive. Nous étions obligés juridiquement d'obéir à sa volonté. Par exemple, par un simple débranchement de son cerveau. D'ailleurs, en présence de son avocat ! Ce dernier, pour des raisons inconnues, freinait, commandait des expertises complémentaires, disparaissait longuement, se cachait ou, tout simplement, évitait le contact, et le cerveau de notre patient a existé en termes physiologiques encore un long moment. Jusqu'à ce que Monsieur l'avocat quitte ce monde après un accident. Ce qui nous a libérés ! Je veux dire que cela nous a ouvert d'autres possibilités. Nous avons exécuté la volonté de notre patient et avons mis fin à sa vie.

Les présents ont soupiré, ou plutôt expiré – tout le public, de conserve. Les éventails des dames se sont mis de nouveau à s'agiter après une petite pause involontaire.

Franchement, Anime pouvait partir. Une demi-heure plus tard, le train rouge de modèle réduit partait dans l'autre sens et elle avait le temps de le prendre. Mais elle n'aurait pas été fidèle à elle-même si elle n'avait pas planté un dernier clou dans la tête du conférencier :

– Vous voulez dire que l'homme prénommé Jeffrey S. n'existe plus ?

Neïrndra Tchandr s'est de nouveau accroché à son turban, et a repris la parole après avoir bien réfléchi :

– Il n'existe plus. Mais ce n'est pas comme s'il n'existait plus, non. Il existe, car l'opération a été un grand succès. Bien qu'il ne soit plus, il existe. Dans le sens où après lui, nous, le professeur Kramskoï et toute son équipe, nous savons comment faire ! Autrement dit, il est là et il sera toujours à nos côtés. Il nous aide. Il va nous aider éternellement. Nous avons sauvé la vie, pas sa vie concrète, mais la vie en général, la vie comme valeur suprême…

Les dernières phrases ont été accompagnées d'un soudain fond musical : il s'avère qu'un petit orchestre de chambre n'avait pas attendu en vain à droite du podium. Il a joué quelque chose d'incroyablement subtil, de triste et, en même temps, de pathétique et encourageant, bien évidemment, en *la* mineur.

Anime n'a pas écouté jusqu'au bout. Plus rien ne la retenait au sein du pavillon prêt à exploser sous les applaudissements finaux prolongés.

Pendant ce temps, Rothsky s'était déplacé dans une autre ville, comme ils l'avaient prévu. Anime lui apportait non seulement un rapport sur Subbotnik mort, mais aussi une traînée de poudre du scandale : certains sites d'information professionnels parlaient d'une « jeune personne agressive de type oriental qui a cherché à interrompre la conférence d'un scientifique de renom uniquement pour satisfaire ses ambitions ».

– Comment y es-tu arrivée ? a demandé Rothsky dans l'intervalle entre la première et la deuxième séance coïtale.

– Rien de spécial, a minimisé Anime. Je n'ai fait que poser des questions.

Elle n'avait pas compris : Rothsky voulait parler non pas de l'information obtenue, mais de l'arrière-goût de scandale. Mais il n'y avait pas lieu de développer le thème.

– Donc, Subbotnik est mort, a dit Rothsky non sans regret.

– Et Mob le sait. Tu peux en être sûr.

– Mob sait tout.

– Tu ris, et eux, ils savent.

– Ils savent et ils font. Non, pas comme ça. Ils ne savent pas ce qu'ils font. Pardonne-leur, Seigneur.

– Ils savent que nous avons le dépôt. C'est sûr. Tu ne pouvais pas le rendre. Tu ne pouvais pas et tu ne peux pas : il n'y a personne à qui le rendre. Le dépôt est à nous.

Rothsky a un peu tiqué sur ce double « nous ». Le dépôt est à nous ? Jusqu'à présent il pensait qu'il était à lui tout seul. Il a passé ses doigts sur sa colonne vertébrale de haut en bas, jusqu'à l'arrondi de la fesse. Comme s'il voulait s'assurer que c'était bien elle. Qu'on ne l'avait pas remplacée au cours de la trente-septième Académie d'été internationale.

– Et que penses-tu de ton Kalkschwefel ? s'est souvenue Anime.

– Rien du tout. Nous étions déjà au courant de sa... Comment disent les journaux, sa disparition prématurée et injuste ?

– Et en même temps si spectaculaire !

– Et où est le spectacle ?

– Il s'est tué en faisant du ski. En descendant d'un sommet. Sur une de ces pistes indiquées comme noires.

– Quel crétin ! Quand on ne sait pas faire, on ne s'engage pas.

– Il savait faire, lui. Un vrai expert, comme on dit chez eux. Un des meilleurs skieurs amateurs du pays.

– Expert-amateur ?

– Expert parmi les amateurs.

– Expert ou non, un jour il arrivera quelque chose...

– Quelqu'un avait retiré par hasard un panneau d'alerte. Il s'est envolé dans le précipice.

– « Par hasard » est de trop.

– C'est bien ce que je dis. C'est pour ça que je le souligne.

– Et comment tu apprends ce genre de choses ? Au sujet des skis, par exemple ?

– En passant au peigne fin les cimetières, Jos, comme on l'a décidé. Et n'oublie pas de quelle école je sors.

Rothsky regardait le plafond, comme s'il espérait y lire un message secret destiné à lui seul. La perspective de la deuxième séance coïtale ne semblait plus si inévitable. Dans tous les cas, pas si urgente.

– Et maintenant ? a-t-il dit enfin en sortant de la stupeur dont il était si peu familier.

Anime a touché sa clavicule de ses lèvres.

– Maintenant il faut aller jusqu'au bout, mon cher Jos.

– Qu'est-ce que ça veut dire ?

– Ne rien rendre. Les vaincre. Les uns et les autres. Puisque tu m'as, moi.

– Pourquoi ?

– Pourquoi moi ?

– Pourquoi vaincre ?

– Pour le dépôt. C'est de l'argent, Jos. Ce sont des milliards. Maintenant, nous y avons parfaitement le droit tous les deux.

Rothsky aurait dû contester son droit à elle. Mais soudain il a eu affreusement envie d'autre chose : d'être seul. Elle venait d'arriver, il l'attendait avec impatience, tournait en rond sans elle dans le centre-ville écrasé par la canicule où il n'y avait pas âme qui vive, et en parlant avec Edgar en mode mélancolique, il lui rappelait tout le temps que « notre fille va bientôt revenir ». La fille est revenue, avec une mission parfaitement accomplie, et lui ressent soudain une gêne ! Une angoisse, une suspicion ? Une oreille dressée ? De quoi et par quoi, comment le comprendre ?

C'est elle, c'est elle la coupable, a décidé Rothsky. Elle, la chaleur. La fournaise comme il n'y en a jamais eu. Encore un peu de cette canicule et on va constater l'évaporation de la moitié du cerveau avec tous les restes de bon sens ! « Ils ne finiront pas bien », Rothsky en était persuadé. On ignore si par « ils », il pensait au genre humain.

Quoi qu'il en soit, la fuite se poursuivait et, avec le kaléidoscope des pays et des paysages passablement ternis au milieu de l'été, que ce soit en Apulie ou au Jutland, elle est devenue l'attribut constant d'une quête quelque peu prolongé dans le temps. En raison de ce changement immuable, ils étaient perdus non seulement dans la topographie et l'architecture, mais aussi dans les logements, surtout au petit matin, quand l'espace étranger les entourait de partout, marqué par des objets étrangers qui semblaient différents de la veille (et l'étaient vraiment). C'est vers ce moment que Rothsky s'est mis à convaincre Anime qu'ils pourraient diminuer la fréquence des déménagements, pas forcément tous les jours ou tous les deux ou trois jours, et, que parfois, ils pourraient s'incruster quatre voire sept jours de suite. Ils n'auraient pas le temps de nous retrouver, la persuadait Rothsky. Anime a pensé qu'il commençait à être fatigué, mais elle n'a rien dit.

Le sens de la quête consistait à deviner les signaux avant-coureurs. Dès qu'ils parvenaient à en déchiffrer un, à déterminer, à lire, ils – l'homme, la femme, l'oiseau – se hâtaient de partir et de disparaître dans le mirage brûlant.

Les signaux (c'était vraiment une quête !) se présentaient à chaque fois sous une forme différente. Observer ceux qui vous observent était devenu une sorte de divertissement, bien qu'un peu pesant. Les observateurs cherchaient à les étourdir. Rothsky n'avait de cesse de s'étonner de leurs finesses et de leurs faiblesses, sachant que leurs faiblesses pouvaient être les manifestations d'une finesse des plus raffinées.

En voici des exemples.

Le portier de l'hôtel, comme sans le faire exprès, en s'oubliant, a appelé Rothsky par ses véritables nom et prénom. Comment pouvait-il les connaître, alors que dans toutes les circonstances sans exception – la réservation des hôtels et des logements mais aussi la location des voitures –, ils n'avaient jamais utilisé les papiers de Rothsky, mais uniquement ceux d'Anime ? Confus, le portier s'est excusé : « Je vous ai pris pour quelqu'un d'autre, sir. »

Dans une rue piétonne très fréquentée, une créature étrange (pas un clochard ni une clocharde, mais entre les deux) a interpellé Rothsky dans sa langue maternelle. Pourquoi lui, parmi des milliers de passants ?

La porte de l'immeuble où ils avaient loué, Anime et lui, un énième appartement de passage, était toujours ouverte, alors qu'elle était censée rester fermée à clef. Rothsky descendait chaque fois en ascenseur pour la fermer. Une dizaine de minutes plus tard, elle était de nouveau grande ouverte. Autrement dit, quelqu'un les surveillait constamment ? Se jouait d'eux ? Ce quelqu'un avait la même carte magnétique qu'eux deux ?

Une nuit, sous leurs fenêtres (il s'agit d'une autre ville et d'un autre pays), depuis une bagnole au moteur particulièrement hurlant et toussotant, pendant sept minutes sans discontinuer, à tue-tête, montait « La Mitrailleuse », le chant des partisans yougoslaves. Et puisque sa durée est d'une minute vingt-trois secondes, ils l'avaient entendue six fois d'affilée. C'était suffisant pour que Rothsky passe le reste de la nuit dans un total « traka-traka-trak ». Qu'est-ce qu'ils voulaient dire par là ?

Cinq fois de suite, une personne à chaque fois différente (homme ou femme, peu importe), en saluant Rothsky à l'entrée d'un café, d'un musée, d'une boutique d'antiquité, d'un passage commercial, a toisé Anime sans vergogne et demandé littéralement la même chose : « Elle est avec vous, cette Asiate ? »

Dans toute la ville (toujours différente, dans un pays différent), apparaissaient de grands panneaux avec un visage d'homme (quelque chose entre David Bowie et, approximativement, Rothsky) et une inscription : « SIGNE PARTICULIER : HÉTÉROCHROMIE ! SUPPRIMONS-LE ! » Avec quelques numéros de téléphone en bas et toujours le message : « Ce numéro n'est pas en service. »

Et bien évidemment, partout dans les rues, il y avait des pianos, placés comme des pièges. Dans toutes les villes et dans tous les pays, des centaines d'instruments, noirs, blancs, verts, arc-en-ciel. Installe-toi et joue, cher ami. Révèle ta présence. Pour notre joie et ton plaisir.

En fixant chaque nouvel avertissement (si l'on peut dire), Rothsky proposait à Anime de deviner son auteur. Elle était généralement déchirée par le doute. Cependant, les pianos de rue provenaient à coup sûr des hommes du Régime.

Je crois que le temps est venu pour moi. Il est temps de prendre cette histoire en main.

Sur les chemins de l'étude et de la rédaction de la biographie de Joseph Rothsky, le moment devait forcément surgir où je comprendrais que mon travail serait incomplet sans un voyage dans la patrie de mon objet d'étude. Enfin, c'est arrivé, et je me suis décidé pour un voyage.

Je n'ai pas l'intention d'exagérer ni mon courage ni le risque. C'est la raison pour laquelle je ne vais pas dissimuler l'anxiété que j'ai ressentie en prenant la route. Les informations qui nous parvenaient en Europe, de plus en plus rarement, ne respiraient pas l'optimisme. Inévitablement auréolées de désillusion et d'embarras, à vrai dire, elles ne nous intéressaient pas tellement. Le pays de Rothsky tombait petit à petit dans l'oubli, et ce n'est que de temps à autre qu'un leader politique du monde occidental déclarait haut et fort que ce n'était pas le cas. Ce faisant, il diminuait sa popularité, en agaçant sensiblement ses propres électeurs.

Mais moi, je n'oubliais pas. Mon travail pour le CBII (Comité Biographique Interactif International) exigeait de moi, entre autres, une excellente mémoire. C'est elle, ou plus précisément, ses lacunes, qui dénonçait à cor et à cri les pénibles manques, et qui m'ont entraîné en direction de l'est. C'est ainsi que je suis parti dans cette direction, avec un sentiment quelque peu gênant de me jeter dans la gueule du dragon. Dans la corne du rhinocéros, en l'occurrence.

Je suis arrivé dans leur capitale… Bon, d'accord, pas la peine. Il y a des choses qui gagnent à rester dans l'anonymat. Peu importe comment je me suis retrouvé dans leur capitale. L'essentiel est de ne pas trahir involontairement quelques acteurs semi-officiels qui ont contribué à mon passage plus ou moins sécurisé (pas un mot sur le confort).

Sur place, j'ai travaillé avec ce qu'on appelle un fixeur : un peu chauffeur, un peu traducteur, un peu – je l'avoue sincèrement – compagnon de bouteille. J'ajouterai au passage que les boissons auxquelles on recourait, plutôt comme un moyen anti-stress, se distinguaient par une qualité plutôt pas mauvaise. En fait, non : dans neuf cas sur dix c'était du whisky de producteurs reconnus mondialement. Le pays de Rothsky, depuis plusieurs années déjà, entretenait une mode pour le whisky, surtout, cela va de soi, les hommes. Pas brandy, pas tequila, pas gin : whisky. Mais c'est une remarque secondaire.

Passons à l'essentiel.

Rien dans la capitale ne rappelait la révolution. On aurait pu dire : un événement qui a retenu une attention mondiale sans précédent ! Et voilà, seulement quelques années plus tard, de mes conversations spontanées avec les locaux, essentiellement sur cette même place de la Poste, autrement dit sur l'arène principale de ces événements d'une beauté sans précédent mais aussi terribles, il ne ressortait rien, excepté les infinis « je ne me souviens pas », « je n'y étais pas », « quelle révolution ? une poignée de losers aigris, payés par les Américains ». « Pas par les Suisses ? » ai-je lâché une fois. Mais mon sarcasme est passé inaperçu.

« Le problème de ce pays, m'expliquait mon accompagnateur, est le chmochisme de la majeure partie de la population. » À ma demande d'être plus explicite, il m'a expliqué que la popularité de l'avant-dernier dictateur d'Europe, Chmoche, après sa disparition soudaine, ne cessait de croître, alors que le pourcentage des chmochniks, ses partisans, avait déjà dépassé soixante-dix pour cent.

Dans ces conditions, interroger au sujet de l'Agresseur, un pianiste des barricades, semblait peine perdue. Après toutes les confrontations et les jets de pavés, les incendies des bâtiments et les chars qui ont écrasé tout ce qui se trouvait sous leurs chenilles, la place de la Poste a été reconstruite et plus ou moins restaurée. Qui ? L'Agresseur ? Quel Agresseur ? Nous sommes des gens simples et pas agressifs. On n'a pas besoin d'agresseur ici.

J'ose supposer que le Régime, avec toute sa stylistique cynique, a fortement travaillé sur les changements de caractère de la population. Bien plus, j'ai eu l'impression pas très joyeuse que ces changements sont devenus irréversibles. Le pouvoir corrompt ce genre de citoyens plus vite que lui-même. Nous connaissons bien l'expression « corruption des mineurs ». Dans le cas du pays de Rothsky, il serait tout à fait justifié de parler d'un autre type de corruption, celle des incapables. Je ne cherche pas à être caustique, croyez-moi.

J'étais peiné et irrité par les diverses manifestations de ce monde.

Les voies piétonnes, surchargées par des voitures chères et tapageuses, surtout dans une économie aussi misérable.

L'absence trop fréquente des plaques d'égout, qui ne pouvait témoigner que d'une chose : ici on continue à voler le métal pour le revendre sur le marché de la ferraille.

L'herbe que les habitants locaux brûlent partout, sur des hectares, pour des raisons obscures, en transformant les routes déjà affreuses en couloirs de la honte enfumés et couverts de suie.

La dégradation générale du paysage, aussi bien dans sa macro- que dans sa micro-dimension : une laideur sans fin qui domine dans les détails et qui, dans l'ensemble, ne peut pas ne pas évoquer le célèbre truisme sur les deux mains gauches.

L'écologie malade, la puanteur, la saleté et la poussière. Les plus grandes villes depuis longtemps plongées dans les smogs toxiques, des tonnes de détritus jetés au bord des routes, alors que les canalisations s'écoulent directement dans les lacs et les rivières. « Le cœur saigne quand on voit comment ces gens traitent notre maison commune, la planète Terre » : ces paroles un peu pathétiques mais ô combien justes ont été écrites au sujet de ce pays par un certain travelogue danois, avec une émotion rare pour les Danois.

Dans les *moyens de locomotion* (leurs trains et bus lents et cahotants n'ont pas d'autre nom), on est impressionné par l'invasion de la mauvaise musique et de comédies pas drôles, où la grande majorité des passagers rit, en se forçant et en se cachant les yeux, voire par émulation.

Et en même temps, l'espace public est extrêmement conflictogène, une tension terrible est suspendue en l'air. Je sais que les tabassages en public et les tirs spontanés en plein jour dans les lieux fréquentés ne sont plus une exception depuis longtemps parmi ces gens simples et non agressifs.

La jalousie, qu'ils appellent le crapaud (*sic*), est devenue un de leurs traits caractéristiques, et c'est là-dessus que repose toute cette pseudo-dictature sous la houlette d'un ancien acteur comique (d'ailleurs, pourquoi ancien ?).

Sur ce fond, les forces de l'ordre écrasent les derniers défenseurs des droits.

Étrange, n'est-ce pas ?

C'est à ce moment-là que j'ai compris la raison de la révolte de Rothsky. C'était important.

Est-ce que Rothsky croyait qu'il pouvait changer quelque chose ? Je ne le pense pas. Mais il ne pouvait pas ne pas s'insurger.

Parlons des représentants des forces de l'ordre. Je ne parlerai que de l'un d'entre eux.

Afin de voir brièvement un homme – appelons-le, comme dans cette pièce de théâtre suisse, Théophile –, nous avons franchi plus d'un obstacle, moi et mon fixeur. Le moyen le plus sûr de franchir les obstacles était de remettre à tel ou tel fonctionnaire des sommes substantielles. Il n'y a rien que les citoyens de ce pays n'auraient pas fait contre de l'argent. Les pots-de-vin dans ce pays étaient et restent la principale force motrice de tout processus social. J'ai noté secrètement tous les prélèvements sans exception sur différents supports, puisque j'espère beaucoup que le CBII me les compensera d'une manière ou d'une autre.

J'ai dû payer aussi Théophile pour notre rencontre et, bien évidemment, plus que tous les autres. Bien que, dans ce cas précis, je comprenne parfaitement autant l'avidité que le volume : les besoins de soins. Après son long séjour à l'étranger, il a passé un long moment sous surveillance médicale dans un hôpital fermé pour les vétérans des services spéciaux. Pénétrer sur ce territoire soigneusement caché dans un parc exceptionnellement bien tenu et bien protégé... D'accord, je vais passer ça sous silence, une fois de plus.

Monsieur Théophile a souffert de brûlures à proprement parler effroyables et de dommages sérieux à la hanche. Ce ne sont que deux problèmes, mais les plus importants, liés à sa santé et à ses soins. Il y en aurait une dizaine en tout. Pour me voir, il a été amené dans un fauteuil très spécial – je n'en avais jamais vu de pareil – et je n'ai pas réussi (je le regrette) à cacher mon choc devant cette ruine humaine avec tous les reflets de sa peau morte en grande partie, d'une gamme de couleurs allant du violet vif au gris cendre. Il a voulu que je n'enregistre rien, en aucune manière. Le couple d'infirmiers qui l'accompagnait faisait plutôt penser à des gardiens d'une boîte de nuit à haut risque : à sa demande ils se sont éloignés à une distance suffisante pour ne rien entendre et, en même temps, me tenir sous surveillance. J'ai accepté, car je n'avais pas le choix.

Pour la suite, vous devrez vous contenter du résumé. Je sais que vous n'en serez pas enchantés. Mais je n'ai absolument rien écrit. Même pas des notes dans un carnet.

Théophile affirmait qu'il connaissait Joseph Rothsky depuis toujours. Plus jeune que Jos de deux ou trois ans, il fréquentait la même école de musique, également dans la classe de piano. Il n'arrivait à rien, à vrai dire, et jouait un rôle, en faisant mine de s'appliquer pour obtenir de ses parents un nouveau pistolet, une matraque ou des menottes. Quant à Jos, on parlait de lui à l'école comme d'un élève très prometteur, voire doué. Il s'était déjà produit en solo dans les concerts régionaux des élèves de l'école. On lui avait confié à plusieurs reprises – rien que d'y penser ! –, ce qui était rare parmi les élèves de son âge, le vieux clavecin de la philharmonie, et il avait appris tout seul (pour son propre plaisir !) un album entier des virginalistes anglais.

Théophile est encore persuadé que Jos ne le remarquait pas. Même dans la chorale des garçons de l'école, où ils étaient sur la deuxième marche, littéralement, séparés par un garçon ! Rien d'étonnant : les plus jeunes échappent totalement au champ de vision des plus grands, tout en en faisant des idoles. Théo suivait avidement Jos.

Ses gestes, sa démarche, sa mimique très expressive. Ses mains dans les poches et son col relevé. Théo rêvait de son amitié. Comment tous les deux, le grand Jos et lui, petit, castagnaient à qui mieux mieux n'importe quel gars de sa classe. De plus, il l'enviait : la démarche de Jos, sa mimique, ses poches sur les jeans, ses doigts agiles au clavecin. Il enviait tout, y compris ses yeux vairons. Mais Jos ne remarquait pas le pauvre petit. Théophile a décidé de se rapprocher de lui au moins par le prénom, et a commencé à l'appeler – qui en aurait douté ? – Théodore, pour faire la paire.

Un jour, après avoir déambulé presque une demi-journée à suivre son Théodore, il a appris quelque chose d'intéressant : le père de son idole cachée était un ivrogne, et pas qu'un peu. Théodore l'a trouvé à grand-peine dans le pire des bouges enfumés de la gare et, en chargeant sur son épaule la patte inanimée de son père, l'a traîné à la maison. Les passants, qui avec pitié, qui avec condamnation, se retournaient sur leur passage. Dans leur langue de l'époque, cela s'appelait se trouver dans un état en dessous de la dignité humaine.

À partir de là, les choses ont changé. À l'admiration, l'amour et l'envie, s'est ajoutée une légère supériorité, presque imperceptible. L'auréole a été ternie. Ce veinard n'était pas si béni que ça. Et pourtant, la démarche, les grimaces, les yeux, le col relevé et, depuis un certain temps, une coupe à la David Bowie produisaient leur effet.

De très nombreuses années plus tard, il n'aurait pas pu ne pas le reconnaître, même en cagoule. Même avec ses lunettes de soleil sur le nez. Putain, il reconnaissait même son style, son jeu purement théodorien sur tous ces pianos de rue gelés et désaccordés ! Théophile n'est pas devenu musicien, mais un agent doté d'une bonne oreille. Peu avant tout ce *charivari,* comme il l'a dit, le Régime a dû sentir quelque chose, et on l'a muté, serviteur précieux, dans la capitale. Les succès de carrière se sont déversés sur lui depuis la corne d'abondance du Régime. La corne d'un rhinocéros.

Quand la place de la Poste et les rues jouxtant le quartier gouvernemental se sont remplies à ras bord de tentes et de protestataires (« Il y avait des jours où leur nombre dépassait un million ! »), et que Rothsky-Théodore a joué devant le mur formé par les escadrons « Imagine » de Lennon, Théophile a avancé l'idée d'une surveillance personnelle. Nous n'avons pas besoin de sa mort, essayait-il de convaincre sa hiérarchie, en observant non sans émotion son abnégation et son adresse à sauver la vie d'autrui, nous n'avons pas besoin de sa mort, mais nous avons besoin de lui. La hiérarchie a aimé l'idée. L'opération avec l'arrestation, impeccablement adossée à certains secrets intimes et psychologiques et finement nuancée, s'est avérée être un succès.

On va passer sur certaines choses, a décidé Théophile. Il s'emportait, mais était visiblement fatigué. Par exemple, il s'est mis à respirer de manière plus saccadée qu'au début. Il respirait et il parlait de manière plus saccadée. Sa peau brûlée suait de toutes ses couleurs.

Étaient-ce les tortures dans le box secret perdu au cœur de la forêt hivernale qui se manifestaient aujourd'hui ?

Et plus on se rapprochait de la grande faillite suisse, plus sa langue devenait chaotique. Comment pourrais-je transmettre cela ?

De la logorrhée verbale pointaient de temps à autre des jalons : la mort violente de l'avant-dernier dictateur, les jours noirs, le hurlement de désespoir, la colère impuissante, la saleté sous les ongles, le sable sous les dents, les misérables restes des deniers publics, les nuits passées à se cacher dans des bouges, une chance inattendue de se réhabiliter, l'exécution (extrajudiciaire) de Rothsky comme unique moyen de sa réhabilitation disciplinaire à lui, Théophile, la vengeance (en tuant) comme l'unique possibilité de retrouver la paix intérieure. L'ordre du chef rejoignait l'appel du cœur : liquider.

Il a répété le verbe « liquider » une dizaine de fois. Il avait toujours aimé ce verbe. Sa pureté et son détachement.

Puis est venu le tour de « cette île » et de la « canicule ». La canicule brûlait, répétait-il, la canicule brûlait, et je n'avais pas d'eau pour lui. Personne au monde n'avait d'eau pour lui. J'ai compris à temps que les « infirmiers », après avoir fumé leur deuxième cigarette et projeté crânement leur mégot dans les ronces, n'étaient pas venus de notre côté par hasard.

En guise de conclusion, il y a eu un éclair avec une explosion et du feu. Mais tout d'abord, il y a eu une voiture retournée les roues en l'air. Puis l'explosion. Puis le feu. Et après, l'enfer. Et il y est entré à pleine vitesse.

Je pouvais déjà globalement écrire sur ce pays. Mais il restait encore une chose digne de mon attention : la ville où Rothsky était né et avait grandi. S'il n'y avait pas eu Théophile et ses confidences sur les premières années, j'aurais pu passer à côté de quelque chose d'important.

J'aurais sans doute laissé passer l'important.

À la sortie de l'hôpital, j'ai soudain (en premier lieu pour moi-même) voulu que le fixeur tourne non pas vers la capitale, mais dans une tout autre direction. La ville de Rothsky se trouvait à six cents bons kilomètres en direction du sud-ouest.

Selon le fixeur, je devais me préparer à être déçu. Comme s'il pouvait en être autrement dans son pays ! Dans tous les cas, se confiait le fixeur, là où nous allons, ces dernières années, tout a beaucoup changé. Il est peu probable alors que j'aie la possibilité de respirer ne serait-ce qu'un peu de cette atmosphère où s'est déroulée l'enfance de mon sujet. (En présence du fixeur, je faisais exprès ne pas parler de héros.) Autrement dit, ai-je précisé, c'était mieux avant ? Je ne l'aurais pas dit ainsi, s'est dérobé le fixeur. Simplement maintenant c'est différent.

En lui soutirant une phrase après l'autre, j'ai fini par comprendre qu'il s'agissait d'un urbanisme sauvage.

Cela s'est globalement confirmé quand nous y sommes arrivés au petit matin. Après avoir tournoyé à pied presque une heure à travers le centre quelconque, j'ai eu le temps de voir comment se réduit catastrophiquement vite l'espace de l'authenticité historique, tout ce qui, sans avoir le statut de monument protégé, créait dans son ensemble quelque chose de particulier et d'unique. Il ne me venait à l'esprit qu'une stupide opération de chirurgie plastique à prix d'or. D'autant plus stupide qu'elle avait été faite n'importe comment, à la va-vite, sans aucun goût ni âme. Et cette opération plastique n'est toujours pas achevée.

Ma comparaison s'est avérée juste. Le fixeur m'a informé que l'opération plastique dans leur pays était devenue depuis longtemps l'aune de la réussite financière et du haut statut social. Celui qui n'était pas capable de s'offrir une bonne chirurgie plastique respirait l'air inutilement. Du moins dans l'esprit des élites.

Le visage de la ville incessamment opérée ne serait plus jamais le même : on lui avait enlevé des segments entiers d'individualité, tout cet éclectisme uni et unique possible, de plusieurs siècles, en mettant à la place des constructions à plusieurs étages sans intérêt aucun. Je déambulais entre elles, aux trois quarts vides, froides, inhabitées de manière chronique (pourquoi de nouvelles constructions alors que tout le monde part !), et j'imaginais comment cela pouvait être à l'époque où... J'ai vu ces maisonnettes quelconques et de guingois, ces vérandas à moitié couvertes de poussière qui s'enfonçaient dans les massifs d'orties et d'euphorbes.

Il y a toujours autant de poussière, mais il y a moins de plaques d'égout. Et aucune trace de Rothsky.

Et pourtant, j'ai trouvé quelque chose. Dans le sous-sol, dans les profondeurs, dans les cours des tours, on ne sait comment (peut-être à la demande d'un groupe d'habitants ?), s'est conservée une rareté magnifique et étrange : un minuscule bar de l'ancien Régime, un troquet, un bistrot, eau-bière, jus-glaces, pain et ce qui l'accompagne, gras-fromage. Et à l'intérieur, se démenait le même idiot décati au ventre pendant et aux maigres guiboles dans un pantalon de survêt, dans un pull sale avec les mêmes manches qui pendouillent. Son rôle consistait à ramasser les chopes vides. Et puisque toutes n'étaient pas complètement vides, il buvait ce qui restait. Il n'utilisait pas le plateau et portait chaque chope séparément. Ce qu'il aimait surtout, c'était inspecter le fond des chopes : peut-être y chopait-il au fond son reflet. Parfois il crachait dedans, parfois il lui souriait.

Je ne sais pourquoi, mais j'ai été transpercé par une certitude assez chagrine que cet idiot avait déterminé le cours des événements dans la vie de Joseph Rothsky.

Le Comité Biographique Interactif International insiste sur le fait que le biographe qui est entré suffisamment profondément dans la vie de l'Autre acquiert la faculté de modifier sa vie, en accédant directement à ses différentes périodes et en agissant de l'intérieur. Mais aussi celle de modifier sa propre vie de sorte à échanger sa vie avec l'Autre.

Mais qu'en pense l'Autre ?

17

Quand l'été a basculé en août, ils se sont presque arrêtés et ont cessé de fuir. À cette époque ils étaient parvenus à une petite île dans les eaux grecques. « On va vivre ici, a dit Rothsky. On restera jusqu'à la fin de l'été. On réfléchira sur la vie et sur nous. »

La menace, à son sens, avait diminué : les poursuivants, probablement, étaient tout aussi fatigués, et, Rothsky voulait le croire, avaient perdu leur trace. Pour cela, il est vrai, il avait fallu quitter le Nord bien-aimé. Le Sud, cependant, les a accueillis avec quelques avantages. Par exemple, des prix plus bas. Le Nord, plus riche, plus cher, plus aménagé, mais aussi plus régulé (ce qui gênait et inquiétait) et plus transparent, pouvait attendre.

Qui plus est, à regarder les records de température, le Nord n'était plus tellement différent du Sud. Il faisait chaud partout avec un acharnement identique.

L'île grecque d'où, semblait-il, la canicule avait fait disparaître tout le monde, excepté les estivants roumains et les Allemands réfugiés de Dobroudja, placés dans un camp spécial, représentait un cul-de-sac parfait, comme créé exprès pour Rothsky et Anime. « Vivre n'est pas mourir », a décidé Rothsky.

C'est ainsi que le pourrissement a commencé.

C'est merveilleux, une route, c'est un amusement à elle seule. Alors que rester sur place demande d'agir. De s'occuper, de trouver un sens au temps qui passe. Il est vrai que rester sur place est bien aussi, quelque part à Rhinocéros, quand on se cache. Et puis il y a une autre personne, qui est toujours près de toi, à chaque minute. Dans ta chambre, ta salle de bains, ta cuisine, devant ton miroir et dans ton lit en fin de compte. Elle est partout.

Il est peu probable qu'Anime ait remarqué tout de suite ce que Rothsky avait déjà perçu : le sexe devenait mécanique. Pour entretenir la suite tant bien que mal, Jos devait de plus en plus allumer tous les jupiters et les caméras de son imagination. Cela lui prenait beaucoup d'énergie, il devenait indifférent et irrité. Il a commencé à développer la mauvaise habitude de la provoquer par une légère blessure.

« On a tellement envie de nouveauté ! » pouvait-il lui dire dans le moment le moins propice à ce genre de phrase.

Ou bien, quand aucun des nombreux procédés dont Anime était experte ne parvenait à provoquer une érection, il pouvait demander : « Qu'est-ce que tu as à t'accrocher à un invalide ? » Puis, en faisant un geste de lassitude : « Ah, je comprends... Le dépôt. »

La crise de confiance, c'est ainsi que cela aurait pu s'appeler en langue pas tout à fait humaine. En langue humaine, cela s'appelle le soupçon.

Un jour, au lit, Anime s'est emportée en racontant un rêve qui n'était pas commun :

– Et puis j'ai rêvé que mon tatouage avait commencé à disparaître, celui sous la poitrine, et j'ai eu très peur, parce que je ne savais pas ce que je ferais sans, et mon corps me semblait déficient.

– Mais il est déficient. Ton rêve avait raison, l'a coupée Rothsky avant de lui tourner le dos.

Anime ne savait pas comment réagir. C'était un autre Rothsky, qui n'avait jamais existé. Du moins, pour elle.

Mais elle a senti qu'elle était terriblement attachée. Oui, avec ces deux mots, « terriblement » et « attachée ». C'est terrible, terrible, terrible, répétait-elle dans sa tête, pour que Rothsky ne l'entende pas. Anime a décidé de ne pas répondre à ses attaques. Elle avait une langue bien pendue et un esprit piquant. Elle le savait, mais n'usait pas de ces armes contre Rothsky. À vrai dire, elle avait très peur que leur relation continue à dépérir. Pour freiner un tant soit peu cette dégringolade des sentiments, elle achetait à Rothsky des chemises en lin, des chapeaux de paille et des bandanas. Inutile de mentionner les lunettes de soleil : il en avait déjà une bonne cinquantaine.

Le plus étrange est que Rothsky l'enlaçait parfois comme si elle allait être emmenée quelque part.

Malgré la chaleur, ils allaient de temps à autre à la plage. Pas la grande plage municipale, qui était occupée jusqu'à midi, puis de nouveau, à partir de quatre heures, par une myriade de vacanciers roumains, mais une petite baie dans le sud-est de l'île, où le propriétaire de la taverne autorisait l'accès aux chaises longues si on lui commandait au moins un cocktail par personne. Ce jour, ils n'en ont pas commandé trois, mais bien davantage. Plus près de la soirée, Rothsky a ressenti un léger étourdissement agréable, et a constaté un désir d'autrefois. Son esprit a été traversé par l'idée d'un excitant ajouté à la boisson, ou comment l'appelle-t-on dans les ballades romantiques ? Un philtre d'amour. Il avait horriblement envie d'aimer Anime sur la plage, immédiatement, mais il restait un peu de temps jusqu'à ce que l'obscurité soit complète, alors que la présence proche de quelques groupes avec enfants rendait impossibles les actions aventureuses. Environ au bout d'une heure de souffrances, Rothsky a avoué à Anime son *envie très pressante*, et ils se sont précipités à toute vitesse à la maison. En l'occurrence, cela voulait dire l'appartement au troisième étage d'une très vieille maison grinçante, de l'époque de la domination génoise, qu'ils louaient depuis deux semaines.

La porte n'était pas fermée. Dès que Rothsky l'a poussée et en a franchi le seuil, son cerveau a mis en marche une caméra intégrée. Il la portait en lui, et elle quadrillait l'espace.

Des débris de vaisselle cassée.

Quelques chaises retournées.

De l'eau renversée sur la table au milieu de la pièce.

Une carafe en miettes.

Des papiers emportés, des journaux dispersés.

Une boîte en carton cassée.

Ici et là, des plumes noires, grandes et petites. Des signes de lutte avec un oiseau.

Dans la poutre entre le mur et le plafond était enfoncé un harpon. La grande plume noire qu'il scellait était imbibée de sang.

Un sentier rouge ininterrompu traversait le plancher jusqu'à la fenêtre.

Beaucoup de sang sur le rebord.

La fenêtre donnant sur le jardin intérieur grande ouverte.

Ils ont trouvé le corps de l'oiseau dans le jardin à la nuit tombée.

Est-ce qu'on choisit un ami ? Bien au contraire : c'est lui qui vous choisit. Dans mon cas du moins.

Mon meilleur ami m'a choisi un jour d'automne, et il m'a quitté en août. Cela n'a même pas duré un an. Sur toutes mes longues années de vie, seulement dix mois passés avec mon meilleur ami !... C'est trop peu, n'est-ce pas ? C'est bien ce que je dis.

Ma bouche a été pleine de sang deux fois. Pas à cause des boxeurs, non, ceux-là n'ont jamais malaxé mon visage, ils suivaient strictement le protocole. Le sang a rempli ma bouche la première fois où j'ai failli me tuer en faisant un pas dans le précipice invisible de la nuit. La seconde fois, quand j'ai trouvé mon ami tué. Ce n'était pas mon sang, mais le sien. Et en réalité, il n'y en avait pas une goutte dans ma bouche. Mais j'avais l'impression qu'elle en était pleine.

J'ai longuement cherché son corps dans le jardin obscur et desséché. Je savais qu'il était là, car les traces m'y conduisaient. Une bande rouge sombre.

Je rampais dans ce jardin à travers toute sa broussaille racornie et je l'appelais, car je croyais qu'il était vivant. Grièvement blessé, certes. Mais encore de ce côté. Encore avec moi. Il est sage, il comprend tout. Je vais l'appeler encore une fois et il va trouver une solution, c'est certain. Un signe. Il me fera un signe.

S'il n'y avait pas eu de buisson à lucioles, j'aurais pu chercher longtemps. J'étais en retard de plusieurs dizaines de minutes. Il était mort d'hémorragie. On dit que c'est comme s'endormir. Et la douleur ?

Ces derniers temps il voulait aller en Islande. Il avait beaucoup d'années et je l'épuisais par nos déplacements incessants. Je lui disais de partir dans la forêt, pour toujours. « Vis comme tu vivais avant, lui disais-je. Tu ne dois pas t'accrocher à moi. À mon épaule. » Mais il a choisi de ne pas partir. En réalité, ce n'est pas lui qui tenait à moi : il me tenait. Il s'asseyait sur mon épaule, et me tenait fermement pour que je ne m'envole pas.

C'est moi qui l'aurais laissé partir ? Balivernes. Comment laisser partir celui qui est plus libre que vous ?

Bien évidemment, il pouvait se fâcher. Il avait sans doute des raisons de se fâcher : on ne met pas son meilleur ami dans une cage. Même s'il savait pourquoi nous le faisions. Que nous n'étions pas seulement des amis, mais aussi des coéquipiers. Et que la cage (fabriquée pour un perroquet piaillard), c'est une invention maligne avec laquelle nous trompons les règles du monde extérieur. Il aimait, tout comme moi, violer les règles. Est-ce ainsi qu'on devient les meilleurs amis ? En réalité, même dans une cage il était assis comme sur mon épaule.

Cependant, nous ne sommes pas allés jusqu'en Islande. Si j'ai jamais regretté quelque chose, c'est bien cela. Peut-être est-ce pour cela que je suis ici, à l'endroit où je n'en ai jamais été aussi proche. On peut dire que je me suis rapproché au plus près de ses frontières. Et qu'est-ce que cela voudrait dire maintenant ?

Je resterai avec vous encore une bonne heure. Au méridien zéro, on vient de dépasser sept heures. Le matin s'approche doucement. Bien que derrière ces murs il fasse encore nuit noire.

Comme dans ce jardin où je cherche toujours mon ami.

Que ce soit ***Archive, « Taste of Blood »****.*

Vous écoutez toujours Radio Nuit ? C'est gentil de votre part de rester, de ne pas partir.

Certains sont ici depuis le tout début, autrement dit cela fait sept heures. À vrai dire, je ne m'y attendais pas et c'est pourquoi les mots me manquent pour vous remercier comme il se doit.

D'autres n'arrivent que maintenant. Je vous remercie aussi. Bonjour, bonne nuit, bonsoir, en fonction de l'heure dans vos contrées. Installez-vous plus près. Nous resterons encore un peu ensemble.

Et maintenant, un test intime pour ma mémoire. Visuelle et tactile. La mémoire de mes cinq doigts, de ma langue, de l'arête de mon nez, de mes arcades sourcilières. De tout ce que j'ai touché ou vu.

Elle a fait son premier tatouage, précautionneusement, sur son épaule gauche, à l'intérieur. Il représente la dualité du soleil et de la lune, autrement dit l'union des forces antinomiques. Il y a le bien et le mal, l'esprit et l'oubli, le rire et l'obscurité, le froid et l'enfer, l'ironie et la tristesse. La série d'antithèses peut être prolongée à l'infini.

Son deuxième tatouage se trouve sur les côtes à gauche. Ce sont les silhouettes d'une meute de loups. Non, ce ne sont pas des chiens, mais des loups, j'ai bien observé. Peut-être est-ce le symbole de sa famille, où tout le monde la prenait pour une louve.

Puis est venu le tour de la clavicule droite. En dessous s'étend la ligne de crête des montagnes, comme un but à atteindre, une direction changeante et, en même temps, l'immuabilité. Ou bien une frontière, qui se doit d'être franchie.

Moi aussi, j'ai enfreint les frontières quand je la touchais.

Sous la poitrine, au milieu, elle a décidé de placer un troisième œil, toujours grand ouvert. Il devait devenir (et probablement, il est devenu) le gardien de son monde mental et de son inviolabilité corporelle.

Là où elle a suivi en son temps un entraînement assez sévère qui a duré plusieurs mois, on lui a appris à pénétrer dans le subconscient de l'autre et à tuer avec un doigt. C'est de là que vient sa foi dans les symboles. Tout comme les connaissances sur l'énergie des femmes. Sur le fait que l'énergie est en général féminine.

Le Bouddha dans son dos a été inventé par une tatoueuse locale après son retour. Il ressemble terriblement à Gandhi, ce qui n'a rien d'étonnant si on prend en compte ses liens familiaux. Plus tard, quand le tatouage a été fait, il s'est avéré que derrière Bouddha il y a huit planètes étranges. Elle a décidé que ce n'était pas un hasard, car elle croit que les mondes sont au nombre de huit, conformément non seulement au bouddhisme, mais aussi aux mythes scandinaves. J'ai toujours douté qu'ils étaient huit. À mon avis, huit et demi aurait été plus intéressant. Mais comment représenter la moitié du monde ? Comme un hémisphère ? Un hémisphère du cerveau ?

Poursuivons notre voyage. Quelques centimètres en dessous de la clavicule gauche, elle a un oiseau noir, et c'est sans conteste un corbeau. Et il est sans conteste un ami.

En revanche, sur le côté droit, la plupart du temps cachée par l'épaule, devrait se trouver la princesse Mononoké, qui lui ressemble beaucoup, ce que j'avais souvent envie de lui dire. Mais je ne le faisais pas, car j'ai décidé qu'elle le savait sans moi.

Toujours à droite, mais plus bas, près du ventre, un œil curieux remarquera une spirale triple, signe de force féminine, un triskèle. La force féminine, l'énergie féminine, elle était en plein dedans. Elle n'avait pas son pareil dans la boxe thaïe et les combats sans règles.

Du côté intérieur de son bras droit, presque au niveau du coude, je me souviens du corps d'une nageuse, entouré d'algues bleues comme des iris. C'est un poème de Bert Brecht avec un titre digne d'un devoir scolaire : « De la nage dans les lacs et les rivières ». Peut-être en souvenir de l'unique été où nous avons voyagé tous les deux en nageant partout où nous le pouvions. Vous avez déjà entendu ce poème de ma part.

Ce que nous arrivions à faire était aussi une rivière. Une chose merveilleuse pour se chamailler et se noyer.

Je n'ai rien oublié ?…

Ah, si. L'ânkh ! La croix égyptienne sur l'épaule droite à l'extérieur. L'ânkh. Je l'appelais nakh, par étourderie ou méchanceté.

Les doigts des deux mains. Ce sont de petites choses : des planètes, des petites étoiles, des poissons, des notes de musique…

Il y avait aussi quelque chose sur le pied gauche, entre le talon et la malléole externe. Un symbole qui m'était inconnu. Je me souviens qu'elle disait que cela désigne notre proximité. Je n'ai pas toujours été assez attentif à ses allusions. Plus précisément, je faisais semblant de ne pas y être attentif. C'était un tatouage tout neuf : elle l'a tatoué, tout comme l'oiseau noir sous la clavicule, tout comme la nageuse dans les algues iris, déjà à notre époque.

Elle accordait une signification particulière au fonds historique et culturel. Elle mariait le celte avec le copte, l'indien indien avec l'indien américain. Là non plus, je n'ai pas fait attention à ses explications. Ou j'ai fait semblant d'être inattentif.

Je ne sais qu'une chose : ses tatouages la contenaient presque tout entière. Ils sont devenus sa continuité symbolique. Ou bien l'Atlas de son Moi. Atlas de son A. Son Atlas.

Il fallait juste apprendre à le lire.

Ce qui signifiait aimer.

Vous croyez que je vais mettre Bach ? Vous le voulez vraiment ?

*Si c'est bien le cas, alors quelque peu différent : ce sera « **Stream** » de **Paatos**.*

18

On en a déjà parlé : Edgar souffrait de plus en plus de la canicule. En plus des changements constants de lieux. Il était évidemment fatigué, et parfois sombrait dans une torpeur pendant de longues heures, comme le père de Bruno Schulz, dans des niches imaginaires. Qui plus est, il est tombé malade à plusieurs reprises, et alors il était brûlant. Anime le tirait d'affaire à chaque fois grâce à sa trousse à pharmacie. Il jetait des regards obliques sur toutes ses pipettes, mais finissait par desserrer son bec.

Non, tout n'a pas toujours été aussi mal. Disons que la veille de cette journée fatale, Edgar a même volé dans la forêt qui s'étend en masse odorante vert émeraude chauffée par le soleil jusqu'au plus haut sommet de l'île. Là-bas, à une altitude de plus de mille mètres, il a rencontré secrètement les plus influents vieux corbeaux de la région. C'est du moins ainsi que Rothsky a expliqué son absence longue d'une journée. On ignore ce qu'ils ont décidé.

Et même à son dernier jour, quand Jos et Anime s'apprêtaient à aller à la plage, Edgar était tout à fait en forme. Son intention manifeste de rester à la maison n'avait donné lieu à aucune inquiétude : cela arrivait souvent – un oiseau libre est bien libre de faire ce qu'il veut.

Sur ce même sommet, Rothsky a déterminé un lieu pour son repos, entre trois pins parasols, vieux mais encore solides, avec vue sur la lueur bleue de la mer et les petits points des bateaux de pêcheurs au loin. L'odeur de la résine et de l'écorce brûlée au soleil était omniprésente et douloureusement entêtante. Le corps de l'oiseau, enveloppé dans un linceul improvisé, s'est lové dans une cavité entre les racines. Il y avait un oiseau et il n'y en a plus.

Rothsky et Anime ont gardé le silence tout au long du chemin aller et retour. Comme s'ils avaient fait un vœu de silence, en plus du vœu de chasteté qu'ils ont respecté, allongés côte à côte, toute la nuit précédente. Même le retsina frais bu dans la taverne du village et puis une nouvelle fois au-dessus du monticule frais dans l'ombre du pin parasol n'a rien éveillé en eux.

Le retsina est une chose, mais la raison en était bien sûr Rothsky. Abasourdi par le meurtre de son ami, il s'est souvenu sur le chemin du retour de la nouvelle du matin sur le quatorzième de la liste. Un ancien journaliste à scandale à moitié oublié, qui était présenté aujourd'hui comme « trois A en une seule personne » (outsider, agnostique, alcoolique), a été tué à bout portant près de l'entrée du métro, où ces derniers temps celui-ci soit mendiait, soit vendait de la came de qualité douteuse. (C'est cette dernière chose qui aurait pu être le véritable motif de son exécution extrajudiciaire.)

Nonobstant, la Ligue d'assainissement de l'unité nationale a inscrit ce meurtre sur son compte. Et Joseph Rothsky est automatiquement remonté d'une ligne, en prenant désormais la tête.

En descendant de la montagne vers la bourgade, il a essayé d'évaluer combien de temps il restait jusqu'à sa propre exécution. Les intervalles précédents étaient plutôt inégaux, entre quelques semaines et un ou deux jours.

L'interruption la plus longue, de presque deux mois, avait eu lieu entre la huitième et la neuvième victime. Cette durée s'explique facilement par le fait que les exécutants devaient attendre la sortie du neuvième d'un établissement pénitentiaire en libération conditionnelle anticipée. Rothsky a conclu une nouvelle fois qu'il n'existait aucune règle temporelle. Cependant, il aurait au moins deux jours.

La vieille maison où personne n'habitait à part eux, les a accueillis avec le chant rouillé de la grille et une fraîcheur quelque peu humide. Pour la première fois de leur séjour, Rothsky est descendu étudier le sous-sol, puis est remonté à leur étage par un escalier grinçant en bois mal taillé. Cette fois, la porte était comme ils l'avaient laissée : fermée. Rien ne trahissait l'intervention étrangère de la veille. Même si on pouvait tout à fait en attendre une nouvelle aujourd'hui. Mais Rothsky n'avait plus l'intention de fuir.

– Tu es prête ? a demandé Rothsky, revenant au salon.

Avant cela, il a fait le pied de grue sur le balcon écaillé, le regard plongé quelque part vers le bas. La ruelle en dessous était totalement déserte.

– Ouais. Non, encore un peu.

Anime semblait perdue. Elle semblait ne pas réussir à y croire.

– Traîner n'est pas la meilleure idée, a dit Rothsky en hochant la tête. Tu as besoin d'aide ?

– Je vais y arriver. Merci.

– Dépêche-toi.

– Je ne comprends toujours pas.

– Qu'est-ce que tu ne comprends pas ?

– Pourquoi tu veux rester seul.

– Parce que j'en ai marre. Marre de toi.

– On était si mal tous les deux ?

– On s'est déjà dit merci. Ça suffit.

– Et comment je…

– Ne recommence pas. Nous nous sommes mis d'accord.

Anime remplissait son sac à dos en silence. Puis elle s'est souvenue de quelque chose et elle est sortie de la chambre. Elle est revenue une minute plus tard. Les dernières des dernières choses : bijoux, brosse, crème solaire.

Elle tient bien le coup, a constaté Rothsky. Si elle se souvient encore, comme dit la pub, *de la douceur du toucher de la peau et des cheveux*, alors, elle s'en sortira. Pendant un instant, il s'est senti blessé qu'Anime ne tombe pas dans le désespoir et ne s'enfonce pas dans la folie. Parce que lui tombait dans le désespoir et s'enfonçait dans la folie. Mais très profondément, sans donner aucun signe ni rien montrer.

Enfin, Anime a fait vaciller son impression :

– Je croyais que j'étais une aide précieuse pour toi.

– Ce n'était qu'une impression.

– Tu peux dire ce que tu veux, je te connais autrement.

– Tu me connais ? Tu en es sûre ?

Anime ne répondait pas, et il a fait preuve d'impatience :

– Mais tu sors d'où, toi ? Enfin, quelle question… Est-ce que je ne sais pas d'où tu viens ?

– Je me suis engagée contre eux pour toi.

– Tu te désengageras comme tu t'es engagée. Ils attendent.

– Jos, tu ne me crois plus ! Ne me soupçonne pas, je t'en prie.

– Et qui dois-je soupçonner ?

– Il y a tant de possibilités, Jos.

– Et il n'y en a qu'une de sûre. Tu as été envoyée auprès de moi, petite.

– C'est moi qui me suis envoyée.

Elle s'est retrouvée, on ne sait comment, à un demi-souffle plus près.

– J'ai très envie de toi. Et toi ? En guise d'adieu ?

Rothsky a vrillé sur place et dit en direction du miroir sur le mur :

– Mais regarde-toi. Qui d'autre qu'un idiot comme moi aurait pu traîner avec toi ? Qui aurait voulu d'une fille comme toi ?

Et pour enfoncer le clou final :

– Et puis je ne veux pas de toi. Juste par pitié.

Et puisqu'elle ne répondait rien, il a ajouté pour plus de sûreté :

– Ton corps est ennuyeux. Même les dessins n'aident pas.

Anime a eu une terrible envie de dégommer ce vieillard pénible et frêle d'une pichenette, mais elle aurait éclaté en sanglots avec deux ruisseaux sortant des yeux, et elle se serait sentie comme une clown stupide, moche et malhabile. À cette pensée, le spasme dans la gorge s'est calmé petit à petit, et le sanglot est resté coincé quelque part dans sa poitrine.

– Pour la route. (Le ton de Rothsky s'est radouci.) Fais-toi plaisir.

Il lui a tendu une grosse liasse de billets.

Anime a glissé négligemment la liasse sous son tee-shirt.

– Merci, Jos.

– Tu as un billet pour le bateau de ce soir ?

– Qu'est-ce que ça peut te faire ?

– Quelque chose. Je veux que tu partes d'ici au plus vite. Si tu as un billet, le bateau s'en va dans dix minutes. Il en faut sept jusqu'au port.

– J'ai compris, Jos. Tu veilles sur moi. On ne se reverra donc plus ?

Pas d'embrassade, s'est ordonné Rothsky. Au risque de tout foutre par terre.

– J'ai bon espoir que non, a-t-il soufflé dans son dos en même temps que son gémissement intérieur : « Quelle malitsa ! »

Il n'a pas réussi à éviter le petit balcon. Un instant plus tard, la grille allait chanter et… et que le diable l'emporte ! De nouveau, les bras croisés sur la poitrine. Comme si elle souffrait terriblement du froid par cette canicule, comme si elle était secouée par des frissons !

Anime est allée jusqu'au croisement, puis s'est retournée pour s'assurer qu'elle avait deviné : oui, il la suivait. Du moins du regard. Elle lui a fait un au revoir de la main et Rothsky savait qu'elle souriait à cet instant, bien plus, il savait quel sourire elle affichait sur son visage : celui d'un chien. C'est ainsi que sourient les chiens errants, quand ils veulent faire croire que rien de mauvais ne s'est passé.

Alors Anime a disparu au tournant, et il n'a pas pu voir ce qui s'est passé après.

Et après, on ne peut qu'imaginer : les chemins et les aventures d'Anime deviennent de plus en plus impénétrables. Et puisque Rothsky ne s'est pas glissé à sa suite dans l'intention cachée de la suivre, il se présente non pas une, mais plusieurs versions.

Par exemple, celle-ci.

Dès qu'elle a eu tourné, se retrouvant dans un monde sans Rothsky, ne comprenant pas elle-même pleinement pourquoi et comment, sur son chemin est apparue une auto d'une allure assez explicite avec – bien évidemment ! – des vitres teintées (bien qu'interdit sur les terres européennes, le phénomène apparaît épisodiquement ici et là). Cependant, dans son état émotionnel, Anime n'en avait cure et elle aurait contourné l'obstacle inattendu sans trop le remarquer, si deux types n'en avaient pas bondi en lui barrant la route, tout en ouvrant les deux portières arrière afin de réduire sa manœuvre de contournement. Anime s'est retournée pour fuir. Mais cette possibilité a été bloquée par anticipation par le troisième. Il avançait sur elle de toute sa masse, en ouvrant pour rire ses énormes paluches, tel un pêcheur menteur. Il était vain d'appeler au secours les premiers passants venus : dans la bourgade déjà à moitié déserte, la sieste n'en finissait pas et il n'y avait aucun passant, sans parler de premiers venus.

En gros, j'aime beaucoup cette première version, avant tout parce qu'elle représente un cas assez symétrique à l'enlèvement de Rothsky déjà relaté. À noter que dans les deux situations, le moment d'interpellation violente est assorti du moment de rupture entre les amants. Même s'il y a une différence : on se souvient qu'Anita a vu ce qui arrivait à Rothsky. Si Rothsky avait pu voir ce qui arrivait à Anime, tous les soupçons à son égard (qui étaient bien présents quelque part au fond de lui) auraient disparu.

Mais quels soupçons ! La douleur de la solitude extrême et c'est tout. La dernière des dernières des solitudes.

Rothsky pensait qu'en chassant Anime, il la sauvait. Au couvent, répétait-il tel Hamlet, au couvent. Jusqu'à il y a peu, c'était un jeu quelque peu parodique avec exagération de la menace. Certes, elle existe, elle est très réelle, et elle n'est pas toute seule : il y en a au moins deux, de menaces. Mais Rothsky et sa copine parvenaient à les anticiper. Ils ont saisi un bon tempo. Ils jouaient selon leur propre scénario, comme il leur semblait, en accord parfait. S'ils n'avaient pas été aussi heureux en amour, dans tous les lits, alcôves, cabines de douche du monde, où ils goûtaient spasmodiquement à une proximité encore plus totale, ils n'auraient pas réussi leurs fuites. Leurs fuites sont devenues différentes versions du sexe, qui se terminent immanquablement par un orgasme tonitruant et triomphal.

Désormais, après l'exécution au grand jour d'Edgar, tout s'était effondré. Le sentiment de réussite exceptionnelle de chaque décision et de chaque mouvement s'était écrasé catégoriquement, tombant presque à zéro. Il en découlait que maintenant, ce n'étaient pas eux qui jouaient : c'est avec eux qu'on jouait, et à leurs dépens. On les observait patiemment, sans jamais les quitter des yeux. On les laissait prendre des avions d'illusion, changer tant qu'ils voulaient de pays et de paysages illusoires. On suivait (qui sait, c'était très probable !) leurs moyens de paiement, l'utilisation des comptes et des guichets de banque, on passait au peigne fin les rares et peu nombreux appels, messages, signaux. On écoutait tous les enregistrements sans exception : des lits, des alcôves et des cabines de douche, tout jusqu'au dernier murmure, dernier cri, dernier gémissement.

Jusqu'à ce que tout le monde en ait assez, aussi bien ceux qui jouaient que ceux qui étaient des jouets (même eux !). Et alors les premiers, sans crier gare, se sont introduits dans leur logement et ont dézingué de manière ostentatoire l'ami Edgar, pilier de tant de choses. La certitude inébranlable qu'ils y arrivaient, que la fuite n'était pas vaine, et que l'amour les rendait invulnérables, se concentrait dans l'existence de cet oiseau noir, qui s'est avéré ne pas être éternel, c'est-à-dire être mortel, même plus, tué. Amen, s'est dit Rothsky.

Il avait déjà réfléchi à tout cela et l'avait laissé derrière lui, la nuit et le jour précédents, quand Anime était encore à ses côtés. Maintenant qu'elle n'y était plus, ce à quoi il s'était appliqué avec un acharnement aride qui l'avait étonné lui-même, Rothsky s'est empli de douleur. La solitude, ultime et infinie, l'a pris dans sa tenaille implacable, coupant toute envie de respirer.

À quoi bon respirer ? se demandait Rothsky, retournant de temps à autre sur le petit balcon génois déglingué de l'époque du Moyen Âge tardif pour regarder Dieu sait quoi. Il n'y avait aucun sens dans aucun processus biologique qui se déroulait dans son âme privée d'animation ni dans le corps crispé de douleur. Surtout qu'au-delà des vieux toits de la ville, dans les interstices entre les sycomores tout aussi vieux, dans le petit bout de mer, lui est apparu pour disparaître en une poignée de secondes, quittant son champ de vision, le bateau du soir, parti loin d'ici.

Rothsky a craché et, grimaçant de douleur ou de son mauvais caractère, s'est juré de ne plus sortir sur le petit balcon. Il l'a fermé de l'intérieur, ainsi que toutes les fenêtres. L'appartement a immédiatement pris des allures vespérales et lugubres. Il n'y avait rien à attendre de la vie non plus.

Plusieurs heures ont passé, peut-être même une nuit entière. Toutefois, elle n'est pas passée, car tout ce qui est arrivé après était encore la nuit pour Rothsky. Tout seul dans cette vieille maison, Rothsky ne faisait que regarder le plafond et écouter les cigales dans le jardin. Il a appris progressivement et inconsciemment à distinguer celles du jour de celles de la nuit. Les cigales ont remplacé toute musique, il n'aura plus écouté aucune de ses innombrables anthologies.

Mais un jour, le troisième ou le quatrième, il s'est obligé à s'occuper et a fait venir un agent immobilier grâce à qui il louait l'appartement, pour exiger le remplacement immédiat des serrures dans toute la maison. Le jeune homme lui a remis de nouvelles clefs quelques heures plus tard. C'est déjà quelque chose, s'est complimenté Rothsky, en faisant tinter le trousseau, plongé dans ses pensées.

Avec un cachet pareil, lui a dit l'agent, je suis prêt à acheter et à vous apporter tout ce que vous voudrez, monsieur Rothsky. Ce dernier lui a promis de préparer une liste au plus vite. Un peu spéciale, l'a-t-il prévenu immédiatement. Il n'y aura pas que le vin et la nourriture. Seulement, n'installez plus personne ici, a-t-il exigé. Je suis prêt à payer pour toute la maison. L'Anarchiste a fait un clin d'œil et montré son pouce.

Une étude plus minutieuse de la cave a confirmé Rothsky dans l'idée qu'un essai valait la peine. Les bouteilles vides ne manquaient pas, bien au contraire. Rothsky a plongé dans des forums oubliés depuis belle lurette, après s'être enregistré sur l'un d'eux sous le nom d'aggressor_is_back, et en se souvenant graduellement de finesses lointaines.

Anime a décidé de baptiser l'endroit où on l'avait conduite de maison forestière. Nichée dans un bosquet de mancenilliers, entourée de fourrés de genévriers et de myrrhe, la bâtisse à deux étages ne servait probablement pas au domaine forestier. Le plus probable étant que la filiale insulaire de Mob l'avait acquise pour des besoins analogues à ceux pour lesquels ils avaient enlevé Anime. Cependant, on ne lui avait montré pour l'instant aucun instrument de torture. Et de manière générale, on lui parlait avec des voix calmes, épuisées par la chaleur, la gorge quelque peu desséchée.

Anime brodait. Oui, nous deux. Oui, nous sommes ensemble. Oui, lui et moi. Nous nous sommes quittés. Il m'a chassée.

Jusque-là, tout était vrai. La suite était de l'art.

J'ai refusé de partir. Alors, c'est lui qui est parti. La nuit où son corbeau est mort.

Quel corbeau ? a demandé le géant à paluches, en avalant difficilement sa salive. Celui sur l'épaule ?

Anime a compris : ce n'étaient pas les mêmes. Elle s'en est sortie par une pirouette : peu importe, il n'est plus de toute façon.

Elle dérivait comme elle pouvait. Rothsky ? Je ne sais pas où il est. Je ne sais pas. Je ne sais pas, je ne sais pas, non. Je pense qu'il n'est plus ici. Pas sur l'île. Il a des contacts dans le monde entier. De la Nouvelle-Zélande à… Là, elle s'est interrompue, en choisissant le pendant géographique le plus crédible. La Norvège ? Le Spitzberg ?

L'un d'entre eux est sorti téléphoner sur le perron et a lâché un bon juron : la connexion dans cette contrée n'était pas quelconque, elle n'existait pas. La stridulation des cigales inondait les broussailles ombragées.

Elle devenait aussi plus forte chez Rothsky. À un certain moment, il a eu l'impression que les cigales avaient investi l'appartement. Qu'il était involontairement témoin de la grande migration des homoptères. Comme s'ils s'étaient lancés dans une marche conquérante et que cette antique maison, parcourue par des crevasses et des interstices, était leur première prise. Ils devenaient plus nombreux, et leur chœur prenait une force insoupçonnée.

C'est à peu près à cet instant que Rothsky a reçu un message.

« Mon cher Jo, a lu Rothsky. C'est un ami qui t'écrit. Pas un simple ami, un compagnon. Te souviens-tu des pentes de vignobles dans un pays béni des dieux ? » Oh, il n'y a pas que les cigales, s'est dit Rothsky. Il voulait bloquer l'inconnu, mais poussé par la curiosité et après une brève hésitation, il a répondu : « Qui êtes-vous et que me voulez-vous ? » Rothsky était conscient que sa réponse n'était ni originale ni polie.

« Je ne peux pas donner mon nom, Jo, continuait-on de Là-bas. Un employé se doit de connaître le nom de son employeur. »

Rothsky s'est assuré que son interlocuteur jouait Subbotnik et a tracé : « Jeffrey ?! Quelle surprise mystique ! Je crois savoir que vous êtes mort, sir. »

« Ce n'est pas tout à fait vrai, lui a-t-on répondu. L'opération a été un succès sensationnel. Tu n'en as jamais entendu parler, Jo ?! J'ai non seulement survécu, mais je suis prêt à recommencer. Avec mes moyens financiers, Jo. Tu t'en es bien occupé, mais il est temps de les rendre à leur propriétaire. »

Rothsky a mis de côté sa question clef et s'est lancé à la pêche aux questions : « Sir, vous connaissez ma suspicion. C'est peut-être la raison pour laquelle vous m'avez choisi. Par conséquent, je vous prie de m'expliquer certaines choses. Par exemple, comment m'avez-vous trouvé ? Qui vous a donné mon contact ? »

On a réfléchi quelque temps de l'autre côté, et Rothsky a dressé l'oreille : et si un autre son s'ajoutait au chant des cigales ? Peut-être d'abord ces toutes petites clochettes ?

La réponse est enfin venue : « Toi aussi, tu me connais bien, cher Jo. Si je suis bien vivant, comment pourrais-je ne pas te retrouver ? Moi, le Joueur ? Tu as oublié mon génie ?

– Ce n'est pas une réponse, sir », s'est entêté Rothsky.

« OK, lui a-t-on écrit une minute plus tard. Soyons sérieux. C'est toi qui l'as voulu, Jo. J'ai reçu ton contact d'une gentille fille. Tu n'as pas été très gentil avec elle, d'ailleurs. Tu l'as laissée tomber et maintenant elle est obligée de dire tout ce qu'elle sait. D'ailleurs, à ceux qu'elle a quittés pour toi. »

Rothsky a fermé sa boîte et inspiré le plus profondément possible. Il faut ouvrir une bouteille de vin et vider le plus grand verre d'un seul trait. Après, on verra, s'est-il promis.

Et bientôt il a vu : un nouveau message l'attendait dans la boîte. « Je peux tout comprendre, Jo. Tu vis des moments difficiles et je compatis de tout mon être. Mais je t'en supplie, au nom du S… r, aie pitié, ne pense pas au mal. Je suis tout de même ton ami. Jo, je vois une solution parfaite pour sortir de ton malheur. Rends-moi tout ce que tu dois me rendre (ni plus ni moins), et tu seras libre. Tu imagines comme c'est simple ? Rends-moi ce qui est à moi et rends-toi à toi. »

Et comme Rothsky ne répondait rien, s'immergeant de plus en plus profondément dans le deuxième verre et distinguant dans le chœur des cigales les sonneries isolées, de Là-bas est arrivé un nouveau message : « Jo, si cette correspondance t'indispose, OK, tu peux ne pas répondre. Je ne me fâche pas pour si peu. Fais en revanche une chose. Transfère tout ce que tu dois transférer sur mon compte (ci-joint). J'attire ton attention sur le fait que Jeffrey Subbotnik (tout comme Jerry Shabbatnik) n'existe plus. Respectueusement, Euthanasius Sabbatos, commerçant grec, Alexandrie égyptienne. »

– Repos éternel, Euthanasius !

Rothsky a de nouveau fermé sa boîte.

Vers le milieu de la nuit, surmontant les compléments sonores sur la toile de fond formée par la cymbalisation des cigales, il s'est rappelé à son souvenir : « Stop !

Ne disparais pas. Nous n'avons pas terminé. Tu sais où elle est ? Elle a été attrapée par Mob ? »

Mais de l'autre côté on ne répondait rien, et Rothsky a dû veiller d'insupportables longues heures devant l'écran. Quoique, pas pour rien : pendant ce temps, il a inondé son interlocuteur de petits messages enflammés dont il ressortait qu'il n'y aurait pas de transfert tant qu'on ne lui donnerait pas de nouvelles d'Anime. Pour commencer.

On s'est mis à bouger de l'autre côté. Le premier message laconique était : « Oui, chez eux. » Rothsky s'est immédiatement engouffré dans son petit succès : « Et comment le sais-tu ? Des preuves à l'appui ! »

« Beaucoup de choses ont changé, Jo, lui a-t-on répondu pour le calmer. Ne mesure pas la situation à l'aune du passé. D'anciens ennemis peuvent tout à fait devenir de merveilleux alliés. Maintenant, là-bas, au sommet de Mob, j'ai un homme à moi. J'élargis le Jeu, Jo. Je sais ce que je dis : ta petite est chez eux. Les preuves ? Bon, autant que je sache, tu commenceras bientôt à recevoir des petits messages de sa part. Il n'y aura pas de meilleures preuves, Jo. »

Ce n'est que là que Rothsky l'a senti : le temps était venu pour une question clef. Elle mettait en doute l'ensemble du dialogue précédent. « Minute, a écrit Rothsky. Encore une petite question. Comment pourrai-je savoir que c'est toi ? Que tu es le même Jeffrey des vignes et pas un bot sous le pseudo d'Euthanasius ? »

Le bot a réagi de manière parfaitement adéquate : « Pour commencer, j'aurais pu t'envoyer deux titres, mais je me contenterai d'un seul, suffisamment éloquent : "Always Look on the Bright Side of Life". Et notre jeu à quatre mains ! Mais je connais un argument bien plus irréfutable ! Écoute, Jo, toi et toi seul es en mesure de l'apprécier. Car personne d'autre que toi ne m'a indiqué le chemin que j'ai emprunté aujourd'hui. Tu te souviens comment tu m'as trouvé la cinquième possibilité, alors que j'affirmais que je n'en avais que quatre ? »

Rothsky s'en souvenait. Il se le rappelait même mot à mot : « Par exemple, vous faites semblant de mourir. En réalité, vous ne mourez pas mais on annonce à tout le monde que l'opération n'a pas réussi et que vous êtes mort. Et vous disparaissez, vous n'existez plus. »

« Bravo, Jo ! C'est cela ! a triomphé Sub-bot-nik. C'est précisément comme ça que tu l'as dit ! Souviens-toi maintenant comment j'ai rejeté cette possibilité. Alors ? »

Rothsky a de nouveau touché dans le mille : « Tu as répondu : "Sais-tu pourquoi c'est impossible ? Parce que nous sommes en Suisse, dont l'honnêteté est pathologique." Quelque chose comme ça. »

« Pas quelque chose, mais exactement ça, a soutenu le non-bot. C'est tout à fait cela, Jo. Mais pas complètement – je parle de la Suisse. Par chance, aucune pathologie. J'ai été trop pessimiste. Dans ce monde, Jo, de l'autorité morale à la perversion morale il n'y a qu'un pas. Malheureusement. »

C'est ainsi que tout a commencé à se dessiner : Rothsky s'enfonçait progressivement dans l'entente entre Subbotnik et le virtuose de la chirurgie Kramskoï et ses assistants les plus dévoués, dans leurs relations vieilles de plusieurs années et leurs *projets* avec Mob, dans le sens caché de la campagne bruyante autour du « cas unique de Jeffrey S. » et d'autres épisodes, moins glorieux, comme, par exemple, l'éviction miraculeuse de la piste de ski d'un avocat mortellement superflu, bien que brillant.

Cela ne s'est pas fait tout de suite, cependant. Les premières grandes chutes d'eau dérangeaient horriblement, recouvrant l'échange dominant et incessant des cloches. Quant aux cigales, elles étaient à leur apogée.

« Soit. (Rothsky a consenti à un autre message.) Soit. Tu recevras l'argent s'ils la libèrent. Tu auras ton virement, Euthanasius Sabbatos ! Seulement, Mob le voudrait pour lui, non ? C'est de lui que tu le cachais ! Et moi je le gardais. Et maintenant ? »

« Et maintenant, je suis dans le même bateau qu'eux, Jo, lui a expliqué Euthanasius, soudain volubile. Nous avons trouvé un terrain d'entente. Grâce à D…u, nous n'avons pas été réunis par un inconnu dans la rue, mais par le grand Kramskoï. Et dès qu'on me transplantera dans un nouveau corps, je toucherai le sommet, Jo. Car pour l'instant, je suis un cerveau, rien qu'un cerveau, la moitié pour être précis. Quoique pas le dernier des intellectuels, mon cher Jo ☺. »

« Ma tête tourne, a écrit Rothsky une demi-heure plus tard. Laissez-moi me reposer. Je n'ai pas dormi depuis plusieurs jours et nuits. »

Dès lors il a été entraîné dans une semi-réalité, dans un autre chaos, celui des acouphènes. « Maintenant ?! (Rothsky a explosé d'un rire sardonique.) Ça ne pourrait pas arriver dans un meilleur moment ?! » Précisément au moment où la fille avec les seringues n'était plus là. Au cours des deux semaines précédentes les acouphènes avaient essayé par deux fois de s'emparer de lui, et Anime parvenait à étouffer la menace dans l'œuf. Et les voilà qui revenaient !

Ce que Rothsky ne soupçonnait pas, c'est que c'était véritablement le meilleur moment.

Les clochettes et les hochets n'ont pas tardé, dans chaque oreille, à égalité. Pas de klaxons, allez savoir pourquoi, en revanche il y avait des crécelles. Et – le volume sonore poussé à fond – une respiration de maniaque au téléphone, avec plein de râles dans l'expiration et, comme dans son enfance, les bruits de radio qu'on brouille soigneusement.

S'y superposait le bruit des chenilles qui rampent en masse à la surface des jeunes feuilles, la monotonie lancinante des moustiques, la stridulation des cigales (qui n'avait pas disparu), le grincement des mâchoires d'armées entières de sauterelles, le chant de divisions de grillons diurnes et nocturnes en même temps, des flûtes, des cornemuses, des sifflets et des pipeaux plus, bien évidemment

– comment sans lui ? –, un piano d'enfant, toujours le même, terriblement désaccordé, avec tous les gongs et les assiettes en accompagnement. Et le bourdon ? Il était là aussi, seulement, cette fois, ce n'était pas la voix de basse, mais celle du boss, c'est-à-dire du diable, qu'on reconnaît à ses griffes.

Par-dessus tout cela (et encore bien d'autres choses) arrivaient déjà les Grandes Eaux, approchant par des vocalises atonales en provenance des canalisations le hurlement de chutes d'eau sataniques, à côté desquelles celles du Niagara semblaient minuscules.

Et ensuite, accompagnés de toute cette piste sonore multiple, ont commencé à arriver les *petits messages* tant attendus.

On a envoyé à Rothsky quelques photos. Il n'a pas reconnu tout de suite ce qu'elles représentaient. Cependant, après avoir bien agrandi l'une d'entre elles, il a reconnu la spirale triple du triskèle celte, et c'est devenu clair comme le jour : ils ont photographié les fragments de ses tatouages. Ses avant-bras, ses clavicules, ses côtes. Une ligne de montagnes, l'ânkh égyptien, une meute de loups, une nageuse qui ne sortira jamais des iris. Aucune image en totalité, uniquement des petits morceaux, des segments, des périphéries. Seul le triskèle est parvenu à Rothsky presque en entier, probablement en guise d'indice.

Il n'y avait aucun texte pour accompagner les images. Zéro explication, zéro commentaire. Rothsky devait imaginer sans cela comment ils la dénudaient, comment ils touchaient sa peau, sentaient ses zones de prédilection, les palpaient et approchaient l'appareil photo. Comment elle…

Et d'ailleurs, que fait-elle ? Est-ce qu'elle résiste comme elle seule sait le faire ? S'est-elle résignée, dans la soumission et l'hébétude ? dans la peur ? dans l'apathie ? dans un état inconscient ? dans le sommeil ? dans la léthargie ? Est-elle encore seulement en vie ? Ou est-ce qu'ils photographient son corps dans un théâtre anatomique clandestin ?

Les chutes sataniques recouvraient tout, les ruisseaux glacés lui frappaient le crâne, chaque inspiration et expiration était pour Rothsky source de douleur. Après le cinquième cliché, où on devinait le regard du troisième œil sous la poitrine, Jos leur a envoyé quelques mots qu'on pourrait résumer en deux phrases : où est-elle et comment va-t-elle ? Non, en un seul mot : où-est-elle-et-comment-va-t-elle ? En réponse il a reçu pendant longtemps des allusions visuelles : l'or des poissons, le bleu iris des algues, le noir du corbeau.

Et pourtant, quand il a répété pour la septième fois le même cri comprimé, la première réponse est venue : « Pas de panique. Elle est en sécurité. Nous allons la découper en petits morceaux. » Rothsky a soupiré de soulagement.

Il était invité à passer un marché, et lui, écrasé impitoyablement par de nouvelles chutes d'eau verticales, est parvenu à adopter un ton juste. « Avant que vous ne commenciez à la découper, a-t-il dit, montrez-la-moi en vie. – C'est nous qui posons des conditions, lui a-t-on rappelé. – Posez-les, a accepté Rotshky. S'il y a des conditions, on peut conditionner. » Ce qui a engagé la suite. Toutefois, ils n'ont pas montré Anime.

Rothsky, affirmaient-ils, sans aucun doute, savait (ne soupçonnait pas, savait !) ce qu'ils voulaient de lui. Dès qu'il – par le moyen de son choix – leur donnerait l'accès et qu'ils constateraient que le dépôt est sous leur contrôle, la fille serait libérée. Malgré le fait que, conformément à leurs principes d'honneur et de bienséance corporatifs, elle ne devrait pas en être quitte avec un simple emprisonnement (c'est bien ce qu'ils ont écrit – emprisonnement !) et s'en sortir vivante. L'affaire de sa trahison sans précédent devrait encore être étudiée par la Chambre haute. Toutefois, si Rothsky se hâtait, tout pourrait être réglé de manière plus douce.

« Qu'est-ce que cela pourrait vouloir dire ?! » a hurlé Rothsky depuis l'épicentre des maelstroms diaboliques.

« Il vaudrait mieux pour toi que tu ne poses pas de questions, ont-ils assuré. – Elle doit être saine et sauve, s'entêtait Rothsky. Sinon, pas de transfert, oubliez-le. J'échange le dépôt contre la fille, mais sans la moindre égratignure. – Il y a toujours des chances, ont-ils répondu. D'ailleurs, beaucoup dépend d'elle et de son comportement. La possibilité d'une amnistie augmente dans la mesure où l'intéressée en est au cinquième mois de grossesse. »

Rothsky a été secoué par un mélange de chaleur et de terreur. Que diable ? Quelle grossesse, avec son expérience millénaire d'interrompre au bon moment ?

« Ne crois pas, ne crois pas, essayait-il de se convaincre. On te manipule. Ne fais pas confiance. Never. Une grossesse, jamais. »

Mais il leur a écrit autre chose : « Dépêchez-vous, tant que cette tête garde encore le code. Car elle est en train de craquer de fatigue. Imaginez qu'on lui tire dessus ! »

Ils insistaient pour que Rothsky se dépêche. Il exigeait la même chose d'eux. Et pas que.

« Aucun code, a attaqué Rothsky. Aucun rendez-vous tant que je n'ai pas parlé à la fille. »

On lui répondait : « Tu n'en as pas le temps, et nous non plus. »

Rothsky insistait : « Il ne me faut pas plus de cinq secondes. Sinon, j'annule tout. »

Ils s'en sortaient une nouvelle fois : « Nous la gardons dans un endroit où pour des raisons de sécurité, de sa sécurité d'ailleurs, il n'y a pas de connexion. C'est un site coupé du monde. »

Rothsky qualifiait tout ça de billevesées, mais ils enfonçaient le clou : « Tu renonces à elle ? Même si elle représente non seulement une vie, mais deux ? »

Tout cela rappelait une étrange compétition de chantage mutuel. Le monde n'avait jamais vu des échanges aussi obscurs.

Ça n'allait pas tarder, Rothsky le savait. Un tsunami. Il hurlait et avançait, et le clavier d'ordinateur ondulait déjà. Il envoyait les dernières exigences en rattrapant avec peine des lettres et des mots et en les accrochant avec plus au moins de succès sur l'écran. « D'abord elle, ensuite moi. Vous la relâchez et vous m'obtenez, moi. Je donne le code à la hiérarchie supérieure uniquement, et à tous en même temps. À toute la Chambre haute ou comment vous l'appelez. Uniquement le sommet, au grand complet. Pas de représentant, de remplaçant ou de suppléant. Pas de double, d'androïde ou de clone. »

De l'autre côté on a été submergé, soit par l'indignation, soit par le sarcasme et l'ironie.

Mais Rothsky ne pouvait absolument pas les entendre.

Cette chute dans le Crissement pouvait apparaître fatalement mal à propos : précisément au moment où il aurait eu besoin d'une concentration et d'une rapidité de réaction, Rothsky, sans savoir pour quelle durée, était coupé du temps et de l'espace pour se retrouver quelque part où il n'y a rien, excepté des tortures auditives intenables. Enfoncer sa tête dans l'oreiller et gémir les dents serrées, voilà tout ce qu'il lui était possible de faire.

En réalité, son absence forcée dans cette suspension de jours et de nuits était plus à propos que jamais. C'était comme si Rothsky n'existait plus, et cela lui a fait du bien.

Après une liquidation réussie et, comme ils s'en sont vantés dans leurs rapports, efficace de l'acolyte de Rothsky (nom de code *Edgar*), les hommes du Régime continuaient la surveillance extérieure de la maison. Pendant encore quelques jours, le groupe d'intervention, composé de trois saboteurs professionnels de l'escadron d'*élite* « Rhinocéros », ne quittait pas des yeux *l'objet d'attention particulière sur l'une des îles du secteur sud-est de la mer E.* L'état-major général leur a donné l'ordre de se limiter à une surveillance *extérieure* et d'attendre l'arrivée sur l'île d'un modérateur. Suivant l'ordre des instances centrales, c'est lui qui devait *assurer la suppression de l'ennemi.* La note précisait : de ses propres mains.

Dans la maison occupée par leur protégé il ne se passait absolument rien. Elle semblait complètement déserte, avec toutes les entrées et sorties condamnées. Les volets fermés accentuaient l'impression d'un abandon total et même d'un délaissement au profit des araignées. Quelque peu bercés par des attentes peu claires et dépassées, les rhinocéros d'élite ont sensiblement relâché la tension. En d'autres termes, ils fuyaient la canicule la plus impitoyable dans les bars et les cafés de plage, en dilapidant les deniers publics et leurs deniers personnels obtenus par la vente de matriochkas, et en draguant des Roumaines de différentes classes, en collectant pour leurs albums de mission à l'étranger des ronds de bière en carton et en photographiant pour leurs pages sur les réseaux sociaux chaque cocktail commandé, ayant déjà presque oublié que le mot « cocktail » a plusieurs sens, dont l'un se rapporte à la révolution.

Le troisième jour, le modérateur Théophile est descendu sur l'île et a délivré au groupe d'intervention un sermon assourdissant et exemplaire. Les hommes d'élite reniflaient bruyamment et se faisaient tout petits, écrasés. L'opération spéciale *Clavier* entrait dans sa phase finale.

Rothsky avait déjà vu quelque part l'homme à l'imperméable gris foncé, en cache-nez et haut-de-forme. Si l'Acouphène Absolu était le Royaume du Crissement, sans conteste, ce monsieur, démon aux grandes oreilles et hallucinateur auditif, pouvait en être le chancelier secret. Dans tous les cas, il devait être un très haut gradé, un exécuteur-ordonnateur.

Cette fois, il faisait son apparition dans les marges du Royaume, tantôt en ombre qui descendait en courant l'escalier, tantôt en toussotant discrètement dans l'entrée, et parfois en chuchotant du charabia depuis la cave. Curieusement, Rothsky entendait même son chuchotement, malgré toute la bacchanale sonore qui se déchaînait à l'intérieur de sa boîte crânienne.

Ce qui était étrange aussi, c'est que Monsieur Acouphène s'est présenté cette fois en libérateur. S'arrêtant au seuil de la chambre de Rothsky (ce dernier ne l'a pas vu, mais il ressentait nettement sa présence), Monsieur Acouphène a comme baissé le rideau. Sa silhouette fantomatique s'est révélée être infranchissable pour la première vague de Crissement prête à déferler dans la chambre. La vague a été stoppée tout près de Rothsky. Le hurlement, sans atteindre son apogée, a reculé indubitablement et entamé sa décrue. Rothsky n'a pas compris tout de suite que le pire était derrière. Mais quand il a enfin ouvert les yeux et s'est extirpé de l'amoncellement entremêlé d'oreillers et de draps, le monsieur en haut-de-forme n'était plus là. C'est alors que Rothsky a pu enfin s'endormir.

Dans son rêve, il m'a vu, moi. Je lui ai raconté que j'avais rédigé sa biographie jusqu'à cet instant, celui où nous nous trouvions alors. J'ai insisté sur le fait que je n'avais pas le droit de m'arrêter, car même les biographes n'ont pas le droit d'arrêter l'instant. Toutefois, s'il préférait, je pouvais me charger de la suite des événements. « Je m'en charge moi-même, a répondu Rothsky. – Alors, écoute mon plan », lui ai-je dit, et Rothsky s'est réveillé.

Tout ce qui concerne désormais Anime n'existe que dans l'imagination. Il y a cependant des choses dont on peut imaginer avec la plus grande certitude que c'est précisément de cette manière qu'elles se sont déroulées. Anime n'aurait pas été elle-même si elle avait accepté son enlèvement et n'avait pas cherché des portes de sortie. Et puis elle se souvenait que le mal ne peut être vaincu que par le mal. Et c'est la raison pour laquelle les premiers incendies sur l'île se sont déclarés au moment où ils devaient se déclarer.

Ses ravisseurs, gardiens, veilleurs, geôliers et convoyeurs, au nombre de trois, n'étaient ni excessivement brutaux ni agressifs. On leur avait confié une tâche non seulement habituelle, mais aussi quelque peu routinière : garder une fille qu'ils avaient eux-mêmes enlevée (sans doute importante pour les boss), sur un site éloigné (qu'on qualifiait aussi parfois de « coupé du monde ») dans la partie plutôt montagneuse de l'île. Ensuite, on leur a ordonné de la conduire jusqu'au lieu qui leur serait indiqué par une décision spéciale. Être prêt, garder et attendre : c'est tout, rien d'autre.

La tâche semblait plus simple que d'habitude, quand il fallait pratiquer certaines tortures psychologiques et physiques, faire peur, fouiller dans les phobies ou les manies de quelqu'un ou, ce qui était encore plus désagréable, dans l'orifice anal et faire le concours de celui qui peut casser le plus de dents possible d'un seul coup de crosse de pistolet. Ils n'ont rien fait de tel à Anime, car ils n'en avaient pas reçu l'ordre. Celui qui est arrivé est apparu en revanche un peu exotique et les a réjouis par sa nouveauté : il fallait photographier de très près des bouts de ses tatouages. Anime s'y opposait, il a fallu par conséquent l'attacher. Ils ont longuement ri du petit Johnny en uniforme, le plus jeune s'est avéré être fan de la princesse Mononoké et, plus tard, ils ont échangé avec Anime quelques phrases consacrées.

Passé un certain temps, tous les trois se sont habitués à l'impression que la prisonnière était bien avec eux et qu'il n'y avait aucune raison de la garder enfermée dans la cave : elle n'irait nulle part de toute manière. Grosse Paluche a même décidé que désormais Anime allait leur préparer à manger. Après un essai de pâtes au thon en boîte et aux cornichons, ils ont conclu que dans cette vie, elle pourrait aussi être une bonne cuisinière. À condition qu'elle puisse (ha-ha) sortir vivante de leurs pattes.

Cet après-midi-là, comme toujours ardent, toujours en attente du signal de l'arrivée sur l'île de la Chambre haute au grand complet, les gardiens se sont installés dans le patio bien ombragé et s'amusaient comme ils pouvaient, chacun avec son smartphone. Grosse Paluche essayait de jouer au casino et pestait tout le temps contre la terrible lenteur de l'Internet. Le plus jeune, les écouteurs vissés sur les oreilles, était collé à la nouvelle saison de *Sword Art Online.* Alors que celui entre les deux était happé par une traduction pirate, téléchargée quelques jours plus tôt, du best-seller néomarxiste *Aventures extraordinaires des dépôts bancaires à l'époque post-financière.*

Pendant ce temps, Anime explorait à fond le petit bosquet de mancenilliers, où elle a récolté un bon bol de fruits verdâtres. Quand elle les a placés sur la table devant les gardiens, personne n'a demandé pourquoi elle portait des gants de cuisine. D'ailleurs, pourquoi poser des questions ? Sans doute pour se protéger des ronces dans les fourrés. Tous les trois, sans un mot, ont tendu leurs mains, sans prêter vraiment attention, vers les fruits, attirés par le fumet suave et, comme il s'est avéré, au goût qui n'était pas mauvais. Le fait que dans le bassin caribéen on appelle ces fruits des pommes de la mort, alors que ces arbres sont entourés de ruban rouge pour signifier aux badauds le poison qu'ils contiennent, aucun gardien n'en avait entendu parler. Alors qu'Anime non seulement l'avait entendu, mais elle le savait.

À la troisième pomme ils ont ressenti une brûlure insupportable dans la gorge et dans le ventre. Aux premiers symptômes se sont ajoutés des larmes, de la sueur, un voile noir devant les yeux et une insuffisance respiratoire. Une poignée de minutes plus tard, ils ont commencé à perdre connaissance et, secoués de spasmes, à s'écrouler au sol. Grosse Paluche a tenu le plus longtemps : ce sont ses mains qui attrapaient l'air, alors que sa langue ne pouvait plus ni supplier ni maudire, occupant instantanément toute la cavité buccale au point de presque pousser les dents dehors.

Avant de quitter le lieu de détention, Anime n'a pas oublié de faire un petit feu dans la *maison forestière*. Quand elle est descendue en courant par le sentier à moitié couvert d'herbe menant vers la route, en surmontant sa nausée et un léger tournis, une partie visible de la forêt sur les collines derrière elle avait presque pris feu, alors que la maison était déjà enveloppée de la fumée toxique des mancenilliers.

Tout a pu se passer comme cela. Tout s'est sans doute passé comme cela.

Et on n'a absolument pas envie de croire d'autres versions : prétendument les victimes de ce jour n'étaient pas trois mais quatre, sachant qu'un des corps calcinés appartenait à une jeune femme non identifiée.

Le matin de Jos a commencé par une lente sédimentation. L'acouphène reculait et se retirait dans tous les domaines : celui de l'eau et celui de l'ouragan, le biologique et le sonore. À vrai dire, seules les cigales n'avaient pas disparu depuis hier, mais on pouvait tout à fait vivre avec, tout comme avec le Sud et sa chaleur omniprésente.

L'acouphène reculait, mais l'affect n'avait pas disparu. La tête était vrillée par les mêmes options narratives, les mêmes débuts de phrase qui avaient déjà été filtrées dans la sélection interne, comme des actrices dans un casting, toujours les mêmes.

Voici venir le jour où... Ce jour décisif où... Jamais de ma vie je n'oublierai ce jour décisif... Ce jour décisif a changé irrémédiablement et pour toujours non seulement ma vie, mais aussi... Ce jour décisif ont eu lieu plusieurs événements qui... Ce jour décisif inaugure une nouvelle page qui... Ce jour décisif ouvre une nouvelle époque où...

L'affect ne le laissait pas se concentrer. Par exemple, choisir ses vêtements était une catastrophe. Une chemise avec ou sans col ? Fraîchement lavée ou celle qu'il avait mise deux fois en l'espace d'une semaine et demie ? Le pantalon clair comme la chemise ? À rayures ou avec une fermeture éclair ? Ou peut-être avec des boutons ? Et si c'est un pantacourt en dessous du genou ? Ce ne serait pas trop léger pour une exécution ?

Le seul choix sûr était le bandana. Pas le chapeau qui tomberait de sa tête et roulerait on ne sait où.

De là, les hésitations concernant les habits ont été balayées par l'idée du taxi. Rothsky s'est précipité vers la table du téléphone où les propriétaires de l'appartement avaient réuni pour les locataires toutes sortes de déchets d'informations, essentiellement sous forme de cartes de visite : la taverne la plus proche, la moins chère, la plus typique, la plus bistrot, pizza-café, metaxa-ouzo, réparation des parasols et des siphons, minimarché, marché, super- et mégamarché, et enfin, le voilà : Servus Taxi. Comment résister si parmi ses offres particulières on lit :

Appel gratuit !
Voiture pour toute adresse sur l'île en 3-4 minutes !
C'est vous qui décidez du prix !

Rothsky n'était pas étonné. Ni par le prix qu'il devait établir ni par le nom du service qu'il aurait pu mal lire dans son inattention, en confondant Servus avec service, un peu plus banal. Ce jour… ce jour décisif, Rothsky s'est juré de ne s'étonner de rien. Ce jour, il avait autre chose à faire.

Cependant, si le point numéro deux concernant les trois ou quatre minutes pour se rendre auprès du client était vrai, Rothsky devait se dépêcher. La voiture pourrait déjà attendre devant la maison, alors que Rothsky devait encore aller dans la cave. En descendant en vitesse l'escalier, Rothsky ne s'est repris que devant la porte de la cave. Comment ? s'est-il demandé. Puis il est remonté en sautillant, a ouvert l'appartement et a pris un cartable marron clair (ils l'appelaient le cartable du professeur), un des derniers cadeaux d'Anime qui avait semblé inutile pendant un long moment : son heure était venue. Muni du cartable, Rothsky est redescendu, pour de nouveau s'arrêter devant la porte : le taxi devait déjà être là et il faudrait demander au chauffeur d'attendre quelques minutes. Rothsky est remonté pour aller à la grille, a regardé la ruelle et senti imperceptiblement une légère odeur de brûlé. Fort à propos, a constaté Rothsky. Mais le taxi n'était pas encore arrivé. Alors il a couru jusqu'à la cave et il y est même entré.

Il y avait quatre bouteilles (prêtes). Rothsky a mis dans son cartable trois bouteilles et en a laissé une sur la table. En revenant à la grille, il s'est dit que trois bouteilles n'étaient peut-être pas assez – c'est sûr, ce n'est pas assez. Il est retourné en courant à la cave pour attraper la quatrième bouteille.

Dans la rue l'attendait déjà un cabriolet rouge et noir portant sur la portière une inscription (c'était bien Servus !).

– Je vous aime, Jos, l'a salué le chauffeur.

Rothsky n'était pas étonné. Bien que, évidemment, il eût pu le questionner et même entendre une histoire pas tout à fait absurde sur la banqueroute, les dettes, la fuite en Roumanie, puis en Bulgarie et en Grèce, et maintenant le taxi sur l'île. Mais Rothsky n'a rien demandé, car Meph était Meph, et il ne pouvait pas ne pas lui venir en aide. Et son aide s'est fait immédiatement sentir : l'affect de Rothsky a complètement disparu et il a retrouvé une conscience pleine et entière. L'affect de Rothsky s'est confronté à l'effet de Meph, voilà comment cela s'appelle. Et peu importe que celui-ci ne porte pas aujourd'hui un de ses costumes parfaitement centrés, mais un tee-shirt et un short, car sa tête haute est toujours idéalement rasée, et l'habitacle étroit dégageait un concentré de *Gravity Master*, comme si on y avait déversé une heure plus tôt un flacon de trois litres dudit parfum.

– On doit aller là. (Rothsky a montré les coordonnées reçues de Mob pendant la nuit.)

– Ouais, a acquiescé Meph. Là où ça fume.

– Vous connaissez cet endroit ?

– Oui. Il n'y a pas grand monde. Il n'y a déjà pas grand monde ici, mais là-bas, c'est complètement désert. Il n'y a qu'une ruine au-dessus de la route.

– Quelle ruine, Meph ?

– Le temple de Cybèle, la déesse mère, a annoncé Servus avec la solennité des guides locaux. Avant d'ajouter : Les cultes mycéniens, vous en avez entendu parler ?

– Et pas d'Hécate ? s'est mis à douter Rothsky. Peut-être le temple d'Hécate.

– Peut-être d'Hécate, a accepté Servus étonnamment vite. Une des deux.

Ils ont quitté la vieille ville en passant devant le théâtre de marionnettes et l'ancien palais du gouverneur, et ont roulé en direction du port.

– J'ai longuement négocié, racontait Jos. Ils refusaient, mais on a trouvé un terrain d'entente. Les choses se présentent ainsi : je sors en premier et j'avance de leur côté. Ils laisseront partir Anime à ma rencontre, quand je dépasserai la distance de deux tiers entre notre voiture et eux. Quand on se croisera elle et moi, je l'enlacerai…

– Avec tes bras ?

– Quoi d'autre, Meph ?

– Avec un seul, vous avez le cartable dans l'autre.

– Ah, non, je ne l'aurai plus. C'était leur condition. Je ne dois rien porter. Les mains vides.

– On ne va pas à ce genre de rencontre les mains vides.

– Je sais. C'est pourquoi je vous demande de faire attention avec le cartable. Ce ne sont pas des œufs, Meph.

On sentait la fumée de plus en plus fort. Servus ne cachait pas sa satisfaction et s'il n'y avait pas eu de volant, il se serait sans doute frotté les mains. Mais la raison de sa bonne humeur pouvait s'expliquer par autre chose que l'amour des cendres.

Non loin du port, ils ont vu surgir derrière eux un tout-terrain assez austère aux couleurs marécageuses.

Rothsky n'y a pas prêté attention, mais Servus n'avait plus de doute :

– Vous voulez ce Rubicon ? Ou bien est-ce un Ford Super Duty ? Ou bien peut-être un Raptor ?

– Qui est-ce ? (Rothsky ne comprenait pas.)

– Vous savez bien. Ce sont eux.

Servus a prononcé le dernier mot de telle manière que Rothsky a ajouté : « Les hommes du Régime. »

– Nous n'avons pas besoin d'eux. Il ne manquait plus qu'eux.

Servus voyait les choses sous un angle moins catastrophique :

– C'est plus drôle avec eux, Jos. Là où deux se battent, le troisième est le bienvenu ! Mais regardez-moi cette super caisse ! Voilà où va l'argent des impôts dans les dictatures !

Il a éclaté de rire et résumé :

– On va les...

– Vous ne voulez pas ouvrir le toit ? a demandé Rothsky, en se retournant. Et ralentir ?

– Pour quoi faire, Jos ?

– Pour les laisser s'approcher.

– Pour ?

– Je jetterai quelque chose. Pour notre révolution.

– Il ne faut pas, s'est opposé Servus. Gardez les réserves pour les autres. Je me suis déjà occupé de ceux-là.

– Vous allez vous en occuper ?

– C'est déjà fait. Je m'en suis occupé, a confirmé méchamment Servus, et l'odeur de *Gravity Master* est devenue encore plus âpre.

Le tout-terrain du Régime – Ford, Mercedes, Dodge, Nissan ou autre chose – roulait à vive allure. Aussi étrange que cela puisse paraître, le petit cabrio parvenait à tenir la distance. Même s'il n'arrivait pas à s'en détacher. Ou bien il ne le voulait pas.

Maintenant ils roulaient sur la chaussée, relativement large, en bord de mer, laquelle était toujours à droite. Mais à un moment, en filant au vert d'un énième feu, Servus a bifurqué vers une route plus étroite qui montait rapidement. Les hommes du Régime ont fait de même. Ils sont restés seul à seul : il n'y avait aucune autre voiture sur la route. La fumée noire qui venait à leur rencontre devenait de plus en plus âcre.

– Nous sommes presque arrivés, a annoncé Meph après dix minutes de silence.

– Alors, peut-être maintenant ? (Jos a tendu sa main vers le cartable.)

– Vous n'abandonnez jamais ?

– Meph, nous avons besoin de les semer, avant que les autres arrivent. Vous êtes certain que nous réussirons à agir sur deux fronts ?

– Le temple de Cybèle est à gauche au-dessus de nous, a informé Servus au lieu de répondre. De Cybèle ou d'Hécate. L'une des deux. Juste après ce tournant...

Au tournant, où la route déjà pas large devenait encore plus étroite, se transformant en une mince bande d'asphalte entre le mur de pierre et le précipice à droite, ils ont failli emboutir un premier van. Il devait laisser passer le taxi (en avant et plus haut), dans la direction du deuxième van, et se mettre en travers de la route, coupant au cabriolet la possibilité de reculer. Dans le premier van il y avait ce qu'on appelle la viande – des combattants de Mob, qui protégeaient entre autres la Chambre haute dont les membres, autrement dit le cerveau, attendaient l'apparition de Rothsky dans le deuxième van, à la distance de deux cents mètres du premier. La disposition idéale.

– Ce sont eux ? Déjà ? a demandé Rothsky, pendant que Servus freinait avec une douceur incroyable eu égard à l'élan pris, en contournant de manière millimétrée le premier van, et leur taxi s'est retrouvé comme piégé entre la viande et le cerveau. Ce sont eux ? Mob ? continuait Rothsky, toujours sans réponse.

– Ami Jos, arrêtez, a rétorqué Servus en maîtrisant le volant. Vous savez quoi ? Mob n'existe pas. Il y a un groupement international de rêveurs prétentieux, de ceux qui écrivent des scénarios non réalisés. Et ces losers…

Il n'a pas eu le temps de terminer sa phrase : un bruit assourdissant est venu de derrière, avec des éléments de Crissement, si familier à Rothsky, ce qui ne pouvait signifier qu'une chose : le Runner, Cruiser, Mercedes, Ford, Range, Wrangler ou que sais-je du Régime, en prenant le virage à toute vitesse, s'était encastré dans le premier, placé en travers de son chemin, viande-van. Les deux véhicules ont explosé simultanément, en projetant tout autour des débris enflammés et des morceaux de corps.

– Encore du carbone ! a hurlé Servus, hilare. Que brûle tout ce qui est pourri depuis longtemps ! Jos, saviez-vous que je suis un maître artificier dans l'âme ?

– Toujours ça de moins, a soupiré Rothsky.

– Et maintenant…

Tu le sais. Maintenant, à toi. C'est ton tour. On ne meurt qu'une fois.

L'explosion de feu derrière toi et la confusion devant. Le van dont tu t'approches sur le bitume ramolli, comme de la pâte à modeler chauffée, recule d'effroi.

– Auto-inflammables ? s'est-il enquis une minute plus tôt en regardant à l'intérieur du cartable.

– Bien évidemment, as-tu répondu. Anti-chars.

– Alors, gloire à notre vingtième barricade !

Et au bout d'une minute de silence :

– Si Dieu n'est pas mytho, je ne suis pas couillon. Allez-y, Jos.

Le cabrio suit, à quelques mètres derrière toi. Faut-il ouvrir le toit ?

Dans le van qui est devant vous, le cerveau bouillonne de tension.

– Je ne ferai pas un pas de plus ! cries-tu dans leur direction. Montrez-la !

Ils arrêtent de reculer, s'immobilisent.

– Elle est avec vous ?

Ils répondent enfin :

– Plus près ! Viens plus près !

– Pas un pas de plus ! Tant que vous ne la montrez pas, pas un pas !

– Elle est là ! Approche et tu verras !

Tu avances. Ce sont les cigales qui sont les plus bruyantes ici. Le reste n'est que fumée. Et donc, du feu. Une île, des cigales et du feu.

Une voix retentit au milieu de l'île : *Elle n'est pas là. Je le sais.*

Qui a dit cela ? Tu as mal entendu ? D'où cela vient-il ?

Le van des cerveaux démarre et roule. Vers toi, en avant. On crie du van :

– Les mains en l'air ! Levez les mains !

Tu te retournes vers le cabrio. Ce sont eux qui le demandent, Meph. Tu lèves les mains.

Des cocktails volent au-dessus de la tête. Ce mot a aussi ce sens. Auto-inflammables. Anti-chars. Meph en rajoutera. Les bouteilles vont voler. Le liquide va se déverser précisément et s'enflammera au bon moment.

On n'a en effet pas assez de feu, ami. Rajoutes-en. Tu te retournes.

Derrière le mur de fumée noire on ne voit plus ni cabrio ni Meph.

Mais il y a une explosion. Un grand feu d'artifice. Le cerveau dans le van brûle et entre en fusion, et tu as envie de t'allonger à plat ventre, le visage contre le bitume, mou comme de la pâte.

Seulement.

Le ciel et les montagnes sont secoués et explosent au tout dernier moment.

Vu d'en haut, là où se démène un drone de reconnaissance incendie, ton corps projeté sur le rocher peut paraître sans vie.

Les amis, j'aurais été très heureux de passer cette dernière nuit sur les ondes avec vous, juste avant mon exécution. Cela aurait été un vrai direct. Plus direct, tu meurs.

Imaginez seulement. Je dis quelque chose du genre : « Dans une poignée de secondes, vous aurez droit à mon râle. Spécialement pour vous, la vie de Joseph Rothsky devant le micro. Je suis prêt maintenant. On y va ! » Et puis, effectivement, vous entendez d'étranges râles. Ou bien le bruit d'une tête coupée qui cogne contre le plancher en bois.

Mais je suis en sécurité, aucune exécution en perspective. Je suis dans la plus parfaite des sécurités qui puisse exister : la perpétuité.

Vous écoutez Radio Nuit. Huit heures est sur le point de sonner et nous allons nous séparer.

J'ai brûlé la moitié de l'île. À l'aide de cocktails artisanaux auto-inflammables, j'ai envoyé dans l'au-delà une quinzaine d'hommes et détruit complètement trois véhicules. Sans même mentionner certains de mes exploits, on peut parfaitement me considérer comme un dangereux récidiviste.

Pour les gens comme moi, notre Europe a prévu un tout petit nombre de prisons, exceptionnelles et presque secrètes. Chacune est située sur une île éloignée et peu connue. Si petite qu'elle ne se trouve sur aucune carte. Je suis satisfait de ma situation géographique. En sortant me promener le matin, je peux voir deux océans. Bien qu'en réalité ils n'en forment qu'un seul.

Je ne me plains pas. Je suis autorisé à ne pas dormir. Je suis dispensé de l'obligation de prendre des somnifères. J'ai réussi à obtenir un accès depuis ma cellule non seulement à toute la musique du monde, mais aussi à ma chaîne radio personnelle. Vous l'écoutez en ce moment. Que vouloir de plus ?

Je sais : la mort.

Mon Dieu, que vous êtes heureux de pouvoir mourir ! Moi, je ne réussirai pas. Il s'avère que je ne mourrai pas. Vous pouvez imaginer ce stupide concours de circonstances qui fait que ma détention à perpétuité le sera vraiment. Il vaut mieux pour vous ne pas imaginer. Car c'est comme un Crissement perpétuel – je ne conseille à personne de l'essayer. Éloignez-vous à mille lieues, à dix mille lieues.

J'ai été tué plusieurs fois. Plus précisément, on a essayé de me tuer, et cela semblait réussi. Mais je suis toujours en vie. Je me suis sorti de telles fractures, de telles contusions, de telles douleurs et brûlures, que vous auriez du mal à le croire. Le pire a été quand on me cassait un doigt par jour. Il s'avère qu'on peut supporter même cela. Si Dieu est notre père.

Dans cette vie, je suis un prisonnier de Dieu. Vous pouvez accentuer n'importe quel mot. Et vous n'aurez pas tort.

Je n'ai pas de doléances et je ne me plains pas. Ne serait-ce que parce que certains sont encore plus mal. Par exemple, un de mes amis a aussi écopé de la perpétuité, qui plus est dans un vignoble. On aurait pu envier son confort. Le problème est qu'il n'en reste rien excepté une moitié de cerveau. Voilà comment il va maintenant.

Et moi, j'ai une radio, la nuit. Radio Nuit. Et vous m'écoutez. Huit heures vont sonner et je vous mettrai la dernière mélodie… Et après ?

Ce sera vendredi, le 13 décembre. Le temps sera gris. À midi, il y aura une promenade sur la terrasse. Pendant une heure entière, je pourrai regarder la mer. Attendre et voir venir, comme un avion postal du côté du Groenland. Et si on l'amenait ne serait-ce que ce week-end ? Je regarderais juste là où est son ventre, et c'est tout. Au moins cela.

Sinon, ce serait bien si la neige tombait. J'aime tellement la neige en décembre. On traverse la place, quelque part entre la poste et le conservatoire, il n'y a que des amis, qui se réchauffent près des brasiers, respirent en exhalant de l'air chaud et invitent dans leurs tentes. Il n'y a pas de fin à cela, et il n'y en aura jamais : moi, nous, notre hiver, la neige.

Il y aura seulement ***MaryVo*** *et «* ***Somewhere Over There*** *».*
Vous avez écouté Joseph Rothsky.

Playlist de *Radio Nuit*

Lubomyr Melnyk, « Ripples in a Water Scene ». (« Frémissements à la surface de l'eau »)

Elton John, « I've Seen That Movie, Too ». (« Moi aussi, j'ai vu ce film »)

Soap & Skin, « Spiracle »

Tom Waits, « Poor Edward »

Klaus Nomi, « The Cold Song »

Procol Harum, « Beyond the Pale »

Karbido, « Kolyskova dl'a Perkalaby ». (« Une berceuse pour Perkalaba »)

Archive, « Fuck U »

Rolling Stones, « This Place Is Empty »

David Bowie, « Wild Is the Wind »

The Unthanks, « Starless »

Nils Frahm, « Says »

Archive, « Taste of Blood »

Paatos, « Stream »

MaryVo, « Somewhere Over There »

COMPOSITION ET MISE EN PAGES
NORD COMPO À VILLENEUVE-D'ASCQ

CET OUVRAGE A ÉTÉ ACHEVÉ D'IMPRIMER
SUR ROTO-PAGE
PAR L'IMPRIMERIE FLOCH À MAYENNE
EN MARS 2025

N° d'impression : 106753
Dépôt légal : avril 2025
Imprimé en France